Lasset die Kinder zu mir kommen

DONNA LEON

Lasset die Kinder zu mir kommen

Commissario Brunettis sechzehnter Fall

Roman

Aus dem Amerikanischen
von Christa E. Seibicke

Weltbild

Die amerikanische Originalausgabe erschien 2007 unter dem Titel
Suffer the Little Children.

Besuchen Sie uns im Internet:
www.weltbild.de

Genehmigte Lizenzausgabe für Verlagsgruppe Weltbild GmbH,
Steinerne Furt, 86167 Augsburg

Das Motto aus: Mozart, Die Zauberflöte;
Text von Emanuel Schikaneder, hrsg. von Kurt Soldan. Leipzig: Peters 1932
Übersetzung: Christa E. Seibicke
Umschlaggestaltung: JARZINA Kommunikations-Design, Holzkirchen
Umschlagmotiv: www.istockphoto.com
Gesamtherstellung: Bagel Roto-Offset GmbH & Co. KG, Schleinitz
Printed in the EU
ISBN 978-3-8289-9386-0

2012 2011 2010 2009
Die letzte Jahreszahl gibt die aktuelle Lizenzausgabe an.

Welche Freude wird das sein,
wenn die Götter uns bedenken,
unsrer Liebe Kinder schenken,
so liebe, kleine Kinderlein.

Die Zauberflöte

1

»…und dann hat meine Schwiegertochter mich bekniet, damit ich in die Questura komme und es Ihnen melde. Ich wollte eigentlich nicht, und mein Mann sagte, ich wär schön blöd, wenn ich mich mit Ihnen einließe, weil das nur Scherereien brächte, und davon hätte er im Moment weiß Gott genug. Es würde genauso enden wie damals, hat er mir prophezeit, als der Nachbar von seinem Onkel dem die ENEL-Leitung angezapft und ihm den Strom geklaut hatte. Der Onkel hat die Polizei alarmiert, aber als die dann kam, haben sie ihm gesagt, er muß –«

»Verzeihen Sie, Signora, aber könnten wir wieder auf das zurückkommen, was letzten Monat passiert ist?«

»Ja doch, natürlich, es ist nur so, daß er, also der Onkel, am Ende um dreihunderttausend Lire ärmer war.«

»Signora!«

»Also meine Schwiegertochter hat gesagt, wenn ich's nicht mache, dann würde sie selber anrufen. Und da schließlich ich diejenige war, die's gesehen hat, ist es wohl besser, Sie hören's von mir, nicht wahr?«

»Gewiß.«

»Ja, und als das Radio heute morgen Regen ansagte, da habe ich Schirm und Stiefel an der Tür bereitgestellt, für alle Fälle. Aber dann hat's doch nicht geregnet, stimmt's?«

»Nein, Signora. Aber wollten Sie mir nicht von ungewöhnlichen Vorkommnissen berichten, die Sie in der Wohnung gegenüber beobachtet haben?«

»Ja, dieses Mädchen.«

»Was für ein Mädchen, Signora?«

»Na, das junge Ding, die Schwangere.«

»Wie jung war sie Ihrer Meinung nach, Signora?«

»Ach, siebzehn vielleicht, oder etwas älter, kann aber auch jünger gewesen sein. Ich habe zwei Söhne, wissen Sie. Also wenn's ein Junge gewesen wäre, hätte ich mich ausgekannt, aber es war nun mal ein Mädchen.«

»Und Sie sagten, daß die junge Frau schwanger war, Signora?«

»Ja, und stand kurz vor der Geburt. Darum habe ich's ja meiner Schwiegertochter erzählt, und die meinte, ich müsse kommen und es Ihnen melden.«

»Daß sie schwanger war?«

»Daß sie entbunden hat.«

»Aber wo denn, Signora?«

»Na, gleich bei mir gegenüber, in unserer *calle*. Also natürlich nicht draußen auf der Gasse, sondern in der Wohnung auf der anderen Straßenseite. Von mir aus liegt die ein wenig versetzt, eigentlich schon auf der Höhe vom Nebenhaus, aber weil das Gebäude ein bißchen vorsteht, kann ich in die Fenster schauen, und da habe ich sie gesehen.«

»Wo ist das genau, Signora?«

»Calle dei Stagneri. Kennen Sie bestimmt. In der Nähe von San Bortolo, die *calle*, die zum Campo della Fava führt. Ich wohne auf der rechten Seite, und das Mädchen war links, auf derselben Seite wie die Pizzeria, nur, genau wie ich, weiter unten, schon fast an der Brücke. Früher gehörte die Wohnung einer alten Frau – ihren Namen weiß ich nicht mehr –, aber als die gestorben war, erbte ihr Sohn, und der vermietet die Räume unter der Hand, wochen- oder monatsweise: an Ausländer, wie das heute so üblich ist, Sie wissen ja.

Als das Mädchen drüben auftauchte und ich sah, daß sie schwanger war, dachte ich, er würde jetzt vielleicht offiziell vermieten, also mit Vertrag und allem Drum und Dran. Und wenn die Kleine ein Kind bekam, dann war sie doch wohl eine von uns und keine Touristin, oder? Kurzfristig zu vermieten rentiert sich allerdings bestimmt mehr, besonders an Ausländer. Und dann spart man sich ja auch die…

Oh, tut mir leid. Das gehört wohl nicht hierher, wie? Also wie ich schon sagte, sie war schwanger: Deshalb dachte ich zuerst, er hat vielleicht an ein junges Paar vermietet, bis ich feststellte, daß nie ein Mann bei ihr war.«

»Und die junge Frau, wie lange hat sie denn dort gewohnt, Signora?«

»Oh, höchstens eine Woche. Aber lange genug, daß ich ihre Gewohnheiten kennenlernen konnte.«

»Und könnten Sie mir die schildern?«

»Ihre Gewohnheiten?«

»Ganz recht.«

»Nun ja, allzuoft habe ich sie nicht gesehen. Nur wenn sie am Fenster vorbei in die Küche ging. Nicht, daß sie je was gekocht hätte, zumindest habe ich nichts davon mitbekommen. Aber ich kenne ja die übrige Wohnung nicht; keine Ahnung, was sie dort gemacht hat. Ich vermute mal, sie hat einfach gewartet.«

»Gewartet?«

»Ja, auf das Baby. Kinder entscheiden selbst, wann sie zur Welt kommen.«

»Ich verstehe. Hat die junge Frau Sie denn je bemerkt, Signora?«

»Nein. Ich habe Vorhänge, wissen Sie, aber da drüben gibt's keine. Die *calle* ist ja auch so dunkel, daß man sich eigentlich nicht gegenseitig in die Fenster schauen kann. Doch vor etwa zwei Jahren oder wann immer es war, haben sie eine dieser neumodischen Straßenlaternen genau bei uns gegenüber aufgestellt, und seitdem ist es dort nachts immer ganz hell. Ich weiß nicht, wie die Leute das ertragen. Wir schlafen bei geschlossenen Fensterläden, aber wenn man keine hat, kann ich mir nicht vorstellen, wie man so seine Nachtruhe fndet, Sie vielleicht?«

»Keine Ahnung, Signora. Sie sagten, Sie hätten den mutmaßlichen Ehemann nie gesehen. Aber waren vielleicht irgendwann andere Personen bei der jungen Frau drüben?«

»Manchmal. Allerdings immer nur nachts. Na ja, so nach dem Abendessen, auch wenn ich sie, wie gesagt, nie habe kochen sehen. Aber irgendwas muß sie sich wohl gemacht haben, oder? Es sei denn, sie bekam die Mahlzeiten geliefert. Schwangere müssen schließlich essen. Also ich habe geschlungen wie ein Wolf, als meine Jungs unterwegs waren. Deshalb bin ich sicher, daß auch sie gegessen hat, bloß habe ich sie eben nie kochen sehen. Aber man kann eine schwangere Frau nicht einfach in irgendeiner Wohnung abstellen, ohne sie zu verköstigen, oder?«

»Gewiß nicht, Signora. Und wen haben Sie nun bei der jungen Frau in der Wohnung beobachtet?«

»Manchmal kamen abends Männer, setzten sich um den Küchentisch und redeten. Bei offenem Fenster, weil sie geraucht haben.«

»Wie viele Männer, Signora?«

»Drei. Sie saßen in der Küche am Tisch, unter der Lampe, und unterhielten sich.«

»Auf italienisch, Signora?«

»Lassen Sie mich nachdenken. Ja, sie haben italienisch gesprochen, aber es waren keine von uns. Keine Venezianer, meine ich. Den Dialekt habe ich zwar nicht erkannt, aber Veneziano war es auf keinen Fall.«

»Und diese Männer haben einfach nur dagesessen und geredet?«

»Ja.«

»Und die junge Frau?«

»Die habe ich nie gesehen, wenn die Männer da waren. Manchmal kam sie hinterher – nachdem die drei gegangen waren – in die Küche, vielleicht um sich ein Glas Wasser zu holen. Zumindest sah ich sie dann am Fenster.«

»Aber Sie haben nicht mit ihr gesprochen?«

»Nein. Ich hatte, wie gesagt, nie mit ihr oder diesen Männern zu tun. Ich habe die Kleine nur beobachtet und gehofft, sie würde tüchtig essen. Als ich mit Luca und Pietro schwanger war, da habe ich andauernd gegessen; ständig hatte ich so einen Heißhunger. Zum Glück habe ich aber nie übermäßig zugenommen, so daß –«

»Haben die Männer drüben gegessen, Signora?«

»Wie bitte? Nein, also ich kann mich nicht erinnern. Komisch nicht, jetzt, wo Sie mich drauf bringen? Getrunken haben sie auch nichts. Saßen bloß da und redeten, als ob sie auf ein Vaporetto warten würden oder so. Wenn sie weg waren, ging das Mädchen manchmal in die Küche, doch sie hat nie Licht gemacht. Das war schon merkwürdig: Sie hat nachts nie Licht gemacht, in der ganzen Wohnung nicht, soweit ich es mitbekam. Die Männer sah ich abends am Küchentisch sitzen, aber das Mädchen habe ich nur bei Tag gesehen und nachts höchstens dann, wenn sie mal an einem Fenster vorbeiging.«

»Und was geschah dann weiter?«

»Eines Nachts hörte ich sie ganz laut rufen, aber ich habe nichts verstanden. Eins der Wörter war vielleicht *mamma*, doch sicher bin ich mir nicht. Und dann hörte ich ein Baby schreien. Sie wissen, wie ein Neugeborenes klingt? Das ist mit nichts auf der Welt zu vergleichen. Ich weiß noch genau, als Luca zur Welt kam…«

»War sonst noch jemand dort?«

»Was? Wann?«

»Bei der Geburt.«

»Also gesehen habe ich niemanden, wenn Sie das meinen, aber irgend jemand muß dagewesen sein. Man kann so ein junges Ding schließlich nicht mutterseelenallein entbinden lassen, nicht wahr?«

»Haben Sie sich seinerzeit mal gefragt, Signora, warum das Mädchen allein dort wohnte?«

»Oh, ich weiß nicht. Ich dachte wohl, ihr Mann würde irgendwo auf dem Festland arbeiten oder sie hätte vielleicht gar keinen. Ja, und dann kam das Kind vermutlich so schnell, daß sie es nicht mehr ins Krankenhaus geschafft hat.«

»Aber die Klinik ist doch nur ein paar Minuten von dort entfernt, nicht wahr, Signora?«

»Ich weiß, ich weiß. Doch es kommt schon mal vor, daß es einschlägt wie der Blitz. Meine beiden Söhne haben sich ja viel Zeit gelassen, aber ich weiß von Frauen, bei denen hat's nur eine halbe oder höchstens eine Stunde gedauert. Also dachte ich, bei ihr sei's auch so schnell gegangen. Jedenfalls hörte ich erst sie, gleich darauf das Baby, und danach war alles still.«

»Und was geschah dann, Signora?«

»Am Tag darauf oder vielleicht auch erst am übernächsten – ich erinnere mich nicht mehr – sah ich eine andere Frau am offenen Fenster stehen und in ein *telefonino* sprechen.«

»Auf italienisch, Signora?«

»Auf italienisch? Warten Sie – ja, doch, es war Italienisch.«

»Und was hat Sie gesagt?«

»So was wie: ›Alles bestens. Wir sehen uns morgen in Mestre.‹«

»Könnten Sie diese Frau beschreiben, Signora?«

»Sie meinen, wie sie aussah?«

»Ja.«

»Oh, lassen Sie mich nachdenken. Also sie war ungefähr so alt wie meine Schwiegertochter. Die ist achtunddreißig. Dunkle Haare, kurz geschnitten. Groß, wie meine Schwiegertochter, aber vielleicht nicht ganz so schlank. Allerdings habe ich sie, wie gesagt, nur diese eine Minute gesehen, während sie telefonierte.«

»Und dann?«

»Und dann waren sie fort. Tags darauf war niemand mehr in der Wohnung, und die nächsten paar Wochen habe ich keinen Menschen drüben gesehen. Die waren einfach auf und davon.«

»Wissen Sie, ob von Ihren Nachbarn jemand diese Vorgänge bemerkt hat, Signora?«

»Nur der *spazzino*. Eines Tages bin ich ihm begegnet, und er sagte, es muß jemand drin sein, in der Wohnung, weil nämlich jeden Morgen ein Müllsack vor der Tür steht. Aber er habe nie jemanden reingehen oder rauskommen sehen.«

»Hat Sie vielleicht aus der Nachbarschaft jemand auf die schwangere Frau angesprochen?«

»Nein, das nicht. Aber ich denke schon, daß der eine oder andere was gehört oder sonstwie mitbekommen hat, daß da wer drin war, in der Wohnung.«

»Und Sie, Signora? Haben Sie mit jemandem darüber gesprochen?«

»Eigentlich nicht. Nur mit meinem Mann, aber der hat gesagt, ich soll mich da raushalten, das geht uns nichts an. Ich weiß nicht, was er tun würde, wenn er wüßte, daß ich jetzt hier bin. Wir hatten noch nie mit der Polizei zu tun, das bringt doch immer nur Ärger… Oh, verzeihen Sie. Ich hab's nicht so gemeint, aber Sie wissen ja, wie das ist, also wie die Leute denken.«

»Ja, Signora, ich weiß. Fällt Ihnen sonst noch etwas ein?«

»Nein, eigentlich nicht.«

»Glauben Sie, daß Sie das Mädchen wiedererkennen würden?«

»Vielleicht. Aber die Schwangerschaft verändert uns so sehr, besonders zum Schluß, kurz vor der Geburt. Bevor Pietro zur Welt kam, sah ich aus wie –«

»Wie steht's mit den Männern, Signora? Würden Sie einen von denen wiedererkennen?«

»Könnte sein, ja, vielleicht. Aber vielleicht auch nicht.«

»Und die Frau mit dem *telefonino*?«

»Nein, eher nicht. Die stand ja bloß eine Minute dort am Fenster, und noch dazu seitwärts, als ob sie drinnen in der Wohnung etwas im Auge behalten wollte. Nein, die würde ich wohl nicht wiedererkennen.«

»Fällt Ihnen sonst noch etwas ein, das vielleicht wichtig sein könnte?«

»Nein, ich glaube nicht.«

»Dann danke ich Ihnen für Ihren Besuch, Signora.«

»Ich wäre nicht gekommen, wenn meine Schwiegertochter mir nicht so zugesetzt hätte. Wissen Sie, ich hatte ihr erzählt, wie merkwürdig es drüben zuging, mit den Männern und dem Mädchen, das kein Licht machte und alles. Es war einfach Gesprächsstoff, verstehen Sie. Aber als die Kleine dann ihr Baby bekam und hinterher plötzlich alle verschwunden waren, also da hat meine Schwiegertochter gesagt, ich müßte herkommen und Ihnen das melden. Sie meint, ich könnte Scherereien kriegen, falls irgendwas passiert und Sie rausfnden, daß ich das Mädchen dort gesehen und alles für mich behalten habe. So ist sie nun mal, meine Schwiegertochter, ständig in Sorge, daß sie was falsch machen könnte. Oder in dem Fall ich.«

»Verstehe. Ich glaube, sie hat Ihnen das Richtige geraten.«

»Mag sein. Ja, wahrscheinlich ist es gut, daß ich Ihnen Bescheid gesagt habe. Wer weiß, was dahintersteckt, hm?«

»Haben Sie nochmals Dank für Ihre Mühe, Signora. Der Inspektor wird Sie hinunterbringen.«

»Danke. – Ähm…?«

»Ja, Signora?«

»Mein Mann braucht doch nicht zu wissen, daß ich hier war, oder?«

»Von uns erfährt er's bestimmt nicht, Signora.«

»Danke. Denken Sie bitte nicht schlecht von ihm, aber er möchte nun mal nicht, daß wir in irgendwas hineingezogen werden.«

»Das verstehe ich nur zu gut, Signora. Sie können sich darauf verlassen, daß Ihr Mann nichts erfahren wird.«

»Ich danke Ihnen. Und guten Tag.«

»Guten Tag, Signora. – Inspektor Vianello, würden Sie die Signora zum Ausgang begleiten?«

2

Gustavo Pedrolli lag an den Rücken seiner Frau geschmiegt und glitt sanft hinüber in den Schlaf der Gerechten. Noch schwebte er in jener nebelhaften Sphäre zwischen Wachen und Traum und zögerte, sein beglückendes Hochgefühl dem profanen Schlaf zu opfern. Der Tag hatte ihm eine bisher nie gekannte Empfindung beschert, und er mochte die leuchtende Erinnerung daran noch nicht loslassen. Er versuchte sich zu entsinnen, wann er je so glücklich gewesen war. Vielleicht als Bianca eingewilligt hatte, ihn zu heiraten, oder an ihrem Hochzeitstag, als Santa Maria dei Miracoli im weißen Blumenschmuck prangte und er, sobald Bianca aus der Gondel stieg, die Stufen des Landungsstegs hinuntereilte, um ihre Hand in die seine und sie zur Frau zu nehmen, für immer.

Gewiß, er hatte auch früher schon glückliche Momente erlebt – den erfolgreichen Abschluß seines Medizinstudiums, als er endlich *un dottore* war, oder die Ernennung zum stellvertretenden Leiter der Pädiatrie –, aber diese Art von Glück reichte bei weitem nicht an die überbordende Freude heran, die ihm heute abend zuteil wurde, als er Alfredo vor dem Essen gebadet hatte. Mit geübtem Griff hatte er seinem Sohn die Windel angelegt und ihm die flauschige Pyjamahose angezogen. Dann streifte er ihm das mit gelben Entchen bedruckte Oberteil über den Kopf, und als der wieder zum Vorschein kam, war das der Auftakt für ihr allabendliches Spiel: Beide suchten eifrig nach den Händen des Kindes, die Gustavo schließlich eine nach der anderen aus den Ärmeln zog. Alfredo quietschte vor Vergnügen und staunte wie sein Vater beim Anblick der winzigen Finger, die aus den Armlöchern hervorlugten.

Gustavo faßte den Kleinen um die Taille, stemmte ihn hoch und ließ ihn wieder nach unten gleiten, und Alfredo ruderte dazu im Takt mit den Armen. »Und wer ist ein Prachtjunge? Wer ist *papàs* Liebling?« fragte Gustavo. Worauf Alfredo wie immer eins dieser wunderbaren Fäustchen emporhob, einen Finger ausstreckte und sich an die eigene Nase tippte. Die dunklen Augen aufmerksam auf den Vater gerichtet, drückte er sein breites Näschen platt; dann nahm er den Finger weg, zeigte aber noch mehrmals auf sich, warf die Arme in die Luft und jauchzte vor Vergnügen.

»Stimmt genau, Alfredo ist *papàs* Liebling, *papàs* Liebling, *papàs* Liebling!« Und wieder wurde der Kleine hochgehoben, herumgeschwenkt und wedelte dazu mit den Armen. Nur in die Luft warf Gustavo das Baby nicht, denn Bianca fand, das Kind rege sich zu sehr auf, wenn sie vor dem Schlafengehen gar so wild herumtollten. Also schwenkte er den Kleinen nur immer wieder hoch und runter und zog ihn zwischendurch an sich, um ihn auf die Nasenspitze zu küssen.

Schließlich brachte er seinen Sohn ins Kinderzimmer, wo über dem Bettchen Scharen von Tieren und Fabelwesen schwebten. Auch auf der Kommode war eine ganze Menagerie versammelt. So sanft und behutsam, wie es mit Rücksicht auf den zarten Brustkorb des Kleinen geboten war, drückte Gustavo ihn an sich. Alfredo zappelte, und Gustavo barg sein Gesicht in den weichen Nackenfalten seines Sohnes.

Der Vater ließ seine Hände nach unten gleiten und hielt den Jungen auf Armeslänge von sich. Und da er einfach nicht genug bekommen konnte, fragte er noch einmal mit trällernder Stimme: »Und wer ist *papàs* Liebling?« Wieder faßte Alfredo sich an die Nase, und Gustavo schmolz schier das Herz. Die zarten Fingerchen fuhren durch die Luft, bis eines auf Gustavos Nasenspitze landete und der Kleine etwas lallte, das wie *papà* klang. Dazu ruderte er mit den Armen und zeigte sein täppisches, zahnloses Lächeln.

Es war das erste Mal, daß Gustavo dieses Wort aus dem Mund seines Sohnes gehört hatte, und vor lauter Rührung griff er sich mit flatternder Hand ans Herz. Durch diese unwillkürliche Bewegung verlor Alfredo den Halt und taumelte gegen seine Schulter. Zum Glück hatte Gustavo die Geistesgegenwart und auch genügend Erfahrung mit verschreckten Kindern, um einen Scherz daraus zu machen. »Und wer versucht da, in *papàs* Jacke zu klettern?« Damit drückte er Alfredo an seine Brust und wickelte eine Hälfte seiner Strickjacke um den Rücken des Jungen. Sein lautes Lachen sollte zeigen, was für ein wunderbares neues Spiel das sei.

»O nein, du kannst dich da jetzt nicht verstecken. Auf keinen Fall. Es ist Schlafenszeit.« Gustavo hob den Kleinen hoch und legte ihn auf dem Rücken ins Bettchen. Er zog die Wolldecke nach oben und achtete darauf, daß sie seinem Sohn bis über die Brust reichte.

»Träum schön, mein kleiner Prinz«, sagte er, wie jeden Abend, seit Alfredo hier in seinem Kinderbett schlief. An der Tür blieb er noch einmal stehen, aber nur ganz kurz, damit der Junge sich nicht etwa angewöhnte, den Abschied vom Vater hinauszuzögern. Während er ein letztes Mal auf das kleine Bündel blickte, wurden ihm die Augen feucht. Doch da es ihm peinlich gewesen wäre, sich so vor seiner Frau zu zeigen, wischte er die Tränen fort, ehe er sich von der offenen Tür abwandte.

Als er in die Küche kam, goß Bianca gerade die Nudeln ab und hatte ihm den Rücken zugewandt. Gustavo machte den Kühlschrank auf und nahm einen Moët & Chandon aus dem untersten Fach. Er stellte die Flasche auf den Küchentresen und holte zwei geschliffene Sektflöten von dem Zwölferset aus der Vitrine, das Biancas Schwester ihnen zur Hochzeit geschenkt hatte.

»Champagner?« fragte Bianca freudig überrascht.

»Mein Sohn hat *papà* zu mir gesagt«, antwortete Gustavo und schälte die Goldfolie vom Korken. Ihrem skeptischen Blick ausweichend, ergänzte er: »Unser Sohn. Aber weil er *papà* gesagt hat, möchte ich ihn, dieses eine Mal, meinen Sohn nennen. Nur für eine Stunde, okay?«

Sein verklärtes Gesicht hatte etwas so Rührendes, daß Bianca die dampfende Pasta stehenließ und zu ihrem Mann trat. Sie nahm die Gläser vom Tisch und hielt sie ihm hin. »Schenk bitte ein, damit wir auf deinen Sohn anstoßen können.« Dann beugte sie sich vor und küßte ihn auf den Mund.

Wie damals, in den ersten Tagen ihrer Ehe, wurde die Pasta in der Spüle kalt, und sie tranken den Champagner im Bett. Lange nachdem die Flasche leer war, tappten sie nackt und mit knurrendem Magen in die Küche. Sie verschmähten die eingetrocknete Pasta und löffelten statt dessen, an den Tresen gelehnt, die Tomatensauce auf dicke Brotscheiben, mit denen sie sich gegenseitig fütterten und die sie mit einer halben Flasche Pinot Grigio hinunterspülten. Dann gingen sie zurück ins Schlafzimmer.

Erschöpft hing Gustavo der Erinnerung an diesen schönen Abend nach und wunderte sich, wieso er in den letzten Monaten befürchtet hatte, Bianca habe sich verändert in ihrer... ja, worin? Er wußte aus seiner Praxis, daß es ganz natürlich war, wenn eine Mutter kurz nach der Geburt eines Kindes aus dem Gleichgewicht geriet und sich vorübergehend scheinbar nicht mehr für den Vater interessierte. Doch mit dieser Nacht, in der sie sich beide aufführten wie zwei wildgewordene Teenager, die gerade für sich den Sex entdeckt hatten, waren alle Unsicherheiten verflogen.

Und er hatte dieses Wort gehört: Sein Sohn hatte ihn *papà* genannt. Wieder wollte Gustavo das Herz übergehen, und er schmiegte sich fester an Bianca, in der leisen Hoffnung, daß sie aufwachen und sich ihm zuwenden würde. Doch sie schlief weiter, und er dachte an den nächsten Morgen und den Frühzug nach Padua, den er erreichen mußte, weshalb er sich auf Schlaf polte, nun bereit, in dessen sanftes Reich hinüberzugleiten und vielleicht von einem zweiten Sohn zu träumen oder von einer Tochter oder von beiden.

Vage bemerkte er ein Geräusch jenseits der Schlafzimmertür und strengte sich an, hinzuhören, festzustellen, ob Alfredo weinte oder nach ihm rief. Aber da war der hallende Ton schon verklungen, und so ließ er sich wieder fallen; seine Lippen kräuselten sich, in Erinnerung an jenes Wort, zu einem Lächeln.

Als Dottore Gustavo Pedrolli in den ersten Tiefschlaf dieser Nacht sank, kam das Geräusch wieder, aber weder er hörte es, noch seine Frau, die nackt, erschöpft und liebessatt neben ihm schlummerte, noch das glückselige Kind im anderen Zimmer, das vielleicht von dem wunderbaren, heute abend erlernten neuen Spiel träumte, bei dem der Kleine in der Obhut des Mannes, von dem er jetzt wußte, daß es sein *papà* war, ein sicheres Versteck fand.

Die Zeit verrann, und Träume gaukelten durch die Köpfe der Schlafenden. Sie sahen Schwingungen und Farben; einer von ihnen sah etwas, das einem Tiger ähnelte; und alle drei schliefen weiter.

Bis die Nacht explodierte. Die Wohnungstür barst nach innen und knallte gegen die Wand: Die Klinke rammte ein Loch in den Putz. Ein Mann enterte die Wohnung: Er trug eine Skimaske, einen Tarnanzug, schwere Stiefel und hielt eine Maschinenpistole im Anschlag. Ihm folgte ein zweiter Maskierter in ähnlicher Montur. Hinter den beiden kam ein Hüne in dunkler Uniform, aber ohne Maske. Zwei weitere Männer in der gleichen dunklen Kluft postierten sich draußen vor dem Haus.

Die beiden Maskierten stürmten durchs Wohnzimmer und den

Flur entlang zu den Schlafräumen. Der ohne Maske folgte ihnen etwas besonnener. Einer der Maskierten stieß die erste Tür auf, und als er sah, daß sie in ein Bad führte, ließ er sie offen und sprintete den Flur hinunter auf eine weitere, leicht angelehnte Tür zu. Er sah das Kinderbettchen und die Mobiles, die sich in der Zugluft langsam zu drehen begannen.

»Ich hab ihn!« rief der Mann, ohne seine Stimme zu dämpfen.

Der zweite Maskierte hechtete vor die Tür zum Schlafzimmer gegenüber. Mit vorgehaltener Maschinenpistole stürmte er hinein, dicht gefolgt von seinem Kameraden. Das Ehepaar im Bett fuhr hoch, aufgeschreckt von dem Licht im Flur: Der dritte Mann hatte es angeknipst, bevor er das Kinderzimmer betrat.

Die Frau schrie und zog sich die Decke über die Brust. Dottor Pedrolli katapultierte sich so blitzartig aus dem Bett, daß er den ersten Eindringling überrumpelte. Bevor der Maskierte reagieren konnte, hatte der nackte Mann ihn gepackt und trommelte mit einer Faust auf seinen Schädel ein, während die andere seine Nase bearbeitete. Der Eindringling schrie vor Schmerz und ging zu Boden, während Pedrolli seiner Frau zurief: »Ruf die Polizei, ruf die Polizei!«

Der zweite Maskierte bedrohte Pedrolli mit vorgehaltener Waffe. Er sagte etwas, das aber durch die Maske verzerrt wurde, und keiner im Raum konnte ihn verstehen. Pedrolli hätte sowieso nicht auf ihn gehört. Schon stellte er sich ihm mit erhobenen Fäusten kampfbereit entgegen. Der Maskierte reagierte instinktiv. Er zielte mit dem Schaft seiner Waffe auf den Kopf des Gegners und traf ihn über dem linken Ohr.

Die Frau schrie, und aus dem anderen Zimmer antwortete das Baby mit einem Wimmern, jenem hohen, markerschütternden Laut kindlicher Panik. Worauf die Frau die Bettdecke zurückschlug und, ungeachtet ihrer Nacktheit und nur noch ihrem Instinkt folgend, zur Tür rannte.

Sie blieb abrupt stehen, als der Unmaskierte ihr den Weg versperrte, und hob unwillkürlich die Arme, um ihre Brüste zu bedecken. Er, sobald er die Situation erfaßt hatte, sprang rasch neben den Vermummten, der seine Waffe auf den nackten Mann gerichtet hielt, der reglos zu seinen Füßen lag. »Du Idiot!« fauchte er den Maskierten an und verkrallte sich im dicken Stoff seiner Jacke. Er zerrte den Mann im Halbkreis herum und stieß ihn dann so jäh von sich, daß der andere ins Taumeln geriet. Nun wandte er sich mit erhobenen Händen der Frau zu. »Dem Baby geht es gut, Signora. Ihm wird nichts geschehen.«

Sie stand da, vor Panik wie versteinert, und konnte nicht einmal schreien.

Der Maskierte am Boden, der stöhnend und schwankend, wie ein Betrunkener, auf die Füße kam, brach schließlich den Bann. Er fuhr sich mit einer behandschuhten Hand über die Nase und schien, als er sie zurückzog, schockiert vom Anblick des eigenen Blutes. »Er hat mir die Nase gebrochen«, klagte er mit dumpfer Stimme, bevor er die Maske vom Gesicht streifte und zu Boden fallen ließ. Aus der Nase sickerte das Blut auf seine Jacke. Als er sich dem Mann zuwandte, der offenbar das Kommando hatte, sah die Frau den Schriftzug, der in Leuchtbuchstaben auf seiner wattierten Jacke prangte.

»›Carabinieri?‹« fragte sie. Ihre Stimme konnte sich kaum durchsetzen gegen das unaufhörliche Geschrei des Babys.

»Ja, Signora. Carabinieri«, sagte der Mann, der sie angesprochen hatte. »Wußten Sie denn nicht, daß wir kommen würden, Signora?« Und es schwang fast so etwas wie Anteilnahme in seiner Stimme mit.

3

Guido Brunetti lag an den Rücken seiner Frau geschmiegt und glitt sanft hinüber in den Schlaf der Gerechten. Er schwebte in jener nebelhaften Sphäre zwischen Traum und Wachen und mochte das Hochgefühl, das ihm dieser Tag beschert hatte, nur ungern loslassen. Sein Sohn hatte beim Abendessen beiläufig und ohne den erleichterten Blickwechsel seiner Eltern zu bemerken, einen seiner Klassenkameraden für ziemlich blöd erklärt, weil der mit Drogen experimentierte. Seine Tochter hatte sich bei ihrer Mutter für eine patzige Bemerkung vom Vortag entschuldigt, und die Worte »Berg« und »Prophet« drängten sich schemenhaft in Brunettis Bewußtsein. Seine Frau endlich, mit der er seit über zwanzig Jahren glücklich verheiratet war, hatte ihn mit einem Ansturm amourösen Verlangens überrascht, der ihn so erregte, daß diese zwei Jahrzehnte wie ausgelöscht waren.

Brunetti ließ sich treiben, vollauf zufrieden und begierig, alles noch einmal Revue passieren zu lassen. Die freiwillige Reue eines Teenagers: Sollte er die Presse alarmieren? Noch mehr allerdings wunderte er sich über Paolas Beteuerung, daß Chiara ihre Entschuldigung ganz uneigennützig und ohne nach irgendeiner Gegenleistung zu schielen, vorgebracht habe. Chiara war bestimmt klug genug, um zu wissen, wie gut ein solcher Trick funktioniert hätte, aber Brunetti zog es vor, seiner Frau zu glauben, die ihm versicherte, für so was sei ihre Tochter schlicht zu aufrichtig.

War das die größte Illusion, überlegte er, der Glaube an die Aufrichtigkeit unserer Kinder? Die Frage entglitt ihm unbeantwortet, und er schlief langsam ein.

Das Telefon schrillte.

Es klingelte fünfmal, ehe Brunetti sich mit der dumpfen Stimme eines Betäubten oder Übertölpelten meldete. *»Sì?«* brummte er, während seine Gedanken wie der Blitz den Flur hinunterjagten. Doch die Erinnerung daran, daß er beiden Kindern gute Nacht gesagt hatte, als sie zu Bett gegangen waren, beruhigte ihn sofort wieder.

»Ich bin's, Vianello«, sagte die vertraute Stimme am anderen Ende. »Ich bin im Ospedale Civile. Wir haben ein Problem am Hals.«

Brunetti setzte sich auf und machte Licht. Nicht nur Vianellos Nachricht, sondern auch sein eindringlicher Ton sagte ihm, daß er wohl keine andere Wahl hatte, als dem Inspektor ins Krankenhaus zu folgen. »Was für ein Problem?«

»Einer der Mediziner hier, ein Kinderarzt, liegt in der Notaufnahme, und seine Kollegen befürchten eine Hirnschädigung.« Auch in weniger benommenem Zustand hätte Brunetti sich darauf keinen Reim machen können, aber da er wußte, daß Vianello rasch auf den Punkt kommen würde, fragte er nicht nach.

»Er wurde in seiner Wohnung überfallen«, fuhr der Inspektor fort. Dann, nach längerer Pause, setzte er hinzu: »Von der Polizei.«

»Von uns?« fragte Brunetti verblüfft.

»Nein, von den Carabinieri. Sie sind bei ihm eingedrungen und wollten ihn festnehmen. Der verantwortliche Hauptmann sagt, der Arzt hätte einen seiner Männer angegriffen«, erklärte Vianello. Brunetti kniff die Augen zusammen, während der Inspektor ergänzte: »Aber es ist ja klar, daß er sich auf so was rausredet, nicht wahr?«

»Zu wie vielen waren sie denn?« wollte Brunetti wissen.

»Zu fünft«, antwortete Vianello. »Drei im Haus und zwei draußen als Verstärkung.«

Brunetti stieg aus dem Bett. »Ich bin in zwanzig Minuten da.« Dann fragte er: »Weißt du, warum die Carabinieri dort waren?«

Vianellos Antwort kam zögernd. »Sie wollten seinen Sohn rausholen. Ein Baby von achtzehn Monaten, adoptiert. Laut den Carabinieri illegal.«

»In zwanzig Minuten«, wiederholte Brunetti und legte auf.

Erst als er aus dem Haus trat, vergewisserte sich der Commissario, wie spät es war. Viertel nach zwei. Die erste Herbstkühle schlug ihm entgegen, und er war froh, daß er daran gedacht hatte, eine Jacke überzuziehen. Am Ende der *calle* bog er rechts ab, Richtung Rialto. Wahrscheinlich hätte er ein Polizeiboot anfordern sollen, aber man wußte nie, wie lange die brauchten, wogegen Brunetti die Strecke zu Fuß auf die Minute genau taxieren konnte.

Von der nächtlichen Stadt ringsum nahm er kaum Notiz. Fünf Mann, um ein anderthalbjähriges Kind in Gewahrsam zu nehmen. Wenn der Adoptivvater jetzt mit Verdacht auf Hirnschaden im Krankenhaus lag, so hatten die Carabinieri vermutlich nicht bei ihm geklingelt und höflich um Einlaß gebeten. Brunetti hatte selbst an zu vielen nächtlichen Razzien teilgenommen, um sich über die Panik, die sie auslösten, noch irgendwelche Illusionen zu machen. Er hatte hartgesottene Verbrecher erlebt, die unter dem Ansturm bewaffneter Sturmtrupps in die Hosen pinkelten: Wie würde da erst ein Arzt reagieren, illegal adoptiertes Kind hin oder her? Und die Carabinieri – Brunetti hatte zu viele von ihnen erlebt, die mit Vorliebe unangemeldet hereinplatzten und mit ihrer einschüchternden Autorität auftrumpften, als ob Mussolini noch immer an der Macht wäre und niemand sich ihnen in den Weg stellen dürfe.

Auf dem Scheitel der Rialtobrücke war Brunetti zu sehr mit seinen Gedanken beschäftigt, um den Blick nach rechts oder links schweifen zu lassen. Vielmehr lief er eilig hinunter zur Calle della

Bissa. Warum brauchten die Carabinieri ein fünfköpfiges Kommando, und wie waren sie überhaupt an den Tatort gelangt? Ohne Zweifel hatten sie ein Boot nehmen müssen, aber wer hatte sie ermächtigt, einen solchen Einsatz hier in der Stadt durchzuführen? Wer hatte Kenntnis davon, und falls die Razzia mit der Questura abgesprochen war, wieso hatte man ihn dann nicht informiert?

Der Pförtner war anscheinend hinter dem Fenster seiner Loge eingeschlafen: Jedenfalls sah er nicht auf, als Brunetti die Klinik betrat. Der Commissario tappte blindlings durch die prachtvolle Eingangshalle, spürte jedoch den jähen Temperatursturz, während er sich erst nach rechts wandte und dann zweimal links abbog, bis er vor die Notaufnahme gelangte. Die äußere, automatisch gesteuerte Eingangstür glitt zur Seite und ließ ihn passieren. Auf der Schwelle zur zweiten zückte Brunetti seinen Dienstausweis und wandte sich an den weißbekittelten Wärter hinter der Glaswand.

Der beleibte Mann hatte ein sympathisches Gesicht und wirkte sehr viel fröhlicher, als Zeit und Umständen angemessen war. Nach einem flüchtigen Blick auf Brunettis Ausweis sagte er lächelnd: »Da links runter, Signore. Dann die zweite Tür rechts. Dort liegt er.«

Brunetti bedankte sich und folgte der Wegbeschreibung. An der bezeichneten Tür klopfte er einmal und trat ein. Der Mann im Kampfanzug, der auf einem Untersuchungstisch lag, war ihm zwar fremd, doch dafür erkannte er die Uniform eines zweiten, der am Fenster stand. Eine Frau im weißen Laborkittel saß neben dem Patienten und glättete einen Streifen Klebeband über seiner Nase. Brunetti sah zu, wie sie einen zweiten Streifen zurechtschnitt und neben dem ersten anbrachte. Sie dienten dazu, einen dicken Mullverband über der Nase des Patienten zu befestigen; in beiden Nasenlöchern steckten Wattepfropfen. Unter den Augen des Mannes hatten sich dunkle Ringe gebildet.

Der Uniformierte am Fenster lehnte in lässiger Pose, die Arme verschränkt, die Beine gekreuzt, an der Wand und beobachtete die Szene. Er trug die drei Sterne eines Capitanos und ein Paar hohe, schwarze Lederstiefel, die eher zu einem Dressurreiter gepaßt hätten als zum Lenker einer Ducati.

»Guten Morgen, Dottoressa«, grüßte Brunetti, als die Frau zu ihm aufsah. »Ich bin Commissario Guido Brunetti, und ich wäre Ihnen sehr verbunden, wenn Sie mir sagen könnten, was hier vorgeht.«

Brunetti, der erwartet hatte, daß der Hauptmann sich einschalten würde, war überrascht und enttäuscht zugleich, als der Mann am Fenster unverändert schwieg. Die Ärztin wandte sich wieder ihrem Patienten zu und drückte ein paarmal gegen die Enden der Klebestreifen, bis sie sicher auf der Haut des Mannes hafteten. »Lassen Sie den Verband mindestens zwei Tage drauf. Der Knorpel hat sich verschoben, doch das sollte sich problemlos wieder normalisieren. Sie müssen nur vorsichtig sein. Heute abend vor dem Zubettgehen nehmen Sie bitte die Wattepfropfen raus. Falls der Verband abgehen sollte oder die Blutung wieder einsetzt, konsultieren Sie einen Arzt, oder kommen Sie wieder hierher zu uns. Alles klar?«

»*Sì,* Signora«, bestätigte der Mann mit unnatürlich näselnder Stimme.

Die Ärztin streckte eine Hand aus, und der Patient griff danach, während er die Füße auf den Boden setzte und, mit der anderen Hand auf den Untersuchungstisch gestützt, zum Stehen kam. Er brauchte einen Moment, um sein Gleichgewicht zu finden. Die Ärztin ging in die Hocke und inspizierte von unten die Mulltupfer in der Nase ihres Patienten. Offenbar fand sie nichts zu beanstanden, denn sie richtete sich gleich wieder auf und trat zurück. »Auch wenn Sie keine Beschwerden haben, kommen Sie in drei Tagen wieder und lassen sich noch mal anschauen, ja?« Der Mann nickte sehr vorsichtig und wollte etwas entgegnen, aber die Ärztin kam ihm zuvor. »Und seien Sie unbesorgt«, setzte sie hinzu. »Das wird schon wieder.«

Der Patient blickte den Hauptmann an, ehe er sich wieder an die Ärztin wandte. »Ich bin aus Verona, Dottoressa«, nuschelte er.

»Wenn das so ist«, gab sie forsch zurück, »gehen Sie nach drei Tagen zu Ihrem Hausarzt. Oder auch früher, falls es erneut zu Blutungen kommt. In Ordnung?«

Er nickte und wandte sich dann an den Hauptmann. »Und mein Dienst, Capitano?«

»Ich glaube nicht, daß Sie damit diensttauglich sind.« Der Hauptmann deutete auf den Verband. »Ich regele das mit Ihrem Sergente.« Und an die Ärztin gerichtet setzte er hinzu: »Wenn Sie ihm irgendein Attest ausstellen würden, Dottoressa, kann er ein paar Tage krankfeiern.«

Irgend etwas, vielleicht nur ein Gespür fürs Theatralische oder ein zur Gewohnheit gewordenes Mißtrauen, veranlaßte Brunetti, sich zu fragen, ob der Hauptmann sich auch so liebenswürdig gezeigt hätte, wenn kein ausgewiesener Kriminalbeamter zugegen gewesen wäre. Die Ärztin trat an den Schreibtisch und griff nach einem Notizblock. Sie warf ein paar Zeilen aufs Papier, riß das Blatt ab und reichte es dem Verletzten, der sich bei ihr bedankte und, nachdem er vor dem Hauptmann salutiert hatte, hinausging.

»Mir wurde gemeldet, es sei noch jemand eingeliefert worden, Dottoressa«, sagte Brunetti. »Können Sie mir sagen, wo ich diesen zweiten Patienten finde?«

Er merkte erst jetzt, wie jung sie war, viel jünger, als sich das für eine Ärztin gehörte. Sie war nicht schön, aber sie hatte ein nettes

Gesicht, eines, das sich gut halten und mit dem Alter an Reiz gewinnen würde.

»Er ist ein Kollege von mir, der *stellvertretende Leiter* der Kinderstation«, begann sie und betonte den Titel wie eine Beglaubigung dafür, daß die Carabinieri sich nicht an ihm hätten vergreifen dürfen. »Seine Verletzungen gefielen mir gar nicht« – dies mit Blick zum Hauptmann –, »darum habe ich ihn in die Neurologie geschickt und den leitenden Oberarzt zu Hause verständigt.« Brunetti spürte, daß der Hauptmann ihr ebenso gespannt zuhörte wie er. »Die Pupillen reagierten nicht, und er konnte den linken Fuß kaum bewegen. Deshalb schien es mir ratsam, einen Neurologen hinzuzuziehen.«

An dieser Stelle griff der Hauptmann von seinem Fensterplatz aus ein. »Hätte das nicht warten können, Dottoressa? Man braucht doch nicht gleich einen Spezialisten aus dem Bett zu trommeln, nur weil sich jemand den Kopf angeschlagen hat, oder?«

Die Ärztin wandte sich dem Hauptmann zu, und ihr Blick verhieß ein Sperrfeuer. Statt dessen erwiderte sie ganz gelassen: »Es schien mir geboten, Capitano, weil es ja offenbar ein Gewehrkolben war, mit dem der Kopf des Patienten kollidierte.«

Eins zu null für die Dame, Capitano, dachte Brunetti. Doch dann fing er den Blick auf, den der Offizier der Ärztin zuwarf, und stellte überrascht fest, daß der junge Mann tatsächlich verlegen wirkte.

»Hat er das behauptet, Dottoressa?« fragte der Capitano.

»Nein. Er hat gar nichts gesagt. Ihr Soldat hat es mir erzählt, als ich ihn fragte, was mit seiner Nase passiert ist.« Die Ärztin sprach jetzt ganz sachlich.

Der Hauptmann nickte, stieß sich von der Wand ab und trat mit ausgestreckter Hand auf Brunetti zu. »Marvilli«, stellte er sich vor, während sie einander die Hand schüttelten. Dann fuhr er, an die

Ärztin gewandt, fort: »Er ist übrigens keiner von meinen Männern, Dottoressa, sondern in Verona stationiert, wie er Ihnen gesagt hat. Alle vier stammen von dort.« Als weder Brunetti noch die Ärztin darauf eingingen, offenbarte der Capitano seine Jugend und seine Unsicherheit, indem er erklärend nachschob: »Der Offizier, der den Einsatz hätte leiten sollen, wurde überraschend nach Mailand abkommandiert, und da ich hier stationiert bin, mußte ich kurzfristig einspringen.«

»Verstehe«, sagte die Ärztin. Brunetti, der weder das Ausmaß der Operation noch deren Hintergründe kannte, schwieg vorsichtshalber.

Marvilli hatte offenbar nichts hinzuzufügen, und so bat Brunetti nach einer Pause: »Wenn Sie erlauben, Dottoressa, würde ich diesen Patienten gern sehen. Den in der Neurologie.«

»Wissen Sie, wo das ist?«

»Gleich neben der Dermatologie?«

»Stimmt. Also wenn Sie den Weg kennen, dürfen Sie von mir aus ruhig hinaufgehen«, erklärte die Ärztin.

Brunetti, der ihr namentlich danken wollte, schielte nach dem Schildchen an ihrem Revers. Dottoressa Claudia Cardinale, las er. Damit mußte sie wohl leben, aber hatten manche Eltern denn gar keinen Verstand?

»Ich danke Ihnen, Dottoressa Cardinale«, sagte er förmlich. Die Ärztin ergriff seine dargebotene Hand und dann, zu Brunettis Verblüffung, auch die des Hauptmanns. Gleich darauf ließ sie die beiden Männer allein.

»Capitano«, sagte Brunetti in sachlichem Ton, »dürfte ich vielleicht erfahren, was hier vorgeht?«

Marvilli hob die Hand, eine für ihn überraschend verhaltene Geste. »Ich kann Ihre Frage immerhin zum Teil beantworten, Commissario.« Als Brunetti schwieg, fuhr Marvilli fort: »Der Einsatzbefehl heute nacht erfolgte aufgrund einer Ermittlung, die schon geraume Zeit läuft: seit fast zwei Jahren, um genau zu sein. Dottor Pedrolli«, fuhr er fort, und Brunetti nahm an, daß dies der Name des Patienten in der Neurologie sei, »Dottor Pedrolli hat vor achtzehn Monaten illegal ein Baby adoptiert. Er und eine Reihe anderer, die sich des gleichen Vergehens schuldig gemacht haben, wurden heute nacht im Zuge einer Großrazzia verhaftet.«

Obwohl ihn die Anzahl der Betroffenen interessiert hätte, erwiderte Brunetti nichts, und Marvilli hielt offenbar keine weitere Erklärung für nötig.

»Ist es das, was man ihm anlastet?« nahm Brunetti endlich das Gespräch wieder auf. »Illegale Adoption?« Eine Frage, mit der er sich unversehens in Gustavo Pedrollis ohnmächtigen Kampf gegen die Allmacht des Gesetzes verstrickte.

»Ich nehme an«, versetzte Marvilli, »daß man ihm außerdem Beamtenbestechung, Urkundenfälschung, Entführung eines Minderjährigen und illegalen Devisentransfer zur Last legen wird.« Er beobachtete Brunettis Gesicht, und als er sah, wie sich die Miene des Commissarios verdüsterte, fuhr der Hauptmann fort: »Im Verlauf der Ermittlungen werden zweifellos weitere Anschuldigungen hinzukommen.« Mit der Spitze eines seiner eleganten Stiefel stieß er einen Fetzen blutigen Verbandsmull vor seinen Füßen weg, bevor er zu Brunetti aufblickte. »Und es würde mich nicht wundern, wenn Widerstand gegen die Staatsgewalt und gegen einen Beamten in Ausübung seines Dienstes darunterfielen.«

Wohl wissend, wie mangelhaft er über die Vorgänge unterrichtet war, übte Brunetti sich weiter in Schweigen. Er öffnete die Tür zum Flur und ließ Marvilli den Vortritt. Seinem Akzent nach stammte der Hauptmann aus dem Veneto, war jedoch kein Venezianer, weshalb Brunetti annahm, daß er sich im Labyrinth der Klinik nicht auskennen würde. Wortlos führte der Commissario seinen Begleiter durch die leeren Korridore, wobei er, ohne groß nachzudenken, bald nach links, bald nach rechts abbog.

Vor dem Eingang zur Neurologischen Abteilung machten sie halt. »Haben Sie einen Ihrer Männer bei ihm postiert?« fragte Brunetti.

»Ja. Den, den er nicht angegriffen hat«, versetzte der Hauptmann. Als er merkte, wie das klang, schob er berichtigend nach: »Einen aus der Abteilung von Verona.«

Brunetti stieß die Stationstür auf. Hinter dem Empfangstresen saß eine junge Krankenschwester mit langem schwarzem Haar. Sie blickte auf, und Brunetti fand, sie wirkte müde und verdrossen. »Sie wünschen?«

Bevor sie ihnen erklären konnte, die Station sei für Besucher geschlossen, trat Brunetti versöhnlich lächelnd auf sie zu. »Verzeihen Sie die Störung, Schwester, aber ich bin von der Polizei und möchte Dottor Pedrolli sprechen. Wenn ich recht informiert bin, ist mein Inspektor schon hier.«

Bei dem Hinweis auf Vianello hellte ihre gestrenge Miene sich ein wenig auf. »Er war da, aber ich glaube, er ist nach unten gegangen. Dottor Pedrolli wurde vor einer Stunde eingeliefert: Dottor Damasco untersucht ihn gerade.« Damit wandte die Schwester sich von dem venezianisch sprechenden Brunetti an den uniformierten Marvilli. »Anscheinend haben ihn die Carabinieri zusammengeschlagen.«

Brunetti, der spürte, wie Marvilli sich versteifte und vorpreschen wollte, versperrte ihm vorsorglich den Weg. »Dürfte ich wohl zu ihm?« fragte er und hinderte Marvilli mit gebieterischem Blick daran, sich einzumischen.

»Ich denke schon«, erwiderte die Schwester gedehnt und erhob sich mit der Aufforderung, ihr zu folgen, von ihrem Platz. Im Vorbeigehen sah Brunetti, daß auf dem Computer am Tresen ein Historienfilm lief, vielleicht *Der Gladiator*, vielleicht auch *Alexander*.

Er ging hinter der Schwester her den Flur entlang, Marvillis Schritte im Rücken. Vor einer Tür auf der rechten Seite blieb die Schwester stehen, klopfte, stieß dann – einer Aufforderung folgend, die Brunetti entging – die Tür auf und steckte den Kopf ins Zimmer. »Jemand von der Polizei, Dottore«, sagte sie.

»Da ist doch schon einer hier, verdammt!« knurrte eine gereizte Männerstimme. »Das reicht. Sagen Sie dem anderen, er soll warten.«

Die Schwester zog den Kopf zurück und schloß die Tür. »Sie haben's gehört«, verkündete sie, und alle Freundlichkeit war aus ihrer Stimme und Mimik gewichen.

Marvilli sah auf die Uhr. »Wann macht denn die Cafeteria auf?« fragte er.

»Um fünf«, antwortete die Schwester. Auf sein enttäuschtes Gesicht hin fuhr sie in sanfterem Ton fort: »Aber im Erdgeschoß finden Sie einen Kaffeeautomaten.« Ohne ein weiteres Wort überließ sie die beiden Männer sich selbst und kehrte zu ihrem Film zurück.

Marvilli erkundigte sich, ob Brunetti auch etwas trinken wolle, doch der lehnte dankend ab. Mit dem Versprechen, gleich wieder dazusein, machte der Hauptmann sich auf den Weg. Prompt bereute Brunetti seine Entscheidung und wollte dem Davoneilenden schon nachrufen: *»Caffè doppio, con due zuccheri, per piacere«*, aber er scheute sich, die Stille zu durchbrechen. Als Marvilli durch die Schwingtür am Ende des Korridors verschwunden war, ging Brunetti zu einer Reihe orangefarbener Plastikstühle, setzte sich und wartete darauf, daß jemand aus Pedrollis Zimmer kam.

4

Brunetti nutzte die Wartezeit dafür, seine Gedanken zu ordnen. Wenn man um drei Uhr morgens den leitenden Oberarzt der Neurologie herbeordert hatte, dann mußte es schlimm stehen um diesen Dottor Pedrolli, auch wenn Marvilli sich alle Mühe gab, die Sache herunterzuspielen. Brunetti verstand nicht, warum die Carabinieri mit so massiver Gewalt vorgegangen waren. Aber es konnte natürlich sein, daß ein Hauptmann, der nicht zur Einsatztruppe gehörte, die Operation nicht so gut im Griff hatte wie ein Offizier, der mit seinen Männern vertraut war. Kein Wunder, daß Marvilli so nervös wirkte.

Ob dieser Dottor Pedrolli über seine Privataffäre hinaus in Adoptionsgeschäfte verwickelt war? Schließlich hatte er als Pädiater Zugang zu Kindern und, durch sie, zu den Eltern, vielleicht auch zu solchen, die sich erfolglos um mehr Nachwuchs bemühten, oder gar zu denen, die man dazu bewegen konnte, sich von einem ungewollten Kind zu trennen.

Ferner könnte Pedrolli Kontakt zu Waisenhäusern unterhalten: Deren Insassen bedurften ärztlicher Betreuung gewiß mindestens ebenso wie Kinder, die daheim in der eigenen Familie aufwuchsen. Brunetti wußte, daß Vianello mit Waisen großgeworden war: Seine Mutter hatte die Kinder einer Freundin aufgenommen, allerdings gerade, um sie vor dem Heim, jenem Schreckbild seiner Elterngeneration, zu bewahren. Inzwischen herrschten, dank der regen Tätigkeit von Sozialdiensten und Kinderpsychologen, sicher andere Verhältnisse. Auch wenn Brunetti sich eingestehen mußte, daß er keine Ahnung hatte, wie viele Waisenhäuser es in Italien noch gab und wo.

Unwillkürlich dachte er zurück an seine ersten Ehejahre mit

Paola. Damals hielt sie an der Universität ein Seminar über Dickens, und mit dem Enthusiasmus des Jungvermählten hatte er die Romane gemeinsam mit ihr gelesen. Schaudernd erinnerte er sich an das Waisenhaus, in dem Oliver Twist gequält wurde, doch dann fiel ihm jene Stelle aus *Große Erwartungen* ein, die ihm seinerzeit das Blut in den Adern gefrieren ließ, nämlich Mrs. Joes Leitspruch, Kinder gehörten »von Hand aufgezogen«, eine Formulierung, die weder er noch Paola zu deuten wußten, die sie aber gleichwohl beide verstört hatte.

Charles Dickens hatte allerdings vor zweihundert Jahren geschrieben, als es, nach heutigen Maßstäben, noch richtige Großfamilien gab: Selbst Brunettis Eltern hatten noch je sechs Geschwister gehabt. Wurden die Kinder heute besser umsorgt, weil sie inzwischen Mangelware sind?

Inmitten dieser Gedanken tippte sich der Commissario plötzlich mit den Fingern seiner rechten Hand an die Stirn: Gegen Dottor Pedrolli war keine offizielle Anklage erhoben worden, Brunetti hatte keine Beweismittel zu Gesicht bekommen, und doch ging er, nur auf das Wort eines Hauptmanns in Reitstiefeln hin, von der Schuld des Mannes aus!

Hier wurde der Commissario in seinen Betrachtungen unterbrochen: Vianello kam mit langen Schritten den Korridor entlang und setzte sich zu ihm. »Bin ich froh, daß du da bist«, sagte der Inspektor nur.

»Was ist hier eigentlich los?« fragte Brunetti, nicht minder erleichtert über die Anwesenheit seines Kollegen.

Mit gedämpfter Stimme begann Vianello, die Situation zu erklären. »Riverre und ich, wir hatten Nachtdienst, als der Anruf kam. Zuerst wurde ich nicht schlau daraus.« Er versuchte vergebens, ein Gähnen zu unterdrücken.

Der Inspektor stützte die Ellbogen auf die Knie, schob den Oberkörper nach vorn und wandte sich Brunetti zu. »Eine Frau rief an und behauptete, vor einem Haus in San Marco hätten sich bewaffnete Männer versammelt. In der Calle Venier, sagte sie, um die Ecke vom La Fenice, nicht weit von den alten Kassenräumen der Carive-Bank. Wir haben eine Streife hingeschickt, aber als die dort eintraf, waren die Männer schon fort, und aus einem Fenster rief irgend jemand unseren Leuten zu, es seien die Carabinieri gewesen und es habe einen Verletzten gegeben, den sie ins Krankenhaus geschafft hätten.«

Vianello vergewisserte sich mit einem Seitenblick, daß Brunetti ihm zuhörte, dann fuhr er fort. »Es waren die von der Streife – also unsere Leute –, die mir den Vorfall gemeldet haben. Auch, daß es sich bei dem Verletzten um einen Arzt handelt. Als ich daraufhin herkam, um zu sehen, was los ist, erklärte mir so ein Trottel von Capitano – in Reitstiefeln, du meine Güte! –, es sei ihr Fall und gehe mich nichts an.«

Brunetti ließ seinem Inspektor die abfällige Bemerkung über einen Hauptmann der Carabinieri schweigend durchgehen.

»Daraufhin beschloß ich, dich zu verständigen«, ergänzte Vianello.

Als er innehielt, fragte Brunetti: »Und weiter?«

»Anschließend – also nach dem Anruf bei dir – habe ich eine Weile hier gewartet. Sobald der Neurologe eintraf, habe ich versucht, von ihm eine Stellungnahme zu kriegen, doch dann kam Rotstiefelchen aus dem Krankenzimmer, und der Arzt ging hinein, um nach seinem Patienten zu sehen. Also bin ich runter zum Boot und habe mit einem der Carabinieri gesprochen, die den Verletzten hergebracht hatten. Von ihm erfuhr ich, daß der Trupp, der die Festnahme vorgenommen hat, aus Verona kommt. Bis auf den Gestiefelten, der ist hier stationiert. Stammt irgendwo aus Pordenone, ist aber seit etwa einem halben Jahr hier. Na, jedenfalls hat's Ärger gegeben bei der Festnahme von diesem Arzt. Der ist offenbar auf einen der Carabinieri losgegangen und dabei gestürzt. Als er danach nicht mehr hochkam, fing seine Frau dermaßen an zu schreien, daß sie beschlossen, ihn hierher in die Klinik zu bringen und untersuchen zu lassen.«

»Hat der Carabiniere ein Baby erwähnt?« fragte Brunetti.

»Nein. Mit keinem Wort«, antwortete Vianello verdutzt. »Aber der Mann wirkte ohnehin nicht sehr gesprächig, und ich wußte ja auch nicht genau, wonach ich fragen sollte. Eigentlich wollte ich nur rauskriegen, was mit diesem Arzt passiert ist und wie es zu seiner Verletzung kam.«

Brunetti schilderte Vianello in groben Zügen, was er von Marvilli über Zweck und Ziel der Razzia sowie deren Ausgang erfahren hatte. Vianello brummelte etwas vor sich hin; Brunetti glaubte das Wort »Angriff« herauszuhören.

»Du glaubst nicht, daß er gestürzt ist?« fragte Brunetti und dachte an die Bedenken von Dottoressa Cardinale.

Vianello gab ein ungläubiges Schnauben von sich. »Nein! Es sei denn, er wäre über die Sporen des Hauptmanns gestolpert, als sie ihn aus dem Bett holten. Der Mann war nackt, als er hier eingeliefert wurde. Jedenfalls hat mir das eine der Schwestern unten an der Pforte erzählt. In eine Decke gehüllt, aber drunter splitternackt.«

»Und was folgerst du daraus?« fragte Brunetti.

»Nimm einem Mann die Kleider weg, und er ist nur noch ein halber Mann«, entgegnete Vianello. »Ein Nackter attackiert keinen bewaffneten Gegner«, lautete seine – in diesem Fall voreilige – Schlußfolgerung.

»Ich glaube, es waren sogar zwei«, warf Brunetti ein.

»Genau«, bekräftigte Vianello, der sich offenbar in seiner Theorie bestätigt fühlte.

Brunetti nickte zustimmend, dann horchte er auf. Im Flur erklangen Schritte; Marvilli war im Anmarsch.

Der Hauptmann erkannte Vianello und meinte: »Wie ich sehe, setzt Ihr Sergente Sie gerade ins Bild.«

Vianello wollte etwas erwidern, doch Brunetti kam ihm zuvor. Er erhob sich und trat einen Schritt auf Marvilli zu. »Der Ispettore referiert mir, was ihm berichtet wurde, Capitano.« Und mit einem entwaffnenden Lächeln setzte Brunetti hinzu: »Das ist nicht unbedingt das gleiche.«

»Kommt ganz drauf an, mit wem er gesprochen hat«, versetzte Marvilli triumphierend.

»Am Ende wird uns schon irgendwer die Wahrheit sagen, da bin ich mir sicher«, konterte Brunetti. Ob Marvilli ein bißchen zuviel Koffein erwischt hatte?

Bevor der Hauptmann antworten konnte, öffnete sich die Tür zu Pedrollis Zimmer. Ein Mann mittleren Alters, der Brunetti irgendwie bekannt vorkam, trat, den Blick noch auf etwas im Raum gerichtet, in den Flur hinaus. Er trug ein Harris-Tweed-Sakko über einem blaßgelben Pullover und Jeans.

»Raus!« befahl er in drohendem Ton und wies mit erhobener Hand Richtung Ausgang. Dabei hatte er unverwandt einen Gegenstand oder vielmehr eine Person im Visier. Ein wesentlich jüngerer Mann im Tarnanzug und mit Maschinenpistole tauchte im Türspalt auf, verharrte auf der Schwelle und spähte dumpf benommen in den Korridor hinaus.

Kaum daß der junge Mensch den Mund aufmachen wollte, brachte der Capitano ihn zum Schweigen und bedeutete ihm mit einer Kopfbewegung, sich zu entfernen. Als aber der Carabiniere in den Flur trat und auf Marvilli zuschritt, winkte der abermals ab, ungehalten diesmal, worauf der junge Mann so eilig an ihm vorbeitrabte, daß man bald nur noch das immer leiser werdende Knarren seiner Stiefel hörte.

Als wieder Stille eingekehrt war, schloß der Arzt die Tür zum Patientenzimmer und näherte sich der Sitzgruppe. Nach einem freundlichen Nicken in Vianellos Richtung wandte er sich in unverhohlen aggressivem Ton an Marvilli. »Sind Sie hier der Verantwortliche?« fragte er.

»Ja, der bin ich«, antwortete Marvilli, und Brunetti hörte an seinem Tonfall, wie schwer es ihm fiel, Ruhe zu bewahren. »Darf ich auch erfahren, wer Sie sind?« fuhr der Capitano fort. »Und was Sie mit Ihren Fragen bezwecken?«

»Ich bin Arzt und habe da drin einen Patienten, der überfallen wurde. Und da Sie ein Carabiniere sind und vermutlich Bescheid wissen, möchte ich diesen Vorfall melden oder vielmehr Anzeige erstatten.«

»Überfallen? *Er?*« fragte Marvilli mit gespielter Neugier. »Ihr Patient ist auf zwei von meinen Leuten losgegangen und hat einem von ihnen die Nase gebrochen. Wenn also jemand tätlich geworden ist, dann doch wohl er.«

Der Arzt maß Marvilli mit einem Blick voller Verachtung, die er auch in seiner Stimme durchklingen ließ. »Ich weiß nicht, welchen Rang Sie bekleiden, Signore, aber falls Ihre Leute meinen Patienten, nachdem sie ihm die Schädeldecke gebrochen hatten, nicht obendrein noch entkleidet haben, dann wurden sie – die doch vermutlich bewaffnet waren – von einem nackten Mann angegriffen.« Nach einer kurzen Pause setzte er hinzu: »Wo Sie herkommen, mag das anders sein, aber bei uns in Venedig ist es der Polizei verboten, Zivilisten zusammenzuschlagen.« Damit kehrte der Arzt Marvilli den Rücken, zum Zeichen, daß er mit ihm fertig sei, und wandte sich Vianello zu. »Auf ein Wort, Ispettore?« Und bevor Vianello etwas erwidern konnte, fügte er hinzu: »Drinnen, bitte.«

»Natürlich, Dottore«, gab Vianello zurück. Und fuhr, mit der Rechten auf Brunetti deutend, fort: »Das ist mein Vorgesetzter, Commissario Brunetti. Er ist sehr beunruhigt über das, was sich hier zugetragen hat.«

»Ah, Sie sind also der Commissario!« Der Arzt streckte Brunetti die Hand hin und lächelte so ungezwungen, als sei es ganz natürlich, morgens um vier Bekanntschaft zu schließen. »*Sie* würde ich auch gern sprechen«, sagte er ohne Rücksicht darauf, daß Marvilli keinen Meter weit entfernt stand.

Der Arzt ließ Brunetti und Vianello eintreten, dann schloß er die Tür. »Mein Name ist Damasco«, erklärte er und wandte sich zum Bett. »Bartolomeo.«

Auf dem Bett lag ein Mann, der ihnen mit verstörtem Blick entgegensah. Die Deckenbeleuchtung war nicht eingeschaltet; einzige Lichtquelle war eine kleine Nachttischlampe, in deren Schein Brunetti dichtes, hellbraunes Haar ausmachen konnte, das dem Mann in die Stirn fiel. Das Gesicht über dem offenbar schon stark graumelierten Bart war rauh und vernarbt und das linke Ohr des Patienten rot angeschwollen.

Pedrolli bewegte die Lippen, doch sein Kollege beugte sich beschwichtigend über ihn. »Keine Angst, Gustavo. Diese Herren wollen dir helfen. Und fürchte nicht um deine Stimme. Die kommt schon wieder. Was du jetzt brauchst, sind Ruhe und Zeit, damit die Medikamente wirken können.« Dottor Damasco tätschelte dem Patienten die bloße Schulter, dann zog er ihm die Decke hoch bis zum Kinn.

Der Mann auf dem Bett blickte ihn durchdringend an, bemüht, sich dem anderen auch ohne Worte verständlich zu machen. »Sei unbesorgt, Gustavo. Bianca geht es gut. Und Alfredo auch.«

Bei dem letzten Namen ging ein schmerzhaftes Zucken über Pedrollis Gesicht. Er kniff die Augen zu, um nicht zu verraten, was in ihm vorging; dann drehte er, immer noch mit geschlossenen Augen, den Kopf weg.

»Was ist denn mit ihm?« fragte Brunetti.

Damasco schüttelte den Kopf, als wolle er sich von der Frage distanzieren. »Das herauszufinden ist Ihre Aufgabe, Commissario. Ich kann nur die körperlichen Symptome behandeln.«

Als der Arzt sah, wie sehr seine brüske Erwiderung die beiden Polizisten verblüffte, führte er sie vom Krankenbett weg. An der Tür sagte er: »Dottoressa Cardinale rief mich gegen zwei Uhr morgens an. Die Carabinieri hätten einen Mann in der Notaufnahme eingeliefert – sie sagte mir auch, um wen es sich handelte: Gustavo Pedrolli, ein Kollege aus der Pädiatrie. Ein Schlag mit einem so harten Gegenstand, daß er die Schädeldecke durchdringen konnte, hatte ihn hinterm linken Ohr getroffen. Zum Glück ist die Schädeldecke an der Stelle ziemlich dick, so daß es nur zu einem Haarriß kam, aber es ist trotzdem eine folgenschwere Verletzung. Oder könnte es sein.

Als ich zwanzig Minuten später hier eintraf, hatten zwei Carabinieri vor der Station Posten bezogen. Eine Maßnahme, die sie damit begründeten, daß Pedrolli sich zuvor seiner Festnahme widersetzt und dabei einen ihrer Männer tätlich angegriffen habe.« Damasco schloß die Augen und preßte die Lippen zusammen, um anzudeuten, für wie glaubhaft er diese Erklärung hielt. »Kurz darauf meldete mir der Kollege aus der Notaufnahme, daß bei dem angeblichen Opfer dieses ›Angriffs‹ einzig der Nasenknorpel etwas abbekommen hat. Weshalb ich mir nicht vorstellen kann, daß der Mann ernsthaft attackiert wurde.«

Neugierig geworden, hakte Brunetti nach: »Ist Dottor Pedrolli denn der Typ, der so reagieren würde? Gleich zuschlagen, meine ich?«

Damasco wollte schon etwas erwidern, doch dann stockte er, offenbar um sich seine Antwort zurechtzulegen. »Nein. Außerdem geht ein nackter Mann nicht auf einen Carabiniere mit Maschinenpistole los, oder?« Und nach einer Pause fügte er hinzu: »Es sei denn, er muß seine Familie verteidigen.« Als der Arzt sah, daß die beiden Polizisten gespannt aufhorchten, fuhr er fort: »Der Posten wollte mir den Zutritt zu meinem Patienten verweigern. Vielleicht dachten sie ja, ich würde ihm zur Flucht verhelfen, ihn womöglich durch ein Fenster entkommen lassen – keine Ahnung. Oder ich könnte mit ihm zusammen eine Geschichte zu seiner Entlastung aushecken. Aber ich habe ihnen klargemacht, daß ich Arzt bin, und als ich den Namen ihres vorgesetzten Offiziers wissen wollte, da haben sie mich reingelassen. Allerdings bestand der Wortführer darauf, daß sein Kamerad anwesend sein müsse, während ich Gustavo untersuchte.« Nicht ohne Stolz schloß Damasco: »Doch dann habe ich ihn rausgeworfen. So etwas dürfen die sich nicht rausnehmen, nicht hier in Venedig.«

Mit dieser Feststellung sprach Damasco dem Commissario aus der Seele. Nein, hier duldete man so etwas nicht, schon gar nicht ohne Genehmigung der hiesigen Polizei. Letzteres ergänzte Brunetti aber nur still für sich. Laut fuhr er fort: »So wie Sie mit ihm geredet haben, Dottore, machte es den Eindruck, als sei Ihr Patient nicht in der Lage zu sprechen. Können Sie mir dazu Näheres sagen?«

Damasco wandte den Blick ab, als suche er die Antwort auf diese

Frage an der Wand. Endlich sagte er: »Gustavo will offenbar reden, aber seine Stimme gehorcht ihm nicht.«

»Der Schlag?« mutmaßte Brunetti.

Damasco zuckte die Achseln. »Das Gehirn ist ein hochkompliziertes Ding und der Verstand erst recht. Mit ersterem beschäftige ich mich seit dreißig Jahren und weiß inzwischen annähernd, wie es funktioniert, letzterer aber ist mir immer noch ein Buch mit sieben Siegeln.«

»Auch in diesem Fall, Dottore?« Brunetti stellte die Frage, weil er spürte, daß der Arzt sie erwartete.

Wieder das Schulterzucken, und dann sagte Damasco: »Soweit ich es beurteilen kann, ist der Schlag nicht die Ursache für seine Sprachlähmung. Möglich, daß er unter Schock steht, oder vielleicht hat er auch beschlossen, erst zu sprechen, wenn er Klarheit gewonnen hat über das, was vorgefallen ist.« Damasco hob die Arme und fuhr sich mit den Handflächen übers Gesicht.

Dann ließ er die Hände wieder sinken und gestand: »Ich weiß es nicht. Ich arbeite, wie gesagt, mit dem organischen Gehirn, mit Neuronen und Synapsen und allem, was man testen und vermessen kann. Das übrige – den Verstand oder, wenn Sie so wollen, den nichtorganischen Bereich – überlasse ich anderen Experten.«

»Aber Sie ziehen es mit in Betracht, Dottore«, versetzte Brunetti mit ebenso gedämpfter Stimme wie Damasco.

»Das schon, ja. Sehen Sie, ich kenne Gustavo seit langem und bin daher ein wenig vertraut mit seinen Gedankengängen und Reaktionen. Also ziehe ich es in Betracht, ja.«

»Würden Sie sich dazu näher äußern wollen, Dottore?« fragte Brunetti.

»Wozu?«

»Nun, dazu, wie Ihr Patient denkt und reagiert?«

Jetzt wandte Damasco dem Commissario seine volle Aufmerksamkeit zu, und man sah ihm an, daß er die Frage ernst nahm. »Nein, tut mir leid. Ich kann Ihnen nicht mehr sagen, als daß Gustavo kompromißlos ehrlich ist, eine Eigenschaft, die ihm, zumindest beruflich, schon manches Mal geschadet hat.« Der Neurologe hielt inne, als lausche er den eigenen Worten nach. »Er ist mein Freund«, ergänzte er dann, »aber er ist auch mein Patient, und ich habe die Pflicht, ihn zu schützen, so gut ich kann.«

»Wovor denn?« fragte Brunetti. Auf Dottor Damascos Bemerkung über die Ehrlichkeit seines Freundes und deren nachteilige Folgen wollte er im Moment nicht eingehen.

Damascos freundliches Lächeln wirkte entwaffnend, als er zur Antwort gab: »Im Zweifelsfalle vor der Polizei, Commissario.« Damit wandte er sich ab und kehrte an Pedrollis Bett zurück. »Und jetzt, meine Herren«, sagte er mit einem Blick über die Schulter, »lassen Sie mich bitte mit meinem Patienten allein.«

5

Als Brunetti und Vianello auf den Flur hinaustraten, war Marvilli immer noch da. Er lehnte mit dem Rücken an der Wand, und seine Pose war die gleiche wie bei Brunettis erster Begegnung mit ihm.

»Und? Was hat der Dottore gesagt?« forschte Marvilli.

»Daß sein Patient nicht sprechen kann, weil er einen Schlag auf den Kopf bekommen hat.« Brunetti referierte bewußt nur eine der möglichen Ursachen, die der Neurologe für Pedrollis Problem benannt hatte. Er ließ dem Hauptmann Zeit, das Gehörte zu verarbeiten, bevor er seinerseits fragte: »Wollen Sie mir jetzt erzählen, was passiert ist?«

Marvilli spähte den Flur entlang, ob es unliebsame Lauscher gäbe. Nachdem er sich vergewissert hatte, daß sie allein waren, löste er sich aus seiner verkrampften Pose, schob den Ärmel hoch und sah auf die Uhr. »Die Cafeteria hat noch nicht geöffnet, oder?« fragte er. Und klang auf einmal eher müde als argwöhnisch. »Der Automat ist kaputt«, setzte er hinzu, »aber ich könnte wirklich einen Kaffee gebrauchen.«

»Das Café im Untergeschoß macht manchmal früher auf«, warf Vianello ein.

Marvilli nickte dankbar und stiefelte los, ohne abzuwarten, ob die Polizisten sich ihm anschließen würden. Als er am Ende des Korridors zielstrebig Richtung Dermatologie abbog, war Brunetti so verblüfft, daß er ihn nicht rechtzeitig zurückrief.

»Laß nur«, sagte Vianello und schlug die entgegengesetzte Richtung ein. »Irgendwann wird er schon hinfinden.«

Unten angekommen, hörten sie durch die offene Tür zum Café

das Ratschen der Kaffeemühle und das Zischen der Espressomaschine. Erst wollte der Barmann ihnen den Zutritt verwehren, aber als Brunetti seinen Dienstausweis vorzeigte, ließ er sich erweichen und bediente sie schon vor der Öffnungszeit. Die beiden Polizisten stellten sich an den Tresen, rührten Zucker in ihren Kaffee und warteten auf Marvilli. Zwei Pfleger in blauen Kitteln kamen herein und bestellten *caffè corretto*, einer mit einem kräftigen Schuß Grappa, der andere mit Fernet-Branca. Sie tranken rasch aus und gingen, ohne zu zahlen. Doch Brunetti sah, wie der Barmann ein neben der Kasse festgeklemmtes Merkbuch hervorzog, darin blätterte und rasch etwas notierte.

»Guten Morgen, Commissario«, ertönte eine leise Stimme von hinten, und als Brunetti sich umwandte, stand Dottor Cardinale vor ihm.

»Ah, Dottoressa!« grüßte Brunetti und machte der jungen Ärztin am Tresen Platz. »Darf ich Sie zu einem Kaffee einladen?« fragte er so laut, daß der Barmann es hören mußte.

»Und mir das Leben retten«, antwortete sie lächelnd und stellte ihre Arzttasche auf den Boden. »In der letzten Stunde ist es am schlimmsten. Da kommt normalerweise niemand mehr, und meine Gedanken kreisen nur noch um den Kaffee. So ähnlich dürfte es einem in der Wüste ergehen: Er kann an nichts anderes mehr denken als an diesen ersten, lebensrettenden Schluck.«

Ihr Kaffee kam, und sie gab drei Tütchen Zucker hinein. Auf den Blick der beiden Polizisten hin erklärte sie trocken: »Wenn ich meine Patienten dabei erwischte, würde ich ihnen die Leviten lesen.« Dottoressa Cardinale schwenkte die Tasse ein paarmal hin und her, und Brunetti hatte das Gefühl, sie wisse genau, wie viele Schwenks nötig waren für die richtige Trinktemperatur.

In einem Zug stürzte die Ärztin den Kaffee hinunter und stellte die Tasse ab. »Gerettet«, sagte sie zu Brunetti. »Jetzt bin ich wieder ein Mensch.«

»Trauen Sie sich noch einen zu?« fragte Brunetti.

»Nicht, wenn ich schlafen möchte, sobald ich nach Hause komme«, sagte sie. »Aber danke für das Angebot.«

Dottor Cardinale bückte sich nach ihrer Tasche, als Brunetti fragte: »Dieser Polizist, Dottoressa, wie schwer verletzt war der wirklich?«

»Abgesehen von seinem Stolz nicht der Rede wert, würde ich sagen.« Dottor Cardinale hob die Tasche hoch und fuhr fort: »Wenn er einen ernsthaften Schlag abbekommen hätte, wäre das Nasenbein gebrochen oder der Knorpel total verschoben. Ihm ist nicht mehr passiert, als wenn er aus nächster Nähe gegen eine Tür geprallt wäre.«

»Und Dottor Pedrolli?« forschte Brunetti weiter.

Sie schüttelte den Kopf. »Die Neurologie ist, wie gesagt, nicht mein Fachgebiet. Darum habe ich ja Dottor Damasco hinzugezogen.«

Über ihre Schulter sah Brunetti den Hauptmann herankommen. Marvilli, der sichtlich verärgert war, weil er sich verlaufen hatte, trat an den Tresen und bestellte einen Kaffee.

Dottoressa Cardinale ergriff ihre Tasche mit der Linken, streckte Brunetti die Rechte entgegen und beugte sich dann vor, um auch Vianello die Hand zu reichen. »Nochmals danke für den Kaffee, Commissario.« Dann streckte sie lächelnd Marvilli die Hand entgegen. Der zögerte nur einen winzigen Moment, bevor er kapitulierte.

Die Ärztin ging hinaus und spähte vom Flur her in die Bar zurück. Sie wartete, bis Marvilli sich nach ihr umdrehte. »Tolle Stiefel, Capitano«, rief sie ihm mit strahlendem Lächeln zu, machte kehrt und war im Nu verschwunden.

Brunetti hielt den Blick auf seinen Kaffee gesenkt, trank aus und stellte bedächtig die Tasse ab. Nachdem er sich vergewissert hatte, daß sie die einzigen Gäste in der Cafeteria waren, wandte er sich an Marvilli. »Glauben Sie, Sie könnten mir ein bißchen mehr über diesen Einsatz verraten, Capitano?«

Marvilli nahm einen Schluck und stellte die Tasse auf den Untersatz, bevor er antwortete. »Wie ich Ihnen bereits sagte, Commissario, laufen die Ermittlungen seit geraumer Zeit.«

»Wie lange genau?« hakte Brunetti nach.

»Auch das habe ich Ihnen schon gesagt: seit fast zwei Jahren.«

Vianello setzte seine Tasse vielleicht ein wenig zu scheppernd ab und bestellte beim Barmann noch drei Kaffee.

»Ja, Capitano, ich weiß«, antwortete Brunetti. »Aber mich interessiert eigentlich, was die Ermittlungen ausgelöst hat, insbesondere die hier vor Ort.«

»Ich bin mir nicht sicher, ob ich Ihnen darüber Auskunft geben darf, Commissario. Aber soviel kann ich immerhin sagen, daß der Einsatz in Venedig Teil einer Großrazzia war, die zeitgleich in mehreren Orten stattfand.« Marvilli schob seine Tasse beiseite und setzte abschließend hinzu: »Ich weiß nicht, ob ich zu weiteren Angaben befugt bin.«

Brunetti verkniff sich den Vorwurf, daß das Einsatzkommando in Venedig einen Zivilisten krankenhausreif geprügelt hatte. Stattdessen versetzte er seelenruhig: »Ich dagegen bin sehr wohl befugt, Sie – oder denjenigen Ihrer Männer, der Dottor Pedrolli niedergeschlagen hat – festzunehmen: und zwar wegen tätlichen Angriffs.« Und mit einem geschmeidigen Lächeln fuhr er fort: »Was ich natürlich nicht tun werde. Ich erwähne es nur, um Ihnen klarzumachen, daß wir uns nicht zum blinden Erfüllungsgehilfen unserer Befugnisse degradieren sollten.« Er spielte noch mit dem Gedanken, dem

Hauptmann zu unterstellen, daß er sich mit seinen schmucken Reitstiefeln fälschlich als Kavallerieoffizier ausgab, doch die Vernunft behielt die Oberhand.

Der Commissario riß ein Tütchen Zucker auf und schüttete ihn in den frischen Kaffee. Während er, die Augen auf den Löffel geheftet, sachte umrührte, fuhr er in lockerem Plauderton fort: »In Ermangelung jeglicher Informationen über Ihren Einsatz kann ich nicht ermessen, ob Ihre Männer das Recht hatten, hier in Venedig aktiv zu werden, Capitano. Nun, wie dem auch sei: Meine ganze Sorge gilt in jedem Fall der Sicherheit unserer Bevölkerung.« Er blickte auf. »Ich bitte um nähere Angaben.«

Mit müder Gebärde griff Marvilli nach seinem zweiten Kaffee und schob die leere Tasse von sich fort. Er tat dies so heftig, daß Tasse und Untersatz über die hintere Thekenkante rutschten und klappernd, aber ohne zu Bruch zu gehen, ins Spülbecken segelten. Marvilli entschuldigte sich mechanisch beim Barmann, der achselzuckend Tasse und Unterteller aus dem Wasser fischte.

Der Hauptmann wandte sich wieder Brunetti zu und fragte: »Und was, wenn Sie nur bluffen, Commissario?«

»Wenn Sie mir so kommen, Capitano«, erwiderte Brunetti, »dann muß ich Beschwerde einlegen gegen das unverhältnismäßig gewaltsame Vorgehen Ihrer Männer und eine interne Ermittlung beantragen.« Er stellte seine Tasse ab. »Solange kein richterlicher Beschluß vorliegt, der Ihr Eindringen in Dottor Pedrollis Haus rechtfertigt, haben sich Ihre Männer eines widerrechtlichen Übergriffs schuldig gemacht.«

»Es gibt einen richterlichen Beschluß«, sagte Marvilli.

»Von einem venezianischen Gericht?«

Nach langer Pause räumte Marvilli ein: »Das weiß ich nicht, Commissario. Aber ich weiß, daß ein Bescheid vorliegt. Ohne den hätten wir niemals einen solchen Einsatz gestartet – weder hier noch in den anderen Städten.«

Eine Beteuerung, der Brunetti Glauben schenkte. So weit, daß die Polizei ohne richterlichen Beschluß nach Belieben irgendwo eindringen konnte, waren sie hier denn doch noch nicht. Noch herrschten hier keine amerikanischen Zustände.

Als Brunetti wieder das Wort ergriff, verriet seine Stimme die Müdigkeit eines Mannes, der lange vor der gewohnten Zeit aus dem Schlaf gerissen und dessen Geduld seitdem auf eine schwere Probe gestellt wurde. »Wenn wir beide aufhören, den starken Mann zu markieren, Capitano, könnten wir jetzt vielleicht gemeinsam zur Questura gehen, und Sie erzählen mir unterwegs, was wirklich vorgefallen ist.« Er kramte einen 10-Euro-Schein hervor und legte ihn auf den Tresen, bevor er sich zum Ausgang wandte.

»Ihr Wechselgeld, Signore«, rief ihm der Barmann nach.

Brunetti winkte schmunzelnd ab. »Sie haben der Dottoressa das Leben gerettet, schon vergessen? Ich finde, das ist unbezahlbar.« Der Barmann bedankte sich lachend, und Brunetti und Vianello verließen die Cafeteria. Gefolgt von einem nachdenklichen Marvilli.

Als die drei Männer ins Freie traten, wo sie die Wärme des anbrechenden Tages empfing, fiel Brunetti auf, daß das Pflaster stellenweise feucht war. Er konnte sich nicht erinnern, ob es bei seiner Ankunft in der Klinik geregnet hatte, und von drinnen aus hatte er nicht darauf geachtet. Jetzt fiel kein Niederschlag mehr, doch die Luft roch wie rein gewaschen, und es versprach einer jener klaren Tage zu werden, die der Frühherbst der Stadt so gern bescherte, vielleicht um über das Ende des Sommers hinwegzutrösten. Es hätte Brunetti gereizt, zur Mündung des Kanals hinunterzuspazieren und nachzusehen, ob man jenseits der Lagune schon die Berge sehen konnte, aber weil so ein Umweg Marvilli höchstwahrscheinlich provoziert hätte, verzichtete er darauf. Bis zum Nachmittag würden Smog und steigende Luftfeuchtigkeit die Berge zwar wieder verhüllen, doch vielleicht hatte er ja morgen Glück.

Als sie den Campo Santi Giovanni e Paolo überquerten und Brunetti entdeckte, daß man das Colleoni-Denkmal endlich von dem Gerüst befreit hatte, hinter dem es vor Jahren verschwunden war, freute er sich über das Wiedersehen mit dem alten Schurken. Hinter der noch geschlossenen Konditorei Rosa Salva bog der Commissario, der den anderen inzwischen ein Stück voraus war, nach rechts in die Calle Bressana ein. Oben auf der Brücke machte er halt, damit Vianello und Marvilli aufschließen konnten. Doch der Inspektor blieb, Distanz wahrend, unten stehen, wo er sich an ein Mäuerchen lehnte. Brunetti ließ ihn gewähren und stützte sich auf das Brückengeländer. Marvilli, der jetzt neben ihm stand, aber in die andere Richtung schaute, sprach als erster. »Vor zwei Jahren erfuhren wir, daß eine Polin, die legal hier lebte, unverheiratet, mit einer Anstellung als Haushaltshilfe, in einer Klinik in Vicenza kurz vor der Entbindung stand. Ein paar Tage später verließ ein bislang kinderloses Ehepaar aus Mailand, beide Ende Dreißig, besagte Klinik mit dem Baby und einer Geburtsurkunde, die den Mailänder als Vater auswies. Er gab an, die Polin sei seine Geliebte und das Kind von ihm. Seine Aussage wurde von der Polin bestätigt.«

Marvilli stützte die Unterarme auf das flache Brückengeländer und ließ den Blick über die Palazzi am Ende des Kanals schweifen. Dann fuhr er scheinbar nahtlos in seinem Bericht fort. »Der Schönheitsfehler an der Geschichte war, daß der Mann, also der angebliche Vater, zum Zeitpunkt der Zeugung beruflich in England weilte. Und die Polin mußte bereits bei ihrer Einreise nach Italien schwanger gewesen sein: Laut ihrer Arbeitserlaubnis kam sie sechs Monate vor der Geburt des Kindes ins Land. Der Mann, der sich für den Vater ausgab, war aber nie in Polen gewesen, und die Kindsmutter hatte ihr Heimatland nie zuvor verlassen.« Ehe Brunetti nachhaken konnte, beteuerte Marvilli: »Wir sind ganz sicher. Glauben Sie mir.« Er hielt inne und beobachtete Brunettis Mienenspiel. »Der Mailänder ist nicht der Vater.«

»Wie haben Sie das alles herausgefunden?« fragte Brunetti.

Marvilli blickte unverwandt aufs Wasser. Als er antwortete, klang seine Stimme plötzlich nervös, so als gebe er streng geheime Informationen preis. »Eine der Frauen, die mit der Polin das Zimmer teilten. Die beiden haben zur gleichen Zeit entbunden. Diese Zeugin gab an, die Polin habe immer nur von ihrem Freund gesprochen und davon, daß es ihr sehnlichster Wunsch sei, ihn glücklich zu machen. Was anscheinend bedeutete, bei der Rückkehr nach Polen eine Menge Geld mitzubringen, wie sie es ihm bei jedem Telefonat versprach.«

»Verstehe«, sagte Brunetti. »Und diese Zimmergenossin aus der Klinik, die hat Sie verständigt?«

»Nein, sie hat es ihrem Mann erzählt, der aber ist beim Sozialamt und hat das Kommando in Vicenza benachrichtigt.« Damit wandte der Capitano sich zum Gehen.

Brunetti, der sich eben noch auf ein herannahendes Wassertaxi konzentriert hatte, machte kehrt und schloß sich Marvilli an. »Welch günstige Fügung, Capitano! Die Ordnungsstreitkräfte können weiß Gott dankbar sein, wenn ihnen solch glückliche Zufälle zu Hilfe kommen. Die Zimmergenossin konnte also gerade genug Polnisch, um zu verstehen, was die junge Frau ihrem Freund am Telefon erzählte.« Brunetti beäugte den Capitano von der Seite. »Ganz zu schweigen von dem praktischen Umstand, daß der Ehemann ausgerechnet beim Sozialamt arbeitet und gleich pflichtschuldig die Carabinieri alarmierte.« Brunettis Blick sprühte vor Zorn.

Marvilli zögerte lange, bevor er sich zu einer Erwiderung durchrang. »Also gut, Commissario.« Er hob ergeben die Hände. »Wir hatten schon vorher, aus anderer Quelle, von der Sache Wind bekommen, und die Informantin wurde in die Klinik eingeschleust, bevor die Polin dort eintraf.«

»Und der besorgte Anruf des Mannes vom Sozialamt?«

»Diese Operationen sind streng geheim!« gab Marvilli gereizt zurück.

»Nun kommen Sie schon, Capitano.« Mit zunehmender Helligkeit wurde es wärmer, und Brunetti knöpfte sein Jackett auf.

Brüsk wandte Marvilli sich ihm zu. »Darf ich offen sprechen, Commissario?« Bei Tageslicht sah man erst richtig, wie jung er noch war.

»Ich sollte es vielleicht gar nicht erwähnen, Capitano, aber Ihre Frage läßt darauf schließen, daß Sie bisher nicht aufrichtig gewesen sind.« Dann wurde Brunettis Stimme plötzlich sanft. »Doch, ja, reden Sie nur frei von der Leber weg.«

Marvilli blinzelte, unsicher, ob er auf Brunettis Worte reagieren solle oder auf seinen versöhnlichen Ton. Er stellte sich auf die Zehenspitzen und nahm die Schultern zurück. »O Gott«, seufzte er, »ich hasse diese Razzien vor Tagesanbruch. Wir waren heute nacht überhaupt nicht im Bett.«

»Noch einen Kaffee?« schlug Brunetti vor.

Da lächelte Marvilli zum ersten Mal und wirkte gleich noch jünger. »Vorhin sagten Sie zu dem Barmann, der Kaffee habe der Dottoressa das Leben gerettet. Wahrscheinlich gilt das jetzt auch für mich.«

»Vianello!« rief Brunetti dem Inspektor zu, der immer noch am Fuß der Brücke stand und so tat, als bewundere er die Fassade des Bauwerks zu seiner Linken. »Was hat hier in der Nähe um die Zeit schon auf?«

Vianello sah auf seine Uhr. »Ponte dei Greci«, sagte er und kam die Stufen herauf.

Als sie vor der Bar anlangten, war das Eisengitter vor Tür und Schaufenstern ein paar Zentimeter hochgezogen, genug, um anzuzeigen, daß es drinnen bereits Kaffee gab. Brunetti klopfte ans Gitter und rief: »Sergio, bist du da?« Nach wiederholtem Klopfen erschienen vier stark behaarte Finger am unteren Rand des Gitters, das sich langsam hob. Zur Überraschung der beiden Polizisten ging Marvilli in die Hocke und half von außen mit, das Gitter hochzuziehen. Als es über der Tür eingerastet war, stand Sergio vor ihnen: beleibt, mit dichtem dunklem Schopf; ein, wie Brunetti fand, höchst willkommener Anblick.

»Schlaft ihr Brüder denn gar nicht?« knurrte Sergio, doch es klang eher gutmütig. Dann trat er zurück in die Bar und stellte sich hinter den Tresen. »Drei?« fragte er ohne nähere Angabe. Er sah seinen übernächtigten Gästen an, was sie brauchten.

Brunetti nickte und steuerte eine Nische beim Fenster an.

Man hörte die Kaffeemaschine zischen und eine Tür zuschlagen. Als Brunetti aufblickte, sah er einen hochgewachsenen Afrikaner, der eine Strickjacke über der hellblauen Jellaba trug, ein Tablett mit abgedecktem frischem Gebäck hereintragen. »Bring's rüber zu den Herren am Tisch, Bambola, ja?« rief Sergio.

Der Afrikaner wandte sich ihrer Nische zu, doch als er Marvillis Uniformjacke erkannte, schrak er unwillkürlich zusammen. Jäh blieb er stehen und hielt das Tablett schützend vor seine Brust.

Vianello machte eine lässige Handbewegung. »Wir sind noch

nicht im Dienst!« rief er. Bambolas Blick schweifte von ihm zu den beiden anderen, und als die bestätigend nickten, entspannte sich sein Gesicht. Er kam an ihren Tisch, stellte das Tablett ab und zog dann, wie ein Zauberer, das Papier weg. Ein Duftgemisch aus Rahm, Eischnee, Zucker, Rosinen und frischgebackenem Teig erfüllte die Luft.

»Lassen Sie's einfach stehen«, sagte Marvilli; dann schob er ein »bitte« nach.

Der Afrikaner ging zum Tresen, wechselte ein paar Worte mit Sergio und verließ die Bar.

Kaum, daß jeder der drei sich ein Gebäckstück ausgesucht hatte, war Sergio auch schon mit dem Kaffee zur Stelle sowie mit einer Kuchenplatte, auf die er ihre Teilchen lud. Die übrigen nahm er mit hinter den Tresen, wo er sie in einer Plexiglasvitrine anordnete.

Wie in stummem Einverständnis darüber, daß die Diskussion von Polizeibelangen sich nicht mit dem Verzehr von Brioches vertrüge, schwiegen die drei Männer, bis die Kaffeetassen geleert waren und die Teilchen verzehrt. Brunetti spürte alsbald, wie Koffein und Zucker seinen Kreislauf anregten, und auch die beiden anderen belebten sich rasch.

»Und dann«, nahm Brunetti seine Befragung wieder auf, »wie ging es weiter, nachdem das Paar aus Mailand mit dem Baby der Polin heimgefahren war?« Im Krankenhaus hatte der Hauptmann nur gesagt, die Operation Pedrolli sei Teil einer Großrazzia gewesen, doch Brunetti war sicher, daß man ihn früher oder später dazu bringen würde, dies zu präzisieren.

Marvilli knüllte seine Papierserviette zusammen und sagte: »Aufgrund einer richterlichen Verfügung hat man sie observiert.«

»Und das heißt?« forschte Brunetti, als ob er nicht Bescheid wüßte.

»Nun, Telefon, Fax und Mail-Anschluß wurden angezapft, ebenso ihre Handys. Ihre Post wurde geöffnet, und hin und wieder hat man sie beschattet«, antwortete Marvilli.

»Galt das auch für Dottor Pedrolli und seine Frau?« erkundigte sich Brunetti.

»Nein, der Fall lag anders«, versetzte Marvilli.

»Inwiefern?«

Marvilli kniff die Lippen zu einem schmalen Strich zusammen. »Ich kann nicht mehr sagen, als daß die Informationen über Dottor Pedrolli aus einer anderen Quelle kamen.«

»Können oder wollen Sie nicht?« hakte Brunetti nach.

»Ich kann nicht«, beharrte Marvilli. Ob er so mißmutig klang, weil ihm die Frage lästig war oder weil er sie wirklich nicht beantworten konnte, vermochte Brunetti nicht zu entscheiden.

Trotzdem gestattete der Commissario sich noch eine letzte Frage. »Wußten Sie über die Pedrollis auch schon von Anfang an Bescheid?«

Marvilli schüttelte nur den Kopf.

Brunetti gab sich damit zufrieden, und sei es nur, weil der wiederholte Hinweis darauf, daß der Fall Pedrolli eine Sonderstellung einnahm, ja sich irgendwie von dem langgeplanten Einsatz unterschied, ihn so sehr beschäftigte. Als Vianello sich anschickte, etwas zu sagen, nutzte der Commissario dies als Chance, um nicht länger zu insistieren. Er wandte sich dem Inspektor zu, den er diesmal absichtlich mit dem Vornamen ansprach, und fragte: »Ja, Lorenzo, was gibt's denn?«

»Capitano«, begann Vianello, »wenn Ihre Vorgesetzten wußten, was da ablief, wieso wurden die Beteiligten nicht einfach verhaftet?«

»Weil wir den Mittelsmann schnappen wollten«, erklärte Marvilli, »und natürlich die Drahtzieher.« An Brunetti gewandt, setzte er hinzu: »Inzwischen dürfte Ihnen doch klar sein, daß wir nicht nur an den Personen interessiert sind, die heute nacht festgenommen wurden, oder?«

Brunetti nickte.

»Es handelt sich hier keineswegs um Einzelfälle«, fuhr Marvilli fort. »Illegaler Babyhandel wird landesweit betrieben. Wir haben wahrscheinlich keine Vorstellung davon, wie verbreitet er schon ist.«

Der Capitano wandte sich jetzt wieder Vianello zu. »Darum brauchen wir den Mittelsmann, um herauszufinden, wer die Papiere besorgt hat, die Geburtsurkunden, ja in einem Fall sogar gefälschte Klinikunterlagen, die einer Frau, die gar kein Kind bekommen hatte, eine Entbindung bescheinigten.« Nach dieser Rede faltete Marvilli wie ein gehorsamer Schüler die Hände auf dem Tisch

Brunetti ließ ein paar Sekunden verstreichen, ehe er das Wort ergriff. »Den einen oder anderen Fall hat es auch hier, im Veneto, gegeben. Aber soviel ich weiß, ist dies die erste Festnahme wegen Babyhandels direkt in Venedig.«

Marvilli nickte zustimmend, und Brunetti fragte: »Gibt es denn schon Erkenntnisse, die… also die Gesamtsituation betreffend?«

»Auch das kann ich nicht beantworten, Commissario. Ich wurde erst gestern nacht mit dem Fall betraut und bin nur auf die Schnelle instruiert worden.« Wenn dem so war, dachte Brunetti, dann hatte der Hauptmann in sehr kurzer Zeit erstaunlich viel gelernt.

Doch er behielt seine Gedanken für sich und fragte statt dessen: »Und wissen Sie, ob dieser sogenannte Mittelsmann schon gefaßt wurde?«

Marvilli zuckte mit den Schultern, was der Commissario als ein

Nein wertete. »Ich weiß lediglich, daß die beiden Paare, die letzte Nacht festgenommen wurden, in ein und derselben Klinik in Verona gewesen sind«, verriet der Hauptmann schließlich.

Die Verblüffung, mit der Brunetti den Namen einer Stadt aus dem florierenden Wirtschaftszentrum des Landes vernahm, machte ihm wieder einmal bewußt, daß er Kriminalität und Verbrechen automatisch für die natürliche Erblast des Südens hielt. Doch warum sollte die Bereitschaft, sich illegaler Mittel zu bedienen, um an ein Kind zu kommen, dort unten weiter verbreitet sein als im reichen, gutsituierten Norden?

Als Brunetti sich wieder in das Gespräch einblendete, hörte er Marvilli sagen: »Dottor Pedrolli und seine Frau.«

»Verzeihung, Capitano, aber könnten Sie das wiederholen? Ich war mit meinen Gedanken woanders.«

Es gefiel dem Commissario, daß Marvilli sich nicht im mindesten irritiert zeigte über die Zerstreutheit seines Zuhörers. »Also von den anderen Paaren hatten sich, wie gesagt, zwei in einer Fertilitätsklinik in Verona behandeln lassen. Patienten werden landesweit dorthin überwiesen.« Der Hauptmann beobachtete, wie die beiden Polizisten dies aufnahmen, und fuhr dann fort. »Vor etwa zwei Jahren suchten die Pedrollis ebendiese Klinik für eine gemeinsame Untersuchung auf.« Für Brunetti, der keine Ahnung hatte, wie viele Kliniken im Veneto auf Fruchtbarkeitsprobleme spezialisiert sein mochten, hätte das durchaus ein bloßer Zufall sein können.

»Und weiter?« fragte der Commissario. Er war neugierig, wie intensiv und wie lange die Carabinieri sich wohl mit dieser Klinik befaßt und das Leben der dort behandelten Patienten ausspioniert hatten.

»Nichts weiter!« gab Marvilli wütend zurück. »Gar nichts. Die Pedrollis hatten einen Termin, mehr wissen wir nicht.«

Brunetti verzichtete auf die Frage, ob die Carabinieri die Pedrollis und die Klinik auf Dauer überwacht hätten und, wenn ja, in welchem Ausmaß. Zwar hätte er gern gewußt, wie und mit welchem Recht die Carabinieri sich vom Untersuchungstermin der Pedrollis Kenntnis verschafft hatten. Doch eine innere Stimme mahnte ihn zur Besonnenheit: eingedenk jener langen Liste von Informationen, die er sich – mit Hilfe der nicht unbedeutenden Fertigkeiten von Signorina Elettra Zorzi, der Sekretärin seines Vorgesetzten – schon illegal beschafft hatte. Also behielt er seine gerechte Empörung über die Verletzung der Privatsphäre eines Mitbürgers seitens der Carabinieri für sich. »Und haben Sie irgendwelche verdächtigen Verbindungen zu dieser Klinik gefunden?« fragte er.

Marvilli schob seine Tasse beiseite. »Wir arbeiten daran«, versetzte er ausweichend.

Vorsichtig, um nicht mit Marvilli zusammenzustoßen, streckte Brunetti unterm Tisch die Beine aus. Dabei rutschte er mit dem Oberkörper etwas tiefer und verschränkte die Arme über der Brust. »Wenn Sie gestatten, denke ich jetzt einmal laut, Capitano.« Eine Ankündigung, die ihm einen argwöhnischen Blick des Hauptmanns eintrug. »Es wenden sich doch bestimmt jedes Jahr Hunderte von Ratsuchenden an diese Klinik.«

Als Marvilli nichts darauf erwiderte, hakte Brunetti nach. »Habe ich recht, Capitano?«

»Ja.«

»Gut.« Brunetti lächelte so zufrieden, als hätte der Hauptmann seine Hypothese im voraus bestätigt. »Demnach sind die Pedrollis ein Paar unter Hunderten mit vergleichbaren Problemen.« Wieder lächelte er Marvilli an, was diesmal so aussah, als wolle er den Lerneifer eines Lieblingsschülers anfeuern. »Wie kamen dann die Carabinieri zu dem Schluß, daß von all den Paaren, die diese Klinik konsultieren, sich ausgerechnet die Pedrollis einer illegalen Adoption schuldig gemacht hätten? Wie konnten sie das wissen, obwohl der Mittelsmann noch gar nicht gefaßt ist?«

Marvilli zögerte etwas zu lange mit der Antwort. »Das hat man mir nicht gesagt.«

Nach einer weiteren Pause ergänzte der Capitano: »Ich glaube, das ist eine Frage, die Sie mit Dottor Pedrolli besprechen sollten.«

Jemand, der rücksichtsloser oder rachsüchtiger gewesen wäre als Brunetti, hätte Marvilli jetzt daran erinnert, daß und warum man mit Pedrolli derzeit nichts besprechen konnte. Statt dessen überraschte er den Hauptmann mit der Feststellung: »Ich hätte Sie das nicht fragen dürfen.« Worauf er rasch das Thema wechselte: »Und die Kinder? Was geschieht mit denen?«

»Das gleiche wie in all diesen Fällen«, antwortete Marvilli.

»Nämlich?« fragte Brunetti.

»Sie kommen ins Waisenhaus.«

6

Brunetti ließ sich weder anmerken, wie Marvillis Worte auf ihn gewirkt hatten, noch suchte er Blickkontakt zu Vianello. Er konnte nur hoffen, daß der Inspektor seinerseits Zurückhaltung üben und nichts sagen würde, was die inzwischen leidlich entspannte Gesprächsatmosphäre trüben oder gar verderben könnte.

»Und was dann?« fragte Brunetti in dienstlichem Ton. »Was geschieht mit den Kindern?«

Marvilli war sichtlich verwirrt. »Das habe ich Ihnen doch gesagt, Commissario. Wir veranlassen ihre Einlieferung in ein Waisenhaus. Was danach geschieht, ist Sache der Sozialämter und des Jugendgerichts.«

Brunetti ließ es dabei bewenden. »Verstehe. Also haben Sie die Babys jeweils...« Er überlegte, welches Wort hier wohl angebracht wäre: Requiriert? Beschlagnahmt? Gekidnappt? »... mitgenommen und einer sozialen Einrichtung übergeben.«

»Das war unsere Pflicht«, bestätigte Marvilli knapp.

»Und Pedrolli?« wollte Brunetti wissen. »Was wird aus ihm?«

Marvilli zögerte mit der Antwort. »Das hängt vermutlich vom Ermittlungsrichter ab. Sofern Pedrolli sich kooperativ zeigt, kommt er wohl glimpflich davon.«

»Was meinen Sie mit kooperativ?« erkundigte sich Brunetti.

Marvillis beredtes Schweigen verriet, daß der Commissario sich mit dieser Frage in die Nesseln gesetzt hatte. Bevor er seinen Fehler wiedergutmachen konnte, schob Marvilli die Manschette zurück und konsultierte seine Armbanduhr. »Ich glaube, ich muß zurück ins Hauptquartier, Signori«, sagte er und zwängte sich seitwärts aus der Nische. »Darf ich die Rechnung übernehmen?«

»Danke, Capitano, aber nein, danke«, antwortete Brunetti lächelnd. »Ich möchte gern von mir sagen können, daß ich an einem Tag zwei Leben gerettet habe.«

Marvilli lachte. Er reichte Brunetti die Hand, dann beugte er sich über den Tisch und verabschiedete sich mit einem höflichen »Auf Wiedersehen, Ispettore« auch von Vianello.

Falls Brunetti die Zusage erwartet hatte, man werde die Polizei auf dem laufenden halten, begleitet von der Bitte, umgekehrt eigene Informationen an die Carabinieri weiterzuleiten, so sah er sich enttäuscht. Der Capitano dankte ihm lediglich noch einmal für den Kaffee, bevor er sich abwandte und die Bar verließ.

Brunetti betrachtete die benutzten Gedecke und zerknüllten Servietten. »Noch ein Kaffee, und ich kann zurück zur Questura fliegen.«

»Gilt auch für mich«, brummte Vianello. Dann fragte er: »Also, wo fangen wir an?«

»Mit Pedrolli, würde ich sagen. Und dann sollten wir diese Klinik in Verona ausfindig machen«, antwortete Brunetti. »Außerdem wüßte ich zu gern, wie die Carabinieri auf Pedrolli gestoßen sind.«

Vianello deutete auf den Platz, an dem Marvilli gesessen hatte. »Ja, in dem Punkt war er sehr zugeknöpft, nicht wahr?«

Beide waren um eine Erklärung verlegen und versanken in nachdenkliches Schweigen, bis Vianello wiederum das Wort ergriff. »Die Ehefrau ist wahrscheinlich noch im Krankenhaus. Möchtest du mit ihr reden?«

Brunetti nickte. Dann stand er auf und ging zum Tresen.

»Zehn Euro, Commissario«, sagte Sergio.

Brunetti zahlte und wandte sich zum Ausgang, wo Vianello bereits auf ihn wartete. Er war schon fast an der Tür, als er über die Schulter zurückrief: »Bambola?«

Sergio lächelte. »Ich habe seinen richtigen Namen auf der Arbeitserlaubnis gelesen, aber den hätte ich niemals aussprechen können. Also hat er vorgeschlagen, daß ich ihn Bambola nenne, weil das seinem richtigen Namen im Italienischen noch am nächsten kommt.«

»Arbeitserlaubnis?« fragte Brunetti.

»Für die *pasticceria* in Barbaria delle Tolle.« Sergio sprach den Straßennamen venezianisch aus, was nach Brunettis Erfahrung noch keinem Ortsfremden fehlerlos gelungen war. »Doch, doch, Commissario, er hat eine.«

Vianello und Brunetti verließen die Bar und machten sich auf den Weg zur Questura. Es war kurz vor sieben, als sie dort anlangten, und so gingen sie in den Mannschaftsraum, um sich dort in dem alten Schwarzweißfernseher die Morgennachrichten anzuschauen. Sie ließen endlose Politberichte über sich ergehen, in denen man Minister und Staatsmänner in Mikrophone sprechen sah, während ein Kommentar aus dem Off ihre angeblichen Verlautbarungen zusammenfaßte. Dann eine Autobombe. Regierungsdementis, die steigende Inflationsrate betreffend. Drei neue Heiligsprechungen.

Nach und nach gesellten sich andere Kollegen dazu. Das Programm schaltete um auf einen unscharfen Film, in dem eine blaue Carabinieri-Limousine an der Questura von Brescia vorfuhr. Dem Wagen entstieg ein Mann, der Handschellen trug und sein Gesicht hinter den erhobenen Händen verbarg. Der Off-Kommentar erklärte, den Carabinieri sei es gelungen, bei einer nächtlichen Razzia in Brescia, Verona und Venedig einen Babyhändlerring zu zerschlagen. Fünf Personen seien festgenommen und drei Kinder in staatliche Obhut verbracht worden.

»Arme Wesen«, murmelte Vianello, und es war klar, daß er die Kinder meinte.

»Aber was sollte man sonst mit ihnen machen?« fragte Brunetti.

Alvise, der unbemerkt hereingekommen war und nun ganz in ihrer Nähe stand, platzte laut dazwischen. Und auch wenn er so tat, als rede er mit dem Fernseher, war eindeutig Brunetti gemeint. »Was sonst? Sie um Gottes willen bei ihren Eltern lassen!«

»Die Eltern wollten sie aber nicht«, bemerkte Brunetti sachlich. »Daher kommt ja das ganze Elend.«

Alvise streckte die rechte Hand in die Luft. »Ich meine doch nicht die leiblichen Eltern«, krähte er, »sondern jene, die diese Kinder aufgezogen haben und die sie...« Seine Stimme überschlug sich fast. »...Es gibt Paare, die hatten so ein Baby seit achtzehn Monaten. Das sind anderthalb Jahre! In der Zeit haben die Kleinen schon laufen und sprechen gelernt. Die kann man doch nicht einfach aus ihrer gewohnten Umgebung rausreißen und ins Waisenhaus stecken. *Porco Giuda*, das sind Kinder, keine Kokainlieferungen, die wir konfiszieren und in die Asservatenkammer sperren können.« Alvise schlug mit der Faust auf den Tisch und fixierte seinen Vorgesetzten mit puterrotem Gesicht. »Was ist denn das für ein Land, in dem so was passieren kann?«

Brunetti konnte dem nichts entgegenhalten. Alvises Frage war völlig berechtigt. Ja, was für ein Land?

Auf dem Bildschirm tummelten sich inzwischen Fußballspieler, die entweder streikten oder festgenommen wurden. Genau konnte Brunetti das nicht erkennen, und es war ihm auch egal; also schaltete er den Fernseher aus und verließ, gefolgt von Vianello, das Zimmer.

Auf der Treppe erklärte der Inspektor unvermittelt: »Alvise hat ganz recht.«

Und da Brunetti schwieg, fügte Vianello hinzu: »Vielleicht geschieht es zum ersten Mal seit unserer Geschichtsschreibung, daß er recht hat, aber diesmal ist es so.«

Brunetti wartete oben auf dem Treppenabsatz, und als Vianello ihn eingeholt hatte, sagte er: »Das Gesetz ist eine herzlose Bestie, Lorenzo.«

»Was soll denn das heißen?«

»Es heißt«, versetzte Brunetti, der auf der Schwelle zu seinem Büro stehengeblieben war, »daß, wenn diese Paare die Kinder behalten dürften, ein Präzedenzfall geschaffen würde. Dann könnte man Babys kaufen oder sie sich von überall her beschaffen, auf welchem Wege auch immer und egal, aus welchen Motiven, und all das wäre völlig legal.«

»Was für ein Motiv könnten Adoptiveltern haben, außer daß sie ein Kind großziehen und liebhaben wollen?« fragte Vianello aufgebracht.

Als die ersten Gerüchte über den Verkauf von Babys im Dienste des Organhandels aufkamen, hatte Brunetti sich vorgenommen, sie als moderne Legenden abzutun. Doch mit den Jahren waren die Gerüchte zahlreicher geworden und hatten sich überdies von der Dritten in die Erste Welt verlagert. Wenn sie ihm heute zu Ohren kamen, weigerte er sich zwar immer noch, daran zu glauben, aber sie verstörten ihn. Ein so kompliziertes Unterfangen wie eine Transplantation erforderte zahlreiche Mitwirkende und ein personalstarkes, straff organisiertes medizinisches Umfeld, damit ein Patient Aussicht auf Heilung hatte. Daß solche Operationen stattfanden und alle Beteiligten Stillschweigen wahrten, konnte Brunetti sich beim besten Willen nicht vorstellen. Zumindest nicht in Italien. Über die Landesgrenzen hinaus wagte er keine Prognosen mehr.

Auch wenn es über zehn Jahre her war, erinnerte er sich noch gut an den ebenso verzweifelten wie erschütternden Leserbrief in *La Repubblica*, in dem eine Mutter gestand, daß sie bewußt gegen das Gesetz verstoßen und ihrer zwölfjährigen Tochter zu einer Nierentransplantation in Indien verholfen hatte. Die Frau zitierte die Diagnose und legte dar, daß ihre Tochter auf der Dringlichkeitsliste des staatlichen Gesundheitsdienstes für eine Transplantation so niedrig eingestuft worden sei, daß es einem Todesurteil gleichkam.

Die Mutter war sich durchaus im klaren darüber, daß ein anderer Mensch, vielleicht ein Kind wie das ihre, aus blanker Not gezwungen sein würde, einen Teil seines Körpers zu verkaufen. Sie wußte auch, daß die Gesundheit des Spenders künftig auf Dauer gefährdet sein würde, egal wie hoch man ihn entlohnte oder was er mit dem Geld anfing. Doch als sie das Leben ihrer Tochter gegen das verschärfte Risiko eines Fremden abwog, hatte sie sich dafür entschieden, diese Schuld auf sich zu nehmen. Weshalb sie mit ihrer Tochter nach Indien flog, wo deren defekte Niere gegen eine gesunde ausgetauscht wurde.

Einer der Aspekte, die Brunetti insgeheim seit jeher an den antiken Dichtern und Denkern bewundert hatte – und derentwegen er sie wieder und wieder las –, war die scheinbare Leichtigkeit, mit der sie ihre moralischen Urteile fällten. Richtig oder falsch; schwarz und weiß. Ach, was für unbeschwerte Zeiten!

Doch dann traten die Naturwissenschaften auf den Plan und streuten Sand ins ethische Getriebe. Um mit ihnen und der modernen Technologie Schritt zu halten, taugten die überlieferten Moralprinzipien nicht mehr. Empfängnisprobleme konnten heutzutage auf vielfältige Weise behoben werden, die Toten waren nicht mehr gänzlich tot, die Lebenden aber auch nicht unbedingt lebenstauglich, und vielleicht gab es tatsächlich einen Ort, an dem Herzen und Lebern zum Verkauf standen.

All diese Gedanken hätte Brunetti dem Inspektor gern mitgeteilt. Doch da er nicht wußte, wie er sie zusammenfassen, geschweige denn plausibel machen sollte, trat er neben Vianello und legte ihm eine Hand auf die Schulter. »Ich habe keine großen Antworten, Lorenzo, nur ein paar kleine Ideen.«

»Und was heißt das?«

»Es heißt«, versetzte der Commissario, obwohl ihm die Eingebung erst in dem Moment gekommen war, »daß wir, die wir mit Pedrollis Festnahme nichts zu tun haben, ihn vielleicht beschützen könnten.«

»Ich fürchte, ich verstehe nicht ganz«, gestand Vianello.

»Ich verstehe es ja selber nicht recht, aber mir scheint, dieser Dottor Pedrolli könnte Schutz gebrauchen.«

»Vor Marvilli?«

»Nein, vor dem nicht. Aber vor den Herrschaften, für die Marvilli arbeitet.«

Vianello nahm auf einem der Besucherstühle vor Brunettis Schreibtisch Platz. »Hattest du schon mal mit denen zu tun?« fragte er.

Brunetti, der immer noch viel zu aufgedreht war vor lauter Koffein und Zucker, als daß er sich hätte setzen mögen, blieb, an den Schreibtisch gelehnt, stehen. »Mit den Carabinieri-Oberen in Verona? Nicht persönlich, nein. Aber ich meinte auch eher den Typ.«

»Den, der unschuldige Babys ins Waisenhaus steckt?« fragte Vianello, den dieser Gedanke offenbar nicht mehr losließ.

»Ja«, bestätigte Brunetti, »ich denke, das trifft es ziemlich gut.«

Vianello nickte zustimmend. »Aber wie können wir ihn schützen?«

»Als erstes müßte man feststellen, ob er einen Anwalt hat und, wenn ja, welchen«, antwortete Brunetti.

Mit einem bitteren Lächeln versetzte Vianello: »Klingt nicht, als hättest du viel Zutrauen zu unseren Rechtsvertretern.«

»Wenn man Pedrolli all das zur Last legt, was Marvilli uns genannt hat, dann braucht der Dottore einen guten Verteidiger.«

»Donatini?« So widerstrebend, wie der Name dem Inspektor über die Lippen kam, hätte man meinen können, es handele sich dabei um etwas Anstößiges.

Brunetti hob in gespieltem Entsetzen die Hände. »Nein, so weit würde ich denn doch nicht gehen. Pedrolli braucht jemanden, der so gut ist wie Donatini, aber trotzdem anständig.«

Mehr Brunetti zuliebe denn aus Überzeugung warf Vianello ein: »Anständig? Ein Rechtsanwalt?«

»Da gibt es schon einige«, beharrte Brunetti. »Rosato zum Beispiel, obwohl ich nicht weiß, ob der noch in Strafrecht macht. Dann Barasciutti und Leonardi...« Hier stockte der Commissario und verstummte schließlich ganz.

Ohne ein Wort darüber zu verlieren, daß ihnen, die in ihrer Laufbahn zusammengenommen seit fast einem halben Jahrhundert mit Strafverteidigern zu tun hatten, darunter nur ganze drei Ehrenmänner einfielen, schlug Vianello vor: »Statt anständig könnten wir uns ja mit effizient zufriedengeben.« Daß damit Donatinis Name wieder in die erste Wahl geriete, übergingen beide geflissentlich.

Brunetti sah auf die Uhr. »Wenn ich seine Frau treffe, werde ich mich erkundigen, ob sie einen Anwalt haben.« Damit stieß er sich von der Schreibtischkante ab, ging um das Möbel herum und nahm in seinem Sessel Platz.

Im Eingangskorb bemerkte er einige Papiere, die gestern zum Feierabend noch nicht dagelegen hatten, warf aber nur einen flüchtigen Blick darauf. »Wir müssen vor allem eins herausfinden«, sagte er.

»Wer diesen Einsatz genehmigt hat?« fragte Vianello.

»Genau. Ohne richterliche Vollmacht und ohne Absprache mit uns würde ein Carabinieri-Kommando von außerhalb niemals hier eindringen und ein Privathaus stürmen.«

»Patta?« grübelte Vianello laut. »Könnte er Bescheid gewußt haben?«

Auch Brunetti hatte als erstes auf den Vice-Questore getippt, diese Möglichkeit jedoch nach reiflicher Überlegung wieder verworfen. »Könnte sein. Aber dann hätten wir davon gehört.« Er brauchte nicht zu erwähnen, daß die Information nicht vom Vice-Questore selbst gekommen wäre, sondern von dessen Sekretärin, Signorina Elettra.

»Wer dann?« fragte Vianello.

Brunettis Antwort ließ auf sich warten. »Vielleicht Scarpa«, mutmaßte er schließlich.

»Aber der ist doch quasi Pattas Kettenhund!« Vianellos Abneigung gegen den Tenente war unverkennbar.

»Schon, aber er hat in letzter Zeit einiges verbockt. Möglich, daß er sich, um seine Position zu stärken, über Patta hinweg direkt an den Questore gewandt hat.«

»Aber was, wenn Patta davon Wind bekommt?« wandte Vianello ein. »Daß ausgerechnet Scarpa ihn übergeht, würde ihm gar nicht gefallen.«

Brunetti hatte in letzter Zeit häufiger über die Symbiose zwischen diesen beiden Südländern, Vice-Questore Patta und seinem Wachhund Tenente Scarpa, nachgedacht. Er war immer davon ausgegangen, daß Scarpa sich auf die Protektion des Vice-Questore verließ. Doch was, wenn der Tenente seinen Bund mit Patta nur als Flirt betrachtete, als Sprungbrett auf dem Weg zu Höherem, und sich in Wahrheit ganz oben, beim Questore, einzuschmeicheln suchte?

Im Lauf der Jahre hatte Brunetti wiederholt die Erfahrung gemacht, daß er Scarpa zu seinem eigenen Schaden unterschätzte. Also war er vielleicht gut beraten, wenn er künftig mit allen Eventualitäten rechnete und vor dem Tenente auf der Hut war.

Patta wiederum war zwar ein Hohlkopf, obendrein eitel und faul, doch von Bagatellen abgesehen, hatte Brunetti keine Anhaltspunkte dafür, daß er korrupt oder gar mit der Mafia im Bunde sein könnte.

Der Commissario geriet unversehens ins Grübeln. War es mittlerweile so weit gekommen, daß der Wegfall eines Lasters schon als Tugend galt? Sind wir, fragte sich der Commissario, alle verrückt geworden?

Vianello, der mit derlei Abschweifungen seines Vorgesetzten hinlänglich vertraut war, wartete, bis Brunetti wieder in die Gegenwart zurückgefunden hatte. Dann fragte er listig: »Sollen wir sie darauf ansetzen?«

»Ich glaube, das würde ihr Spaß machen«, antwortete Brunetti prompt. Und dabei hatte er sich doch fest vorgenommen, Signorina Elettras Passion, das polizeiliche Sicherheitssystem auszutricksen, nicht länger Vorschub zu leisten.

»Erinnerst du dich an die Frau, Lorenzo, die vor etwa einem halben Jahr hier war und uns von dem schwangeren Mädchen erzählte?«

Vianello nickte. »Ja, schon, aber wieso fragst du?«

Brunetti rief sich die Frau ins Gedächtnis, mit der er damals gesprochen hatte. Klein, über sechzig, stark onduliertes, blond gefärbtes Haar und sehr besorgt, daß ihr Mann von ihrem Besuch bei der Polizei erfahren könnte. Aber irgend jemand hatte sie hergeschickt. Eine Tochter oder Schwiegertochter war, fiel ihm ein, die treibende Kraft gewesen.

»Ich wüßte gern, ob diese Befragung protokolliert wurde. Ich weiß nicht mehr, ob ich darum gebeten hatte, und auch der Name der Frau ist mir entfallen. Sie war aber doch im Frühling hier, nicht?«

»Ich glaube schon«, antwortete Vianello. »Mal sehen, ob sich ein Protokoll ausfindig machen läßt.«

»Ihre Beobachtungen haben vielleicht gar nichts mit Pedrollis Fall zu tun. Trotzdem würde ich ihre Aussage gern nachlesen und mich eventuell noch einmal mit ihr unterhalten.«

»Wenn's ein Protokoll gibt, dann finde ich es auch«, versicherte Vianello.

Brunetti sah auf die Uhr. »Ich gehe jetzt ins Krankenhaus. Mal sehen, was von Pedrollis Frau zu erfahren ist«, erklärte er. »Frag du doch Signorina Elettra, ob sie rauskriegen kann, wer Bescheid gewußt hat über diesen Carabinieri... Einsatz.« Der Commissario hätte gern ein stärkeres Wort gebraucht – Angriff, Razzia –, doch er bezwang sich.

»Ich rede mit ihr, sobald sie am Nachmittag kommt«, versprach der Inspektor.

»Nachmittag?« wiederholte Brunetti verdutzt.

»Heute ist Dienstag«, sagte Vianello so beiläufig, als läge die Erklärung auf der Hand: Lebensmittelgeschäfte bleiben Mittwoch nachmittags geschlossen, Fischrestaurants haben montags Ruhetag, und Signorina Elettra arbeitet am Dienstag nur halbtags.

»Ach ja, richtig.«

7

Sie war stark. Hätte Brunetti erklären sollen, warum sich ihm bei seiner ersten Begegnung mit Pedrollis Frau gerade dieses Adjektiv aufdrängte, so wäre er um eine Antwort verlegen gewesen. Aber es flog ihm zu, kaum daß er sie sah, und bestimmte sein Bild von ihr, solange sie miteinander zu tun hatten. Sie stand neben dem Bett ihres Gatten und funkelte den Eintretenden irritiert an, obwohl Brunetti geklopft hatte. Offenbar hatte sie jemand anderen erwartet, jemanden im weißen Arztkittel.

Sie war eine Schönheit: Das war Brunettis zweiter Eindruck. Groß und schlank, mit wallenden, kastanienbraunen Locken. Sie hatte hohe Wangenknochen und helle Augen – grün oder vielleicht auch grau – und eine schmale Stupsnase. Der Mund war im Verhältnis zur Nase zu groß, und doch paßten die vollen Lippen wunderbar zu ihrem Gesicht. Obwohl bestimmt schon Anfang Vierzig, hatte sie noch eine makellos straffe, faltenlose Haut und sah mindestens zehn Jahre jünger aus als der Mann im Bett. Ein Vergleich, der allerdings unter den gegebenen Umständen nicht ganz fair sein mochte.

Kaum hatte sie registriert, daß Brunetti nicht der war, den sie erwartet hatte, wandte die Frau sich wieder ihrem Mann zu. Pedrolli schien zu schlafen. Brunetti sah von ihm bloß Stirn, Nase und Kinn; die Körperkonturen zeichneten sich nur schwach unter der Decke ab.

Die Frau hielt den Blick unverwandt auf ihren Mann gerichtet, und Brunetti konzentrierte sich auf sie. Zum dunkelgrünen Wollrock trug sie einen beigefarbenen Pullover und braune Schuhe; ein Designermodell, nicht zum Laufen geeignet.

»Signora?« meldete Brunetti sich von der Tür her.

»Ja?« Sie gönnte ihm einen flüchtigen Blick, widmete sich aber gleich wieder ihrem Mann.

»Ich bin von der Polizei«, erklärte Brunetti.

Ihre jähzornige Reaktion traf ihn völlig unvorbereitet. Fast hätte man fürchten mögen, ihr aggressiver Ton könne sich jeden Moment in tätlicher Gewalt entladen. »Sie wagen es, hierherzukommen, nachdem Sie uns das angetan haben? Sie schlagen meinen Mann bewußtlos, lassen ihn, sprachunfähig, am Boden liegen, und dann unterstehen Sie sich, hier aufzukreuzen und mich so einfach anzusprechen?«

Mit geballten Fäusten machte sie zwei Schritte auf Brunetti zu, der unwillkürlich die Arme hochriß und die Handflächen nach außen kehrte; eine Geste, die freilich eher zur Abwehr böser Geister taugte als gegen drohende Gewalt. »Mit dem, was letzte Nacht geschehen ist, habe ich nichts zu schaffen, Signora. Im Gegenteil! Ich ermittle gegen diejenigen, die Ihren Gatten angegriffen haben.«

»Lügner!« schleuderte sie ihm entgegen, kam jedoch nicht näher.

»Signora«, setzte Brunetti mit sorgsam gedämpfter Stimme noch einmal an, »man hat mich nachts um zwei aus dem Bett geholt. Die Questura hatte eine Meldung erhalten, der zufolge ein Mann überfallen und ins Krankenhaus eingeliefert worden war. Ich sollte den Fall untersuchen.« Das war eine geschönte Version, sogar mit ein bißchen Flunkerei versetzt, doch im Kern stimmte seine Geschichte. »Wenn Sie mir nicht glauben, können Sie gerne die Ärzte oder die Schwestern befragen.« Brunetti hielt inne und beobachtete ihre Reaktion.

»Wie heißen Sie?« fragte sie endlich.

»Guido Brunetti, von der Kriminalpolizei. Der Einsatz, bei dem Ihr Mann verletzt wurde…« Sie wollte etwas erwidern, doch er ließ sich nicht unterbrechen. »...war Sache der Carabinieri. Wir hatten nichts damit zu tun. Meines Wissens hatte man uns nicht einmal informiert.« Das hätte er vielleicht nicht preisgeben sollen, aber er hoffte, damit ihren Zorn zu besänftigen und sie gesprächsbereit zu machen.

Der Versuch mißlang. Sie ging sofort wieder zum Angriff über, wobei sich ihre Stimme, wohl mit Rücksicht auf ihren Mann, nie über ein Flüstern erhob, ganz gleich, welch schweres Geschütz sie auffuhr. »Sie meinen, diese Gorillas können in die Stadt kommen, wann immer es ihnen beliebt, und in unsere Häuser eindringen, unsere Kinder entführen und einen Verletzten einfach hilflos liegenlassen?« Hier deutete sie auf ihren Mann, aber der Appell wirkte allzu theatralisch und daher wenig überzeugend. Und bei aller berechtigten Empörung schien sie ganz zu vergessen, daß ihr Mann und sie beschuldigt wurden, illegal ein Kind adoptiert zu haben, und daß Dottor Pedrolli unter Arrest stand.

»Signora, ich möchte Ihren Gatten nicht beunruhigen.« Das schien sie milder zu stimmen, und so fuhr Brunetti fort: »Wenn ich eine Schwester finde, die bei ihm bleibt, würden Sie sich dann draußen auf dem Flur mit mir unterhalten?«

»Wenn Sie in diesem Haus eine Schwester auftreiben, dann sind Sie geschickter als ich. Ich habe, seit man mich hergeführt hat, keinen Menschen zu Gesicht bekommen.« Sie war immer noch wütend, aber jetzt doch etwas gefaßter. »Die lassen ihn einfach ungerührt hier liegen.«

Brunetti war klug genug, darauf nichts zu erwidern, sondern hob bloß begütigend die Hand.

Der Carabiniere saß noch immer vor der Tür, sah aber nur kurz auf, als Brunetti aus dem Krankenzimmer kam. Am Ende des Ganges war gerade die Tagesschicht eingetroffen, zwei Frauen mittleren Alters in der heute üblichen Schwesterntracht: Jeans und Pulli unter halblangen weißen Kitteln. Die größere von beiden trug rote Schuhe; die andere hatte weißes Haar.

Brunetti nahm seinen Dienstausweis aus der Brieftasche und zeigte ihn vor. »Ich bin wegen Dottor Pedrolli hier«, sagte er.

»Weshalb?« fragte die mit den roten Schuhen. »Finden Sie nicht, daß Sie schon genug angerichtet haben?«

Die Weißhaarige legte ihr beschwichtigend die Hand auf den Arm, als fürchte sie, ihre Kollegin und Brunetti würden gleich aufeinander losgehen. Nicht gerade sanft zupfte sie die andere am Ärmel und mahnte: »Nimm dich in acht, Gina.« Und an Brunetti gewandt: »Was wollen Sie?« Wenn ihr Ton auch nicht so barsch war wie der ihrer Kollegin, schien doch auch sie den Commissario dafür verantwortlich zu machen, daß Dottor Pedrolli nun als Patient auf der Station lag.

Die Schwester namens Gina wollte indes nicht so leicht klein beigeben. Sie schnaubte verächtlich, hörte nun aber wenigstens zu, und so fuhr Brunetti in seiner Erklärung fort. »Ich war um drei Uhr früh schon einmal hier, um das Opfer eines Überfalls aufzusuchen. Meine Leute haben damit nichts zu tun!«

Zumindest die weißhaarige Schwester schien ihm zu glauben, wodurch die Angespanntheit etwas nachließ. »Kennen Sie Dottor Pedrolli?« fragte Brunetti, nur an sie gewandt.

Die Schwester nickte. »Bis vor zwei Jahren habe ich auf der Kinderstation gearbeitet, und dort konnte ihm keiner das Wasser reichen. Er war der Beste, glauben Sie mir. Manchmal hatte ich das Gefühl, daß er sich als einziger wirklich für die Kinder engagierte: Jedenfalls hat er allein Wert darauf gelegt, daß man mit ihnen spricht und ihnen zuhört. Er hat die meiste Zeit auf der Station verbracht; bei der kleinsten Kleinigkeit war er zur Stelle. Und wir vom

Pflegepersonal hielten uns alle an ihn, wenn irgend etwas los war, auch nachts. Er gab einem nie das Gefühl, daß man ihn nicht hätte stören dürfen.«

Brunetti lächelte beifällig und wandte sich an die Schwester mit den roten Schuhen. »Kennen Sie ihn auch?«

Die Angesprochene schüttelte den Kopf. Doch da stupste die Weißhaarige sie am Arm. »Komm schon, Gina. Faß dir ein Herz«, sagte sie, bevor sie die Kollegin wieder losließ.

»Ich habe nie mit ihm gearbeitet, Sandra«, entgegnete Schwester Gina. An Brunetti gewandt, räumte sie jedoch ein: »Gut, ich bin ihm manchmal begegnet, in der Cafeteria oder auf dem Flur, aber ich glaube nicht, daß wir je miteinander gesprochen haben – also, außer daß man sich grüßte oder so.« Auf Brunettis ermunterndes Nicken hin fuhr sie fort. »Ich habe allerdings von ihm gehört, wie wahrscheinlich alle hier früher oder später. Er ist ein guter Mensch.«

»Und ein guter Arzt«, fügte Sandra hinzu. Da offenbar weder Brunetti noch Gina sich weiter dazu äußern wollten, wechselte sie das Thema. »Ich habe das Krankenblatt gelesen. Sie wissen nicht, was ihm fehlt. Dottor Damasco will am Vormittag weitere Röntgenaufnahmen und eine Computertomographie machen. Das hat er eingetragen, bevor er nach Hause ging.«

Den medizinischen Befund konnte Brunetti sich auch später beschaffen; also wandte er sich an Gina. »Kennen Sie auch die Frau des Doktors?«

Die Frage kam so überraschend, daß die Schwester wieder ganz förmlich wurde. »Nein. Jedenfalls nicht persönlich. Aber ich habe sie schon verschiedentlich am Telefon gesprochen.« Ginas Blick huschte zur Tür des Krankenzimmers, in dem Pedrolli lag. »Sie ist drin bei ihm, nicht wahr?«

»Ja«, bestätigte Brunetti. »Und ich wollte Sie bitten, ob eine von Ihnen die Signora ablösen könnte, damit ich mich hier draußen mit ihr unterhalten kann.«

Die beiden wechselten einen Blick, dann sagte Sandra: »Ich mach's.«

»In Ordnung.« Gina nickte und ließ ihre Kollegin mit Brunetti allein.

Der Commissario ging voraus, klopfte an Pedrollis Zimmertür und trat ein. Die Frau des Doktors wachte nach wie vor an seinem Bett. Sie wandte sich den Eintretenden zu und fragte, sobald sie den weißen Schwesternkittel erkannte: »Wissen Sie, wann ein Arzt kommen und meinen Mann untersuchen wird?« Ungeachtet der sachlichen Wortwahl verriet ihr Ton, daß sie fürchtete, noch Tage, wenn nicht länger, warten zu müssen.

»Die Visite beginnt um zehn, Signora«, antwortete Schwester Sandra gleichmütig.

Pedrollis Frau sah auf ihre Uhr, kniff die Lippen zusammen und sagte zu Brunetti: »Dann bleibt ja reichlich Zeit für unser Gespräch.« Nachdem sie ihrem Mann noch einmal die Hand gestreichelt hatte, entfernte sie sich vom Bett.

Brunetti ließ ihr den Vortritt, dann zog er die Tür hinter ihnen beiden ins Schloß. Den Carabiniere auf dem Flur streifte die Signora mit eisigem Blick, und obwohl sie nichts sagte, hatte Brunetti das Gefühl, auch sie verdächtige ihn, den Mann hier postiert zu haben. Der Gang endete vor einem großen Fenster zum Hof, wo sich eine magere, windschiefe Pinie so tief zur Erde neigte, daß einige ihrer Äste den Boden streiften.

Beim Fenster angelangt, stellte der Commissario sich noch einmal vor: »Mein Name ist Guido Brunetti, Signora.« Er bot ihr nicht die Hand.

»Bianca Marcolini«, entgegnete sie, halb abgewandt und den Baum draußen vor dem Fenster im Blick.

Brunetti schenkte dem prominenten Namen, den sie genannt hatte, scheinbar keine Beachtung. »Wenn Sie erlauben, Signora, möchte ich mit Ihnen über die letzte Nacht sprechen.«

»Ich fürchte, da gibt es nicht viel zu sagen, Commissario. Zwei maskierte Männer sind, unter Führung eines dritten, gewaltsam in unser Haus eingedrungen. Sie waren bewaffnet, haben meinen Mann bewußtlos geschlagen und ihn ohnmächtig zurückgelassen.« Signora Marcolini deutete wütend in Richtung der Krankenzimmer. Dann setzte sie mit belegter Stimme hinzu: »Und sie haben unser Kind mitgenommen.«

Es klang immer noch so, als trüge er die Verantwortung für den Überfall. Falls sie ihn damit provozieren wollte, so hatte sie bei Brunetti kein Glück. »Schildern Sie mir doch bitte einfach, was sich Ihrer Erinnerung nach abgespielt hat, Signora«, bat er schlicht.

»Das habe ich ja gerade getan!« erwiderte sie. »Haben Sie mir denn nicht zugehört, Commissario?«

»Doch«, versicherte er. »Sie haben mir gesagt, was passiert ist. Aber ich brauche ein detaillierteres Bild, Signora. Ich muß wissen, was gesprochen wurde, ob die Männer, die in Ihr Haus kamen, sich als Carabinieri ausgewiesen und ob sie Ihren Mann ohne Not angegriffen haben.« Warum, fragte sich Brunetti im stillen, hatten die Carabinieri Masken getragen? Normalerweise geschah das nur, wenn die Gefahr bestand, daß sie fotografiert und anhand der Aufnahmen identifiziert werden konnten. Was bei der Festnahme eines Kinderarztes in dessen Privathaus kaum zu befürchten stand.

»Natürlich haben sie sich nicht ausgewiesen«, rief Signora Marcolini mit schriller Stimme. »Glauben Sie, mein Mann hätte versucht, sich zu wehren, wenn er gewußt hätte, daß diese Kerle von der Polizei waren?« Brunetti sah an ihrem aufgewühlten Mienenspiel, daß sie sich die Szene im heimischen Schlafzimmer vergegenwärtigte. »Mein Gott, er wollte, daß ich die Polizei rufe!«

Die Hartnäckigkeit, mit der sie Polizei und Carabinieri in eins setzte, prallte an Brunetti ab. Er fragte nur: »Waren Sie oder Ihr Mann auf ein Eingreifen der Carabinieri vorbereitet?«

»Ich weiß nicht, was Sie meinen!« zischte sie wütend. Womöglich, um die Frage abzuwehren?

»Dann will ich versuchen, mich präziser auszudrücken. Hatten Sie oder Ihr Mann Grund zu der Annahme, daß die Polizei, beziehungsweise die Carabinieri, an Ihnen interessiert sein könnten oder an Sie herantreten würden?« Noch bevor er die Frage zu Ende formuliert hatte, wußte Brunetti, daß seine Wortwahl mißglückt war und Signora Marcolini auf die Palme bringen würde.

Er hatte sich nicht getäuscht. »An uns herantreten?« echote sie fassungslos und trat mit erhobener Hand einen Schritt vom Fenster weg. Ihre Stimme bebte vor Zorn, als sie mit ausgestrecktem Finger auf Brunetti losging. »›An uns *herantreten*‹. Davon kann keine Rede sein, Signore: Das war ein Angriff, ein Überfall, eine Attacke.« Mit hochrotem Kopf brach sie ab; nur die Hautpartie rings um den Mund war blaß geblieben. Sie machte einen Schritt auf Brunetti zu, geriet ins Taumeln, tastete mit der Hand nach dem Fensterbrett und stützte sich mit dem Ellbogen ab.

Brunetti war sofort zur Stelle und half ihr, halb angelehnt, halb sitzend auf der Fensterbank Halt zu finden. Während er sie fürsorglich am Arm hielt, stemmte sie die Hände auf die Knie und beugte sich mit geschlossenen Augen und hängendem Kopf nach unten.

Auf halber Höhe des Korridors streckte Sandra den Kopf aus der Tür zu Pedrollis Zimmer, aber Brunetti hob beschwichtigend die

Hand, und die Schwester zog sich zurück. Ohne sich aufzurichten, rang Signora Marcolini mehrmals tief und krächzend nach Luft.

Am Ende des Korridors erschien ein Mann im weißen Laborkittel. Doch er war so auf das Blatt Papier in seiner Hand fixiert, daß er Brunetti und Signora Marcolini übersah oder ihnen jedenfalls keine Beachtung schenkte. Ohne anzuklopfen, verschwand er in einem der Krankenzimmer.

Es dauerte eine Weile, bis Signora Marcolini sich wieder aufrichtete. Die Augen hielt sie jedoch weiter geschlossen. Brunetti ließ ihren Arm los.

»Danke«, stieß sie keuchend hervor. »Es war furchtbar. Der Lärm weckte mich. Polternde Männerstimmen, und als ich mich umschaute, sah ich, wie ein Mann mit irgendwas auf Gustavo einschlug und ihn zu Fall brachte. Dann fing Alfredo an zu schreien. Ich dachte wirklich, die Männer würden uns etwas antun.«

Sie schlug die Augen auf und sah Brunetti an. »Ich glaube, wir waren wohl nicht recht bei Sinnen. Vor lauter Angst.«

»Angst wovor?« Brunetti fragte es ganz behutsam, um nicht wieder Öl ins Feuer zu gießen.

»Daß sie uns verhaften würden«, antwortete sie.

»Wegen des Babys?«

Sie senkte den Kopf auf die Brust, aber er hörte ihr leises »Ja«.

8

Möchten Sie darüber reden, Signora?« fragte Brunetti. In diesem Moment trat der Mann im weißen Laborkittel aus einem Zimmer links vom Flur, steuerte die gläserne Flügeltür am Ende des Korridors an und verschwand, nachdem er sie passiert hatte, um die nächste Ecke.

Brunetti wußte aus Erfahrung, daß er sich jetzt am besten so lange ruhig verhielt, bis Signora Marcolini sich seiner Gegenwart kaum mehr bewußt war. Eine Minute verstrich und dann noch eine. Der Commissario, der seinerseits die Frau neben sich mit wachen Sinnen wahrnahm, starrte blicklos den Flur hinunter.

Endlich begann sie, diesmal mit sanfterer Stimme, zu sprechen. »Wir können keine Kinder bekommen. Und adoptieren konnten wir auch keine.« Nach einer Pause fuhr sie fort: »Oder wenn, dann wären, bis man unsere Anträge bearbeitet und genehmigt hätte, die einzigen Kandidaten, die noch in Frage kämen... also die wären dann schon wesentlich älter gewesen. Aber wir wollten«, erklärte sie, und Brunetti wappnete sich für das, was jetzt kommen würde, »...ein Baby.« Sie sprach so beherrscht, als sei sie sich gar nicht im klaren darüber, wie pathetisch ihr Geständnis wirkte, und das wiederum ging Brunetti erst recht nahe.

Er gestattete sich ein zustimmendes Kopfnicken, hüllte sich aber weiter in Schweigen.

»Meine Schwester ist nicht verheiratet, doch Gustavos Schwester hat drei Kinder«, sagte Signora Marcolini. »Und sein Bruder zwei.« Sie sah ihn forschend an, ob er begriff, daß sie und ihr Mann im Vergleich zu den Geschwistern versagt hatten, und fuhr dann fort.

»Eines Tages erzählte jemand hier im Krankenhaus – einer von Gustavos Kollegen oder vielleicht auch ein Patient – meinem Mann von einer Privatklinik.« Brunetti wartete ab, bis sie weitersprach, und sie setzte ihren Bericht fort. »Wir sind hingefahren und haben uns untersuchen lassen, aber es gab... es gab Probleme.« Der Umstand, daß er wußte, worum es sich bei diesen Untersuchungen handelte, machte Brunetti so verlegen, als hätte man ihn beim Lesen fremder Post ertappt.

Geistesabwesend zeichnete Signora Marcolini mit der Schuhspitze einen langen Kratzer nach, den ein Essenswagen oder irgendein anderes schweres Gerät in die Bodenfliesen geritzt hatte. Ohne den Kopf zu heben, fuhr sie fort: »Wir hatten beide Probleme, andernfalls wäre es vielleicht gegangen. Aber da wir beide...« Brunetti wartete geduldig, bis sie endlich weitersprach. »Gustavo hat die Testergebnisse gesehen. Er wollte mir nichts davon sagen, aber ich habe ihm keine Ruhe gelassen.«

Sein Beruf hatte Brunetti zu einem Experten für Pausen gemacht: Er konnte zwischen ihnen unterscheiden, wie ein Konzertmeister die verschiedenen Streichergruppen auseinanderhält. Da war einmal die absolute, ja fast feindselige Pause, die nur durch verschärfte Fragen oder Drohungen aufzulösen ist. Dann die wohlgesetzte Pause, die der Sprecher nutzt, um die Wirkung des Gesagten auf den Zuhörer zu testen. Und endlich die erschöpfte Pause, die ein aufgewühlter Sprecher braucht, um seine Fassung wiederzuerlangen.

Da Brunetti in diesem Fall auf die dritte Variante tippte, schwieg er in der Gewißheit, daß Signora Marcolini früher oder später von allein weiterreden würde. Während er darauf wartete, drang ein Stöhnen oder ein Schrei auf den Flur hinaus: wahrscheinlich ein Patient, der schlecht geträumt hatte. Als der Laut verklungen war, machte sich die Stille nur um so erdrückender bemerkbar.

Nach einer Weile sah Brunetti, der bisher taktvoll jeden Blickkontakt vermieden hatte, die Signora doch an und nickte ihr zu, was als Zustimmung gelten mochte oder als Ermunterung, sich näher zu erklären. Sie nahm es offenbar für beides und setzte ihren Bericht fort. »Die Testergebnisse waren eindeutig, wir mußten uns wohl oder übel damit abfinden. Und auf ein Baby verzichten. Aber dann – das muß ein paar Monate nach unserem Termin in der Klinik gewesen sein – sprach Gustavo plötzlich von der Möglichkeit, privat ein Kind zu adoptieren.«

Für Brunetti klang das so, als wiederhole sie eine im voraus einstudierte Erklärung. »Verstehe«, entgegnete er ausdruckslos. »Um was für eine Möglichkeit ging es da?«

Signora Marcolini schüttelte den Kopf. »Darüber hat er nicht gesprochen«, sagte sie mit kaum hörbarer Stimme.

Auch wenn das Brunetti nicht glaubhaft schien, ließ er sich nichts anmerken, sondern fragte bloß: »Hat er die Klinik erwähnt?«

Auf ihren verwunderten Blick hin präzisierte Brunetti: »Die Klinik, in der Sie sich hatten testen lassen.«

Abermaliges Kopfschütteln. »Nein, von der Klinik war nicht mehr die Rede. Gustavo hat nur durchblicken lassen, daß wir trotz allem zu einem Baby kommen könnten.«

»Signora«, sagte Brunetti, »ich kann Sie nicht zwingen, mir über diese Dinge Auskunft zu geben.« Was fürs erste stimmte, doch irgendwann würde sehr wohl jemand die Befugnis erhalten, sie zum Reden zu bringen.

Darüber war sich anscheinend auch Signora Marcolini im klaren, denn nun wurde sie deutlicher. »Seine Quelle hat Gustavo nicht genannt. Weil er nicht wollte, daß ich mir vorschnell Hoffnungen mache. Er hat nur gesagt, er glaube, er könne es arrangieren. Und ich nahm an, er habe berufliche oder anderweitige Beziehungen spielen lassen.« Ihr Blick schweifte nach draußen, kehrte dann wieder zu Brunetti zurück. »Wenn ich ehrlich sein soll, muß ich gestehen, daß ich es wohl gar nicht so genau wissen wollte. Gustavo versicherte mir, alles wäre legal und *in regola*. Er hat mir nur soviel verraten, daß er sich als der Kindsvater ausgeben müsse, obwohl das Baby in Wahrheit nicht von ihm sei.«

In einem Verhör hätte Brunetti an dieser Stelle mit vor Argwohn triefender Stimme gefragt: »Und das haben Sie ihm *geglaubt*?« Statt dessen konstatierte er jetzt freundschaftlich besorgt: »Aber er hat Ihnen nicht gesagt, wie das zugehen würde, Signora?« Und nach einer Kunstpause setzte er nach: »Und Sie haben auch nicht nachgefragt?«

Sie winkte energisch ab. »Nein, nein, ich glaube, ich wollte es gar nicht wissen. Ich wollte nur, daß es wahr wird. Und ich ein Baby bekomme.«

Brunetti gab ihr einen Augenblick Zeit, sich von diesem Geständnis zu erholen, bevor er sie mit der nächsten Frage konfrontierte. »Hat Ihr Mann mit Ihnen über die Frau gesprochen?«

»Welche Frau?« fragte sie, ehrlich perplex.

»Nun, die Mutter des Kindes.«

Erst zögerte Signora Marcolini, doch dann gab sie sich einen Ruck und erwiderte mit verkniffenen Lippen: »Nein. Über die hat er nichts gesagt.« Brunetti kam es vor, als ob sie im Laufe ihres Gesprächs gealtert wäre: Die Fältchen, die zuvor nur an ihrem Hals sichtbar gewesen waren, schienen langsam über die Mundwinkel bis zur Augenpartie hochzukriechen.

»Verstehe«, sagte der Commissario. »Und Sie haben auch später nichts Näheres erfahren?« Irgend etwas, dachte er, mußte der Ehemann ihr doch erzählt haben, denn sie hatte bestimmt Aufklärung verlangt.

Ihre Augen waren nicht grau, stellte Brunetti fest, sondern von einem hellen Grün. »Nein«, sagte sie und neigte wieder den Kopf nach unten. »Gustavo und ich, wir haben nie darüber gesprochen: weil ich das nicht wollte. Und er dachte, die Wahrheit würde mich zu sehr belasten. Er hat gesagt, er wünsche sich, daß ich das Baby von Anfang an als unseres ansehe, und...« Hier brach sie ab, und Brunetti hatte das Gefühl, sie habe gewaltsam einen letzten entscheidenden Satz unterdrückt.

»Natürlich«, murmelte der Commissario, als feststand, daß sie den Satz nicht beenden würde. Er zögerte, die Befragung fortzusetzen, weil nicht abzuschätzen war, wieviel er ihr noch würde entlocken können, und er darüber hinaus das Vertrauen, das sie allmählich zu ihm gefaßt hatte, nicht aufs Spiel setzen wollte, indem er mehr Neugier als Anteilnahme verriet.

Die Tür zu Pedrollis Krankenzimmer öffnete sich, und Sandra winkte Signora Marcolini.

»Ihr Mann ist schrecklich unruhig, Signora. Wenn Sie vielleicht einmal kommen und mit ihm sprechen.« Die Schwester war offenkundig besorgt, und Signora Marcolini eilte unverzüglich hinüber zu ihr und schloß die Tür hinter ihnen beiden.

Da sie vermutlich eine ganze Weile bei ihrem Mann bleiben würde, beschloß Brunetti, die Zeit zu nutzen und sich bei Dottor Damasco nach Pedrollis Zustand zu erkundigen. Den Weg zum Bürotrakt kannte er. Dort angelangt, bog er in den Gang ein, an dem die Ärztezimmer lagen.

Während er an der Tür mit Damascos Namensschild klopfte, erklärte ihm ein vorbeikommender Pfleger, der Dottore sei noch bei der Visite, begebe sich danach aber immer gleich in sein Büro. Als er hinzufügte, das könne höchstens noch zehn Minuten dauern, sagte Brunetti, er werde warten. Sobald der Pfleger sich entfernt hatte, nahm er auf einem der ihm inzwischen schon vertrauten, unbequemen orangefarbenen Stühle Platz. Da er nichts zu lesen dabeihatte, stützte Brunetti den Kopf gegen die Wand und machte sich – zur besseren Konzentration mit geschlossenen Augen – daran, die Fragen zu sortieren, die er Dottor Damasco stellen wollte.

»Signore? Signore?« drang es an sein Ohr. Brunetti riß die Augen auf, und vor ihm stand der Pfleger von vorhin. »Ist Ihnen nicht gut, Signore?« erkundigte sich der junge Mann.

»Doch, doch«, versicherte Brunetti und stemmte sich hoch. Schlagartig war er wieder voll da. »Ist der Dottore jetzt zu sprechen?« fragte er.

Der Pfleger lächelte verlegen. »Tut mir leid, Signore, aber der ist schon weg. Ist gleich nach der Visite nach Hause gegangen. Ich wußte nichts davon, aber als ich's hörte, bin ich gleich hergelaufen, um Ihnen Bescheid zu sagen. Tut mir leid«, wiederholte er, als ob es seine Schuld wäre, daß Dottor Damasco das Krankenhaus verlassen hatte.

Ein Blick zur Uhr belehrte Brunetti, daß über eine halbe Stunde vergangen war. »Schon gut«, sagte er und fühlte sich auf einmal todmüde. Wie schön wäre es, wenn er wie Dottor Damasco einfach seine Visite beenden und heimgehen könnte.

Statt dessen tat er so, als wäre er hellwach, dankte dem jungen Mann und machte sich auf den Weg zurück zur Neurologie. Am Schwesternzimmer vorbei, näherte er sich der gläsernen Flügeltür, die zur Station führte. Und traute seinen Augen nicht, als er vor sich im Gang, nur ein paar Schritte von Pedrollis Zimmer entfernt, unzweifelhaft den Rücken seines Vorgesetzten, Vice-Questore Giuseppe Patta, erblickte. Brunetti erkannte ihn an den breiten Schultern im feinen Kaschmir und an seinem dichten, silbergrauen Haar.

Was er bislang nicht kannte, war die devote Haltung, mit der Patta sich einem Mann entgegenneigte, von dem Brunetti nur die Umrisse wahrnahm, da ihm der Vice-Questore weitgehend die Sicht verstellte. Eben hob Patta die Rechte und wedelte damit beschwichtigend durch die Luft, bevor er die Hand sinken ließ und einen Schritt zurücktrat, wie um der Reaktion seines Gegenübers Raum zu schaffen.

Beta-Rüde unterwirft sich Alpha-Rüden, schoß es Brunetti durch den Kopf, während er rückwärts schlich, bis er hinter dem brusthohen Empfangstresen notdürftig Deckung fand. Sollte Patta nachher hier vorbeikommen, bliebe ihm immer noch die Möglichkeit, entweder ganz abzutauchen oder aber sich seinem Vorgesetzten zu zeigen. In dem Fall konnte er nach ein paar zwanglosen Schritten den Flur entlang kehrtmachen und aufrichtiges Erstaunen darüber heucheln, den Vice-Questore zu dieser frühen Stunde hier anzutreffen.

Der andere Mann, dessen massige Gestalt nach wie vor größtenteils von Pattas Rücken verdeckt wurde, vollführte gerade mit beiden Händen eine Geste, die sowohl Unmut als auch Überraschung ausdrücken mochte, und deutete dann mehrmals wütend auf die geschlossene Tür zu Pedrollis Zimmer. Patta reagierte darauf abwechselnd mit eifrigem Nicken und Kopfschütteln, wie einer dieser Wackelhunde auf der Hutablage eines Autos, das über ein holpriges Pflaster rollt.

Plötzlich drehte der andere Mann sich abrupt um, ließ Patta stehen und strebte mit großen Schritten dem entgegengesetzten Ausgang zu. Alles, was Brunetti zu sehen bekam, bevor er erneut hinter dem Tresen in Deckung ging, war der Rücken des Mannes: ein Nacken, fast ebenso bullig wie der Kopf mit dem kurzen, weißen Stoppelhaar, und darunter ein Körper, annähernd so breit wie lang, in edles, gedecktes Tuch gewandet. Als Brunetti wieder aus seinem Versteck vorlugte, sah er, daß Patta keine Anstalten machte, dem Mann zu folgen. Der hatte unterdessen die Tür am anderen Ende des Korridors erreicht und stieß den rechten Flügel so heftig auf, daß der Knall, mit dem er gegen die Wand schlug, weithin widerhallte.

Im ersten Moment reizte es Brunetti, sich Patta, Überraschung heuchelnd, in den Weg zu stellen. Aber die Vernunft behielt die Oberhand und trieb ihn in die entgegengesetzte Richtung, einen Seitengang hinunter und durch eine weitere Flügeltür ins Treppenhaus. Hier verharrte er volle fünf Minuten, und als er danach in die Neurologie zurückkehrte, war Patta spurlos verschwunden.

9

Brunetti spazierte im Gang vor Pedrollis Zimmer auf und ab, während er darauf wartete, daß Signora Marcolini herauskäme und er wieder in die Rolle des teilnahmsvollen Zuhörers schlüpfen könne. Er tastete in seiner Jackentasche nach dem *telefonino*, doch das hatte er offenbar zu Hause vergessen. Zu dumm! Er durfte Signora Marcolini nicht verpassen, hätte aber doch gern Paola angerufen und ihr Bescheid gesagt, daß er nicht zum Mittagessen daheim sei und auch nicht wisse, wann sie mit ihm rechnen könne.

Der Commissario setzte sich auf einen der Plastikstühle und starrte ins Leere, achtete allerdings darauf, den Kopf aufrecht zu halten und sich nicht von der Wand hinter ihm in Versuchung führen zu lassen. Kaum eine Minute später sprang er schon wieder auf, tigerte bis ans Ende des Flurs und studierte dort an einem Aushang erst die Evakuierungsvorschriften für den Brandfall, dann die Liste mit den Namen der Ärzte, die auf dieser Station arbeiteten. Nach ein paar Minuten kam Gina durch die Tür hinter dem Empfangsschalter.

»Verzeihen Sie, Schwester Gina, dürfte ich kurz Ihr Telefon benutzen?«

Sie rang sich ein schmallippiges Lächeln ab und sagte: »Sie müssen die Neun vorwählen.« Brunetti griff nach dem Telefon auf dem Tresen und wählte seine Privatnummer.

»Sì?« hörte er Paolas Stimme.

Brunetti konnte nicht widerstehen. »Na, noch zu müde zum Reden?« fragte er.

»Was du wieder denkst!« wehrte sie ab. »Aber wo steckst du eigentlich?«

»Immer noch im Krankenhaus.«

»Probleme?«

»Wie es aussieht, haben sich die Carabinieri bei einer Festnahme zu sehr ins Zeug gelegt, und nun liegt der Mann hier in der Neurologie. Er ist selber Arzt, also wird man sich zumindest gut um ihn kümmern.«

»Die Carabinieri sind auf einen Arzt losgegangen?« fragte Paola hörbar schockiert.

»Das habe ich nicht gesagt«, versetzte er einschränkend, obwohl sie die Situation genau erfaßt hatte. »Sagen wir, sie haben überreagiert.«

»Und was soll das heißen? Daß sie zu schnell gefahren sind, als sie den Mann ins Krankenhaus brachten? Oder zu viel Lärm gemacht und die Nachbarn gestört haben, als sie seine Tür eintraten?«

Eigentlich teilte Brunetti Paolas Zweifel am Sachverstand der Carabinieri, mochte sich aber in seinem Koffein-und-Zucker-Rausch auf keine Diskussion einlassen. »Der Dottore hatte sich seiner Festnahme widersetzt und einem Mitglied des Einsatzteams die Nase gebrochen.«

Schon stürzte Paola sich auf ihn wie ein Habicht auf seine Beute. »*Einem?* Ja, wie viele waren es denn?«

»Zwei«, schwindelte Brunetti und wunderte sich, wie schnell es gehen konnte, daß ausgerechnet er sich genötigt sah, Pedrollis Angreifer zu verteidigen.

»Und waren die *bewaffnet*?« fragte sie.

Doch Brunetti war es auf einmal leid, sich aushorchen zu lassen. »Ich erzähle dir alles, wenn ich nach Hause komme, Paola, einverstanden?«

»Ja, sicher«, antwortete sie. »Aber sag, kennst du diesen Arzt?«

»Nein.« Daß seine Erkundigungen ihm ein positives Bild von Pedrolli vermittelt hatten, zählte noch nicht als Bekanntschaft, entschied er im stillen.

»Warum wurde er denn festgenommen?« fragte Paola.

»Er hat vor anderthalb Jahren ein Baby adoptiert, auf illegalem Wege, wie es scheint.«

»Und was ist mit dem Kind?« wollte Paola wissen.

»Das hat man weggebracht«, sagte Brunetti in sachlichem Ton.

»Weggebracht?« echote Paola, nun wieder so streitbar wie zuvor. »Was soll denn das heißen?«

»Das Kind wurde in Pflege gegeben.«

»Zurück zu seiner leiblichen Mutter oder in ein Waisenhaus?«

»Letzteres, fürchte ich«, gestand Brunetti.

Es entstand eine lange Pause, bevor Paola wie im Selbstgespräch resümierte: »Anderthalb Jahre. Gott, was sind das doch für herzlose Banditen, findest du nicht?«

Ihr beipflichten und den Staat verraten oder widersprechen und Verrat üben an der Sache der Menschlichkeit: Brunetti überdachte seine Alternativen und gab die einzige Antwort, die für ihn in Frage kam. »Ja.«

»Wir reden darüber, wenn du nach Hause kommst, in Ordnung?« lenkte Paola da ganz versöhnlich ein.

»Ja«, wiederholte Brunetti und legte auf.

Der Commissario war froh, daß er Paola nichts von den übrigen Betroffenen erzählt hatte, die fast zwei Jahre lang bespitzelt worden waren. Weder Alvise noch er selbst hatten begreifen können, wieso ein wissender Staatsapparat die Kinder so lange in der Obhut der Adoptiveltern beließ. In den ersten Lebensjahren seines Kindes wurde ein Mann erst wirklich zum Vater; Brunetti wußte das, zumindest erinnerte er sich, daß seine eigenen Kinder ihm in dieser Phase untrennbar ans Herz gewachsen waren. Hätte man ihm danach aus irgendeinem Grund eins von beiden weggenommen, wäre ein wesentlicher Teil seiner Existenz für den Rest seines Lebens unwiderruflich zerstört gewesen. Aber kaum daß sich diese Erkenntnis gesetzt hatte, mußte Brunetti sie auch schon revidieren: Nein, die Trennung von einem seiner Kinder wäre vom ersten Moment an genauso schmerzlich gewesen wie nach achtzehn Monaten oder achtzehn Jahren.

Zurück auf seinem Plastikstuhl, wahrte er abermals den gebührenden Abstand zur Flurwand und grübelte erneut über Pattas rätselhaften Auftritt nach. Er mußte zwanzig Minuten warten, bis Pedrollis Frau auf den Flur hinaustrat. Sie wirkte jetzt merklich angegriffen.

»Sind Sie immer noch da?« fragte Signora Marcolini. »Entschuldigen Sie, aber ich habe Ihren Namen vergessen.«

»Brunetti, Signora. Guido.« Brunetti erhob sich lächelnd, reichte ihr aber auch diesmal nicht die Hand. »Ich habe mit den Schwestern gesprochen. Ihr Mann scheint hier sehr beliebt zu sein. Man wird sicher alles Menschenmögliche für ihn tun.«

Er war auf eine harsche Entgegnung gefaßt und hatte sich nicht getäuscht. »Dann sollte man als erstes die Carabinieri von ihm fernhalten.«

»Gewiß. Ich will versuchen, dafür zu sorgen«, versprach Brunetti, obgleich er nicht eben optimistisch war, was den Erfolg seiner Bemühungen anging. »Signora«, erkundigte er sich dann, »kann Ihr Mann verstehen, was Sie sagen?«

»Ja.«

»Freut mich.« Brunetti wußte zwar nur sehr wenig darüber, wie das Gehirn funktioniert, aber er sah gute Chancen, daß Pedrolli, wenn er verstand, was man zu ihm sagte, mit der Zeit auch die eigene Sprache wiederfinden würde. Ob man so was irgendwie testen konnte? Was war der Mensch ohne seine Sprache?

»...aus den Medien raushalten«, hörte er sie sagen.

»Ich bitte um Verzeihung, Signora, aber das habe ich jetzt nicht mitbekommen. Ich war in Gedanken bei Ihrem Mann.«

»Könnte man diese ganze Angelegenheit aus den Medien heraushalten?« wiederholte sie.

Sie meinte wohl den Tatbestand der illegalen Adoption, den man ihnen zur Last legen würde. Brunetti dachte jedoch in erster Linie an die brutalen Methoden der Carabinieri: Hier lag es zweifellos im Interesse des Staates, zu verhindern, daß die Presse davon Wind bekam. Falls die Festnahmen dennoch publik wurden – und das Frühstücksfernsehen heute morgen hatte bereits einen ersten Schritt in diese Richtung getan –, dann konnten die Pedrollis nur davon profitieren, wenn auch ihr Zusammenstoß mit den Carabinieri an die Öffentlichkeit gelangte.

»An Ihrer Stelle, Signora, würde ich abwarten, wie die Medien den Fall darstellen.«

»Wie meinen Sie das?«

»Nun, Sie und Ihr Mann haben zwar eine Verfehlung begangen, aber Sie haben es aus Liebe getan.« Brunetti war sich im klaren darüber, daß er einer Zeugin, wenn nicht gar einer Verdächtigen Schützenhilfe leistete und ihr Munition zur Verteidigung lieferte. Aber solange er sich mit seinen Warnungen und Ratschlägen auf ihren Umgang mit den Medien beschränkte, sah er darin nichts Verwerfliches. »Das könnte die Journalisten auf Ihre Seite ziehen.«

»Nicht, wenn die Carabinieri zuerst mit ihnen sprechen«, entgegnete sie mit erstaunlichem Scharfblick für die Regeln des Boulevards. »Die brauchen nur ihren verletzten Kameraden zu erwähnen, und wir sind erledigt.«

»Vielleicht auch nicht, Signora. Wenn erst einmal herauskommt, wie übel man Ihrem Gatten mitgespielt hat – und Ihnen natürlich.«

Seine stetig wachsende Verachtung für die Medien wurde Brunetti manchmal selber unheimlich. Aber mitunter schien es wirklich so, als bräuchte ein Krimineller sich nur zum Opfer zu stilisieren, und schon brach ein Geheul los, das bis Rom zu hören war. Ob es sich dabei um einen Bankräuber handelte, einen Bombenleger oder einen Mörder, fiel kaum noch ins Gewicht. Sobald die Reporter den Eindruck hatten, der Täter sei irgendwann einmal ungerecht behandelt worden oder man habe ihm in der Vergangenheit übel mitgespielt, widmeten sie ihm auf der Stelle ausführliche Berichte, Leitartikel, ja sogar Interviews. Trotzdem suggerierte er gerade einer potentiellen Verdächtigen, daß und wie sie sich mediengerecht in Szene zu setzen habe.

Brunetti riß sich gewaltsam aus seinen Betrachtungen und wandte sich wieder Signora Marcolini zu. »...zurück zu meinem Mann«, hörte er sie gerade noch sagen.

»Ja, selbstverständlich. Aber könnte ich Sie vielleicht noch einmal sprechen, Signora?« fragte Brunetti, der natürlich wußte, daß er sie gegebenenfalls vorladen und so lange in der Questura festhalten konnte, wie es ihm beliebte.

»Ich möchte mich erst mit einem Anwalt beraten«, sagte sie und stieg damit wieder ein Stück in Brunettis Achtung. Wenn, was anzunehmen war, die Familie ihre väterlich schützende Hand über sie hielt, so bürgte der Name Marcolini dafür, daß sie den bestmöglichen Rechtsbeistand bekam.

Brunetti erwog, sich bei ihr nach dem Fremden zu erkundigen, der in der kurzen Szene vor dem Zimmer ihres Mannes so augenfällig über Patta dominiert hatte. Aber dann hielt er es doch für klüger, diese Episode für sich zu behalten. »Ganz wie Sie wünschen, Signora«, sagte er, zückte seine Brieftasche und überreichte ihr eine Visitenkarte. »Wenn ich Ihnen in irgendeiner Weise behilflich sein kann, zögern Sie nicht, mich anzurufen.«

Signora Pedrolli schob die Karte ungelesen in ihre Rocktasche und nickte ihm zu, bevor sie wieder im Zimmer ihres Mannes verschwand.

Brunetti verließ die Station und das Krankenhaus und grübelte auf dem Weg zurück zur Questura über dieses letzte Gespräch mit Signora Marcolini nach. Ihre Sorge um ihren Mann wirkte glaubhaft. Aber plötzlich mußte er an Salomon denken und an das Gleichnis von den zwei Frauen, die beide die Mutterschaft für ein und dasselbe Kind beanspruchten. Die leibliche Mutter verzichtete aus Liebe zu ihrem Sohn, als Salomon verfügte, man solle das Kind zweiteilen, damit jede Klägerin zu ihrem Recht käme, während die falsche Anwärterin gegen diesen grausamen Richtspruch nichts einzuwenden hatte. Das Gleichnis war natürlich längst ins allgemeine Kulturgut eingegangen, so oft hatte man es erzählt und weitergetragen. Wenn es Brunetti ausgerechnet jetzt einfiel, dann deshalb, weil er nicht verstehen konnte, wieso Signora Marcolini sich überhaupt nicht für das Schicksal des Babys interessiert hatte.

10

Zurück in der Questura wollte Brunetti als erstes nachsehen, ob Patta schon im Büro war. Doch als er oben ankam, fand er zu seinem Erstaunen Signorina Elettra an ihrem Schreibtisch vor. Auf den ersten Blick sah sie aus wie eine Erscheinung aus dem Regenwald: Ihre Seidenbluse war üppig mit Blattwerk und grellbunten Vögeln bedruckt, und unter ihrem Kragen lugte ein Paar winziger Affenbeinchen hervor. Ein Schal, so rot wie ein Pavianhintern, unterstrich den tropischen Effekt.

»Aber heute ist Dienstag«, stammelte Brunetti.

Sie hob lächelnd die Hände: ein Eingeständnis menschlicher Schwäche. »Ich weiß, ich weiß, aber der Vice-Questore hat mich zu Hause angerufen und gesagt, er sei im Krankenhaus. Und weil er nicht wußte, wie lange er bleiben müsse, habe ich angeboten, mich in der Zwischenzeit ums Büro zu kümmern.«

Dann erkundigte sie sich in einem Ton, aus dem Brunetti ehrliche Besorgnis heraushörte: »Ihm fehlt doch nichts, oder?«

Nun lächelte auch Brunetti. »Ach, Signorina, auf diese Frage zu antworten, verbieten mir Anstand und Taktgefühl.«

»Ja, natürlich«, sagte sie. »Ich muß wohl auf diesen entzückenden Ausdruck zurückgreifen, mit dem amerikanische Politiker sich aus der Schlinge ziehen, wenn sie bei einer Unwahrheit ertappt werden: *I misspoke.*« Obwohl ihre Aussprache tadellos war, klang das Wort in Brunettis Ohren abscheulich. »Eigentlich«, fuhr sie fort, »wollte ich nur fragen, warum der Vice-Questore aus dem Krankenhaus angerufen hat.«

»Dort gewesen ist er«, bestätigte Brunetti. »Vor einer Stunde habe ich ihn mit eigenen Augen gesehen, und zwar vor dem Zimmer eines gewissen Dottor Pedrolli: ein Kinderarzt, der verletzt wurde, als die Carabinieri sein Haus stürmten.«

»Warum sollten die Carabinieri einen Kinderarzt verhaften wollen?« fragte Signorina Elettra, und der Commissario beobachtete an ihrem Mienenspiel, wie sie mit verschiedenen Möglichkeiten jonglierte.

»Offenbar hatten er und seine Frau vor anderthalb Jahren einen kleinen Jungen adoptiert, allerdings illegal«, erklärte Brunetti. »Letzte Nacht nun haben die Carabinieri in mehreren Städten Razzien durchgeführt – ein lang geplanter Schlag gegen den organisierten Babyhandel. Was das Kind der Pedrollis angeht, so müssen sie einen Tip bekommen haben.« Noch im Sprechen wurde Brunetti bewußt, daß nicht Marvilli – dem bei diesem Thema sichtlich mulmig geworden war – ihm diese Information gegeben hatte, sondern daß er selbst es sich aus den widerstrebenden Äußerungen des Capitanos so zusammengereimt hatte.

»Und was ist mit dem Kleinen?« wollte Signorina Elettra wissen.

»Den haben sie leider weggebracht.«

»Bitte? Wer hat ihn weggebracht?«

»Die Carabinieri«, antwortete Brunetti. »Zumindest hat der, mit dem ich gesprochen habe, mir das gesagt.«

»Aber wie kommen die dazu?« rief sie und forderte mit erhobener Stimme so energisch eine Erklärung, als ob Brunetti für das Schicksal des Kindes verantwortlich wäre. Als Brunetti die Antwort schuldig blieb, hakte sie nach: »Wo haben sie ihn denn hingebracht?«

»In ein Waisenhaus«, war alles, was Brunetti darauf erwidern konnte. »Das ist offenbar so üblich für die Zeit, bis die leiblichen Eltern gefunden sind und das Gericht über den Verbleib des Kindes entschieden hat.«

»Aber darum geht es mir doch gar nicht! Ich verstehe nicht, wie man nach über einem Jahr so ein Kind mir nichts, dir nichts aus der Familie herausreißen kann?«

Und wieder sah Brunetti sich genötigt, etwas zu rechtfertigen, wofür es in seinen Augen keine Rechtfertigung gab. »Also der Doktor und seine Frau haben sich das Kind wohl nicht auf legalem Wege beschafft. Sie hat das mir gegenüber indirekt zugegeben. Die Carabinieri fahnden nun nach der Person, die diesen... Handel eingefädelt hat. Der Hauptmann, mit dem ich gesprochen habe, sagte, sie sind hinter einem Mittelsmann her, der bei mehreren solcher Fälle seine Hände im Spiel hatte.« Daß Marvilli diesen Mittelsmann nicht mit den Pedrollis in Verbindung gebracht hatte, behielt Brunetti für sich.

Signorina Elettra stützte die Ellbogen auf den Schreibtisch, senkte den Kopf und verbarg ihr Gesicht in den Handflächen. »Daß man die Carabinieri als Witzfiguren hinstellt, daran bin ich von klein auf gewöhnt, aber für *so* dumm hätte ich sie nicht gehalten.«

»Sie sind nicht dumm«, entgegnete Brunetti ebenso rasch wie halbherzig.

Signorina Elettra nahm die Hände vom Gesicht und sah ihn an. »Dann eben herzlos, was noch schlimmer ist.« Sie holte tief Luft und schlüpfte wieder in ihre amtliche Rolle. Nach einer kurzen Pause fragte sie: »Und was machen wir jetzt?«

»Pedrolli und seine Frau hatten sich offenbar an eine Klinik in Verona gewandt. Es dürfte sich um eine Privatklinik handeln, die auf Fortpflanzungsprobleme spezialisiert ist. Ich möchte, daß Sie versuchen, diese Klinik ausfindig zu machen. Von den anderen Paaren, die sich wegen illegaler Adoption verantworten müssen, waren zwei ebenfalls dort in Behandlung.«

Sobald sie sich mit einer Aufgabe betraut sah, wurde Signorina

Elettra ruhiger. »Das dürfte nicht schwierig sein. Wie viele Fertilitätskliniken kann es in Verona schon geben?«

Brunetti überließ sie ihren Recherchen und ging hoch.

Es dauerte dann doch über eine Stunde, bis Signorina Elettra zu ihm hinaufkam. Brunetti sah erst jetzt, daß sie einen wadenlangen grünen Rock trug. Die Stiefel, die darunter hervorblitzten, hätten Marvilli vor Neid erblassen lassen.

»Ja, Signorina?« fragte Brunetti, sobald er sich vom Anblick der Stiefel losreißen konnte.

»Wer hätte das gedacht, Commissario?« fragte sie aufgeräumt. Seinen Versuch, die Carabinieri in Schutz zu nehmen, hatte sie ihm offenbar verziehen.

»Was denn?«

»Daß es allein in und um Verona drei Fertilitätskliniken beziehungsweise Privatsanatorien mit Spezialabteilung für Fortpflanzungsprobleme gibt.«

»Und das allgemeine Krankenhaus?«

»Habe ich auch überprüft. Die haben auch ein Forschungslabor, angeschlossen an die Entbindungsstation.«

»Macht also vier«, konstatierte Brunetti. »Und das nur in Verona.«

»Unglaublich, nicht wahr?«

Er nickte. Weitläufig belesen, wie er war, wußte Brunetti Bescheid über die seit Jahren rapide sinkende Spermaproduktion bei europäischen Männern. Wie er auch mit Sorge jene aufdringliche Kampagne verfolgt hatte, die ein Referendum zugunsten der Fertilitätsforschung zu Fall brachte. Und die Positionen, die von etlichen Politikern vertreten wurden – ehemalige Faschisten als Befürworter der künstlichen Befruchtung; ehemalige Kommunisten im Schlepptau des Klerus –, hatten Brunetti geistig wie seelisch schwer mitgenommen.

»Wenn Sie sicher sind, daß dieses Ehepaar eine Klinik in Verona aufgesucht hat, dann bräuchte ich nur ihre Krankenversichertennummern zu ermitteln: Die haben sie nämlich angeben müssen, sogar in einer Privatklinik.«

Seinerzeit, als Signorina Elettra noch neu war in der Questura, hätte Brunetti sich bei einer solchen Feststellung genötigt gesehen, einen Vortrag über die Unantastbarkeit der Privatsphäre, in diesem Fall das Vertrauensverhältnis zwischen Arzt und Patient betreffend, zu improvisieren. Gefolgt von ein paar Worten zum Datenschutz, unter den insbesondere die Krankengeschichte eines jeden Bürgers fiel. Heute sagte er einfach nur: »Tun Sie das.«

Der Commissario sah, daß Signorina Elettra noch etwas hinzufügen wollte, und hob fragend das Kinn.

»Es wäre wahrscheinlich einfacher, ihre Telefonverbindungen zu überprüfen und nachzusehen, welche Nummern in Verona sie angewählt haben«, schlug sie vor.

Brunetti erkundigte sich schon lange nicht mehr danach, wie sie so etwas anstellen wollte.

Nachdem Signorina Elettra sich Pedrollis Namen notiert hatte, blickte sie zu Brunetti auf und fragte: »Führt seine Frau den Namen ihres Mannes oder den eigenen?«

»Ihren Geburtsnamen, Marcolini. Vorname Bianca.«

Signorina Elettra murmelte etwas, das entweder Bestätigung oder Erstaunen ausdrückte. »Marcolini«, wiederholte sie leise. »Mal sehen, was ich herausbekommen kann«, sagte sie noch, bevor sie ging.

Allein geblieben, überlegte Brunetti, wie er an die Namen der übrigen Verdächtigen gelangen könnte, die von den Carabinieri festgenommen worden waren. Vielleicht führte der schnellste Weg diesmal über die amtlichen Kanäle, und er sollte einfach bei den Carabinieri direkt anfragen.

Doch als Brunetti in der Zentrale an der Riva degli Schiavoni anrief und nach Marvilli fragte, erfuhr er nur, daß der Carabiniere dienstlich unterwegs und telefonisch nicht erreichbar sei. Vierzig Minuten später hatte Brunetti sowohl mit Marvillis Vorgesetztem wie auch mit den Kommandanten in Verona und Brescia gesprochen, aber jedesmal das gleiche zu hören bekommen: Man sei nicht befugt, die Namen der Festgenommenen preiszugeben. Ungeachtet der Behauptung, er erkundige sich im Auftrag seines obersten Chefs, des Questore von Venedig, biß Brunetti auf Granit. Als er darum bat, den Posten vor Dottor Pedrollis Krankenzimmer abzuziehen, hieß es, man habe sein Ersuchen protokolliert.

Da er einsehen mußte, daß er so nicht weiterkam, wählte Brunetti als nächstes die Büronummer von Elio Pelusso, einem befreundeten Journalisten beim *Gazzettino*. Und verfügte binnen weniger Minuten nicht nur über Namen, Adressen, Alter und Beruf der Festgenommenen, sondern erfuhr auch, in welcher Klinik in Verona einige von ihnen sich hatten behandeln lassen.

Brunetti ging mit diesen Angaben hinunter zu Signorina Elettra und wiederholte ihr bei der Gelegenheit, was Signora Marcolini ihm über ihre und ihres Mannes verzweifelte Versuche, ein Kind zu bekommen, erzählt hatte. Sie nickte, während sie sich Notizen machte, und sagte dann: »Darüber gibt es ein Buch, wissen Sie.«

»Wie bitte?«

»Einen Roman aus England, den Autor weiß ich nicht mehr. Es geht um eine Gesellschaft, in der keine Kinder mehr geboren werden, und darum, was die Menschen alles anstellen, um doch welche zu bekommen.«

»Also eine Art Gegenentwurf zu der Bevölkerungsexplosion, vor der Malthus gewarnt hat?« fragte Brunetti.

»Ja. Es ist beinahe so, als ob wir in zwei verschiedenen Welten lebten. Die eine klagt über ein Zuviel an Nachwuchs, den sie nicht ernähren kann, weshalb die Kinder krank werden oder gar verhungern, und hier in unserer Wohlstandsgesellschaft hätten die Leute gern Kinder, können aber keine kriegen.«

»Und sind zu allem bereit, um doch welche zu bekommen?« ergänzte Brunetti.

Signorina Elettra tippte mit dem Finger auf die Papiere, die vor ihr lagen, und sagte: »Sieht ganz danach aus.«

In sein Büro zurückgekehrt, rief Brunetti bei sich zu Hause an. Als Paola sich mit jenem lakonischen *Sì?* meldete, das ihn vermuten ließ, er habe sie an einer besonders fesselnden Stelle aus ihrer Lektüre herausgerissen, fragte Brunetti: »Kann ich dich für eine Internetrecherche anwerben?«

»Kommt auf das Thema an.«

»Therapiemöglichkeiten bei Infertilität.«

Es entstand eine lange Pause, dann fragte Paola: »Hat das mit deinem neuen Fall zu tun?«

»Ja.«

»Und warum ich?«

»Weil du dich mit dem Internet auskennst.«

Nach einem übermäßig lauten Seufzer bemerkte Paola: »Ich könnte es dir ganz leicht beibringen.«

»Das erzählst du mir schon seit Jahren«, entgegnete Brunetti.

»Genau wie Signorina Elettra und Vianello, nicht zu vergessen deine Kinder.«

»Ja, ja.«

»Und? Nützt es was?«

»Ehrlich gesagt, nein.«

Wieder blieb es lange still in der Leitung, bis Paola endlich sagte: »Na schön. Ich opfere dir zwei Stunden meiner Zeit und werde alles, was mir interessant erscheint, für dich ausdrucken.«

»Danke, Paola!«

»Und was bekomme ich dafür?«

»Ewige Hingabe.«

»Ich dachte, die hätte ich schon.«

»Ewige Hingabe, und ich bringe dir eine Woche lang morgens den Kaffee ans Bett.«

»Heute hat man dich früh um zwei aus dem Bett geholt«, erinnerte sie ihn.

»Ich werde mir was ausdenken«, versprach Brunetti und merkte selbst, wie wenig überzeugend das klang.

»Das möchte ich dir auch geraten haben«, sagte sie. »Also abgemacht, zwei Stunden, aber vor morgen geht's nicht.«

»Wieso?«

»Weil ich erst dieses Buch fertiglesen muß.«

»Welches denn?«

»Die Gesandten«, antwortete sie.

»Hast du die nicht schon gelesen?«

»Doch. Viermal.«

Ein Mann ohne seine Erfahrungen mit Geisteswissenschaftlern, der Ehe und dem weisen Umgang mit ihr hätte hier vielleicht Einwände erhoben. Brunetti dagegen kapitulierte, sagte nur: »Also dann«, und legte auf.

Kaum hatte er das Gespräch beendet, fiel Brunetti ein, daß er sich ja auch an Vianello oder Pucetti hätte wenden können und wahrscheinlich an so gut wie jeden der jüngeren Beamten im

Haus. Er selbst war mit bedrucktem Papier aufgewachsen, hatte in der Schule von gedrucktem Papier gelernt und sich den Glauben ans bedruckte Papier bis heute bewahrt. Die wenigen Male, die er jemandem gestattet hatte, ihn in der Informationssuche im Internet zu unterweisen, war er schier ertrunken in allen möglichen Werbeangeboten und sogar über eine Porno-Website gestolpert. Und die wenigen Male, die er seitdem seine zaghaften Fühler ins Netz auszustrecken wagte, hatte sein verwirrter Kopf jedesmal rasch kapituliert. Er kam einfach nicht dahinter, wie das mit den Links zwischen den jeweiligen Webseiten funktionierte.

Der Gedanke hallte in seinem Kopf wider. *Links!* Verknüpfungen. Was war das für ein Link, der von der Questura in Venedig zur Carabinieri-Zentrale in Verona führte, und wie hatte man sich dort die Genehmigung für eine Razzia in Dottor Pedrollis Haus beschafft?

Hätte einer der anderen Commissarii die Vollmacht erteilt, dann wäre ihm das sicher zu Ohren gekommen. Aber von einem solchen Amtshilfeersuchen war nie die Rede gewesen, weder vor noch nach der Razzia. Für einen flüchtigen Moment zog Brunetti die Möglichkeit in Betracht, daß die Carabinieri ihre Razzia ohne Wissen der venezianischen Polizei veranstaltet und von dem Richter, der den Einsatz bewilligte, grünes Licht bekommen hätten für diesen Alleingang. Doch er verwarf den Gedanken gleich wieder: Zu oft schon war es aufgrund unabgesprochener Aktionen verschiedener Polizeieinheiten zu Schießereien gekommen, die stets ein gewaltiges Medienecho hervorriefen, als daß ein Richter sich heute noch auf ein derartiges Wagnis einlassen würde.

Mithin blieb wohl nur eine Erklärung übrig: Inkompetenz. Wie leicht konnte das passiert sein: Eine falsch adressierte Mail; ein Fax, das zwar gelesen, aber dann verlegt wurde oder verlorenging; eine telefonische Nachricht, die nicht notiert und weitergeleitet worden war. Die Deutung, die am leichtesten alle Fakten abdeckt, ist für gewöhnlich die richtige. Obwohl Brunetti niemals in Abrede gestellt hätte, daß Betrug und Täuschungsmanöver in der Questura an der Tagesordnung waren, wußte er doch, daß viel öfter schlichte Unfähigkeit ihre Arbeit behinderte. Ihn wunderte bloß, warum er das so tröstlich fand.

11

Brunetti wartete fast bis um zwei auf Signorina Elettra und das Ergebnis ihrer Recherchen über die Festnahmen der vergangenen Nacht. Als sie nicht erschien, machte er sich auf den Weg ins Sekretariat. Durch die geschlossene Tür von Pattas Büro hörte er die Stimme seines Vorgesetzten und erriet aus den langen Pausen zwischen seinen Sätzen, daß der Vice-Questore telefonierte. Von Signorina Elettra keine Spur. Brunetti nahm an, sie entschädige sich für den geopferten freien Vormittag und würde nach eigenem Belieben an ihren Arbeitsplatz zurückkehren.

Für ein Mittagessen zu Hause war es inzwischen zu spät, und auch die meisten Restaurants im Viertel würden jetzt keine warmen Mahlzeiten mehr servieren. Also machte Brunetti sich auf die Suche nach Vianello, um ihn zu fragen, ob er Lust habe, ihn auf ein Panino in die Bar an der Brücke zu begleiten. Doch im Bereitschaftsraum traf er weder den Inspektor an noch Pucetti, sondern nur Alvise, der ihn mit seinem einfältigen Lächeln begrüßte.

»Haben Sie Vianello gesehen, Alvise?« erkundigte sich Brunetti.

Der Commissario konnte beobachten, wie der Beamte sein Hirn in Gang setzte: Bei Alvise spiegelte sich nämlich jeder Denkvorgang in den Gesichtszügen wider. Zuerst zog er die Frage in Betracht, dann den Fragesteller und schließlich die möglichen Konsequenzen seiner jeweiligen Antwort. Jetzt schossen seine Blicke durchs Zimmer, als prüfe er, ob es immer noch so leer war wie bei Brunettis Eintreten; oder vielleicht wollte er sich auch nur vergewissern, daß er Vianello nicht womöglich unter einem der Schreibtische übersehen hätte. Nachdem feststand, daß niemand da war, der ihm bei der Suche nach der richtigen Antwort hätte soufflieren können, machte Alvise endlich den Mund auf. »Nein, Commissario.« Zwei Worte, die er so nervös hervorstieß, daß er Brunetti damit auf die Sprünge half: Vianello war in eigener Sache außerhalb der Questura unterwegs, hatte Alvise aber gesagt, wo er hinwollte.

Der Köder war so verlockend, daß Brunetti nicht widerstehen konnte. »Ach, Alvise, ich gehe auf ein Panino runter ans Eck. Wollen Sie mir Gesellschaft leisten?«

Alvise raffte einen Haufen Papiere zusammen und hielt ihn Brunetti unter die Nase. »Bedauere, Commissario, ich muß das alles noch durcharbeiten. Aber haben Sie vielen Dank. Ihre Einladung ehrt mich.« Und schon beugte er sich geschäftig über das erste Blatt. Brunetti trollte sich belustigt, fühlte sich aber zugleich auch ziemlich schäbig, weil er Alvise so auf den Arm genommen hatte.

Als der Commissario die Bar betrat, stand Vianello am Tresen, vor sich ein halbes Glas Weißwein, und las Zeitung.

Zuerst essen, dann reden. Brunetti zeigte auf die Tramezzini, die er haben wollte, und bestellte bei Sergio ein Glas Pinot Grigio, bevor er sich zu Vianello stellte. »Steht was drin?« fragte er und deutete auf die Zeitung.

Den Blick auf die Schlagzeilen geheftet, die sich über die jüngsten internen Machtkämpfe ereiferten, in denen die verschiedenen Parteien um die besten Plätze am Futtertrog buhlten, antwortete Vianello: »Weißt du, früher dachte ich ja, solange man's nicht liest, könne man dieses Revolverblatt ruhig kaufen. Als ob das Lesen eine Todsünde wäre, der Kauf aber nur eine läßliche.« Der Inspektor streifte Brunetti mit einem flüchtigen Blick und starrte gleich wieder auf die Schlagzeilen. »Mittlerweile glaube ich allerdings, es ist genau umgekehrt, und die Todsünde begeht jeder, der diesen

Schund kauft, weil die Verleger ihn dann nämlich weiter drucken. Das Zeug zu lesen ist dagegen gar nicht so schlimm, weil es ohnehin null Wirkung hat.« Vianello erhob sein Glas und leerte es in einem Zug.

»Darüber solltest du mit Sergio reden«, sagte Brunetti, dem der Barbesitzer gerade seinen Pinot Grigio und die Tramezzini brachte. Dankbar nickte Brunetti ihm zu; momentan war er mehr daran interessiert, seinen Hunger zu stillen, als sich Vianellos Diffamierungen der Presse anzuhören.

»Worüber?« fragte Sergio.

»Darüber, wie gut der Wein ist«, entgegnete Vianello. »So gut, daß ich gleich noch einen trinken sollte.«

Der Inspektor legte die Zeitung beiseite. Brunetti griff nach einem Tramezzino und biß hinein. »Zu viel Mayonnaise«, bemängelte er, verschlang den Rest und spülte mit einem halben Glas Pinot Grigio nach.

»Und, was sagt die Ehefrau?« fragte Vianello, nachdem Sergio ihm den Wein gebracht hatte.

»Das Übliche. Alles, was mit der Adoption zusammenhing, hat sie ihrem Mann überlassen, und von illegalen Kontakten will sie nichts gewußt haben.« Brunetti referierte sachlich, aber mit skeptischem Unterton. »In den anderen Fällen wurden übrigens immer beide Adoptiveltern festgenommen. Ach, und diesen Mittelsmann haben sie offenbar noch nicht geschnappt.«

»Glaubst du, die Carabinieri werden uns ihre Vernehmungsprotokolle einsehen lassen?« fragte Vianello.

»Ha! Die wollten mir nicht mal die Namen der Leute geben, die ihnen bei ihrer Razzia ins Netz gegangen sind«, antwortete Brunetti. »Dazu mußte ich mich erst an Pelusso wenden.«

»Normalerweise sind die aber kooperativer.«

Da war Brunetti anderer Meinung. Zwar hatte auch er mit einzelnen Carabinieri gute Erfahrungen gemacht, aber die Truppe insgesamt zeigte seiner Ansicht nach wenig Bereitschaft, ihre Informationen oder gar ihre Erfolge mit anderen Polizeieinheiten zu teilen.

»Wie fandest du eigentlich diesen Zorro?« fragte Vianello.

»Zorro?« wiederholte Brunetti zerstreut, denn er konzentrierte sich gerade voll und ganz auf sein zweites Tramezzino.

»Na, der Typ mit den Cowboystiefeln.«

»Ach, der.« Brunetti trank seinen Wein aus, hielt Sergio das leere Glas hin und überdachte, während er auf Nachschub wartete, seinen Eindruck von Marvilli. »Für einen Hauptmann ist er noch reichlich jung, dürfte also kaum Erfahrung haben mit solchen Razzien. Seine Männer sind bei dem Einsatz entschieden zu weit gegangen, und das wird ein Nachspiel haben. Folglich bangt er um seine Karriere. Mit gutem Grund, schließlich war das Opfer ein angesehener Mediziner.«

»Ja, und seine Frau ist eine Marcolini«, ergänzte Vianello.

»Ja, seine Frau ist eine Marcolini.« Im Veneto konnte das weit mehr ins Gewicht fallen als der Beruf des Gatten.

»Aber was ist nun mit dem Capitano?« kam Vianello auf seine ursprüngliche Frage zurück.

»Wie gesagt, er ist noch jung, kann sich also so oder so entwickeln.«

»Soll heißen?«

»Soll heißen, er könnte ein guter Offizier werden: Seinen Untergebenen hat er ein bißchen hochfahrend behandelt, aber er *war* mit ihm im Krankenhaus und hat dafür gesorgt, daß der Junge ein paar Tage Urlaub bekam«, sagte Brunetti. »Und diese Stiefel gewöhnt er sich ja vielleicht irgendwann ab.«

»Oder?«

»Oder er wächst sich zu einem absoluten Ekel aus und macht allen Scherereien.« Sergio servierte ihm das zweite Glas Wein; Brunetti bedankte sich und nahm sein drittes Tramezzino in Angriff: Thunfisch mit Ei. »Wie ist denn dein Eindruck?«

»Ich glaube«, antwortete Vianello, ohne zu zögern, »der Mann ist in Ordnung.«

»Und wieso?«

»Weil er Sergio geholfen hat, das Gitter hochzuschieben, und weil er zu dem Schwarzen ›bitte‹ gesagt hat.«

»Stimmt, das hat er.« Brunetti nippte nachdenklich an seinem Wein. Auch ihn hatte Marvillis Zuvorkommenheit angenehm berührt. »Hoffen wir, das du recht behältst«, meinte er nur.

Es war lange nach drei, als sie in die Questura zurückkehrten, doch der restliche Nachmittag brachte nichts Neues. Signorina Elettra blieb verschwunden und begründete ihre Abwesenheit nicht einmal telefonisch, zumindest nicht Brunetti gegenüber. Keine der Carabinieri-Stationen, die er kontaktiert hatte, meldete sich. Und als Brunetti noch einmal in der Riva degli Schiavoni anrief, hieß es lediglich, Marvilli sei immer noch unterwegs. Der Commissario hinterließ weder eine Nachricht, noch erneuerte er sein Ersuchen, den Posten im Krankenhaus abzuziehen.

Kurz vor fünf wählte er die Nummer der Neurologie und ließ sich mit Schwester Sandra verbinden. Sie erinnerte sich an seinen Namen und gab ihm bereitwillig Auskunft: Dottor Pedrolli habe seine Sprache zwar noch nicht wiedergefunden, nehme aber offenbar wahr, was um ihn herum vorgehe. Und ja, seine Frau sei bei ihm. Sie selbst habe, fuhr die Schwester fort, ihrem Instinkt vertraut und Dottor Pedrolli vor den Carabinieri abgeschirmt. Der Posten im Korridor, der jedem, mit Ausnahme von Ärzten und Pflegepersonal, den Zutritt verweigere, sitze allerdings immer noch vor seiner Tür.

Brunetti bedankte sich bei Schwester Sandra und legte auf. Soviel zur einvernehmlichen Zusammenarbeit zwischen den verschiedenen Polizeidiensten. Machogefechte, Revierkämpfe, Eskalation: Egal, wie man es nannte, der Commissario wußte, was ihm bevorstand. Aber heute wollte er sich noch nicht damit befassen, sondern beschloß, es auf den nächsten Tag zu verschieben.

Normalerweise schätzte Brunetti es gar nicht, wenn es mittags und abends das gleiche zu essen gab. Aber zwischen den Thunfischsteaks, die Paola in einer Sauce aus Kapern, Oliven und Tomaten gegart hatte, und den *Tramezzini al tonno*, die er zu Mittag gehabt hatte, lagen Welten. Trotzdem war er klug und taktvoll genug, letztere daheim nicht zu erwähnen, da auch der Vergleich mit einer so armseligen Konkurrenz Paola hätte kränken können. Er und sein Sohn Raffi teilten sich das letzte Stück Fisch, und Brunetti löffelte die restliche Sauce auf seine zweite Portion Reis.

»Nachtisch?« erkundigte sich Chiara bei ihrer Mutter, und Brunetti stellte fest, daß er tatsächlich noch Platz für etwas Süßes hatte.

»Wir haben Feigeneis«, sagte Paola und versetzte Brunetti damit in freudige Erwartung.

»Feigeneis?« wiederholte Raffi verwundert.

»Von der Gelateria am Campo San Giacomo dell'Orio«, erklärte Paola.

»Das ist doch die, wo es lauter so abenteuerliche Geschmackssorten gibt, nicht wahr?« fragte Brunetti.

»Ja, aber das Feigeneis ist sagenhaft gut. Der Inhaber sagte, es sei das letzte für diese Saison.«

Das Eis schmeckte wirklich sagenhaft, und nachdem sie zu viert ein ganzes Kilo verputzt hatten, begaben sich Brunetti und Paola ins Wohnzimmer, wo sie, dem Rezept von Brunettis Onkel Ludovico folgend, das schwere Essen mit je einem kleinen Glas Grappa hinunterspülten.

Als sie so nebeneinandersaßen und zusahen, wie das letzte Tageslicht langsam im Westen erlosch, sagte Paola: »Wenn wir demnächst die Uhren zurückstellen müssen, wird es noch vor dem Abendessen dunkel. Das ist für mich das Schlimmste am Winter, daß die Tage immer kürzer und kürzer werden und die Nächte gar kein Ende nehmen.«

»Wir können immerhin froh sein, daß wir nicht in Helsinki wohnen«, bemerkte Brunetti und trank einen Schluck Grappa.

»Ich glaube«, sagte Paola und rutschte hin und her, bis sie eine bequemere Position gefunden hatte, »den Satz würde ich für jede Stadt der Welt unterschreiben.«

»Rom?« schlug er vor, und sie nickte. »Paris?« Sie nickte heftiger. »Los Angeles?« stellte er sie auf die Probe.

»Bist du von allen guten Geistern verlassen?«

»Woher diese plötzliche Anhänglichkeit ans Vaterland?«

»Nicht ans ganze Land – Gott bewahre! –, sondern nur an unsere unmittelbare Heimat.«

»Gut, aber wieso jetzt, auf einmal?«

Paola trank ihren Grappa aus, neigte sich seitwärts zum Tisch und stellte das Glas ab. »Weil ich heute morgen auf dem Campo San Basilio war. Einfach so, ohne daß ich einen Termin hatte oder etwas besorgen mußte. Nein, ich bin dort herumflaniert wie ein Tourist. Es war noch früh, vor neun Uhr, und kaum jemand unterwegs. In einer *pasticceria*, in der ich noch nie gewesen war, servierte man mir eine Brioche, so luftigleicht wie Manna, und einen Cappuccino, der einfach himmlisch schmeckte, und der Barmann plauderte mit jedem, der hereinkam, übers Wetter, und alle sprachen Veneziano, und ich fühlte mich in meine Kindheit zurückversetzt, als Venedig bloß eine verschlafene kleine Provinzstadt war.«

»Das ist es heute noch«, warf Brunetti ein.

»Ja, schon, aber ich rede davon, wie es war, bevor Millionen von Touristen die Stadt überschwemmten.«

»Alle auf der Suche nach dieser luftigleichten Brioche und dem himmlischen Cappuccino?«

»Genau. Nicht zu vergessen die kleine Trattoria, wo nur Einheimische verkehren.«

Brunetti trank den letzten Schluck Grappa, stützte den Kopf gegen die Sofalehne und umschloß das Glas mit beiden Händen. »Sag mal, kennst du eine Bianca Marcolini? Sie ist die Frau von diesem Kinderarzt, Gustavo Pedrolli.«

Paola sah ihn aufmerksam an. »Der Name ist mir nicht unbekannt. Bankkauffrau. Außerdem Mitglied im Lions Club und bei allerlei Benefizaktionen – *Rettet Venedig* und so – aktiv.« Paola hielt inne, und Brunetti hörte förmlich, wie sie in ihrem Gedächtnis blätterte. »Falls es die Marcolini ist, die ich meine – will sagen, wenn sie aus der Linie stammt, auf die ich tippe –, dann kennt mein Vater ihren Vater.«

»Privat oder geschäftlich?«

Darüber schmunzelte sie unwillkürlich. »Nur geschäftlich. Mit einem wie diesem Marcolini würde mein Vater nicht gesellschaftlich verkehren.« Paola sah, mit welcher Miene Brunetti dies aufnahm, und fügte hinzu: »Ich weiß, was du von der politischen Ausrichtung meines Vaters hältst, Guido, aber ich versichere dir, daß selbst er die politischen Ansichten eines Marcolini verabscheut.«

»Und warum genau?« fragte Brunetti, obwohl er nicht überrascht war. Conte Orazio Falier war ein Mann, der generell nicht viel von Politikern hielt, egal ob sie dem rechten oder dem linken Flügel angehörten. Und hätte es in Italien eine ernstzunehmende politische Mitte gegeben, so hätte der Conte zweifellos einen Grund gefunden, auch die zu verachten.

»*Papà* hat ihn faschistischer Tendenzen beschuldigt.«

»Öffentlich?« wollte Brunetti wissen.

Wieder mußte Paola schmunzeln. »Wann hätte mein Vater sich je öffentlich zu einer politischen Äußerung hinreißen lassen?«

»Ich ziehe die Frage zurück.« Trotzdem konnte Brunetti sich kaum eine politische Position vorstellen, die ein Mann wie der Conte für faschistisch erklären würde.

»Bist du übrigens mit den *Gesandten* schon durch?« Die Frage schien ihm diplomatischer, als gleich mit der Tür ins Haus zu fallen und sich zu erkundigen, ob Paola bereits mit der Internetrecherche für ihn begonnen habe.

»Nein.«

»Gut, dann vergiß die Nachforschungen, um die ich dich gebeten hatte.«

»Zum Thema Unfruchtbarkeit?«

»Ja.« Paola wirkte sichtlich erleichtert. »Aber ich möchte dich bitten, deine muschelförmigen Öhrchen aufzusperren, falls du mal irgendwas über Bianca Marcolini und ihre Familie mitbekommst.«

»Einschließlich des gräßlichen Vaters und seiner noch gräßlicheren Politik?«

»Ja, bitte.«

»Und wird die Polizei mich dafür entlohnen, oder zählt das zu meinen staatsbürgerlichen Pflichten?«

Brunetti erhob sich von seinem Platz. »Die Polizei spendiert dir noch einen Grappa.«

12

Brunetti schlief fast bis neun. Dann schlappte er in die Küche und sah die Zeitungen durch, die Paola frühmorgens geholt und ihm dagelassen hatte, als sie in die Universität ging. Sämtliche Blätter veröffentlichten die Namen derjenigen, die bei der nächtlichen Razzia festgenommen worden waren. Daß die Carabinieri immer noch nach dem mutmaßlichen Drahtzieher des illegalen Babyhandels fahndeten, stand allerdings nur im *Corriere della Sera.* Und das Schicksal der Kinder, die laut *La Repubblica* zwischen einem und drei Jahre alt waren, hatte man offenbar in keiner der Redaktionen thematisiert.

Das Gelesene gab Brunetti zu denken: Wenn schon ein so prosaischer Mensch wie Alvise ausgerastet war, als er erfuhr, daß man ein achtzehn Monate altes Baby von seinen Adoptiveltern getrennt hatte – wie würden dann erst die betroffenen Eltern eines Dreijährigen solch einen Willkürakt empfinden?

Der Commissario begab sich auf direktem Weg in sein Büro, wo ihn der übliche Papierkrieg erwartete: Pläne zur Stellenbesetzung, Beförderungsanträge, neue Richtlinien für die Registrierung von Schußwaffen. Wesentlich interessanter war dagegen eine Nachricht von Vianello. Der Inspektor schrieb, er treffe sich mit jemandem zu einem Gespräch über »seine Dottori«. Wohlgemerkt, nicht mit ihnen, sondern über sie, woraus Brunetti schloß, daß Vianello wieder einmal auf eigene Faust ermittelte und jener mutmaßlichen Pharma Connection nachspürte, bei der angeblich drei Fachärzte vom Ospedale Civile mit mindestens einem, wenn nicht mehreren ortsansässigen Apothekern unter einer Decke steckten.

Ursprünglich hatte ein Informant – dessen Identität er nicht preisgeben wollte – Vianellos Neugier geweckt, als er vor einigen Wochen andeutete, es könne vielleicht interessant sein für den Ispettore, wie oft gewisse Apotheker von ihrem Vorrecht, Kunden an Fachärzte zu überweisen, Gebrauch machten und dabei immer einen der drei genannten auswählten. Vianello hatte Signorina Elettra ins Vertrauen gezogen und prompt mit seinem kriminalistischen Spürsinn angesteckt. Gemeinsam hatten sie so eine Art detektivisches Forschungsprojekt aufgezogen und wetteiferten nun miteinander, wer als erster herausbekäme, wodurch Vianellos Gewährsmann auf die Fährte dieser drei Ärzte gestoßen sein mochte.

Es war Signorina Elettras Schwester Barbara, selber Ärztin von Beruf, die schließlich Licht ins Dunkel brachte. Sie berichtete den beiden von einer bürokratischen Neuregelung, die den Apothekern Zugang zum Zentralcomputer des städtischen Gesundheitsamtes gewährte, damit sie selbständig Facharztuntersuchungen für ihre Klienten vereinbaren konnten, sofern deren Hausarzt dies grundsätzlich befürwortete. Dem Patienten wurden dadurch lange Wartezeiten erspart, denn er brauchte nun nicht mehr im Krankenhaus um einen Termin nachzusuchen, und dem Apotheker wurde sein Service mit einem kleinen Entgelt vergütet.

Signorina Elettra hatte, genau wie Vianello, sofort die Achillesferse in diesem System entdeckt: Ein rühriger Apotheker mußte lediglich einen oder besser noch mehrere Spezialisten gewinnen, die bereit waren, sich Phantompatienten überweisen zu lassen, und schon hatte er eine Goldgrube aufgetan. Und um wieviel leichter war es für besagten Apotheker, solch einen fiktiven Termin anzuberaumen, als durch einen einschlägigen Rezeptvermerk zu begründen, daß und warum die Untersuchung durch einen Spezialisten angezeigt sei. Die örtlichen Gesundheitsdienststellen – *Unità*

Locali Socio Sanitarie, kurz ULSS – waren nicht eben berühmt für ihr Organisationstalent, weshalb kaum zu befürchten stand, daß man die Handschrift auf diesen Rezepten eingehend prüfen würde: Es reichte vollauf, wenn der Name des Patienten und seine Versicherungsnummer übereinstimmten. Da die Patienten ihre computerisierten Unterlagen fast nie zu Gesicht bekamen, war die Gefahr, daß ihnen die Scheintermine auffallen würden, gering. Folglich hatten auch die Behörden keine Veranlassung, die Arztgebühren oder das Entgelt des Apothekers für die Terminvereinbarung zu überprüfen. Das finanzielle Abkommen zwischen Apotheker und Mediziner unterlag mit Sicherheit strengster Geheimhaltung, doch durfte ein geschätztes Profitverhältnis von 25 zu 75 als realistisch gelten. Wenn eine Facharztkonsultation zwischen 150 und 200 Euro kostete, so durfte sich der Apotheker, dem es gelang, vier bis fünf Termine pro Woche zu vermitteln, ebenso glücklich schätzen wie die Ärzte, die ihr Einkommen steigern konnten, ohne das Arbeitspensum zu erhöhen.

Vermutlich war Vianello also heute vormittag wieder irgendwo in der Stadt unterwegs, um sich mit dem Gewährsmann zu treffen, der ihn als erster auf dieses einträgliche Arrangement hingewiesen hatte. Oder er hatte eine Verabredung mit einem seiner anderen Informanten, die ihn mit polizeidienlichen Hinweisen versorgten. Welche Gegenleistungen Vianello dafür erbrachte, wußte Brunetti nicht, und er kümmerte sich auch nicht darum. Schließlich wollte er ja auch nicht gefragt werden, wie er seine Quellen für ihre hilfreichen Tips entlohnte.

In der Gewißheit, daß Vianello ihn bei seiner Rückkehr schon einweihen würde, falls er zu neuen Erkenntnissen gelangt war, wählte Brunetti die Nummer der Neurologie und ließ sich mit Schwester Sandra verbinden.

»Hier spricht Commissario Brunetti, Signora«, sagte er, als die Schwester an den Apparat kam.

»Es geht ihm gut«, entgegnete sie unter Verzicht auf alle sonst üblichen Höflichkeiten; wohl um sich und Brunetti Zeit zu sparen.

»Spricht er wieder?«

»Mit mir nicht«, antwortete die Schwester. »Und soviel ich weiß, auch mit sonst niemandem vom Pflegepersonal.«

»Und was ist mit seiner Frau?«

»Das weiß ich nicht, Commissario. Sie ist vor einer halben Stunde nach Hause gegangen, wollte aber um die Mittagszeit zurück sein. Dottor Damasco hat vor etwa einer Stunde seinen Dienst angetreten. Er ist jetzt bei dem Patienten.«

»Wenn ich gleich vorbeikäme, könnte ich dann mit ihm sprechen?«

»Mit wem? Dottor Damasco oder Dottor Pedrolli?«

»Egal. Oder sagen wir, mit beiden.«

Schwester Sandra dämpfte die Stimme zu einem Flüstern. »Der Carabiniere sitzt immer noch vor Dottor Pedrollis Zimmer. Außer seiner Frau und dem medizinischen Personal darf niemand rein zu ihm.«

»Wenn das so ist, dann möchte ich Dottor Damasco sprechen«, sagte Brunetti.

Nach einer langen Pause beschied ihn die Schwester: »Gut, aber beeilen Sie sich! Vielleicht läßt es sich doch einrichten, daß Sie mit beiden reden können.«

»Ich verstehe nicht?«

»Kommen Sie zum Empfangstresen. Falls ich nicht da bin, warten Sie auf mich. Ach, und in der Schublade rechts oben finden Sie ein Stethoskop.« Damit legte sie auf.

Brunetti verließ die Questura, ohne sich bei irgend jemandem abzumelden, ging zu Fuß zum Krankenhaus und begab sich unverzüglich zur neurologischen Station. Es war niemand am Empfang. Brunetti spürte einen Anflug von Nervosität, als er sich umblickte, um sicherzugehen, daß der Flur leer war. Dann schlüpfte er hinter den Tresen und zog die obere rechte Schublade auf. Er hängte sich das Stethoskop um, fischte zwei bedruckte Blätter aus dem Papierkorb, klemmte sie in ein Clipboard und trat, scheinbar ganz in seine Lektüre vertieft, wieder vor den Tresen.

Bald darauf stieß Sandra zu ihm, heute in schwarzen Jeans und schwarzen Turnschuhen. Als gleich hinter ihr eine weitere Schwester auftauchte, die Brunetti noch nicht kannte, rief Sandra mit lauter Stimme: »Ah, Dottore, schön, daß Sie kommen konnten. Dottor Damasco wird sich freuen.« Und zu der anderen Schwester: »Maria Grazia, bringst du Dottor Costantini bitte nach 307? Dottor Damasco erwartet ihn schon.«

Wollte Sandra selbst sich ganz aus ihrem kleinen Täuschungsmanöver heraushalten, um unbehelligt zu bleiben, falls etwas schiefgehen sollte? Doch dann fiel Brunetti ein, daß die Schwester sich mit ihrer Parteinahme für Dottor Pedrolli den Wachen wohl ohnehin schon verdächtig gemacht hatte.

Sein Augenmerk auf die Papiere gerichtet – Laborberichte, mit denen er nichts anfangen konnte –, folgte Brunetti der Schwester den Gang hinunter. Der Carabiniere, der vor Pedrollis Zimmer Posten bezogen hatte, nahm erst die Schwester, dann Brunetti ins Visier.

»Dottor Costantini«, sagte Maria Grazia und wies auf Brunetti. »Dottor Damasco hat ihn um eine Konsultation gebeten.«

Der Posten nickte und wandte sich wieder der Illustrierten zu, die er auf dem Schoß liegen hatte. Schwester Maria Grazia öffnete die Tür, meldete die Ankunft von Dottor Constantini und ließ Brunetti eintreten. Sie selbst blieb draußen und schloß hinter ihm die Tür.

Damasco nickte Brunetti zu. »Ach ja, Schwester Sandra hat mir gesagt, daß Sie uns sprechen wollten.« Dann wandte er sich an Pedrolli, der Brunetti wie gebannt ansah, und sagte: »Gustavo, das ist der Signore, der schon mal hier war. Ich habe dir von ihm erzählt.«

Pedrolli konzentrierte sich ganz auf Brunetti.

»Er ist Polizist, Gustavo. Auch das habe ich dir gesagt.«

Pedrolli hob die rechte Hand und strich sich an der Stelle über die Brust, wo bei Brunetti das Stethoskop hing. »Ja, die Carabinieri haben draußen eine Wache postiert. Die einzige Möglichkeit, den Commissario hier hereinzuschmuggeln, war die, ihn als Arzt auszugeben«, erklärte Damasco.

Pedrollis Gesicht entspannte sich. Obwohl sein Bart die hohlen Wangen kaschierte, hatte Brunetti den Eindruck, sie seien über Nacht noch stärker eingefallen. Er lag der Länge nach ausgestreckt auf dem Bett und trug über der Decke, die ihm bis zur Taille reichte, ein blau-weiß gestreiftes Pyjamaoberteil. Sein von Natur aus aschblondes Haar war, ebenso wie der Bart, zu gleichen Teilen graumeliert. Er hatte helle Augen und einen blassen Teint, wie man es oft bei Blondhaarigen findet. Eine blutunterlaufene Strieme verlief von seinem linken Ohr bis unter den Bart.

Brunetti wollte zunächst einmal abwarten, ob Pedrolli sich äußern würde oder könne. Als er das Clipboard auf dem Nachttisch ablegte, streifte sein Arm gegen das Stethoskop, und er kam sich albern vor, in dieser Maskerade.

Eine Minute verrann, ohne daß einer der drei etwas sagte. Endlich ergriff Dottor Damasco, hörbar verstimmt, das Wort: »Na schön, Gustavo. Wenn du darauf bestehst, dann spielen wir eben weiter Rätselraten.« An Brunetti gewandt, setzte er hinzu: »Wenn er einen Finger hebt, heißt die Antwort ›ja‹. Zwei bedeuten ›nein‹.«

Da Brunetti stumm blieb, spornte Damasco ihn an: »Nur zu, Commissario! Es ist zeitraubend, und wahrscheinlich könnten wir gut darauf verzichten, aber wenn Gustavo sich auf diese Weise zu schützen gedenkt, dann müssen wir uns wohl oder übel darauf einstellen.« Der Arzt langte unter die Decke, umspannte einen Fuß seines Patienten und schüttelte ihn herzlich, wie um seine ungehaltenen Worte zu entschärfen.

Brunetti sagte immer noch nichts, und so fuhr Damasco fort: »Was genau passiert ist, habe ich ihn noch gar nicht gefragt. Nur, ob er sich an den Schlag erinnert, den er abbekommen hat, was er verneint. Als sein Arzt kümmere ich mich einzig um diese Verletzung.«

»Und als sein Freund?« fragte Brunetti.

»Als sein Freund...«, wiederholte Damasco und hielt einen Moment inne. »Als sein Freund habe ich Schwester Sandras hirnrissigem Plan zugestimmt, Sie hier hereinzuschmuggeln.«

Pedrolli schien ihrer Unterhaltung gefolgt zu sein; jedenfalls waren seine Augen aufmerksam zwischen den Sprechern hin- und hergewandert. Sowie Damasco geendet hatte, richtete sich der Blick gespannt auf Brunetti.

»Wie Sie von Ihrem Freund gehört haben«, wandte Brunetti sich an den Patienten im Bett, »bin ich Polizeibeamter. Einer meiner Leute hat mich gestern nacht angerufen und mir berichtet, ein Mann sei überfallen worden und liege im Krankenhaus. Ich bin dann gleich hergekommen, um die Hintergründe zu ermitteln. Dabei ging und geht es mir einzig und allein um den bewaffneten Angriff auf einen Bürger dieser Stadt – weder um dessen Ursache noch um Ihre Reaktion darauf. Soweit ich informiert bin, haben Sie sich so verhalten, wie es ein jeder tun würde, wenn man im eigenen Haus über ihn herfällt: Sie haben versucht, Ihre Familie und sich selbst zu verteidigen.«

Brunetti hielt inne und sah Pedrolli forschend an. Der Arzt hob einen Finger.

»Ich kann nicht sagen, wie die Carabinieri diesen Fall weiterverfolgen oder wie sie ihn darstellen werden. Und ich weiß auch nicht, was man Ihnen zur Last legen wird, Dottore.« Brunetti hielt es für das beste, so nahe wie möglich bei der Wahrheit zu bleiben. »Ich weiß allerdings, daß Sie sich aus Sicht der Carabinieri einer ganzen Latte von Vergehen schuldig gemacht haben.«

Hier malte Pedrolli mit der rechten Hand eine Art Fragezeichen in die Luft.

»Der Capitano, mit dem ich gesprochen habe, erwähnte Beamtenbestechung, Urkundenfälschung, Widerstand gegen die Staatsgewalt und tätlichen Angriff gegen einen Beamten in Ausübung seines Dienstes. Letzteres betrifft den Carabiniere, auf den Sie losgegangen sind.«

Wieder die fragende Handbewegung.

»Nein, er ist nicht ernstlich verletzt. Seine Nase war nicht einmal gebrochen. Hat stark geblutet, aber war nicht weiter schlimm.«

Pedrolli schloß einen Moment die Augen, vielleicht vor Erleichterung. Dann ergriff er, den Blick wieder auf Brunetti gerichtet, mit seiner rechten Hand den Ringfinger der linken und schob den Trauring hin und her.

»Ihrer Frau geht es gut, Dottore.« Brunetti wunderte sich über Pedrollis Besorgnis, da Signora Marcolini doch fast die ganze Zeit bei ihm gewesen war.

Pedrolli schüttelte den Kopf und wiederholte die Geste mit dem Ring. Dann preßte er, um sich besser zu erklären, die Handgelenke zusammen, als wären sie gefesselt oder steckten in Handschellen.

Brunetti wehrte mit erhobenen Händen ab. »Aber nein, Ihre Frau steht nicht unter Anklage, Dottore. Und laut dem Capitano, mit dem ich gesprochen habe, droht ihr auch keine Anzeige.«

Daraufhin wies Pedrolli mit dem Zeigefinger der rechten Hand auf sein Herz, und Brunetti bestätigte: »Ja, nur Ihnen, Dottore.«

Pedrolli neigte den Kopf zur Seite und zog die andere Schulter hoch, so als ergebe er sich in sein Schicksal.

Brunetti blieb bei seiner Taktik, mit der Wahrheit sorgsam hauszuhalten. »An den Ermittlungen bin ich in keiner Weise beteiligt, Dottore. Das ist allein Sache der Carabinieri.« Nach einer kurzen Pause fuhr er fort: »Da sie die Festnahme vorgenommen haben, unterliegt der Fall nach geltendem Recht ihrer Zuständigkeit.« Er wartete auf ein Zeichen, daß Pedrolli dies verstanden habe oder ihm Glauben schenke, dann fuhr er fort: »Ich interessiere mich für Sie nur als verletzte Zivilperson, als das Opfer eines Angriffs, wenn nicht gar eines Verbrechens.« Brunetti lächelte und wandte sich dann an Dottor Damasco. »Ich möchte Ihren Freund nicht überanstrengen, Dottore.« Und bewußt zurückhaltend formuliert, fügte er hinzu: »Würden Sie mich benachrichtigen, wenn eine Veränderung seines Zustands eintritt?«

Bevor Damasco antworten konnte, richtete Pedrolli sich auf, packte Brunetti am Handgelenk und zog ihn mit einer Kraft, die man ihm gar nicht zugetraut hätte, näher zu sich ans Bett. Er bewegte die Lippen, brachte aber keinen Ton heraus. Als Brunetti ihn nur ratlos ansah, hob Pedrolli beide Arme empor und wiegte sie schaukelnd vor der Brust.

»Alfredo?« fragte Brunetti.

Pedrolli nickte heftig.

Da tätschelte Brunetti ihm begütigend den rechten Handrücken und sagte: »Ihrem Sohn geht es gut, Dottore. Bitte machen Sie sich um ihn keine Sorgen. Es geht ihm gut.«

Pedrollis Augen weiteten sich, und Brunetti sah, wie ihm die Tränen kamen. Er tat so, als habe Damasco ihn etwas gefragt, und wandte sich dem Neurologen zu. Als er wieder zum Bett schaute, hatte Pedrolli die Augen geschlossen.

Damasco trat vor. »Wenn sich etwas Neues ergibt, rufe ich Sie an, Commissario.«

Brunetti nickte dankend, schob sich das Clipboard unter den Arm und verließ das Zimmer. Der Carabiniere vor der Tür nahm weiter keine Notiz von ihm. Sonst war niemand auf dem Flur, und auch der Empfang war nicht besetzt. Brunetti warf die Laborberichte wieder in den Papierkorb und legte das Clipboard an seinen Platz zurück. Nachdem er sich auch des Stethoskops entledigt und es in der Schublade verstaut hatte, verließ er die Station.

13

Auf dem Rückweg zur Questura ließ Brunetti sich reichlich Zeit, um über all das nachzudenken, was ihm im Kopf herumging. Über die Fragen, die er nicht gestellt hatte, und die verbleibenden Unbekannten in Pedrollis… ja, er wußte nicht einmal, wie er dazu sagen sollte: Sein Fall? Seine Lage? Sein Dilemma oder Schlamassel?

Zu den anderen illegalen Adoptionsfällen hatten die Carabinieri bisher nichts verlauten lassen. Und solange Pedrolli sich in Schweigen hüllte, wußte Brunetti weder wie er und seine Frau noch wie die anderen Paare zu ihren Babys gekommen waren. Er hatte keine Ahnung, ob die leiblichen Mütter Italienerinnen waren, wo sie ihre Kinder zur Welt brachten, wie und wo die Übergabe vonstatten ging oder wie hoch die Kinder im Kurs standen. Diese letzte Wendung machte ihn schaudern. Aber es galt ja auch noch die amtliche Seite zu berücksichtigen: Wie viele Dokumente mußte man beibringen, um seine Vaterschaft bestätigt zu bekommen? In einer orangefarbenen Blechdose, ursprünglich gefüllt mit Weihnachtsplätzchen, verwahrten er und Paola die Geburtsurkunden der Kinder, ihre Impf- und Gesundheitspässe, Taufscheine, Kommunionsurkunden und einige Schulzeugnisse. Die Dose stand, wenn er sich recht erinnerte, auf dem obersten Bord ihres Schlafzimmerschranks, während sich die Reisepässe in einer Schublade in Paolas Arbeitszimmer befanden. Brunetti wußte nicht mehr, wie sie an die Pässe für die Kinder gekommen waren, aber bestimmt hatten sie deren Geburtsurkunden vorlegen müssen, genau wie bei der Einschulung.

In Venedig wurden alle Geburten und Todesfälle sowie Wohnungswechsel im Ufficio Anagrafe registriert. Auf seinem Weg vom Krankenhaus zur Questura beschloß Brunetti, dort vorbeizuschauen: Wenn er die bürokratischen Hürden erkunden wollte, die zu überwinden waren, um eine legale Identität zusammenzubasteln, dann erledigte er das am besten gleich!

Brunetti folgte einer langsam dahinziehenden Touristenschlange über den Ponte del Lovo und am Teatro La Fenice vorbei, doch als er am Ufficio Anagrafe anlangte, das sich in einem Labyrinth von Stadtbüros an der Calle Loredan versteckte, sah er seinen Plan durch einen denkbar banalen Grund vereitelt: Die städtischen Angestellten streikten aus Protest gegen die verschleppte Erneuerung ihrer Verträge, die schon vor siebzehn Monaten ausgelaufen waren. Brunetti überlegte, ob das Streikrecht wohl auch für die Polizei gelte, die schließlich ebenfalls der Stadt unterstand. Und da er die Frage für sich mit einem klaren Ja beantwortete, ging er zuerst auf einen Kaffee zu Rosa Salva und dann hinüber in die Buchhandlung La Tarantola, um einen Blick auf die Neuerscheinungen zu werfen. Leider fand er das Angebot wenig verlockend: Biographien über Mao, Stalin oder Lenin würden ihn gewiß zur Verzweiflung treiben. Eine Neuübersetzung von Pausanias' *Beschreibung Griechenlands* schied aus, weil er eine ungnädige Rezension darüber gelesen hatte. Da er es sich aber zur Regel gemacht hatte, keinen Buchladen mit leeren Händen zu verlassen, entschied er sich für eine 1977 in Turin erschienene und lange Zeit vergriffene Übertragung der *Lettres de la Russie* des Marquis de Custine von 1839. Die Neuere Geschichte gehörte zwar eigentlich nicht zu seinen Interessensgebieten, aber es war der einzige Titel, der seine Neugier weckte, und außerdem war er in Eile – Streik hin oder her.

Brunetti kam sich ungemein tugendhaft vor, als er seinen Weg zur Questura fortsetzte, obwohl er doch jetzt, in Anbetracht des Streiks, hätte nach Hause gehen und sich in die Rußlandreise des Marquis de Custine vertiefen können. Statt dessen legte er das neue Buch, stolzgeschwellt ob seiner Selbstherrschung, ungeöffnet auf den Schreibtisch und nahm den Papierkram in Angriff, der sich dort angesammelt hatte. Doch sosehr er auch versuchte, sich auf Tabellen und Empfehlungen zu konzentrieren: Die ungelösten Fragen in Sachen Pedrolli ließen Brunetti nicht los. Warum war Marvilli so wenig mitteilsam gewesen? Wer hatte die Razzia der Carabinieri im Hause eines venezianischen Bürgers angeordnet? Wessen Order hatte nur Stunden nach Pedrollis Einlieferung ins Krankenhaus den Vice-Questore dorthin zitiert? Und wie hatten die Carabinieri überhaupt von Pedrollis Adoptivkind erfahren?

Das Klingeln des Telefons unterbrach seine Überlegungen.

»Ja, Brunetti?«

»Kommen Sie sofort in mein Büro.« Und schon hatte Patta wieder aufgelegt.

Als Brunetti sich erhob, fiel sein Blick auf den Werbetext auf der hinteren Umschlagseite des eben gekauften Buches. »...offen zutage tretende Willkür und Machtmißbrauch...«

»Ach, Monsieur le Marquis«, seufzte Brunetti laut, »wenn Sie wüßten.«

Unten in Pattas Vorzimmer fand sich keine Spur von Signorina Elettra. Er klopfte und betrat das Büro des Vice-Questore, ohne dessen Aufforderung abzuwarten.

Die Aktenberge, die sich vor Patta auf dem Schreibtisch türmten, erweckten das Bild eines überarbeiteten Staatsdieners. Sogar seine Sommerbräune fing an zu verblassen, was den Eindruck unermüdlicher Hingabe an seine zahlreichen Amtspflichten wirkungsvoll unterstrich.

Noch ehe Brunetti sich dem Schreibtisch nähern konnte, fragte der Vice-Questore bereits: »Was haben Sie gerade in Arbeit, Brunetti?«

»Die Gepäckdiebstähle am Flughafen und das Casinò«, antwortete Brunetti. Es klang, als informiere er seinen Hautarzt über eine berufsbedingte Art von Fußpilz.

»Das kann alles warten«, entschied Patta. Eine Einschätzung, die Brunetti voll und ganz teilte. Dann, als der Commissario unmittelbar vor ihm stand, erkundigte sich Patta vertraulich: »Ich nehme an, Sie haben von dieser Panne bei der Carabinieri-Razzia gehört?«

Es war also eine Panne? »Ja, Dottore.«

»Dachte ich mir. Aber setzen Sie sich doch, Brunetti. Es macht mich ganz nervös, wenn Sie so herumstehen.«

Brunetti nahm vor dem Schreibtisch Platz.

»Die Carabinieri haben überreagiert, und sie können von Glück sagen, wenn der Mann in der Klinik sie nicht anzeigt.« Eine Erkenntnis, die Brunetti instinktiv auf jenen respekteinflößenden Fremden zurückführte, der mit dem Vice-Questore vor Pedrollis Krankenzimmer gestanden hatte. Nach kurzem Bedenken schwächte Patta seine düstere Prognose jedoch gleich wieder ab: »Ich glaube allerdings nicht, daß er das tun wird. Den juristischen Ärger, den so was mit sich bringt, will sich doch niemand aufhalsen.« Natürlich nicht. Brunetti war versucht zu fragen, ob der weißhaarige Herr im Krankenhaus bei etwaigen juristischen Scherereien seine Hand im Spiel hätte. Doch er war vernünftig genug, sein Wissen um Pattas nächtliches Treffen für sich zu behalten, und sagte nur: »Was kann ich dabei tun, Vice-Questore?«

»Ja, also es scheint da gewisse Unklarheiten zu geben, bezüglich der Absprachen zwischen uns und den Carabinieri.« Nach dieser umständlichen Einleitung beäugte Patta sein Gegenüber, wie um zu prüfen, ob die kodierte Botschaft angekommen sei und der Empfänger sie richtig zu deuten wisse.

»Verstehe, Dottore«, sagte Brunetti. Offenbar konnten die Carabinieri nachweisen, daß sie die Polizei über die bevorstehende Razzia unterrichtet hatten. Bei der Polizei aber war diese Information offiziell nie eingegangen. Brunetti fühlte sich unwillkürlich an jene Gesetze der Logik erinnert, die er vor Jahrzehnten an der Universität so eifrig studiert hatte. Unter anderem ging es da um die Schwierigkeit – oder gar Unmöglichkeit? – einen Negativbeweis zu führen. Hier nun schwankte Patta zwischen zwei Übeln und versuchte herauszukriegen, was weniger riskant sei: den Carabinieri ihren allzu martialischen Einsatz vorzuwerfen, oder einen Sündenbock in den eigenen Reihen zu finden, der den Kopf dafür hinhielt, daß die Nachricht der Carabinieri nicht in der Questura angekommen war.

»In Anbetracht dessen, was diesem Arzt widerfahren ist, möchte ich, daß Sie die Sache im Auge behalten und dafür sorgen, daß der Mann anständig behandelt wird. Damit nicht noch mehr Unheil geschieht.«

»...das mir zum Verhängnis werden könnte«, war Brunetti versucht zu ergänzen. Doch er hielt an sich.

»Selbstverständlich, Vice-Questore. Wäre es in Ihrem Sinne, wenn ich den Mann im Krankenhaus aufsuche? Vielleicht auch mit seiner Frau spreche?«

»Ja, ja.« Patta nickte. »Was immer Sie wollen. Nur sorgen Sie dafür, daß diese Sache nicht aus dem Ruder läuft und wir keinen Ärger bekommen.«

»Wird gemacht, Vice-Questore«, erwiderte Brunetti.

Sobald er die Verantwortung erfolgreich auf andere Schultern abgewälzt hatte, wandte Patta sich wieder seinen Akten zu.

»Ich halte Sie auf dem laufenden, Dottore«, versprach Brunetti und stand auf.

Schon zu sehr in seine Amtsgeschäfte vertieft, um sich noch zu einer Antwort aufzuraffen, winkte Patta nur flüchtig, und Brunetti war entlassen.

Da Paola es übernommen hatte, sich an seiner Statt über Bianca Marcolini zu informieren, war Brunetti frei für andere Recherchen. Er nahm all seinen Mut zusammen und ging hinunter in den Bereitschaftsraum, wo er sich an den Computer setzte und alle Kollegen durch die Leichtigkeit verblüffte, mit der er sich ins Internet einwählte. Und er vertippte sich nur ganze zwei Mal, als er dann den Begriff *infertilità* in eine Suchmaschine eingab.

Gut eine Stunde lang stand Brunetti im Mittelpunkt eines Teams, das die uniformierte Truppe spontan gebildet hatte, um ihn bei seinen Nachforschungen zu unterstützen. Keiner der Jüngeren drängte ihn direkt beiseite, aber hin und wieder schob sich doch eine Hand unter die seine, um ein oder zwei Stichworte einzugeben. Gleichwohl verlor Brunetti nie ganz die Herrschaft über Tastatur und Maus. Und sein Beharren darauf, alles, was ihn interessierte, auszudrucken, vermittelte ihm den – wenn auch trügerischen – Eindruck, hier die gleiche Art von Recherche zu betreiben wie früher in der Unibibliothek.

Erst als er fertig war und den dicken Papierstoß aus dem Drucker nahm, kamen ihm Zweifel: Alles war so schnell, ja buchstäblich im Handumdrehen gegangen, daß er keine Ahnung hatte, wie verläßlich das gesammelte Material war. Was machte eine Website glaubwürdiger als die andere? Und was, um Himmels willen, verbarg sich hinter »Il Centro per le Ricerche sull'Uomo«? Oder dem »Istituto per la Demografia«? Bei seinem Wissensstand konnte er nicht ausschließen, daß die Online-Quellen, die er konsultiert hatte, von der katholischen Kirche oder der Schierlingstrank-Gesellschaft gespeist wurden.

Brunetti hatte sich längst damit abgefunden, daß die meisten in Büchern, Zeitungen und Magazinen veröffentlichten Erkenntnisse die Wahrheit nur näherungsweise wiedergaben und stets von der Rechts- beziehungsweise Linkslastigkeit ihrer Verfasser beeinflußt waren. Aber immerhin wußte er um die Vorurteile der meisten Journalisten und hatte sich im Lauf der Jahre eine aggressive Lesart antrainiert, die es ihm ermöglichte, fast immer einen brauchbaren Kern – die Illusion von einer allgemeingültigen Wahrheit hatte er längst aufgegeben – aus seiner Lektüre herauszufiltern. Beim Internet hingegen waren ihm die Zusammenhänge so fremd, daß er allen Quellen die gleiche Bedeutung beimaß. Und ohne den inneren Kompaß, mit dem er sich in den vertrauten Gewässern journalistischer Fabulierkunst zurechtzufinden gelernt hatte, war er der Flut potentieller Internetlügen und -fälschungen womöglich hilflos ausgeliefert.

Doch als er sich wenig später in seinem Büro an die Lektüre der ausgedruckten Texte machte, war zwischen den verschiedenen Webseiten eine verblüffende Übereinstimmung festzustellen. Ungeachtet geringfügiger Abweichungen in Zahlen und Prozentsätzen wurde mehrheitlich ein signifikanter Geburtenrückgang in den meisten westlichen Ländern konstatiert, zumindest unter deren einheimischer Bevölkerung. Um den Nachwuchs der Immigranten war es besser bestellt. Brunetti wußte, daß es politisch korrektere Formulierungen gab für dieses grundlegende statistische Faktum: »kulturbedingte Variationen« etwa oder »kulturell unterschiedliche Zukunftsplanung«. Doch wie man es auch formulierte: Unterm Strich blieb die Feststellung, daß sozial schwache Schichten geburtenfreudiger waren als die der besser Gestellten; so wie die Armen immer schon mehr Kinder bekommen hatten als die Reichen. In früheren Zeiten waren von den Kindern aus ärmlichen Verhältnissen viele jung gestorben, hinweggerafft von Seuchen und Hungersnöten. Heute jedoch überlebten die meisten, zumindest diejenigen, die in den westlichen Industrienationen geboren wurden oder hier eine zweite Heimat gefunden hatten.

Zur selben Zeit, wie die Kinderzahl der Immigranten in ganz Europa anstieg, litt die einheimische Bevölkerung der Gastländer unter Fortpflanzungsproblemen. Die durchschnittliche Mitteleuropäerin von heute war bei der Geburt des ersten Kindes deutlich älter als in der Generation davor. Zudem war die Zahl der Eheschließungen rückläufig. Und der dramatische Anstieg der Mietpreise trug mit dazu bei, daß junge Paare selbst dann nicht mehr ohne weiteres einen eigenen Hausstand gründen konnten, wenn beide berufstätig waren. Wer aber konnte es sich heute noch leisten, mit nur einem Verdienst ein Kind großzuziehen?

Dennoch ließ die moderne Entwicklung der Gesellschaft relativ viel Raum für Familienplanung. Abgesehen von der steten Verminderung zeugungsfähigen Spermas, die ein schier unüberwindliches Hindernis darstellte. Und die Ursache? Umweltverschmutzung? Irgendeine genetische Veränderung? Eine noch unentdeckte Krankheit? Wiederholt fand sich in den Internetbeiträgen der Hinweis auf Phthalate, Weichmacher-Chemikalien, die in allen möglichen gängigen Produkten vorhanden waren, einschließlich Deodorants und Lebensmittelverpackungen. Je höher deren Spiegel im Blut, las Brunetti weiter, desto geringer die Spermienzahl. Aber obwohl diese Substanzen übereinstimmend für den seit etwa fünfzig Jahren zu beobachtenden Spermienschwund mitverantwortlich gemacht wurden, wagte es doch keiner der Referenten, sie als direkten Verursacher zu benennen. Und was Brunetti betraf, so war er ohnehin immer davon ausgegangen, daß die steigenden ökonomischen Ansprüche sich ebenso auf die Geburtenrate auswirkten wie die Fertilitätsprobleme. Denn selbst wenn die Millionen von Spermien der Vergangenheit sich auf die Hälfte reduziert hatten, sollte auch dieses Quantum wohl noch ausreichend sein.

In einem Artikel stand, daß bei Immigranten, die einige Jahre in Europa gelebt hätten, die Spermienproduktion ebenfalls rückläufig sei. Zweifellos ein Indiz für die Glaubwürdigkeit der These, daß Natur- und Umweltverschmutzung ursächlich beteiligt waren. Hatten die Altertumsforscher nicht nachgewiesen, daß gesundheitlicher Niedergang und verminderte Fruchtbarkeit im Römischen Reich wohl auch zu Lasten der bleiernen Wasserrohre gingen? Zwar machte es jetzt keinen Unterschied mehr, aber wenigstens waren die Römer zu Lebzeiten ahnungslos gewesen, was diesen möglichen Zusammenhang betraf: Es blieb späteren Epochen vorbehalten, die mutmaßlichen Schadenserreger aufzudecken – und sich dann, ohne jede Mäßigung, fröhlich weiter an der Umwelt zu versündigen.

Brunettis historischer Exkurs fand ein jähes Ende, als Vianello sein Büro betrat. Der Inspektor lächelte triumphierend und schwenkte einen Stoß Papiere. »Mir war«, begann er, »die sogenannte Weiße-Kragen-Kriminalität eigentlich immer zuwider. Aber je mehr ich mich damit befasse, desto sympathischer wird sie mir.« Er warf die Unterlagen auf Brunettis Schreibtisch und setzte sich.

Nanu? Ob Vianello einen Karrierewechsel anpeilte? Was auch immer ihn umgestimmt haben mochte, Brunetti war überzeugt, daß Signorina Elettra dabei ihre Finger im Spiel hatte.

»›Sympathisch‹?« wiederholte er schmunzelnd und wies auf die Papiere, als wären sie der Schlüssel zu Vianellos Sinneswandel.

»Na ja, bloß insofern«, dämpfte der Inspektor Brunettis offenkundige Belustigung, »als man diese Typen nicht ewig beschatten oder stundenlang im Regen vor ihrer Tür rumlungern muß, nur um sich, wenn sie endlich zum Vorschein kommen, wieder an ihre Fersen zu heften.«

Da Brunetti schwieg, fuhr der Inspektor fort. »Früher fand ich's bloß langweilig, stundenlang rumzusitzen, Steuererklärungen und Bilanzen durchzuackern oder Kreditkartenabrechnungen und Bankbelege zu prüfen.«

Brunetti unterdrückte den Einwurf, daß die meisten dieser Fahndungsmethoden ohne richterliche Anordnung illegal seien, weshalb ein anständiger Polizist sich davon nicht auch noch Kurzweil erwarten dürfe.

»Und jetzt?« entgegnete er nachsichtig.

Vianello grinste breit und zuckte mit den Schultern. »Jetzt bin ich, scheint's, auf den Geschmack gekommen.« Ohne weitere Aufforderung begann er zu erklären: »Muß wohl das Jagdfieber sein. Es fängt damit an, daß man über Summen stolpert, die aus dem Rahmen fallen, weil sie entweder zu groß oder zu klein sind. Da nimmt man dann langsam Witterung auf, bohrt tiefer, überprüft weitere Belege und stößt irgendwann dort, wo man sie nie vermutet hätte oder wo sie nicht hingehören, auf verdächtige Namen. Unterdessen kommt ständig neues Zahlenmaterial herein, das immer dubioser wirkt, bis man endlich dahintersteigt, wie das Spiel läuft und wie man die diversen Transaktionen zurückverfolgen kann.«

Von ihm selbst unbemerkt, war Vianellos Stimme immer lauter und leidenschaftlicher geworden. »Und obwohl man ganz gemütlich an seinem Schreibtisch sitzen bleibt, weiß man bald über jeden ihrer Schritte Bescheid, weil man ihnen jetzt dauernd so dicht auf den Fersen ist, daß sie einen nicht mehr hinters Licht führen können.« Vianello hielt inne und lächelte versonnen. »So muß sich wohl eine Spinne fühlen, wenn sie in ihrem Netz sitzt, von dem die Fliegen nichts wissen: Ahnungslos schwirren sie umher und gehen unbekümmert ihrem Fliegendasein nach, während die Spinne ganz ruhig dahockt und abwartet, bis ihre Opfer sich in den tödlichen Maschen verfangen.«

»Und dann schnappt sie zu?« fragte Brunetti.

»Könnte man so sagen.« Vianello wirkte sehr zufrieden mit sich und seinem Gleichnis.

»Wie du jetzt?« Brunettis Blick schweifte über die Papiere. »Geht es um deine Ärzte und ihre kulanten Apotheker?«

Vianello nickte. »Ich habe mir die Konten der Spezialisten angesehen, die mein... äh... Gewährsmann benannt hat. Und zwar für die letzten sechs Jahre.« Obwohl sich hinter Vianellos nonchalanter Formulierung eindeutig eine Gesetzwidrigkeit verbarg, bewahrte Brunetti sphinxhafte Gelassenheit.

»Daß sie als Fachärzte einen gehobenen Lebensstil pflegen, versteht sich.« Und vermutlich kassierten sie einen Großteil ihres Einkommens in bar: Konnte man sich einen Spezialisten vorstellen, der für eine Privatkonsultation einen Beleg ausstellte? »Einer von ihnen hat vor vier Jahren ein Konto in Liechtenstein eröffnet.«

»Hat es damals angefangen mit den getürkten Überweisungen?« fragte Brunetti.

»Da bin ich mir noch nicht sicher, aber laut meinem Informanten läuft der Deal schon seit einigen Jahren.«

»Und die Apotheker?«

»Merkwürdigerweise«, antwortete Vianello gedehnt, »sind in ganz Venedig nur fünf Apotheken im Besitz einer Lizenz für diesen Vermittlungsdienst. Wahrscheinlich eine Frage der Computerkapazität. Ich bin gerade dabei, ihre Dateien zu sichten.« Auch das ließ Brunetti unkommentiert durchgehen.

»Von denen, die ich bereits überprüft habe, hat keiner im fraglichen Zeitraum sein Sparkonto oder das Kreditkartenlimit aufgestockt«, berichtete Vianello hörbar enttäuscht. Doch wie um sich selber Mut zu machen, ergänzte er: »Damit sind sie aber noch nicht unbedingt aus dem Schneider.«

»Wie viele hast du denn schon kontrolliert?« fragte Brunetti.

»Erst zwei.«

»Hmm«, murmelte Brunetti. »Und wie lange brauchst du noch für die übrigen?«

»Ein, zwei Tage.«

»Aber mit diesen fingierten Terminen bist du dir sicher?«

»Absolut. Ich weiß nur noch nicht, welche Apotheker beteiligt sind.«

Rasch zählte Brunetti die gängigsten Motive auf: »Sex, Drogen und Glücksspiel. Darum dreht sich's normalerweise, wenn jemand zu unlauteren Mitteln greift, um an Geld zu kommen.«

»Also wenn das die einzigen Motive wären, dann würden die beiden, denen ich schon auf den Zahn gefühlt habe, gleich ausscheiden«, entgegnete Vianello skeptisch.

»Wieso?«

»Weil der eine sechsundsiebzig ist und der andere bei seiner Mutter wohnt.«

Brunetti, in dessen Augen beides nicht ausschloß, daß ein Mann für Sex, Drogen oder Glücksspiel empfänglich war, erkundigte sich nach den Personalien.

»Der Alte heißt Gabetti. Herzleiden, erscheint nur zweimal die Woche in seiner Apotheke. Keine Kinder, bloß ein Neffe in Turin, der einmal alles erben wird.«

»Dann klammerst du ihn also aus?« fragte Brunetti.

»Manch einer täte das vielleicht, aber ich bestimmt nicht!« Vianello war auf einmal sehr aufgebracht. »Dieser Gabetti, mußt du wissen, ist ein ausgemachter Geizhals. Hat die Apotheke vor etwa vierzig Jahren von seinem Vater übernommen und seitdem nichts dran gemacht. Man sagt, wer sich bei ihm in die Hinterzimmer verirrt, käme sich vor wie in Albanien oder sonstwo. Und auf seiner Toilette drehe es einem den Magen um. Der Mann war nie verheiratet, hat nie mit jemandem zusammengelebt. Ihn interessiert nichts weiter, als Geld zu verdienen, es anzulegen und zuzusehen, wie es sich vermehrt. Das ist sein einziger Lebensinhalt: Geld.«

»Und du glaubst, aus lauter Habgier sei er zu solchen Betrügereien imstande?« fragte Brunetti, dem das eher unwahrscheinlich schien.

»Jedenfalls kommen die meisten Apotheken-Überweisungen an die drei besagten Ärzte von Signor Gabetti.«

»Ja, wenn das so ist...« Seufzend revidierte Brunetti seine vorgefaßte Meinung. »Und was ist mit deinem zweiten Kandidaten?«

Vianellos Mienenspiel wechselte, und er nickte unwillkürlich, als schließe er sich diesmal Brunettis Unschuldsvermutung an. »Dottor Franchi ist erzfromm; lebt, wie gesagt, immer noch bei der Mutter, an der er offenbar sehr hängt. Getratscht wird nicht viel über ihn, und Gerüchte, wonach er scharf auf Geld wäre, gibt's schon gar nicht. In seinen Kontoauszügen habe ich auch keine Auffälligkeiten entdeckt.«

»Irgendwas ist aber doch immer faul, auch und gerade bei solchen Frömmlern«, entgegnete Brunetti. Wenn Vianello einen Mann wegen seiner Raffgier verdächtigte, stand es ihm wohl frei, mißtrauisch gegen einen Betbruder zu sein. »Wenn dieser Dottor Franchi nichts mit Sex und Drogen am Hut hat und auch nicht ins Kasino geht, wofür interessiert er sich denn dann?«

»Hab ich dir doch gesagt: für die Kirche!« rief Vianello und amüsierte sich über Brunettis verdutztes Gesicht. »Er gehört einem dieser strengreligiösen Katechetenkreise an: zweimal die Woche Gebetstreffen, kein Alkohol, nicht einmal Wein zum Essen, kein... also kein gar nichts, anscheinend.«

»Woher weißt du das alles?«

»Ach, ich hab mich ein bißchen umgehört«, antwortete Vianello ausweichend. »Aber glaub mir, dieser Mann ist ein unbeschriebenes Blatt. Der lebt nur für seine *mamma* und die heilige Mutter Kirche.« Vianello schwieg eine Weile. »Und dem Vernehmen nach«, ergänzte er schließlich, »frönt er obendrein noch seinem Stolz auf die eigene vorbildliche Lebensführung und beklagt im Gegenzug die Lasterhaftigkeit seiner Mitmenschen. Wobei sein Tugendbegriff allerdings sehr eigenwillig definiert ist.«

»Wieso?«

»Weil Franchi sich zum Beispiel weigert, in seiner Apotheke Kondome zu verkaufen.«

»Was?«

»Ja, du hast dich nicht verhört! Rezeptpflichtige Verhütungsmittel wie Antibabypille oder die Pille danach kann er nicht verweigern, Präservative dagegen schon, und von dem Recht macht er Gebrauch.«

»Im einundzwanzigsten Jahrhundert?« Brunetti verbarg sein Gesicht in den Händen.

»Ich sag doch: Der zimmert sich seinen eigenen Tugendkanon.«

Brunetti nahm die Hände vom Gesicht. »Und was ist mit den anderen? Die du noch nicht überprüft hast?«

»Einen davon kenne ich, Andrea in San Bortolo. Der würde sich niemals auf krumme Touren einlassen.«

»Wirst du sie trotzdem alle unter die Lupe nehmen?« fragte Brunetti.

»Natürlich«, sagte Vianello, und es klang gekränkt.

Brunetti wechselte rasch das Thema. »Aber wie hast du überhaupt herausgefunden, von welchen Apotheken diese Facharzttermine vermittelt werden?«

Mit unverhohlenem Stolz begann Vianello, seine Ermittlungsstrategie zu erklären: »Die Krankenhausdateien sind so programmiert, daß man die Konsultationen sowohl nach Datum wie nach Patient, nach behandelndem Arzt oder nach Terminvermittler abrufen kann. Wir haben einfach alle Facharztkonsultationen für das letzte Jahr zurückverfolgt.« Darauf, wer sich hinter diesem »wir« verbarg oder wie man an die Dateien gelangt war, ging Vianello wohlweislich nicht ein. »Anschließend haben wir alle Termine aufgelistet, die über eine Apotheke vermittelt wurden, aus diesen wiederum sämtliche Patienten der letzten zwei Wochen herausgesucht und sie unter dem Vorwand angerufen, es handele sich um eine Umfrageerhebung mit dem Ziel, die Kundenfreundlichkeit der ULSS zu ermitteln.« Vianello machte eine Pause, gespannt darauf, wie groß Brunettis Bewunderung für diese Sisyphosarbeit sein würde. Doch sein Vorgesetzter ließ sich nichts anmerken, und so fuhr er fort. »Die Mehrzahl der Befragten war tatsächlich bei dem jeweils angegebenen Arzt gewesen, aber immerhin neun Personen wußten überhaupt nichts von einem solchen Termin. Wir haben uns natürlich sofort auf einen Computerfehler rausgeredet – dem wir scheinbar pflichtschuldig nachgingen – und gaben uns peinlich berührt, als wir den Irrtum eingestanden und uns für die Störung entschuldigten.« Vianello hielt schmunzelnd inne, bevor er seinen Trumpf ausspielte: »Alle neun Termine kamen von Gabettis Apotheke.«

»Hast du denn nicht befürchtet, daß einer der Betroffenen den Apotheker nach eurem Anruf zur Rede stellen könnte?« wollte

Brunetti wissen.

Vianello wischte die Frage mit einer Handbewegung beiseite. »Das ist ja grade das Geniale an der Sache!« rief er begeistert. »Keiner von denen hat Verdacht geschöpft. Nach meinem Eindruck haben sie uns das mit dem Computerfehler alle geglaubt.«

Brunetti, dessen Skepsis noch nicht ganz beseitigt war, wandte ein: »Aber was, wenn einer von diesen neun tatsächlich krank würde und ausgerechnet die Untersuchung bräuchte, die laut Computer bereits bei ihm durchgeführt wurde?«

»Dann würde er sich vermutlich genauso verhalten wie jeder andere an seiner Stelle: Beteuern, daß die Untersuchung nie stattgefunden hat, und dem Computer die Schuld geben. Und da sein Ansprechpartner irgend so ein Sesselfurzer vom Gesundheitsdienst wäre, käme er sehr wahrscheinlich damit durch.«

»Und würde einen neuen Termin kriegen?«

»Denke schon«, sagte Vianello leichthin. »Jedenfalls ist das Risiko, daß da irgendwer Verdacht schöpft, gleich null.«

»Und wenn doch, dann sind's ohnehin bloß Steuergelder, die verschleudert wurden, richtig?«

»Ja, leider«, bestätigte Vianello. »Es wäre nur ein weiterer Fall in der langen Liste von Beamtenfehlern.«

Eine Weile schwiegen beide, dann konstatierte Brunetti: »Aber Schmiergeld hast du noch bei keinem deiner Apotheker gefunden.«

»Irgendeiner muß kassiert haben!« beharrte Vianello. »Ab morgen werden wir uns gezielt darum kümmern.«

»Klingt, als würdest du dir deinen Verdacht durch nichts und niemanden ausreden lassen.« Brunettis Ton war jetzt einigermaßen schroff.

»Mag sein«, versetzte Vianello rasch, fast entschuldigend. »Aber für jemanden mit ein bißchen krimineller Energie ist der Dreh einfach zu gut, als daß er widerstehen könnte. Noch dazu, wo die ULSS so eine leichte Beute ist.«

Brunetti indes ließ nicht locker. »Und wenn du dich trotzdem verspekuliert hast?«

»Dann hätte ich immer noch eine Menge dazugelernt, in Sachen Computerfahndung«, antwortete Vianello, und damit war die Harmonie zwischen beiden wiederhergestellt.

14

Brunetti ging mit Vianello nach unten und von dort weiter zum Sekretariat, wo Signorina Elettra gerade telefonierte. Sie winkte ihn herein und fuhr, während sie ihm mit einem Fingerzeig bedeutete zu warten, ohne Unterbrechung fort, die scheinbar weitschweifigen Ausführungen vom anderen Ende der Leitung mit einsilbigen Kommentaren zu begleiten. »Ja... Nein... Gern... Doch, doch«, flötete sie in den Hörer und machte sich nebenher eifrig Notizen. Dann, endlich, ein paar vollständige Sätze: »Das geht in Ordnung. Signor Brunini möchte den Dottore unbedingt konsultieren, ja. Ganz recht, er und seine Partnerin würden als Privatpatienten kommen.« Darauf folgte wieder eine Pause, die Brunettis Geduld jetzt, da ein Name gefallen und seine Neugier geweckt war, auf eine besonders harte Probe stellte.

»Ja, ich verstehe, natürlich. Ja, ich warte.« Signorina Elettra ließ den Hörer sinken und rieb sich das Ohr, bis eine weibliche Stimme aus der Muschel drang. »Ach, wirklich? So bald schon? Oh, Signora, das ist wunderbar! Signor Brunini wird überglücklich sein. Ja, habe ich notiert. Am Freitag, um fünfzehn Uhr dreißig. Ich gebe ihm sofort Bescheid. Und nochmals vielen Dank!«

Nachdem Signorina Elettra aufgelegt hatte, musterte sie Brunetti nachdenklich und trug dann etwas in ihren Notizblock ein.

»Sollte ich lieber nicht fragen?« erkundigte er sich.

»Das war die Villa-Colonna-Klinik. In Verona«, sagte Elettra. »Die von Ihrem Doktor.«

Trotz der etwas nebulösen Angabe verstand Brunetti sofort, wovon die Rede war.

»Und das gab Ihnen Anlaß zu...« Brunetti stockte, um das rechte Wort verlegen, »... zu Spekulationen?« ergänzte er.

»Ja, so könnte man sagen«, antwortete sie, offenbar zufrieden mit seiner Wortwahl. »Über so allerlei. Hauptsächlich aber über den merkwürdigen Zufall, daß mehreren Paaren, die sich in dieser Klinik untersuchen ließen, ein Kontakt zu Personen vermittelt wurde, die ein Baby zu verkaufen hatten.« Ihre Direktheit war bewundernswert.

»Sie tippen also auf diese Villa Colonna?«

Signorina Elettras Augenbrauen hoben sich nur einen knappen Millimeter, der aber verhieß schier unendliche Möglichkeiten.

Ermutigt, pirschte Brunetti sich auf ungeschütztes Gelände vor. »Und Signor Brunini?« fragte er.

»Ach, ja«, gab sie gedehnt zurück. »Signor Brunini.« Der eindringliche Blick des Commissarios nötigte sie fortzufahren. »Ich dachte mir, es könnte interessant sein, der Klinik ein weiteres Paar zuzuführen, das sich verzweifelt nach einem Baby sehnt und reich genug ist, sich seinen Kinderwunsch auf irgendeinem Weg zu erfüllen.«

»Signor Brunini?« wiederholte Brunetti mißtrauisch. Ihm war eingefallen, daß man Hochstaplern in Krimis immer einen Decknamen empfahl, der dem eigenen möglichst ähnlich war, damit sie unfehlbar darauf reagierten.

»Ebender.«

»Und Signora Brunini?« forschte er weiter. »Haben Sie deren Rolle auch schon besetzt?«

»Ich dachte, es sollte Sie jemand begleiten, der mit den Ermittlungen vertraut ist. Zu zweit kann man sich ja auch einen viel besseren Eindruck verschaffen.«

»*Mich* begleiten?« echote Brunetti mit einer Betonung, die sich eigentlich schon erübrigte.

»Freitag um halb vier«, erklärte sie bestimmt. »Ein Eurocity nach München fährt um ein Uhr neunundzwanzig in Santa Lucia ab. Ankunft Verona kurz vor drei.«

»Und die Dame in meiner Begleitung wäre Signora Brunini?«

Elettra zögerte mit der Antwort, als wäre sie sich noch nicht darüber im klaren. Doch Brunetti kannte sie gut genug, um zu wissen, daß alles längst entschieden war. »Ich dachte, Signor Bruninis Kinderwunsch würde dringlicher erscheinen, wenn sie seine – ähm – Lebensgefährtin wäre. Erheblich jünger, versteht sich, und versessen auf ein Kind.«

Brunetti griff nach dem erstbesten Strohhalm. »Was ist mit Gesundheitszeugnissen? Würde die Klinik die nicht einsehen wollen, bevor man dieses... Paar aufnimmt?«

»Ach, die Papiere!« Solch kleinliche Details schienen sie nur zu langweilen. »Die hat Dottor Rizzardi bei einem Freund im Ospedale in Auftrag gegeben.«

»Für Signor Brunini und seine – äh – Partnerin?«

»Genau. Sie sollten inzwischen fertig sein, und Dottor Rizzardis Freund braucht sie nur noch nach Verona zu faxen.«

Hatte er eine Wahl? Dumme Frage!

Die anderthalb Tage, bevor Brunetti in die Rolle von Signor Brunini schlüpfen mußte, verliefen ziemlich ereignislos. Die in Verona und Brescia festgenommenen Paare kamen wieder auf freien Fuß, und das polizeiliche Ersuchen, sie unter Hausarrest zu stellen, wurde in beiden Städten von den zuständigen Richtern abgewiesen. Die Kinder hatte man, zwei Zeitungsmeldungen zufolge, in sozialen Einrichtungen untergebracht. Auch Dottor Pedrolli hätte mit Erlaubnis des zuständigen Amtsgerichts in sein Heim und an seinen Arbeitsplatz zurückkehren können, blieb aber, auf Anraten

Dottor Damascos, vorläufig als Patient in der Klinik. Die Carabinieri hatten ihn letztendlich nur wegen der unrechtmäßigen Adoption angezeigt: Die Anklagepunkte »Widerstand gegen die Staatsgewalt« und »tätlicher Angriff gegen einen Beamten in Ausübung seines Dienstes« wurden fallengelassen. Weder er noch seine Frau setzten sich mit Brunetti in Verbindung, der vorsorglich einen schriftlichen Bericht der Carabinieri angefordert hatte, obwohl es herzlich wenig zu berichten gab.

Mißmutig wegen dieser Flaute und entschlossen, etwas – irgendwas – in Gang zu setzen, erschien Brunetti am Freitagnachmittag pünktlich am Bahnhof und bestieg den Eurocity nach München: Abfahrt Venedig 13 Uhr 29, Ankunft Verona 14 Uhr 54.

»Hören Sie, wir können das immer noch abblasen«, sagte Brunetti, als der Zug in den Bahnhof von Verona einfuhr.

Signorina Elettra blickte von ihrer Zeitung auf und erwiderte: »Aber dann müßte ich zurück ins Büro, nicht wahr, Commissario?« Ihr Lächeln war herzlich, erlosch aber gleich wieder, während sie die Zeitung – *Il Manifesto* – zusammenfaltete und aufstand. Sie legte das Blatt auf den Sitz und nahm ihren Mantel über den Arm.

Als sie in den Gang hinaustrat, schnappte Brunetti sich die Zeitung und rief ihr nach: »Hier, die haben Sie vergessen!«

»Schon gut, lassen Sie sie ruhig liegen. Eine Patientin der Villa Colonna liest vermutlich nur *Il Giornale*. Wir würden uns bloß verdächtig machen, wenn ich mit einem Kommunistenblatt dort aufkreuzte.«

»Ach ja, beinahe hätte ich's vergessen, daß sie kleine Kinder fressen, diese kommunistischen Schreiberlinge«, sagte Brunetti im Plauderton, während sie sich den Weg zum Wagenende bahnten.

»Nein, wirklich?« fragte sie und drehte sich, schon an der Zugtür, nach ihm um.

»Meine Tante Anna hat fest dran geglaubt«, antwortete Brunetti. »Wahrscheinlich tut sie's heute noch.« Damit folgte er ihr die Stufen hinunter und weiter zur Treppe, über die sie aufs Straßenniveau und zum Ausgang gelangten.

Am Taxistand warteten ein paar Wagen; Brunetti öffnete die Fondtür des ersten in der Reihe und ließ Signorina Elettra einsteigen. Dann schloß er die Tür, ging um das Auto herum und nannte dem Fahrer, offenbar einem Inder oder Pakistani, Namen und Adresse der Klinik. Der Mann nickte, als sei ihm ihr Fahrziel geläufig.

Weder Brunetti noch Signorina Elettra sagten etwas, während das Taxi sich in den Verkehr einfädelte, vor dem Bahnhof links abbog und, wenn Brunetti seinem Orientierungssinn trauen durfte, nach Westen fuhr. Wie so oft wunderte sich der Commissario auch diesmal über den dichten Verkehr und den Lärm, den er verursachte und der selbst durch die geschlossenen Fenster ihres Taxis drang. Von allen Seiten schienen Autos auf sie zuzusteuern; manche bedrängten sie hupend, was Brunetti immer schon besonders gestört hatte. Der Fahrer fluchte in einer Sprache, die jedenfalls nicht Italienisch war, während er abwechselnd bremste oder aufs Gas stieg, je nachdem, ob sich vor ihnen eine Lücke auftat oder schloß. Sosehr er sich auch bemühte, es gelang Brunetti nie ganz zu verstehen, nach welchem Prinzip ein Autofahrer auf das, was er sah, reagierte: Vielleicht gab es ja auch keins.

Er lehnte sich zurück und musterte die schier endlose Reihe neuer Fertigbauten zu seiner Linken, lauter häßliche Flachkonstruktionen, die offenbar alle Verkaufszwecken dienten.

Mit gedämpfter Stimme fragte Signorina Elettra neben ihm: »Wollen wir unser Spiel durchziehen?«

»Ich denke schon«, antwortete er, obwohl sie allein den Plan ausgeheckt hatte, nicht beide gemeinsam und er schon gar nicht. »Ich werde der Verzweiflung nahe sein und bereit, alles zu tun, um Sie glücklich zu machen.«

»Und ich bekomme Gelegenheit, eine interessante Rolle zu spielen.«

Bevor Brunetti antworten konnte, kam das Taxi so abrupt zum Stehen, daß sie nach vorne fielen und sich mit beiden Händen an den vorderen Sitzlehnen abstützen mußten, um nicht dagegenzukrachen. Der Fahrer fluchte und brabbelte abwechselnd vor sich hin, während er mit der Faust aufs Armaturenbrett trommelte. Vor ihnen stand ein bulliger Laster mit rotflammenden Bremslichtern, aus dessen Auspuff schwarze Abgaswolken quollen. Binnen Sekunden war das Taxi in schwarzen Rauch gehüllt, und beißender Geruch wie von brennendem Öl machte sich im Wageninnern breit.

»Wird der Laster da vor uns explodieren?« rief Brunetti dem Fahrer zu, ohne sich zu fragen, woher der Mann das wissen sollte.

»Nein, Signore«, bekam er zur Antwort.

Was Brunetti sonderbarerweise beruhigte. Er lehnte sich wieder zurück und sah Signorina Elettra an, die eine Hand vor Mund und Nase preßte.

Brunetti zückte sein Taschentuch, doch gerade als er es ihr reichen wollte, machte das Taxi einen Satz nach vorn und schoß an dem Laster vorbei. Dann rauschten sie in einem Tempo davon, das die beiden Fahrgäste tief in ihre Sitze drückte. Als Brunetti sich umdrehte, war der Laster schon nicht mehr zu sehen.

»Mein Gott«, ächzte Signorina Elettra, »wie kann ein Mensch nur so leben?«

»Keine Ahnung«, versetzte Brunetti.

Die beiden verfielen in Schweigen, und nicht lange danach verlangsamte das Taxi seine Fahrt und bog in eine Auffahrt ein, an deren Ende sich ein dreistöckiges Palais erhob.

»Zwölf Euro fünfzig«, verlangte der Fahrer, als sie vor dem Eingang zu der blitzenden Stahl-und-Glas-Konstruktion hielten.

Brunetti gab ihm einen Zehner und einen Fünfer: »Stimmt so.«

»Eine Quittung gefällig, Signore?« fragte der Taxichauffeur. »Kann ich Ihnen für jede gewünschte Summe ausstellen.«

Brunetti lehnte dankend ab, stieg aus und lief auf die andere Seite, um Signorina Elettra die Tür aufzuhalten. Sie schwang beide Beine elegant übers Trittbrett, setzte die Füße auf den Boden und nahm Brunettis Arm. *»It's Showtime*, Commissario«, flüsterte sie an seine Schulter gelehnt und schenkte ihm ein strahlendes Lächeln, begleitet von einem verstohlenen Augenzwinkern.

Die Eingangstür öffnete sich automatisch und gab den Blick frei auf eine Empfangshalle, die einer Werbeagentur, vielleicht sogar einem Fernsehstudio alle Ehre gemacht hätte. Es roch förmlich nach Geld. Geld, das nicht die Reklametrommel rührte und auch sonst in keiner ordinären Weise auf sich aufmerksam machte und doch unübersehbar präsent war. Im erlesenen Parkett, den persischen Miniaturen an den Wänden und der Polstergarnitur aus hellem Leder, die drei Seiten eines quadratischen Marmortisches umrahmte. Das opulente Bouquet darauf stellte alles in den Schatten, was Signorina Elettra bislang an Blumenschmuck für die Questura geordert hatte.

Eine junge Frau, an Schönheit den Blumen ebenbürtig, wenn auch verhaltener in der Farbwahl, saß an einem Officetisch mit Glasplatte. Sie hatte weder Papier noch Schreibutensilien vor sich, sondern nur einen Computer mit Flachbildschirm und Tastatur. Durch die spiegelblanke Tischplatte sah Brunetti, daß sie mit züchtig geschlossenen Beinen dasaß. Unter dem Saum ihrer schwarzen Seidenhosen lugte ein Paar brauner Schuhe hervor.

Sie lächelte den Eintretenden entgegen, wobei sich zu beiden Seiten ihres perfekt geformten Mundes je ein Grübchen bildete. Ihr Haar schien naturblond zu sein, auch wenn Brunetti sich inzwischen nicht mehr zutraute, das eindeutig festzustellen. Sie hatte grüne Augen, von denen eins eine Spur größer wirkte als das andere. »Kann ich Ihnen helfen?« fragte sie, und es klang, als sei dies ihr erklärtes Lebensziel.

»Mein Name ist Brunini«, sagte er. »Ich habe um halb vier einen Termin bei Dottor Calamandri.«

Wieder dieses Lächeln. »Einen Augenblick, ich sehe gleich mal nach.« Sie wandte sich zur Seite und tippte etwas in den Computer, wobei sie mit ihren stumpf gefeilten Nägeln sorgfältig Taste für Taste drückte. Sekundenlang blickte sie wartend auf den Bildschirm, dann schaute sie wieder zu den beiden auf und sagte: »Wenn Sie dort drüben Platz nehmen möchten? Der Dottore wird Sie in fünf Minuten empfangen.«

Brunetti nickte und wandte sich der Polstergarnitur zu. Doch die junge Frau kam hinter ihrem Schreibtisch hervor, um sie persönlich zur Sitzgruppe zu geleiten, so als könnten sie die zwei Meter nicht allein bewältigen.

»Darf ich einem von Ihnen etwas zu trinken bringen?« fragte sie, mit unverändert strahlendem Lächeln.

Signorina Elettra schüttelte den Kopf, sagte aber nicht einmal danke. Sie war schließlich die verwöhnte Partnerin eines reichen Mannes, und so jemand verschwendete keine Höflichkeiten an Personen in untergeordneter Stellung. Schon gar nicht, wenn es sich dabei um eine jüngere Frauensperson handelte und sie selbst in männlicher Begleitung war.

Die beiden nahmen Platz, und die Blondine kehrte an ihren Schreibtisch und zu ihrem Computer zurück, dessen Bildschirm Brunetti bedauerlicherweise nicht einsehen konnte. Er überflog die

Titel der Zeitschriften, die unter dem Blumenarrangement auslagen: *AD*, *Vogue*, *Focus*. Nichts so Ordinäres wie *Gente* oder *Oggi* oder *Chi*, jene Illustrierten, auf die man sich im Wartezimmer seines Hausarztes freute.

Er griff nach dem *Architectural Digest*, legte das Heft jedoch ungeöffnet wieder zurück, weil ihm gerade noch rechtzeitig einfiel, daß er doch hier war, um sich einzig und allein den Wünschen seiner Partnerin zu widmen. Er beugte sich zu ihr und fragte: »Wie fühlst du dich?«

»Sobald das hier vorbei ist, geht's mir bestimmt wieder gut.« Sie sah zu ihm auf und versuchte tapfer zu lächeln.

Eine Weile sprach keiner von beiden, und Brunettis Blick irrte abermals hinüber zu den Zeitschriften. Dann hörte er eine Tür gehen und sah, als er hochschaute, eine Frau – älter als die am Schreibtisch und auch nicht so attraktiv – auf sich und Elettra zukommen. Ihr braunes, kinnlanges Haar war in der Mitte gescheitelt und ins Gesicht frisiert. Sie trug einen weißen Laborkittel über einem grauen Wollrock. Ihre Beine waren wohlproportioniert und muskulös, die Beine einer Tennisspielerin oder Joggerin, aber deshalb nicht minder schön.

Brunetti erhob sich. Die Frau streckte ihm die Hand hin und sagte: »*Buona sera*, Signor Brunini.« Brunetti dankte für den freundlichen Empfang. Eine leichte Verbeugung, und er entdeckte den Grund für ihre Haartracht: Eine dicke Make-up-Schicht suchte vergeblich die unebenen Narben zu kaschieren, die von Akne oder einer anderen Hautkrankheit herrühren mochten. Die größeren Male, die auf die Wangenpartie beschränkt waren, wurden fast gänzlich von den Haaren verdeckt. »Ich bin Dottoressa Fontana, Dottor Calamandris Assistentin. Ich bringe Sie zu ihm.«

Signorina Elettra lächelte huldvoll: Angesichts einer Konkurrenz, die mit der Blondine vom Empfang nicht im entferntesten mithalten konnte, durfte sie sich eine solche Liebenswürdigkeit gestatten. Als sie gleich darauf Brunettis Arm nahm, wirkte sie so hilflos, als könne sie die Entfernung zu Dottor Calamandris Sprechzimmer nicht ohne seinen Beistand bewältigen.

In dem Korridor, den sie im Gefolge von Dottoressa Fontana entlanggingen, wich die Eleganz des Foyers den praktischen Erfordernissen einer medizinischen Einrichtung: Der Fußboden war grau gefliest, und die Schwarzweißdrucke an den Wänden zeigten nüchterne Stadtansichten. Die Beine der Ärztin sahen von hinten genauso gut aus wie von vorn.

Dottoressa Fontana blieb vor einer Tür auf der rechten Seite stehen, klopfte und drückte die Klinke hinunter. Sie ließ Brunetti und Signorina Elettra den Vortritt, folgte ihnen und schloß die Tür.

Ein Mann, etwas älter als Brunetti, saß hinter einem Schreibtisch, auf dem das blanke Chaos herrschte. Aktenordner stapelten sich neben Stößen loser Blätter, Broschüren und Zeitschriften; dazwischen Medikamentenschachteln, Bleistifte, Kulis, ein Schweizer Armeemesser sowie medizinische Fachpublikationen, die so kunterbunt herumlagen, als hätte man den Leser mitten in der Lektüre abberufen.

Die gleiche Nachlässigkeit war auch an der Person des Doktors festzustellen, dessen gelockerte Krawatte schief aus dem Kragen seines Arztkittels hervorlugte. Allerlei Stifte und etwas, das aussah wie ein Thermometer, steckten in der Brusttasche, die mit seinem Namen bestickt war. Er wirkte leicht zerstreut, so als wisse er nicht recht, wie dieses Durcheinander vor ihm zustande gekommen sei. Als er lächelnd aufschaute, erinnerte sein glattrasiertes, rundes Gesicht Brunetti an die Ärzte seiner Kindheit, Männer, die sich selbst nachts noch zu einem Hausbesuch bequemten, ja denen das Wohl ihrer Patienten so am Herzen lag, daß sie dafür weder Zeit noch Mühen scheuten.

Der Raum bot die übliche Ausstattung: gerahmte Diplome an den Wänden, verglaste Vitrinen voller Arzneimittel und hinter einem Paravent eine papierbezogene Behandlungsliege.

Calamandri stand auf und reichte, über seinen Schreibtisch hinweg, erst Signorina Elettra die Hand und dann Brunetti. Nach der Begrüßung wies er einladend auf zwei Stühle vor dem Schreibtisch. Auf einem dritten, rechts davon, nahm Dottoressa Fontana Platz.

»Ihre Unterlagen habe ich hier«, sagte Calamandri in geschäftsmäßigem Ton. Treffsicher fischte er aus einem Stapel Schnellhefter einen gefütterten Umschlag heraus. Er schob etliche Papiere beiseite, um Platz zu schaffen, und zog die Akte Brunini hervor. Dann legte er die rechte Hand mit gespreizten Fingern über die erste Seite und sah die beiden an. »Ich habe mir die Ergebnisse all Ihrer Tests und Untersuchungen angeschaut und halte es für das beste, Ihnen offen die Wahrheit zu sagen.« Signorina Elettra hob eine Hand zum Mund, erstarrte aber mitten in der Bewegung. Calamandri fuhr fort: »Das ist sicher nicht der Bescheid, den Sie sich erhofft hatten, dafür aber der ehrlichste, den ich Ihnen geben kann.«

Signorina Elettra entfuhr ein leiser Seufzer. Ihre Hand sank zurück in den Schoß und klammerte sich mit der anderen an ihre Tasche. Brunetti sah sie teilnahmsvoll an und tätschelte ihr begütigend den Arm.

Calamandri wartete darauf, daß sie oder Brunetti etwas sagen würden, doch da beide schwiegen, schlug er vor: »Man könnte erwägen, die Tests zu wiederholen und –«

Signorina Elettra unterbrach ihn mit heftigem Kopfschütteln. »Nein! Keine Tests mehr«, sagte sie schroff. Und setzte, an Brunetti gewandt, in sanfterem Ton, ja fast flehentlich hinzu: »Ich kann das nicht noch einmal durchmachen, Guido.«

Calamandri hob beschwichtigend die Hand und wandte sich an Brunetti. »So leid es mir tut, aber ich bin der gleichen Meinung wie Ihre...« Um eine korrekte Bezeichnung verlegen, richtete er seine Worte jetzt direkt an Signorina Elettra. »Ich fürchte, ich muß Ihnen recht geben, Signora.« Sie bedachte ihn mit einem gequälten kleinen Lächeln.

Nun wanderte Calamandris Blick zwischen Brunetti und Signorina Elettra hin und her, um ihnen zu verdeutlichen, daß alles, was er zu sagen hatte, für beide galt: »Die Ergebnisse der Tests, denen Sie sich unterzogen haben – Sie beide –, sind eindeutig. Sie haben die Testreihen bereits zweimal durchlaufen, folglich wäre eine weitere Wiederholung kaum sinnvoll.« Der Arzt überflog die Akteneinträge vor sich auf dem Tisch, dann sah er Brunetti an. »Beim zweiten Test war die Anzahl sogar noch geringer.«

Brunetti erwog, nach diesem Schlag gegen seine Männlichkeit beschämt den Kopf zu senken, aber er bezwang die Versuchung und hielt dem Blick des Arztes stand, wenn auch sichtlich nervös.

Zu Signorina Elettra sagte Calamandri: »Ich weiß nicht, was meine verehrten Kollegen Ihnen erzählt haben, Signora, aber aufgrund dieser Befunde hier würde ich die Chancen für eine natürliche Empfängnis äußerst gering einschätzen.« Er blätterte eine Seite um, las nach, was immer Rizzardi und sein Freund vom Ospedale Civile sich ausgedacht hatten, und schaute wieder Signorina Elettra an. »Wie alt waren Sie, als das passierte?« fragte er.

»Achtzehn«, antwortete sie, scheu seinem Blick begegnend.

»Und warum, wenn Sie mir die Frage gestatten, haben Sie die Infektion erst so spät behandeln lassen?« erkundigte sich Calamandri ohne jeden Vorwurf in der Stimme.

»Ich war eben noch sehr jung damals«, entgegnete sie und zuckte leicht mit den Schultern, wie um sich von dem leichtfertigen Geschöpf von einst zu distanzieren.

Calamandri sagte nichts, und sein Schweigen nötigte ihr schließlich doch noch eine Verteidigung ab. »Ich dachte, es sei etwas ganz anderes. Eine Blaseninfektion, wissen Sie, oder eine von diesen Pilzgeschichten, die man sich so leicht einfängt.« Sie neigte sich zu Brunetti hinüber und ergriff seine Hand. »Als ich dann schließlich doch zum Arzt ging, hatte die Infektion sich bereits ausgebreitet.«

Brunetti, der den Blick angestrengt auf ihr Gesicht gerichtet hielt, himmelte sie an, als rezitierte sie, statt über eine Geschlechtskrankheit zu berichten, ein Sonett oder sänge ein Schlaflied für das Kind, das sie nicht haben konnte. Hoffentlich besaß Calamandri genügend Erfahrung, um zu wissen, wie ein Mann aussah, den die Liebe dumm gemacht hat. Oder dem seine Triebe den Verstand geraubt haben. Brunetti, der oft genug mit beiden Fällen konfrontiert worden war, hielt die Symptome für identisch.

»Und die möglichen Folgen dieser Infektion? Hat man Sie darüber aufgeklärt, Signora?« forschte Calamandri weiter. »Ihnen gesagt, daß Sie wahrscheinlich keine Kinder bekommen könnten?«

»Ich sagte doch schon«, entgegnete sie heftig und ohne den Zorn zu dämpfen, der stärker war als ihre Verlegenheit, »ich war sehr jung damals.« Nach mehrmaligem Kopfschütteln entzog sie Brunetti ihre Hand und betupfte sich die Augen. Dann sah sie ihn wieder an und beteuerte, so aufgewühlt, als wären sie ganz allein im Raum: »Das war, bevor ich dich kennengelernt habe, *caro*, bevor ich mir ein Baby wünschte. Unser Baby.«

»Ich verstehe.« Calamandri schloß den Ordner und faltete mit düsterer Miene die Hände darüber. An seine Kollegin gewandt, fragte er: »Haben Sie noch etwas hinzuzufügen, meine Liebe?«

Dottoressa Fontana beugte sich vor und richtete das Wort über Signorina Elettra hinweg direkt an Brunetti. »Bevor ich Ihre Akte las, hatte ich noch eine medizinisch unterstützte Befruchtung in Erwägung gezogen, aber angesichts der Röntgenbilder und der Gutachten der Kollegen vom Ospedale Civile erscheint mir auch diese Lösung nicht mehr praktikabel.«

»Geben Sie nicht mir die Schuld!« protestierte Signorina Elettra heftig.

Dottoressa Fontana fuhr fort, als hätte die Unterbrechung gar nicht stattgefunden. »Wie Sie schon sagten, Dottore« – dies mit einem leichten Kopfnicken in Calamandris Richtung –, »die Spermienzahl ist zu gering. Eine Empfängnis auf natürlichem Wege wäre mithin auch unabhängig vom Befund der Signora aussichtslos.« Und wieder an Signorina Elettra gewandt, schloß sie kühl: »Wir sind Ärzte, Signora. Wir urteilen nicht über unsere Patienten; wir versuchen lediglich, ihnen zu helfen.«

»Und was heißt das für uns?« fragte Brunetti, bevor Signorina Elettra das Wort ergreifen konnte.

»Ich fürchte«, antwortete Calamandri mit leicht zusammengekniffenen Lippen, »es heißt, daß wir in Ihrem Falle machtlos sind.«

»Aber da habe ich etwas ganz anderes gehört!« entfuhr es Brunetti.

»Von wem, Signore?« wollte Calamandri wissen.

»Von meinem Hausarzt in Venedig. Er sagt, Sie wirken Wunder.«

Calamandri schüttelte lächelnd den Kopf. »Wunder bleiben unserem Herrgott vorbehalten, Signor Brunini. Und selbst er brauchte dazu ein paar Hilfsmittel, wie Brot und Fisch bei der Speisung der Fünftausend oder das Wasser bei der Hochzeit von Kanaan.« Ein Blick in ihre Gesichter verriet ihm, daß die Anspielung, welche Brunetti mit einem Nicken quittierte, an dessen Begleiterin vorbeigegangen war.

»Aber ich habe genug Geld!« beteuerte Brunetti. »Sie müssen doch irgend etwas tun können.«

»Ich fürchte, da gibt es nur eins, Signore«, sagte Calamandri mit einem auffälligen Blick zur Uhr, »nämlich Ihnen und Ihrer Gattin zu raten, die Möglichkeit einer Adoption ins Auge zu fassen. Ein langwieriges und wohl auch nicht ganz einfaches Verfahren, gewiß, aber in Ihrem Fall sehe ich keinen anderen Weg.«

Wie brachte sie es fertig, auf Kommando rot zu werden? wunderte sich Brunetti. Wie um alles in der Welt gelang es Signorina Elettra, ihr ganzes Gesicht und die Ohren dazu mit flammender Röte zu überziehen und diese Show etliche Sekunden lang auszudehnen, während sie den Blick auf ihren Schoß gesenkt hielt und das Schloß ihrer Handtasche auf- und zuschnappen ließ?

»Wir sind nicht verheiratet«, sagte Brunetti, um das Schweigen zu brechen, wozu anscheinend keiner der anderen willens oder in der Lage war. »Meine Frau und ich, wir haben uns getrennt, sind allerdings noch nicht geschieden. Mit Elettra bin ich schon seit über einem Jahr zusammen.« Seine Frau, die Leuchte seines Lebens, befand sich in Venedig, und er saß hier in Verona, war also tatsächlich von ihr getrennt. Von gesetzlicher Scheidung konnte freilich keine Rede sein, und er schickte ein Stoßgebet zum Himmel, auf daß diese Möglichkeit für alle Zeiten so absurd bleiben möge wie im Augenblick. Signorina Elettra wiederum arbeitete schon etwa zehn Jahre in der Questura; mithin waren er und sie fraglos seit mehr als einem Jahr zusammen. So hatte er, ungeachtet ihres großangelegten Täuschungsmanövers, in jedem einzelnen Punkt durchaus die Wahrheit gesagt.

Ein Seitenblick auf Signorina Elettra ergab, daß sie immer noch mit gesenktem Kopf in ihren Schoß starrte. Aber ihre Hände waren zur Ruhe gekommen, und ihr Gesicht war jetzt totenbleich. »Sie sehen also«, wandte Brunetti sich nun wieder an Calamandri, »daß eine Adoption in unserer Situation nicht in Frage kommt. Darum hatten wir ja all unsere Hoffnung auf ein eigenes, ein gemeinsames Kind gesetzt.«

Nach einer ziemlich langen Pause sagte Calamandri ernst: »Ja, jetzt verstehe ich.« Er schob die Akte Brunini zur Seite und sah Dottoressa Fontana an, doch die hatte offenbar nichts mehr hinzuzufügen. Calamandri erhob sich. Dottoressa Fontana folgte seinem Beispiel, ebenso Brunetti. Da Signorina Elettra reglos sitzen blieb, beugte Brunetti sich hinunter und legte ihr eine Hand auf die Schulter. »Komm bitte, *cara*. Wir können hier nichts mehr ausrichten.«

Sie sah mit tränenüberströmtem Gesicht zu ihm auf und flehte mit bebender Stimme: »Aber du hast mir doch versprochen, daß wir ein Baby bekommen. Du hast gesagt, du würdest alles dafür tun.«

Brunetti kniete neben ihr nieder und bettete ihr tränennasses Gesicht an seine Schulter. Leise, aber nicht zu leise für die Ohren der zwei Ärzte, sagte er: »Ja, ich habe es dir versprochen. Und mein Versprechen gilt, ich schwöre es beim Haupt meiner Mutter. Ich werde alles tun.« Er schielte nach Calamandri und Dottoressa Fontana, doch die entfernten sich bereits.

Als sich die Tür hinter ihnen geschlossen hatte, half Brunetti Signorina Elettra auf die Füße und legte seinen Arm um ihre Schultern. »Komm, Elettra, laß uns nach Hause fahren. Hier haben wir nichts mehr zu erwarten.«

»Aber du versprichst es, du versprichst mir, daß du einen Weg finden wirst?« schluchzte sie.

»Ich tue alles«, wiederholte Brunetti und führte die weinende Frau zur Tür.

15

Sie spielten ihre Rolle weiter, bis sie den Zug bestiegen hatten und sich in dem fast leeren Erste-Klasse-Wagen des Eurocity aus Milano gegenübersaßen, der sie zurück nach Venedig bringen würde. Schweigend hatten sie in der Klinik auf das von der Rezeptionistin bestellte Taxi gewartet, und auch auf der Fahrt zum Bahnhof wurde nicht gesprochen. Erst hier im Zug, wo keine Gefahr mehr bestand, daß man sie von irgendwoher beobachtete oder belauschte, lehnte Signorina Elettra sich in ihrem Sitz zurück und holte tief Luft. Brunetti glaubte mit anzusehen, wie sie sich wieder in ihr wahres Ich zurückverwandelte; da sie aber eine so schillernde Persönlichkeit besaß, war er sich nicht ganz sicher.

»Nun?« erkundigte sich Brunetti.

»Nein, noch nicht«, wehrte sie ab. »Ich bin noch ganz erschöpft vom vielen Weinen.«

»Wie haben Sie das eigentlich hingekriegt?«

»Was? Die Tränen?«

»Ja.« In über zehn Jahren hatte er sie nur einmal weinen sehen, und da hatte sie echte Tränen vergossen. Viele der Geschichten um Heimtücke und menschliches Leid, die in der Questura ans Licht kamen, hätten einen Stein erweichen können, aber sie hatte stets professionell Distanz gewahrt, auch dann, wenn die anderen – der hoffnungslos prosaische Alvise eingeschlossen – spürbar betroffen waren.

»Ich habe an die *masegni* gedacht«, sagte sie und lächelte zaghaft.

Sonderbare Reaktionen war er von ihr zwar gewohnt, aber darauf, daß der Gedanke an alte Pflastersteine sie zu Tränen rühren könnte, war er denn doch nicht gefaßt. Vor lauter Verblüffung vergaß er Dottor Calamandri fürs erste. »Verzeihen Sie, aber wieso weinen Sie, wenn Sie an die *masegni* denken?«

»Weil ich Venezianerin bin«, lautete die wenig hilfreiche Antwort.

In dem Moment kam der Schaffner vorbei. Erst als er ihre Fahrkarten kontrolliert und sich entfernt hatte, nahm Brunetti das Gespräch wieder auf: »Könnten Sie mir das erklären?«

»Na ja, sie sind verschwunden. Ist Ihnen das etwa nicht aufgefallen?« fragte sie.

Wohin sollten Pflastersteine verschwinden? grübelte Brunetti. Und wie? Vielleicht, daß die Aufregung der letzten Stunde...

»Bei der Straßensanierung«, ergänzte sie und zerstreute Brunettis aufkeimende Befürchtungen. »Als man, zum Schutz gegen das Hochwasser, die Bürgersteige angehoben hat.« Ihre spöttisch erhobenen Augenbrauen verrieten, was sie von dieser Maßnahme hielt. »Dabei hat man die *masegni*, die seit Jahrhunderten als Straßenbelag dienten, alle ausgegraben.« Jetzt fiel es Brunetti wieder ein: Monatelang hatte er zugesehen, wie Bauarbeiter *campi* und *calli* aufrissen, Rohr- und Telefonleitungen verlegten oder erneuerten, und wie dann alles wieder zugeschüttet wurde.

»Und wodurch hat man sie ersetzt?« höhnte sie.

Brunetti, der auf rhetorische Fragen grundsätzlich keine Antwort gab, um diese Unsitte nicht zu unterstützen, schwieg auch diesmal.

»Durch lauter maschinell behauene, akkurat rechteckige Steine: jeder ein anschauliches Beispiel dafür, wie perfekt vier rechte Winkel sein können.«

In der Tat hatte Brunetti sich seinerzeit darüber gewundert, wie glatt die neuen Pflastersteine sich einfügten, ganz im Gegensatz zu den alten mit ihren unsauberen Kanten und holprigen Oberflächen.

»Und die alten *masegni*, wo mögen die wohl hingekommen sein?« Signorina Elettra reckte den rechten Zeigefinger in die Luft, um ihrer Frage Nachdruck zu verleihen. Als Brunetti ihr trotzdem die Antwort schuldig blieb, fuhr sie fort: »Freunde von mir haben sie noch einmal gesehen, sauber gestapelt auf einem Gelände in Marghera.« Sie lächelte bitter. »Sorgsam mit Stahldraht verschnürt, wie Frachtgut, fertig zum Verladen. Meine Freunde haben sie sogar fotografiert. Und man munkelt von einer Piazza irgendwo in Japan, auf der sie angeblich verbaut wurden.«

Brunetti war sichtlich verwirrt. »Japan?« wiederholte er.

»Das sind bloß Gerüchte, Commissario«, entgegnete sie rasch. »Ich selber habe lediglich die Fotos gesehen, es kann sich also auch um eine dieser globalen Legenden handeln. Beweise gibt es jedenfalls keine – abgesehen davon, daß sie zu Beginn der Sanierungsarbeiten noch da waren, Tausende von uralten Steinen, die jetzt spurlos verschwunden sind. Falls sie sich also nicht in Lemminge verwandelt haben und eines Nachts, als keiner hinsah, in die Lagune gesprungen sind, dann hat jemand sie mitgenommen und nicht zurückgebracht.«

Brunetti stellte eifrig Berechnungen an und versuchte zu überschlagen, um welche Größenordnungen es hier ging. Bestimmt wäre man auf etliche Schiffsladungen und LKW-Fuhren gekommen. Das bedeutete einen enormen logistischen Aufwand, der sich nicht geheimhalten ließ, ganz zu schweigen von den gigantischen Transportkosten. Wer hätte ein solches Projekt durchführen können? Und vor allem: wozu?

Als hätte er seine Fragen laut formuliert, fiel Signorina Elettra ein: »Um die *masegni* zu verscherbeln, Commissario. Auf Kosten der Stadt hat man sie ausgegraben und abtransportiert – handbehauene, jahrhundertealte Pflastersteine aus Vulkangestein –, um sie zu Geld zu machen. Darum!« Er dachte schon, sie sei fertig, als Signorina Elettra noch einmal ausholte: »Sogar unter der Herrschaft Napoleons und der Österreicher – die uns doch bei Gott bis aufs Hemd ausgeplündert haben – ließ man uns wenigstens die *masegni*. Heute dagegen – wenn ich nur daran denke, kommen mir die Tränen.«

Was ihr, dachte Brunetti, wohl jeder aufrechte Venezianer nachfühlen konnte. In seinem Kopf rumorte es, so angestrengt überlegte er, wer diesen Coup ausgeheckt haben mochte, wer an dem Komplott hätte beteiligt sein müssen, damit es funktionierte, und die Möglichkeiten, die sich anboten, mißfielen ihm allesamt. Wie aus heiterem Himmel entsann er sich plötzlich eines Ausspruchs, den er oft von seiner Mutter gehört hatte: Die Neapolitaner seien imstande, den Leuten im Gehen die Schuhe zu entwenden. Na, da könnten sie sich ja von den Venezianern noch eine Scheibe abschneiden, wenn einige hier so gewitzt waren, den eigenen Mitbürgern die Pflastersteine unter den Füßen wegzuklauen.

»Was nun diesen Dottor Calamandri betrifft«, fing Signorina Elettra Brunettis abschweifende Gedanken wieder ein, »so wirkt er auf mich wie ein vielbeschäftigter Arzt, der bemüht ist, seinen Patienten reinen Wein einzuschenken. Zumindest weckt er keine falschen Hoffnungen über die Chancen, die ihnen offenstehen. Und bewahrt sie vor trügerischen Illusionen.« Sie ließ ihm Zeit, das aufzunehmen, bevor sie fragte: »Und Ihr Eindruck, Commissario?«

»Ganz ähnlich. Er hätte leicht dazu raten können, daß wir die ganzen Testreihen noch einmal wiederholen. An seiner Klinik. In seinem Labor.«

»Hat er aber nicht«, ergänzte sie. »Was auf einen anständigen Charakter schließen läßt.«

»Oder einen, der anständig erscheinen will«, warf Brunetti ein.

»Sie nehmen mir das Wort aus dem Mund«, sagte Signorina Elettra lächelnd. Der Zug verlangsamte seine Fahrt, als sie sich Mestre näherten. Zu ihrer Linken strebten eilige Passanten dem Bahnhof zu, andere kamen von dort, und bei McDonald's herrschte reger Betrieb. Die beiden musterten die Fahrgäste in einem Waggon auf dem Nachbargleis sowie die Leute auf dem Bahnsteig; dann wurden die Türen geschlossen, und ihr Zug setzte sich wieder in Bewegung.

Das Gespräch plätscherte so dahin; nach ein paar Bemerkungen über Dottoressa Fontanas kühle Geschäftsmäßigkeit kamen sie überein, daß sie vorerst nichts tun könnten, als abzuwarten, ob Signor Brunini von einem Abgesandten der Villa-Colonna-Klinik kontaktiert würde. Andernfalls blieb nur die Hoffnung, Pedrolli oder dessen Frau doch noch zum Reden zu bringen, oder aber sich mit Signorina Elettras Hilfe in die laufenden Ermittlungen der Carabinieri einzuklinken.

Wenige Minuten später kamen die Schornsteine von Marghera in Sicht, und Brunetti war gespannt, was Signorina Elettra wohl heute dazu einfiele. Aber offenbar hatten die *masegni* ihr Entrüstungspotential aufgebraucht, denn sie blieb stumm. Kurz darauf fuhr der Zug in die Stazione Santa Lucia ein.

Als Brunetti auf dem Weg zum Ausgang zur Bahnhofsuhr hochsah, war es dreizehn Minuten nach sechs. Er würde also noch bequem das Vaporetto der Linie eins erreichen, das um sechzehn Minuten nach sechs anlegte: Wie ein Pinguinjunges, dem sich das Bild seiner Mutter unauslöschlich eingeprägt hat, so gut kannte Brunetti den Fahrplan der Linie eins, die vom Bahnhof aus im Zehn-Minuten-Takt verkehrte, beginnend jeweils sechs Minuten nach der vollen Stunde.

»Ich glaube, ich gehe zu Fuß«, sagte Signorina Elettra, während sie sich auf der Treppe einen Weg durch die Menschenmenge bahnten, die zu den Gleisen strömte. Keiner von beiden erwähnte die Möglichkeit, geschweige denn die Pflicht, jetzt noch in die Questura zurückzukehren.

Unten angekommen, hielten beide kurz ein, sie schon nach links gewandt und er zum *imbarcadero* auf der rechten Seite. »Ich danke Ihnen«, sagte Brunetti lächelnd.

»War mir ein ausgesprochenes Vergnügen, Commissario. So ein Ausflug ist doch viel angenehmer, als den Nachmittag mit Personalhochrechnungen für den nächsten Monat zu verbringen.« Sie winkte zum Abschied und verschwand im Gewoge der Passanten, die aus dem Bahnhof drängten. Er sah ihr einen Moment nach, doch dann hörte er schon das Vaporetto, hörte es mit gedrosselten Motoren den *imbarcadero* ansteuern und eilte hastig zu seinem Boot, das ihn nach Hause bringen würde.

»Du kommst aber früh, heute«, rief Paola aus dem Wohnzimmer, als er die Wohnungstür aufsperrte. Es klang, als sei sein unverhofftes Erscheinen das Schönste, was ihr seit langem widerfahren war.

»Ich mußte für eine Befragung nach außerhalb«, erklärte er, während er sein Jackett aufhängte. »Und als ich zurückkam, war es schon so spät, daß es sich nicht gelohnt hätte, noch mal ins Büro zu gehen.« Er äußerte sich bewußt nur sehr vage über diese kleine Dienstfahrt. Falls sie nachfragte, würde er ihr davon erzählen, ansonsten aber bestand kein Grund, sie mit den Details seiner Ermittlungen zu belasten. Er lockerte seine Krawatte: Meine Güte, warum tragen wir diese Dinger überhaupt noch? Schlimmer: Warum kam er sich ohne noch immer vor wie nicht fertig angezogen?

Brunetti ging ins Wohnzimmer und fand Paola, wie erwartet, auf dem Sofa ausgestreckt, vor sich ein aufgeschlagenes Buch. Er trat zu ihr, bückte sich und drückte zärtlich einen ihrer Füße.

»Vor zwanzig Jahren hättest du dich über mich gebeugt und mir einen Kuß gegeben«, sagte sie.

»Vor zwanzig Jahren hätte mir dabei auch nicht der Rücken weh getan«, antwortete er, bevor er sich zu ihr niederbeugte und sie küßte. Als er sich wieder aufrichtete, preßte er sich mit theatralischer Geste die Hand ins Kreuz und wankte, ein gebrochener Mann, in Richtung Küche. »Nur ein Schluck Wein kann mich noch retten«, stöhnte er.

In der Küche roch es nach frisch gebackenem Teig, vermischt mit einer süßherben Duftkomposition. Mühelos und ohne Gejammer bückte er sich zum Fenster der Backofentür, hinter der er die tiefe Glasform erspähte, die Paola immer für *crespelle* benutzte: diesmal mit Zucchini und, wenn er sich nicht täuschte, *peperoni gialli*, was beide Aromen erklärte.

Er öffnete den Kühlschrank und inspizierte den Weißweinvorrat, entschied sich dann aber in Anbetracht der kühleren Witterung für einen Roten. Aus der Vitrine holte er eine Flasche mit der Aufschrift Masetto Nero, deren Herkunft er sich nicht erklären konnte, und studierte ratsuchend das Etikett.

Er ging zurück bis an die Tür zum Wohnzimmer. »Was ist ein Masetto Nero, und wo haben wir ihn her?«

»Der stammt von einem Weingut namens Endrizzi. Hat uns mein Vater geschickt«, sagte sie, ohne den Blick von ihrem Buch zu nehmen.

Diese Erklärung schien Brunetti nicht ganz ausreichend, denn wenn es sich bei dem edlen Spender um Conte Orazio Falier handelte, war »geschickt« ein dehnbarer Begriff. Handelte es sich um eine Bootsladung von einem Dutzend Kisten? Hatte ein dienstbarer Geist eine einzelne Flasche zum Probieren vorbeigebracht? Oder hatte der Conte das Weingut gekauft und ihnen ein paar Flaschen überlassen, mit der Bitte, sie zu beurteilen?

Brunetti kehrte in die Küche zurück und machte den Wein auf. Gewohnheitsmäßig schnupperte er am Korken, nachdem er ihn herausgezogen hatte, obwohl er eigentlich nie recht wußte, was es da zu riechen gab. Dieser roch nach Weinkorken, aber das taten fast alle. Er schenkte zwei Gläser ein und trug sie hinüber ins Wohnzimmer.

Paola nahm ihr Glas in Empfang und zog die Beine an, um ihm Platz zu machen. Er setzte sich, probierte einen kleinen Schluck und hoffte inständig, der Conte habe das Weingut gekauft. »Was liest du gerade?« fragte er. Paola hatte sich wieder in ihr Buch vertieft, hielt aber in einer Hand das Glas und schien, als sie daran nippte, sehr zufrieden.

»Lukas.«

In all den Jahren hatte sie sich nie angemaßt, auf einen ihren Lieblingsautoren anders als mit vollem Namen hinzuweisen. Nicht einmal der vergötterte Henry James machte da eine Ausnahme; geschweige denn, daß sie Jane Austen mit solch ungebetener Vertraulichkeit zu nahe getreten wäre. »Welcher Lukas?«

»Der Evangelist.«

»Der mit dem Neuen Testament?« fragte Brunetti, obwohl ihm nichts einfiel, was Lukas sonst noch geschrieben haben könnte.

»Ebender.«

»Und worum geht's?«

»Um den barmherzigen Samariter: Liebe deinen Nächsten wie dich selbst und so weiter.«

»Heißt das, du wirst nachher aufstehen und die nächste Flasche holen?«

Die Geste, mit der sie das Buch auf die Brust sinken ließ, fand er ein bißchen melodramatisch. Sie trank einen Schluck Wein und hob anerkennend die Brauen. »Schmeckt vorzüglich, aber ich glaube, eine Flasche reicht uns bis zum Essen, Guido.« Sprach's und setzte schon wieder das Glas an die Lippen.

»Ja, er ist sehr gut, nicht wahr?«

Sie nickte und nahm noch einen Schluck.

Neugierig zu erfahren, wie Paola ausgerechnet auf das Lukasevangelium kam, fragte Brunetti nach einer Weile: »Und welche Anregungen hat dir nun diese Lektüre vermittelt?«

»Ach, ich find's himmlisch, wenn du mich mit Sarkasmus zu umgarnen versuchst«, seufzte Paola und stellte ihr Glas auf den Tisch. Sie klappte das Buch zu und legte es daneben. »Also, ich habe heute mit Marina Canziani gesprochen. Wir sind uns zufällig in der Biblioteca Marciana begegnet.«

»Und?«

»Und sie hat mir von ihrer Tante erzählt, der, bei der sie aufgewachsen ist.«

»Und?«

»Ja, und diese Tante – ich glaube, sie geht auf die Neunzig zu –, ist ganz plötzlich alt geworden, alt und gebrechlich. Wie das so ist mit hochbetagten Menschen: heute noch wohlauf, und zwei Wochen später nur mehr ein greises Wrack.«

Marinas Tante – wenn er sich recht erinnerte, war ihr Name Italia, irgendwas Archaisches jedenfalls – hatte über Marinas Leben bestimmt, solange Brunetti und Paola sie kannten, und sie kannten sich schon seit Jahrzehnten. Die Tante hatte Marina aufgenommen, nachdem deren Eltern bei einem Autounfall ums Leben gekommen waren, hatte sie rechtschaffen, aber mit äußerst strenger Hand erzogen und dafür gesorgt, daß sie eine gute Ausbildung bekam.

Doch in all den Jahren, die Marina unter ihrer Obhut verbrachte, hatte sie ihr nie auch nur die kleinste Zuneigung oder Anerkennung geschenkt. Marinas Erbe hatte sie klug verwaltet und ihre Nichte zu einer sehr reichen Frau gemacht; doch der Heirat, die Marina zu einer sehr glücklichen Frau machen sollte, hatte sie sich mit allen Mitteln widersetzt.

Paola steuerte keine weiteren Informationen bei. Brunetti dachte an Marinas Tante, nippte an seinem Wein und gestand endlich: »Ich kann die Verbindung zum Lukasevangelium nicht entdecken.«

Paola lächelte und entblößte dabei mehr Zähne, als erlaubt war. »Jetzt hat die Tante Marina angefleht, sie bei sich und ihrer Familie aufzunehmen. Sie war bereit, Miete zu zahlen und eine Betreuerin zu engagieren, die sich tagsüber und auch nachts um sie kümmern würde.«

»Und Marina?« fragte Brunetti.

»Hat ihr geantwortet, sie sei bereit, *una badante* zu verpflichten, die zu ihr ziehen und sie in ihrem eigenen Haus betreuen würde, oder sie in einem privaten Pflegeheim auf dem Lido unterzubringen.«

Brunetti tappte immer noch im dunkeln, was den Bezug zur Bibel betraf. »Und weiter?« forschte er.

»Nun, mir kam der Gedanke, daß Jesus mit seinem Gleichnis womöglich eine sehr vernünftige Investitionsempfehlung gegeben hat. Und daß wir es vielleicht nicht als moralischen Imperativ lesen sollten, der uns animiert, immerfort Gutes zu tun, sondern eher als eine Lektion darüber, was im anderen Fall geschieht. Wenn uns unser Tun mit gleicher Münze vergolten wird, dann ist Nächstenliebe eine lohnende Investition.«

»Und Marinas Tante hätte demnach schlecht investiert?«

»Genau.«

Er trank seinen Wein aus und beugte sich vor, um das Glas auf den Tisch zu stellen. »Bemerkenswerte Interpretation«, sagte er. »Sind das so die Themen, die euch Geisteswissenschaftler umtreiben?«

Paola griff nach ihrem Glas, trank es aus und sagte: »Sofern wir nicht gerade den Studenten unsere Überlegenheit beweisen müssen.«

»Das dürfte nicht allzu schwierig sein«, meinte Brunetti trocken. »Was gibt's übrigens nach den *crespelle*?«

»*Coniglio in umido*«, sagte sie, um dann ihrerseits eine Frage anzuschließen. »Warum gehst du eigentlich immer davon aus, daß ich nichts Besseres mit meiner Zeit anzufangen weiß, als zu kochen? Immerhin bin ich Universitätsdozentin. Vielleicht erinnerst du dich gelegentlich daran. Ich habe auch einen Beruf. Genau wie du.«

Er nahm den Ball auf und führte ihr Klagelied fort: »...und du solltest nicht von einem Ehemann zum Küchensklaven degradiert werden, der, typisch Macho, dir den ganzen Haushalt aufbürdet, während er sich darauf beschränkt, das erlegte Wildbret heimzutragen.« Sprach's, verschwand in der Küche und kam mit der Flasche Masetto Nero zurück.

Er goß ihr ein und stellte die Flasche, nachdem er auch sich nachgeschenkt hatte, neben seinem Platz ab. Dann prostete er ihr zu und trank einen Schluck. »Wirklich ein Genuß. Wieviel davon hat uns dein Vater denn geschickt?«

»Drei Kisten, und du bist meiner Frage ausgewichen.«

»Nein, bin ich nicht: Ich versuche nur herauszufinden, wie ernst ich sie nehmen soll. Gemessen an den vier Wochenstunden, die du unterrichtest, plus der Zeit, die für die Betreuung deiner Studenten draufgeht, habe ich, was unser unterschiedliches Küchenpensum betrifft, ein reines Gewissen.« Sie wollte etwas einwenden, doch er ließ sie nicht zu Wort kommen. »Und wenn du mit deinem ach so zeitaufwendigen Lektürepensum dagegenhalten willst, dann sage ich, daß du wahrscheinlich verrückt würdest, wenn du nicht deine ganze Freizeit mit Lesen verbringen könntest.« Nach einem großen Schluck Wein nahm er einen ihrer Füße in die Hand und schüttelte ihn sanft.

Sie lächelte und sagte: »Soviel zu meinem Vorstoß in Sachen legitimer Protest.«

Er schloß die Augen und lehnte den Kopf zurück.

»Also gut, einfach nur Protest«, lenkte sie ein, nachdem eine Weile verstrichen war.

Wieder einige Zeit später sagte er, immer noch mit geschlossenen Augen: »Ich war heute in dieser Klinik in Verona.«

»In der Fruchtbarkeitsklinik?«

»Ja.«

Nachdem sie lange geschwiegen hatte, schlug er die Augen auf und sah zu ihr hin. »Was ist denn los?« Er spürte instinktiv, daß sie etwas auf dem Herzen hatte.

»Mir scheint, ich kann keine Zeitung oder Illustrierte aufschlagen, ohne auf einen Artikel zum Thema Überbevölkerung zu stoßen«, sagte Paola. »Sechs Milliarden, sieben, acht – schaurige Warnungen vor einer drohenden Bevölkerungsexplosion und parallel dazu einem kontinuierlich steigenden Mangel an natürlichen Ressourcen. Gleichzeitig aber gibt es Menschen, die Furchtbarkeitskliniken aufsuchen…«

»Um die Bevölkerung zu vermehren?«

»Nein!« entgegnete sie entschieden. »Das wohl kaum. Sondern aus einem inneren Antrieb heraus.«

»Meinst du nicht eher ein Bedürfnis?« fragte er.

»Guido«, begann sie mit matter Stimme, die indes recht gekünstelt klang, »diese Definitionsversuche haben wir doch längst hinter uns. Du weißt, für mich ist ein Bedürfnis etwas so Elementares wie Essen oder Trinken, ohne das man nicht überleben kann.«

»Und ich denke eben, es gehört mehr dazu: nämlich all das, was uns über die restlichen Säugetiere erhebt.«

Paola nickte, doch dann sagte sie: »Ich glaube, ich möchte das jetzt nicht weiter verfolgen. Außerdem, selbst wenn du mich mit Logik und Vernunft aus dem Feld schlägst und gar noch mit unseren eigenen Kinder punktest – davon, daß es ein solches Bedürfnis ist, sich fortzupflanzen, wirst du mich trotzdem nicht überzeugen. Also sparen wir uns beide Zeit und Energie und lassen das Thema ruhen, einverstanden?«

Er bückte sich nach der Flasche, stellte sie jedoch, ohne nachzuschenken, auf den Tisch. »Ich war mit Signorina Elettra in Verona«, hörte er sich zu seiner eigenen Überraschung sagen. »Wir gaben ein Paar, das sich verzweifelt ein Kind wünscht. Ich wollte rauskriegen, ob die Klinik in diese Adoptionsgeschäfte verwickelt ist.«

»Hat man dir geglaubt? In der Klinik?« fragte sie, während es doch für ihn in erster Linie um die Beteiligung der Villa Colonna am Adoptionshandel ging.

»Ich denke schon«, sagte er, hielt es aber für ratsam, die Gründe dafür nicht eigens darzulegen.

Paola nahm die Füße vom Sofa und richtete sich auf. Nachdem sie ihr Glas auf den Tisch gestellt hatte, wandte sie sich Brunetti zu und zupfte ein langes dunkles Haar von seiner Hemdbrust. Sie ließ es auf den Teppich fallen und erhob sich. Ohne etwas zu sagen, ging sie in die Küche, um die restlichen Vorbereitungen fürs Abendbrot zu treffen.

16

Binnen kurzem verschwanden der Fall Pedrolli und in seinem Gefolge auch die illegalen Adoptionsfälle in anderen Städten aus den Nachrichten. Brunetti hingegen beschäftigte sich, wenn auch nur mehr halb offiziell, weiter damit. Vianello förderte das Protokoll des Gesprächs zutage, das Brunetti mit jener Zeugin aus dem Rialtoviertel geführt hatte. Als der Inspektor sie für eine neuerliche Befragung aufsuchte, konnte sie sich an keine weiteren Details erinnern, außer daß die Frau, die am Fenster telefoniert hatte, eine Brille trug. Die Wohnung gegenüber, in der die Schwangere die Tage vor ihrer Niederkunft verbracht hatte, gehörte einem Mann aus Turin und wurde, der Nachfrage gemäß, wochen- oder monatsweise vermietet. Für den Zeitraum, in dem die junge Frau sich dort aufgehalten hatte, fand der zuständige Makler in seinen Unterlagen zwar einen gewissen Giulio D'Alessio als Mieter verzeichnet, aber der Signore hatte bedauerlicherweise keine Adresse angegeben und die diskrete Barzahlung bevorzugt. Nein, daran, wie dieser Signor D'Alessio ausgesehen hatte, konnte der Makler sich nicht erinnern. Damit verlief die Spur, falls es denn eine gewesen war, im Sande.

Marvilli erwiderte keinen Anruf bei seiner Dienststelle, und Brunettis übrige Carabinieri-Kontakte gaben nicht mehr preis als die dürren Fakten, die sie zuvor schon der Presse mitgeteilt hatten: Die unrechtmäßig adoptierten Kinder wurden vorläufig in Sozialeinrichtungen betreut, und die Ermittlungen gingen ihren Gang. Immerhin erfuhr er, daß am Tag vor der Razzia ein Fax der Carabinieri in der Questura eingetroffen war, welches die venezianische Polizei sowohl über den geplanten Einsatz als auch über die Personalie Pedrolli informierte. Die ausbleibende Antwort der Polizei hatten die Carabinieri als Zustimmung gewertet. Auf Anforderung erhielt Brunetti eine Kopie des Faxes nebst Sendebestätigung.

Über all das hatte er dem Vice-Questore Bericht erstattet und dabei nicht unerwähnt gelassen, daß jegliche Versuche, das verschwundene Fax aufzuspüren, bisher fehlgeschlagen seien. Woraufhin Patta ihm, wie nicht anders zu erwarten, nahelegte, sich wieder seinen regulären Fällen zu widmen und Dottor Pedrolli den Carabinieri zu überlassen.

Was Brunetti sich nicht erklären konnte, war die auffallende Zurückhaltung der Medien. Bezüglich der Kinder hatten die offiziellen Stellen vermutlich zu deren Schutz auf Geheimhaltung von Namen und Aufenthaltsort gedrängt; gleichwohl wären immer noch die Eltern und die Mühen, die sie auf sich genommen hatten, um eine Adoption zu erlangen, für Leser und Zuschauer von Interesse gewesen. In einem Land, wo die Beteiligung von Kindern an einem Kriminalfall, sei es als Mordopfer, als Überlebende eines Anschlags – oder besser noch als Täter –, intensive Berichterstattung über Tage, wenn nicht gar Wochen garantierte, mutete es schon seltsam an, daß ausgerechnet dieser Fall so rasch aus dem öffentlichen Blickfeld verschwunden war.

Noch Jahre nach ihrer Verhaftung für den Mord am eigenen Kind war ein Interview, ja selbst ein trockener Bericht über *»la madre di Cogne«* ein todsicherer Quotenhit. Eine Ukrainerin, die ihr neugeborenes Baby in einen Container geworfen hatte, machte drei Tage lang Schlagzeilen. Pedrolli hingegen verschwand nach nur zwei Tagen aus der Lokalpresse; einzig *La Repubblica* walzte die Story noch so lange aus, bis sie von der Ermordung eines jungen Carabiniere abgelöst wurde. Der Täter, der bereits wegen Mordes einsaß, war inzwischen Freigänger und hatte sein Opfer während eines Wochenendausgangs erschossen.

Besonders die Geschwindigkeit, mit der *Il Gazzettino* und *La Nuova* Pedrollis Geschichte ad acta legten, kam Brunetti so eigenartig vor, daß er am zweiten Tag ohne einschlägige Pressemeldung seinen Freund Pelusso in dessen Büro anrief. Und von ihm erfuhr, daß in der Redaktion des *Gazzettino* gemunkelt werde, die Story habe irgendwem nicht geschmeckt und sei daraufhin gekippt worden.

Brunetti, ein eifriger Leser des Blattes, wußte, wer dort die meisten Anzeigen schaltete. Zudem hatte Signorina Elettra herausgefunden, daß Signora Marcolini dem Sanitärausstatterzweig der Familie entstammte. Darauf anspielend, deklamierte Brunetti: »Wer Klosett sagt, meint Marcolini.«

»Stimmt«, bekräftigte Pelusso. Doch jenem Rest von Sorgfaltspflicht gehorchend, den selbst Jahrzehnte in der journalistischen Tretmühle noch nicht ausgemerzt hatten, setzte er rasch hinzu: »Wegen seiner Tochter gilt er als der Hauptverdächtige, ja, aber sein Name ist hier nirgends gefallen.«

»Glaubst du, den muß man erst erwähnen?« fragte Brunetti. »Wie du schon sagst, sie ist seine Tochter, und diese Art von Publicity tut keinem gut.«

»Sei dir da nicht so sicher, Guido«, entgegnete der Journalist. »Die Carabinieri sind in ihr Haus eingedrungen: Nach allem, was durchgesickert ist, dürfte der Ehemann noch immer im Krankenhaus liegen. Und sie haben ihnen das Kind weggenommen. Das reicht vollauf, um dem jungen Paar eine Menge Sympathie zu verschaffen, unabhängig davon, wie sie zu dem Kind gekommen sind.«

Brunetti, der sich das auch schon gedacht hatte, schlug vor: »Dann eben die Carabinieri.«

»Warum sollten die so eine Zeitungsstory unterdrücken?«

»Nun, erstens, um eine Geschichte aus der Welt zu schaffen, die ein schlechtes Licht auf sie wirft, und zweitens, um die mutmaßlichen Hintermänner in Sicherheit zu wiegen, damit die sich aus der Deckung wagen.« Als Pelusso nichts dazu sagte, spann Brunetti seine Theorie weiter aus: »Wenn wir es hier mit einem Verbrecherring zu tun haben«, begann er, die Gedanken unterm Sprechen ordnend, »dann können wir davon ausgehen, daß der Kopf dieser Bande über eine ganze Liste von Bewerbern verfügt, die sich ein Baby wünschen und bereit sind, dafür zu zahlen. Für diesen Handel braucht er aber andererseits eine entsprechende Anzahl von Frauen, die eingewilligt haben, ihr Kind nach der Geburt abzutreten.«

»Logisch.«

»Ja, ja, bloß kann man so was nicht beliebig verschieben, oder?« fragte Brunetti. »Wenn eine Frau ein Kind bekommt, dann kriegt sie es, sowie die Zeit reif ist, und nicht zu dem Termin, der irgendeinem Mittelsmann in den Kram paßt.«

»Und falls der Handel wirklich so lukrativ ist, wie ich habe läuten hören«, nahm Pelusso den Faden auf, »dann wird die Bande sich rasch wieder mit ihren potentiellen Käufern in Verbindung setzen.«

Sofort wurde Brunetti hellhörig. »Hast du Kontakt zu dieser Szene?«

»Ach, Szene! Vieles davon ist, glaube ich, Teil der modernen Legendenbildung«, wiegelte Pelusso ab. »Du weißt schon, wie bei den Chinesen, die angeblich nicht sterben, weil man nie eine Beerdigung sieht. Von diesem Babyhandel ist allerdings schon ziemlich oft die Rede.«

»Und hast du auch mal Preise nennen hören?« fragte Brunetti und hoffte, Pelusso würde nicht zurückfragen, wieso die Polizei sich darüber nicht längst selbst informiert hätte.

Es folgte eine längere Pause, die vermuten ließ, Pelusso verfolge den gleichen Gedanken, aber als er sich wieder meldete, geschah es nur, um Brunettis Frage zu beantworten. »Nein, nichts Verläßliches. Es sind Gerüchte im Umlauf, ja, aber wie gesagt, Guido, die Leute kommen immer mit den gleichen Referenzen: ›Das weiß ich von einem, der sich auskennt.‹ – ›Mein Freund weiß da genau Bescheid.‹ – ›Mein Nachbar hat eine Cousine, die einen Freund hat, der…‹ Unmöglich, festzustellen, was davon der Wahrheit entspricht und was nicht.«

Brunetti unterdrückte den Hinweis, daß von dieser unsicheren Nachrichtenlage alle betroffen seien, nicht nur ein Journalist wie Pelusso. Ob die Italiener leichtgläubiger waren als andere Völker oder lediglich schlechter informiert, wagte er nicht zu beurteilen. Aber er hatte von Ländern gehört, in denen eine unabhängige Presse wahrheitsgetreue Nachrichten lieferte und wo das Fernsehen nicht von einem einzigen Mann kontrolliert wurde. Ja, sogar seine eigene Frau hatte sich zum Glauben an solche Wunder bekannt.

Pelussos Stimme holte ihn in die Gegenwart zurück. »Brauchst du sonst noch was?« fragte er.

»Ja. Wenn du mitkriegst, wer der Drahtzieher war, der die Berichterstattung stoppen ließ, dann wäre ich dir dankbar für einen Tip.«

»Ich halte dich auf dem laufenden«, versprach Pelusso und legte auf.

Nach dem Telefonat schweiften Brunettis Gedanken, aus ihm selbst unerfindlichen Gründen, zu einem Gedichtzyklus, den Paola ihm vor Jahren vorgelesen hatte. Die Verse stammten von einem elisabethanischen Poeten, der darin den Tod seiner Kinder, eines

Knaben und eines Mädchens, beklagte. Paola hatte sich darüber empört, daß der Verfasser auf den Verlust seines Sohnes weitaus betroffener reagierte als auf den der Tochter, aber Brunetti erinnerte sich nur noch an den bitteren Wunsch des Unglücklichen, aller Vaterschaft entsagen zu können. Welche Qualen mußte einer leiden, der sich zu einem solchen Aufschrei hinreißen ließ? Unter ihren Freunden waren zwei, denen ein Kind gestorben war, und beide hatten den Schmerz nie verwunden. Gewaltsam zwang Brunetti seine Gedanken in eine andere Richtung und überlegte, wer ihm Informationen über diesen Babyhandel verschaffen könnte. Dabei fiel ihm sein vergeblicher Besuch im Ufficio Anagrafe ein.

Diesmal entschloß er sich, dort anzurufen, und hatte binnen Minuten die gewünschte Auskunft. Wenn ein Mann und die Mutter eines Neugeborenen im Einwohnermeldeamt vorstellig wurden und mit ihrer Unterschrift bezeugten, daß der Mann der Vater des Kindes sei, dann war der Fall im Prinzip erledigt. Natürlich mußten beide noch ihre Ausweise sowie die Geburtsurkunde des Babys vorlegen, was auf Wunsch sogar auf der Entbindungsstation geschehen konnte, wo das Ufficio Anagrafe eine Zweigstelle unterhielt.

Brunetti hatte eben die Worte: ›Eine Lizenz zum Mißbrauch‹ vor sich hin gemurmelt, als Vianello, ohne anzuklopfen, hereingestürzt kam.

»Eben wurde ein Einbruch gemeldet«, rief der Inspektor atemlos. »In der Apotheke am Campo Sant'Angelo.«

»Bei einem von deinen Apothekern?« fragte Brunetti mit unverhohlenem Interesse.

Vianello nickte, doch bevor Brunetti weiterfragen konnte, sagte er: »Wir überprüfen immer noch die Bankbelege.«

»Ein Einbruch, und was weiter?« forschte Brunetti. Ob da

jemand versucht hatte, Beweismittel zu vernichten? Oder wollte man denen, die sich so auffällig für die Apotheke interessierten, Sand in die Augen streuen?

»Es war eine Frau am Telefon, wahrscheinlich die Apothekenhelferin. Sie sagte, sie habe gleich, als sie die Tür aufschloß, gesehen, was los war. Daraufhin sei sie gar nicht erst reingegangen, sondern habe sofort uns alarmiert.«

»Aber was passiert ist, hat sie nicht gesagt?« Brunetti klang spürbar gereizt.

»Nein. Ich hab Foa gebeten, uns rüberzufahren. Das Boot wartet schon.« Als Brunetti hinter seinem Schreibtisch sitzen blieb, drängte Vianello: »Wir sollten uns beeilen. Damit uns niemand zuvorkommt.«

»Ein erstaunlicher Zufall, findest du nicht?« fragte Brunetti.

»Also ich weiß nicht, was es ist, aber an Zufall glaubst du wohl genausowenig wie ich«, antwortete Vianello.

Brunetti schaute auf die Uhr und sah, daß es fast zehn war. »Wieso kam die Apothekenhelferin erst jetzt? Hätten die nicht schon vor einer Stunde öffnen müssen?«

»Davon hat sie nichts gesagt, und wenn doch, hat Riverre es mir nicht weitergegeben. Er war am Telefon. Ich weiß nur, daß eine Frau angerufen und den Einbruch gemeldet hat.«

Vianellos wachsende Ungeduld bewog Brunetti endlich doch, seinen Platz zu verlassen und sich zur Tür zu begeben. »Also gut. Schauen wir uns die Sache einmal an.«

Foa wählte die kürzeste Route, die über den Rio San Maurizio zum Campo Sant'Angelo führte. Brunetti und Vianello überquerten den Platz und steuerten auf die Apotheke zu. Das Tageslicht, das von draußen hereinfiel, hob die Werbeposter in den beiden Schaufenstern hinlänglich hervor, auch wenn im Ladenraum offenbar kein Licht brannte. Brunettis Blick traf auf ein paar straffe, gebräunte weibliche Oberschenkel, die sich dem Betrachter als Beweis dafür präsentierten, wie leicht Cellulitis binnen Wochenfrist zu besiegen sei. Gleich daneben posierte ein weißhaariges Paar Hand in Hand und sehnsuchtsvoll Aug in Aug an einem Zuckerwattestrand; hinter ihnen lockte ein tropisches Meer, im Sand vor ihnen ein Arthritismittel.

»Ist das der einzige Eingang?« Brunetti wies auf die unversehrte Glastür zwischen den Fenstern.

»Nein, das Personal benutzt einen zweiten in der *calle* auf der Rückseite«, antwortete Vianello. Dann führte der Inspektor, der seltsam vertraut schien mit den Örtlichkeiten, Brunetti links um die Ecke in eine Gasse, die beim Teatro La Fenice mündete.

Als sie sich dem ersten Eingang rechter Hand näherten, trat eine Frau ungefähr in Brunettis Alter aus der Tür und fragte: »Sind Sie von der Polizei?«

»*Sì*, Signora«, bestätigte Brunetti. Dann stellte er sich und Vianello vor. Sie sah aus wie Hunderte venezianischer Frauen ihres Alters. Das kurzgeschnittene Haar war korallenrot gefärbt; die überschüssigen Pfunde, die sich vor allem am Rumpf abgelagert hatten, verstand sie klugerweise mit einer Kastenjacke aus Veloursleder über dazu passendem beigem T-Shirt zu kaschieren. Unter dem knielangen Rock kamen wohlgeformte Waden zum Vorschein, und sie trug braune Pumps mit niedrigem Absatz. Ihr Gesicht zeigte noch einen Anflug von Sommerbräune; außer einem hellen Lippenstift und blauem Lidschatten hatte sie kaum Make-up aufgelegt.

»Mein Name ist Eleonora Invernizzi. Ich arbeite bei Dottor Franchi.« Und wie um zu verhindern, daß man sie für eine ausgebildete Apothekerin hielt, ergänzte sie: »Als Verkäuferin.« Ihr

Blick wanderte zwischen den beiden Männern hin und her, aber sie reichte keinem die Hand.

»Könnten Sie uns schildern, was passiert ist, Signora?« fragte Brunetti. Sie standen vor einer geschlossenen Holztür, vermutlich dem Hintereingang zur Apotheke, aber Brunetti schien es nicht eilig zu haben, sich Zutritt zu verschaffen.

Die Frau schob den Riemen ihrer Schultertasche höher hinauf und zeigte auf das Schloß. Der Schaden war nicht zu übersehen: Jemand hatte die Tür mit so brachialer Gewalt aufgestemmt, daß das Holz geborsten war. Die Splitter, die aus den ausgefransten Rändern des Schlüssellochs ragten, ließen vermuten, daß das Tatwerkzeug, wahrscheinlich ein Brecheisen, mehrere Male abgerutscht war, bevor es genügend Halt fand, um das Schloß zu knacken.

Signora Invernizzi sagte: »Ich habe dem Dottore nicht ein-, ich hab's ihm hundertmal gesagt, daß dieses Schloß eine Einladung ist für jeden Dieb! Und jedesmal, wenn ich davon anfange, verspricht er, daß er's auswechseln läßt gegen eine *porta blindata*, doch dann wird's wieder nichts, und ich muß ihn aufs neue ermahnen, aber er ist einfach unbelehrbar.« Sie zeigte auf das Gitter vor dem Fensterchen in der Tür. »Einen der Stäbe hab ich angefaßt, als ich die Tür aufstieß«, sagte sie. »Sonst habe ich nichts berührt. Ich bin nicht mal über die Schwelle gegangen, sondern habe nur einen Blick reingeworfen und dann gleich die Polizei verständigt.«

»Das war sehr umsichtig von Ihnen, Signora«, lobte Vianello.

Brunetti trat vor bis zur Tür und umfaßte den Gitterstab, auf dem sich laut Aussage der Frau bereits ihre Fingerabdrücke befanden. Ein leichter Stoß, schon öffnete sich die Tür nach innen und schwang zurück, bis sie mit einem dumpfen Geräusch gegen die Flurwand prallte.

Brunetti spähte in einen engen Korridor, an dessen Ende, über einem offenen Durchgang, eine rote Notbeleuchtung flackerte. Erst als er den Blick senkte, sah er, warum Signora Invernizzi die Polizei gerufen hatte. Über gut einen Meter weit war der Boden vor der Tür am anderen Ende des Gangs mit einer Flut von Schachteln, Flaschen und Ampullen übersät, die allesamt zertrampelt, zerschmettert, platt getreten waren. Brunetti machte ein paar Schritte bis knapp an den Rand dieses Trümmerfelds. Mit der Spitze seines rechten Schuhs räumte er gerade so viel beiseite, daß er gefahrlos einen Fuß auf den Boden setzen konnte; den Vorgang wiederholte er mehrmals, bis er sich Schritt für Schritt zu der zweiten Tür vorgearbeitet hatte, von wo der Korridor nach rechts, ins Ladenlokal der Apotheke führte.

Brunetti überquerte den Flur und gelangte durch die Tür auf der anderen Seite ins Labor, wo das Durcheinander sich zur Katastrophe steigerte. Zwischen bedrohlich wirkenden dunkelbraunen Glassplittern lagen die Keramikscherben zertrümmerter Apothekergefäße. Auf einem Bruchstück wand sich eine Girlande aus Rosenknospen um die drei Buchstaben »ium«. Ausgelaufene Flüssigkeiten und diverse Pulver hatten sich zu einem zähen Brei vermengt, der entfernt nach faulen Eiern roch, überlagert von einem beißenden Aroma, das auf Franzbranntwein zurückgehen mochte. Eine ätzende Tinktur, die an einem Medikamentenschrank heruntergelaufen war, hatte dessen Plastikverkleidung zerfressen und üble Dämpfe ausgelöst. Auf dem Fußboden vor dem Schrank hatte sie gewütet wie ein Krebsgeschwür, hatte die Linoleumplatten durchlöchert und den Betonboden darunter freigelegt. Zwei Mörser standen noch auf den Regalen, alle anderen Gefäße waren heruntergefegt worden und bis auf ein einziges am Boden zerschellt. Als Brunetti instinktiv den Kopf reckte, um sich dem beißenden Geruch zu entziehen, fiel sein Blick auf den gekreuzigten Heiland, der sein Haupt ebenfalls von dem Gestank abkehrte.

Irgendwo im Hintergrund hörte er Vianello seinen Namen rufen und landete, der Stimme des Inspektors folgend, im Verkaufsraum der Apotheke. Vielleicht um von draußen nicht gesehen zu werden, hatte der Einbrecher sein vandalistisches Treiben hier hauptsächlich auf das Areal hinter dem Ladentisch beschränkt, das am weitesten von den Fenstern entfernt war. Sämtliche Regale hinter der Theke waren leer gefegt, die Schubfächer aus den Konsolen gerissen und zu Boden geworfen; Flaschen und Kartons hatte man erst wahllos verstreut und war dann offenbar darauf herumgetrampelt. Zuoberst lagen die Kasse und ein Computerbildschirm. Wie die Zunge eines hechelnden Hundes hing die Kassenlade halb aus dem umgekippten Gehäuse und hatte Münzen sowie kleinere Geldscheine ausgespieen.

»Mamma mia!« rief Vianello aus. »So was hab ich noch nie gesehen. Nicht mal der Typ, der ins Haus seiner Exfrau eingedrungen ist, hat so viel Schaden angerichtet.«

»Ja, aber dem hatte sich auch der neue Ehemann in den Weg gestellt«, erinnerte ihn Brunetti.

»Stimmt, das hatte ich vergessen. Trotzdem war das kein Vergleich zu dem hier.« Und wie zum Beweis deutete Vianello auf den Haufen von zerschellten Ampullen und aufgerissenen Schachteln hinter dem Ladentisch, die ihnen bis über die Knöchel reichten.

Ein Geräusch hinter ihnen ließ die beiden herumfahren. Doch es war nur Signora Invernizzi, die, ihre Tasche vor die Brust gepreßt, im Türrahmen stand. *»Maria Vergine«*, stammelte sie. »Glauben Sie, das waren wieder diese Rauschgiftsüchtigen?«

Eine Möglichkeit, die Brunetti bei diesem Ausmaß der Verwüstung bereits ausgeschlossen hatte. Junkies wußten, wo der Stoff, den sie brauchten, aufbewahrt wurde, und suchten gezielt. In aller Regel klauten sie die begehrten Medikamente, bedienten sich in der Kasse, falls dort über Nacht Bargeld verblieben war, und stahlen sich leise wieder davon. Das Szenario hier paßte zu keinem Diebstahl: Die Einbrecher hatten das Geld ja nicht einmal angerührt. Nein, eine solche Zerstörungsorgie deutete nicht auf Habgier, sondern auf Rache.

»Das glaube ich nicht, Signora«, antwortete Brunetti denn auch. Und nach einem Blick zur Uhr fragte er: »Wieso ist eigentlich noch niemand vom Personal da, Signora? Ich meine, außer Ihnen, natürlich.«

»Wir hatten letzte Woche *turno*, Dienst rund um die Uhr. Zum Ausgleich brauchen wir heute erst nachmittags um halb vier zu öffnen. Ich bin nur früher gekommen, um die Vorräte aufzufüllen. Viel Arbeit macht das nicht, aber Dottor Franchi meinte, es täte seinen Kollegen gut, wenn sie nach der Schufterei einen halben Tag ausspannen könnten.« Bei der Erwähnung ihres Chefs stockte sie plötzlich. »Ich hoffe, er kommt bald«, setzte sie dann besorgt hinzu.

»Sie haben ihn doch angerufen?« vergewisserte sich Vianello.

»Ja, ja, gleich nach der Polizei. Er war in Mestre.«

»Und was haben Sie ihm gesagt, Signora?«

Die Frage schien sie zu verwirren. »Na, das gleiche wie Ihnen: daß bei uns eingebrochen wurde.«

»Haben Sie ihm auch davon berichtet?« Brunetti wies mit ausladender Geste auf die Verwüstung ringsum.

»Nein, Signore, davon wußte ich ja noch gar nichts«, erinnerte sie ihn. Sie ließ ihre Tasche sinken und sah sich nach einem Platz um, wo man sie hätte abstellen können. Da sich kein sauberes Eckchen fand, hängte sie sich den Riemen wieder über die Schulter und sagte: »Außerdem wollte ich wohl auch nicht, daß er's von mir erfährt, nicht mal das, was ich vom Eingang aus sehen konnte.« Dann, als sei ihr plötzlich etwas eingefallen, warf sie die Tasche einfach auf den besudelten Ladentisch und hastete ohne jede Erklärung hinaus.

Brunetti bedeutete Vianello zu bleiben, während er Signora Invernizzi folgte. Sie lief den Flur hinunter und blieb vor einer Tür stehen, an der Brunetti und Vianello vorhin achtlos vorbeigegangen waren. Die Signora öffnete sie und tastete drinnen nach dem Lichtschalter. Was immer sie dann erblickte, erschreckte sie so, daß sie die Hände vors Gesicht schlug und fassungslos den Kopf schüttelte. Brunetti, dem war, als hätte er sie irgend etwas flüstern hören, befürchtete jäh, dem gewaltsamen Angriff sei womöglich auch ein Menschenleben zum Opfer gefallen.

Eilig trat er zu ihr, nahm sie beim Arm und führte sie behutsam weg von der Tür und dem Anblick, der sie so erschüttert hatte. Sobald sie in sicherer Entfernung war, machte er kehrt und betrat den Raum, der, wie sich herausstellte, eigentlich nur ein kleines Kabuff war – kaum mehr als drei mal drei Meter groß – und ursprünglich wohl als Handlager gedient hatte. Jetzt nutzte man ihn offensichtlich als Büro: Zwei Wände waren mit Bücherregalen bestückt, deren Inhalt jetzt indes am Boden verstreut lag. Den massiven Holzschreibtisch hatte man mitsamt dem Computer darauf umgestürzt. Wobei der Tisch, vermutlich dank seiner stabilen Bauweise, nicht mehr als zwei parallele Kratzer an der Oberfläche davongetragen hatte; doch der Computer war nicht so glimpflich davongekommen. Scherben vom Monitor knirschten unter Brunettis Füßen, und aus dem ausgeweideten Gehäuse ragte ein Gewirr von Drähten hervor. Die Tastatur schien in der Mitte durchgebrochen zu sein; allerdings wurden beide Teile durch das Plastikgehäuse notdürftig zusammengehalten. Der Rechner mit der Festplatte sah aus, als hätte man ihn mit demselben Brecheisen bearbeitet, mit dem wohl auch das Türschloß aufgebrochen worden war. Die Ummantelung wies etliche tiefe Beulen auf, und hier und da klafften scharfkantige Löcher. An einer Ecke war das Gehäuse vollends eingeschlagen. Offenbar hatte der Täter versucht, es aufzustemmen, wobei ihm allerdings nur gelungen war, einen Teil der Rückwand zu lockern. Durch den Spalt erkannte Brunetti ein flaches Teil mit lauter aufgelöteten farbigen Pünktchen. Wenn die übrigen Verwüstungen unter Vandalismus fielen, dann war das hier versuchter Mord.

Brunetti hörte Schritte hinter sich und nahm an, es sei Vianello. Auf einem Metallteil, das von der Rückwand des Rechners abgeknickt war, hatte er einen verschmierten roten Fleck bemerkt und bückte sich, um ihn näher in Augenschein zu nehmen. Ja, das war Blut! Offenbar hatte man beim hastigen Versuch, es wegzuwischen, eine schmale Spur übersehen, die in die Fuge zwischen Rückwand und Rahmen gesickert war und dort in einen dunkleren Fleck mündete. Auf dem weißen Umschlag eines Buches, das dicht daneben lag, fand sich noch ein einzelner roter Tropfen mit lauter purpurnen Spritzern ringsum.

»Wer sind Sie? Was machen Sie hier?« donnerte eine zornige Männerstimme hinter ihm.

Brunetti sprang hoch und wandte sich nach dem Sprecher um. Der Mann war kleiner als er und kräftiger gebaut; besonders Brustkorb und Arme wirkten so durchtrainiert, als sei er an schwere körperliche Arbeit gewöhnt oder vielleicht ein ausdauernder Schwimmer. Sein Haar, das die Farbe von Aprikosen hatte, war über der Stirn stark gelichtet. Er hatte helle, grünliche Augen, eine schmale Nase, und an seinem verkniffenen Mund konnte man ablesen, wie wütend Brunettis beharrliches Schweigen ihn machte.

»Ich bin Commissario Guido Brunetti«, sagte Brunetti endlich.

Der Mann war sichtlich verblüfft. Und es kostete ihn Mühe, den Ärger aus seiner Miene zu tilgen und durch einen milderen Ausdruck zu ersetzen.

»Sind Sie der Eigentümer?« fragte Brunetti freundlich.

»Ja«, bestätigte der andere und streckte, nun schon merklich zuvorkommender, die Hand aus. »Mauro Franchi.«

Brunetti verpaßte dem Apotheker absichtlich einen besonders markigen Händedruck. »Signora Invernizzi hat den Einbruch in der Questura gemeldet, und da mein Kollege und ich bereits in der Gegend waren, wurden wir mit dem Fall betraut«, erklärte Brunetti eine Spur gereizt, so als hätte ein Commissario eigentlich Besseres zu tun, als den Tatort eines gewöhnlichen Einbruchs zu inspizieren. Brunetti wußte selbst nicht, was ihn veranlaßte, die Anwesenheit eines ranghohen Kriminalisten herunterzuspielen, aber er wollte verhüten, daß Dottor Franchi Verdacht schöpfte.

»Wie lange sind Sie schon hier?« erkundigte sich Franchi, eine Frage, die eigentlich Brunetti hätte stellen sollen.

»Erst seit ein paar Minuten«, antwortete Brunetti. »Aber es reicht, um zu sehen, was hier angerichtet wurde.«

»Schon das dritte Mal!« entgegnete Franchi zu Brunettis Erstaunen. »Als Geschäftsmann ist man in dieser Stadt nicht mehr sicher.«

»Das dritte Mal, was?« fragte Brunetti, ohne auf Franchis weiteren Kommentar einzugehen. Doch bevor der Apotheker antworten konnte, näherten sich Schritte vom Ladenlokal her.

Franchi fuhr herum, und als Vianello, dicht gefolgt von Signora Invernizzi, im Türrahmen erschien, übernahm Brunetti die Vorstellung. »Das ist mein Kollege, Inspektor Vianello.«

Franchi nickte Vianello zu, bot ihm aber nicht die Hand. Statt dessen schlängelte er sich an ihm vorbei zu Signora Invernizzi hin, die im Korridor stehengeblieben war. Auf einen Wink Brunettis trat Vianello zu ihm in die Kammer, wo Brunetti ihm den Blutfleck am Rechner und die Spritzer auf dem Buchumschlag zeigte.

Vianello ließ sich auf ein Knie nieder und wandte den Kopf bedächtig von links nach rechts, bis er plötzlich die Hand ausstreckte und rief: »Da ist noch was!« Jetzt sah auch Brunetti die roten Sprenkel auf der dunklen Fliese. »Also falls wir die Genehmigung kriegen, könnten wir einen DNA-Abgleich machen lassen«, sagte Vianello zögernd, so als sehe er wenig Hoffnung, daß man den aufwendigen Test für einen solchen Bagatellfall bewilligen würde. Oder vielleicht zweifelte er auch nur an der Chance, den Täter jemals dingfest zu machen.

Gleich darauf hörten sie den Apotheker und seine Verkäuferin leise tuschelnd ins Ladenlokal zurückkehren. Einmal hob Franchi die Stimme, und Brunetti meinte zu hören: »Meine Mutter wird bestimmt nicht…«

»Hat die Invernizzi noch was gesagt?« fragte er.

»Nur, was für eine Heidenarbeit es sein wird, hier alles wieder sauberzumachen und aufzuräumen«, antwortete Vianello. »Ach ja, und dann hat sie noch die Versicherung erwähnt und wie aussichtslos es sei, von denen was ersetzt zu kriegen. Sie fing an, mir die Geschichte von der Tochter einer Freundin zu erzählen, die vor zehn Jahren vom Rad gestoßen wurde und bis heute keinen Schadenersatz bekommen hat.«

»Bist du deshalb rübergekommen?« fragte Brunetti schmunzelnd.

Vianello zuckte mit den Schultern. »Sie hat mich damit gelöchert, ob sie die übrigen Angestellten anrufen und zum Aufräumen herbestellen soll.«

»Wie viele sind es denn?«

»Außer dem Eigentümer noch zwei Apotheker und die Putzfrau.«

»Laß uns mal hören, wie Franchi entschieden hat«, schlug Brunetti vor und wandte sich zum Gehen. An der Tür blieb er noch einmal stehen und sagte: »Ach, und ruf Bocchese an, ja? Er soll die Spurensicherung herschicken.«

»Wegen des Computers?« fragte Vianello.

»Falls darauf die Arzttermine der Kunden gespeichert waren, sollten wir ihn mitnehmen, denke ich.«

Im Ladenraum standen Franchi und Signora Invernizzi jenseits des Tresens, im Kundenbereich. Der Apotheker wies mit erhobener Hand auf die Konsole, aus der alle Schubfächer herausgerissen waren.

»Soll ich Donatella anrufen, Dottore? Oder Gianmaria?« hörte Brunetti die Frau fragen.

»Ja, machen Sie das. Wir müssen entscheiden, was mit den Medikamenten geschehen soll.«

»Wollen wir nicht versuchen, etwas davon zu retten?«

»Doch, wenn das möglich ist. Alles, was nicht aufgerissen oder zertrampelt wurde. Von den übrigen Artikeln machen Sie eine Liste für die Versicherung.« Franchis müder Blick erinnerte an Sisyphos im Angesicht seines Felsens.

»Glauben Sie, es waren wieder dieselben, Dottore?« erkundigte sich Signora Invernizzi.

Bevor er Antwort gab, schielte Franchi zu Brunetti und Vianello hinüber. »Das wird hoffentlich die Polizei herausfinden, Eleonora.« Und wie um seinen spöttischen Ton abzumildern, setzte er hinzu: »Die Wege des Herrn sind unergründlich.«

»Sie sagten vorhin: ›Zum dritten Mal‹, Dottore«, versetzte Brunetti, ohne auf den frommen Spruch einzugehen. »Soll das heißen, so was ist schon zweimal vorgekommen?«

»Nicht in dieser Form.« Franchi wies mit der Hand auf das Schlachtfeld ringsumher. »Aber wir sind zweimal beraubt worden. Zuerst ein nächtlicher Einbruch, bei dem sich die Diebe mit Stoff eingedeckt haben. Das zweite Mal kamen sie am hellichten Tag. Junkies. Einer von ihnen hatte die Hand in einer Plastiktüte und behauptete, da wäre eine Waffe drin. Also haben wir ihm gegeben, was in der Kasse war.«

»Das Beste, was Sie tun konnten«, warf Vianello ein.

»Wir wollten diese armen Kerle auch gar nicht verfolgen«, fuhr Franchi fort. »Das Geld kann man verschmerzen, solange nur niemand zu Schaden kommt.« Konnte es sein, daß Signora Invernizzi ihm bei diesen letzten Worten einen sonderbaren Blick zuwarf?

»Sie glauben also, es handelt sich hier wieder um Diebstahl?« fragte Brunetti.

»Ja, was denn sonst?« gab Franchi ungehalten zurück.

»War nur so eine Frage«, beschwichtigte Brunetti, der nicht die Absicht hatte, das hier und jetzt zu vertiefen.

Der Apotheker warf die Hände in die Luft und sagte mit Duldermiene: »*Va bene.*« An Signora Invernizzi gewandt, fügte er hinzu: »Ich glaube wirklich, wir sollten die anderen herholen. Sie können ja schon mal hier drinnen anfangen.« Im Weiterreden zählte er an den Fingern die nächsten Schritte ab. »Ich mache Meldung bei der ULSS und bei der Versicherung. Dann, sobald die Schadensliste fertig ist, können wir Nachschub ordern, und ich kümmere mich darum, daß wir morgen früh einen neuen Computer kriegen.« Der resignierte Ton, den er anschlug, konnte seinen unterschwelligen Zorn nicht überdecken.

Der Apotheker trat an den Ladentisch, beugte sich vor und wollte zum Telefon greifen, doch der Hörer war abgerissen. Da stieß Franchi sich von der Theke ab, umrundete sie und steuerte auf den Flur zu. »Ich telefoniere von meinem Büro aus«, rief er über die Schulter zurück.

»Verzeihen Sie, Dottore«, ging Brunetti mit lauter Stimme dazwischen. »Aber Sie können jetzt leider nicht in Ihr Büro.«

»Was kann ich nicht?« Franchi wirbelte herum und starrte Brunetti entgeistert an.

Der Commissario trat zu ihm in den Korridor und erklärte: »Dort drin befindet sich Beweismaterial, und bevor wir das nicht sichergestellt haben, darf niemand hinein.«

»Aber ich muß dringend telefonieren.«

Brunetti zog sein *telefonino* aus der Jackentasche und reichte es dem Apotheker. »Hier, Dottore, nehmen Sie.«

»Aber mein Telefonverzeichnis ist auch im Büro.«

»Tut mir leid.« Brunetti lächelte, wie um anzudeuten, er sei nicht minder ein Opfer der Vorschriften als der Apotheker. »Wählen Sie doch die zwölf, da wird man Ihnen sicher die gewünschten Nummern geben. Oder Sie könnten auch meine Sekretärin anrufen, die sucht sie Ihnen gerne raus.« Bevor Franchi etwas einwenden konnte, fügte Brunetti hinzu: »Und so leid es mir tut, Dottore, aber auch Ihre Kollegen haben keinen Zutritt, bevor nicht die Spurensicherung hier war.«

»Letztes Mal gab's das alles nicht«, stellte Franchi fest, und seine Stimme triefte vor beißendem Spott.

»Diesmal sieht es aber auch nicht nach einem simplen Einbruchsdiebstahl aus, Dottore«, erwiderte Brunetti ruhig.

Franchi nahm zwar, wenn auch sichtlich ungehalten, das *telefonino*, machte jedoch keine Anstalten, es zu benutzen. »Was ist mit den anderen Sachen drüben?« fragte er und wies mit dem Kopf in Richtung seines Büros.

»Bedaure, aber das gehört alles zum Tatort und bleibt folglich gesperrt, Dottore.«

Nach Franchis Miene zu urteilen, kochte er vor Wut, doch alles, was er sagte, war: »Meine ganze Buchführung ist in diesem Computer gespeichert: angefangen bei den Rechnungen der Lieferanten über meine eigenen Bilanzen bis hin zu den ULSS-Dateien. Und den Versicherungsunterlagen. Ich könnte vielleicht bis heute nachmittag einen neuen PC beschaffen, aber der nützt mir nur was, wenn ich die Festplatte vom alten haben und die Dateien übertragen kann.«

»Das ist leider unmöglich, Dottore.« Brunetti widerstand der Versuchung, mit ein bißchen Computerslang aufzutrumpfen und einen oft zitierten Satz anzufügen, von dem er sogar meinte, daß er ihn verstanden habe: »Noch nie was von Backup gehört?« Statt dessen sagte er: »Ich weiß nicht, ob Sie es schon bemerkt haben, aber der Täter hat auch Ihren Rechner aufgebrochen. Ich bezweifle, daß Sie daraus noch irgendwas retten können.«

»Aufgebrochen?« echote Franchi, als wäre der Begriff ihm völlig neu und er wüßte nichts damit anzufangen.

»An der Rückwand aufgestemmt, um genau zu sein. Ist es nicht so, Vianello?« fragte Brunetti den Inspektor, der eben hinzukam.

»Geht's um diesen Blechkasten?« fragte Vianello wie einer, der nicht bis drei zählen kann. »Ja, stimmt, den hat der Täter geknackt, um sich zu holen, was immer da drin war.« Es klang, als mache der Inspektor kaum einen Unterschied zwischen einem Computer und einem Sparschwein. »Bocchese«, sagte er, das Thema wechselnd, »ist schon unterwegs.«

Bevor Franchi Zeit hatte zu fragen, erklärte Brunetti: »Die Spurensicherung. Sicher werden sie als erstes Fingerabdrücke nehmen.« Mit einer galanten Verbeugung zu Eleonora Invernizzi hin, die dem Gespräch mit offenkundigem Interesse gefolgt war, fuhr er fort: »Die Signora war so umsichtig, die Apotheke gar nicht erst zu betreten, als sie das aufgebrochene Schloß bemerkte. Falls der Täter Spuren hinterlassen hat, dürften die also noch vorhanden sein. Man wird Ihre Fingerabdrücke nehmen«, setzte er, an beide gewandt, hinzu, »um sie von etwaigem Spurenmaterial abzugrenzen. Das gilt natürlich auch für das übrige Personal, aber damit können wir sicher noch einen Tag warten.«

Signora Invernizzi nickte, und Franchi folgte ihrem Beispiel.

»Ich möchte Sie noch einmal ausdrücklich bitten, nichts anzurühren, bis meine Männer alle Spuren gesichert haben«, schloß Brunetti.

»Wie lange wird das dauern?« fragte Franchi.

Brunetti sah auf seine Uhr. Es war kurz vor elf. »Wenn Sie heute nachmittag um drei wiederkommen, Dottore, dann sind wir sicher mit allem fertig.«

»Und kann ich...« Doch statt seine Frage zu beenden, nahm Franchi einen neuen Anlauf und sagte: »Ich würde gern einen Kaffee trinken gehen. Ist es Ihnen recht, wenn ich später wiederkomme, wegen der Fingerabdrücke?«

»Aber sicher, Dottore«, stimmte Brunetti zu.

Er war gespannt, ob der Apotheker Signora Invernizzi auffordern würde, ihn zu begleiten, was nicht geschah. Franchi gab Brunetti sein *telefonino* zurück, ging, einen Bogen um Vianello machend, den Flur hinunter zum Ausgang und verschwand ohne ein weiteres Wort.

»Wenn Sie gestatten, möchte ich auch gehen«, sagte Signora Invernizzi. »In einer Stunde bin ich zurück, aber jetzt will ich erst einmal nach Hause und mich von dem Schreck erholen.«

»Selbstverständlich, Signora«, sagte Brunetti. »Soll der Inspektor Sie bringen?«

Die Frage entlockte Signora Invernizzi ein erstes Lächeln und machte sie um zehn Jahre jünger. »Das ist sehr freundlich, Commissario. Aber ich wohne gleich hinter der Brücke. Ich bin vor zwölf zurück, ja?«

»Natürlich«, sagte Brunetti und geleitete sie bis zum rückwärtigen Ausgang, der auf die *calle* führte. Er trat mit ihr vor die Tür, verabschiedete sich und sah ihr nach. An der Ecke, wo die Gasse in den Campo Sant'Angelo mündete, drehte sie sich um und winkte ihm kurz zu.

Brunetti winkte zurück und ging dann wieder in die Apotheke.

17

Dieser ›Blechkasten‹, Lorenzo?« fragte Brunetti. »Ist das Computerchinesisch für ›Festplatte‹?« Daß ihm der Begriff so geläufig über die Lippen ging, erfüllte ihn mit Stolz, auch wenn ihm dies, wie er meinte, nicht anzumerken war.

»Nein, ganz im Gegenteil«, antwortete Vianello grinsend. »Ich will unseren Apotheker glauben machen, daß er es mit einem IT-Analphabeten zu tun hat – wenn nicht gar mit zweien – und daß keiner von uns auf die Idee käme, sich zu wundern, warum er seine Festplatte partout nicht rausrücken wollte.«

»Weil wir sie nicht in die Finger kriegen sollten?« mutmaßte Brunetti.

»Genau!« bestätigte Vianello.

»Was mag denn wohl drauf sein?«

Vianello hob die Schultern. »Auf jeden Fall etwas, das er vor uns verbergen will. Könnten die getürkten Arzttermine sein.« Vianello überdachte die Frage noch ein Weilchen, bevor er hinzufügte: »Oder er ist im Internet auf Webseiten oder in Chaträumen unterwegs, wo man ihn nicht erwischen sollte.«

»Kannst du das irgendwie rauskriegen?« wollte Brunetti wissen.

Lächelte Vianello? »Ich könnt's nicht«, sagte er, und ehe Brunetti fragen konnte, setzte er hinzu: »Und Signorina Elettra auch nicht.« Nach einem Blick auf Brunettis erstauntes Gesicht fuhr er fort: »Die Festplatte ist beschädigt, und weder sie noch ich haben Erfahrung damit, wie man in so einem Fall die gespeicherten Daten wiederherstellen kann. Dazu brauchst du einen richtigen Spezialisten.«

»Aber du kennst so jemanden?« forschte Brunetti hoffnungsvoll.

»Nicht ich, sie.« Ein seltsames Zucken huschte über Vianellos Züge: Brunetti hatte Vergleichbares auf den Gesichtern von Männern beobachtet, die aus Eifersucht getötet hatten. »Sie weigert sich, mir zu sagen, wer es ist.« Der Inspektor seufzte. »Wahrscheinlich wird sie Franchis Festplatte an ihn weiterreichen.«

»Dann sorge ich dafür, daß Bocchese sie mitnimmt.« Brunetti, der darüber nachsann, was wohl auf der Festplatte drauf sein mochte, mußte verdrossen einsehen, wie begrenzt seine Vorstellungskraft in dieser Hinsicht war. »Wenn Signorina Elettra sie zu ihrem Fachmann bringt – glaubst du, der wird feststellen können, was drauf war?« erkundigte er sich endlich bei Vianello.

»Hängt ganz davon ab, wie groß der Schaden ist«, antwortete der Inspektor. Dann fuhr er sehr langsam und bedächtig fort: »Doch Elettra hat mir versichert, er sei sehr gut und sie habe eine Menge gelernt von ihm.«

»Sonst hat sie nichts über ihn erzählt?«

»Keine Silbe. Womöglich ist es der frühere Direktor der Banca d'Italia«, antwortete Vianello. Schmunzelnd setzte er hinzu: »Der hat jetzt schließlich sehr viel Freizeit, nicht wahr?«

Was Brunetti geflissentlich überhörte.

Bocchese und die Spurensicherung erschienen zwanzig Minuten später. Gut eine Stunde standen Brunetti und Vianello sich dann die Beine in den Bauch, während die aufgebrochene Eingangstür, Regale und Ladentheke sowie Schreibtisch und Computer fotografiert und auf Fingerabdrücke untersucht wurden. Brunetti machte Bocchese auf die Blutflecken aufmerksam und schärfte ihm ein, vor allem die Festplatte sicherzustellen.

Signora Invernizzi kehrte kurz nach zwölf zurück und verblieb auf der Kundenseite des Ladentischs, während einer der Kriminaltechniker ihre Fingerabdrücke nahm. Sie war noch da, als Dottor Franchi erschien und sich der gleichen Prozedur unterzog, allerdings merklich unwilliger. Er erkundigte sich, wann die Untersuchungen abgeschlossen seien, weil er die Apotheke herrichten und, wenn möglich, am nächsten Tag wieder öffnen wolle. Boccheses Assistent versprach ihm, daß sie in einer Stunde das Feld räumen würden, worauf Franchi ankündigte, er werde einen *fabbro* holen und das Schloß am Personaleingang erneuern lassen. Brunetti war gespannt, ob Signora Invernizzi erneut auf eine *porta blindata* dringen würde, doch sie sagte nichts.

Als die beiden gegangen waren, kehrte Brunetti in das enge Büro zurück, wo Bocchese vor einer Wand hockte und einen Blutspritzer etwa eine Handbreit über dem Boden abkratzte. Neben ihm lag, in einer Beweistüte verstaut, das Buch mit dem Blutfleck auf dem Umschlag.

»Hast du dich auch in den anderen Räumen umgeschaut?« fragte Brunetti, als Bocchese zu ihm aufsah.

»Ja.«

»Und?«

»Und irgendwer kann ihn nicht leiden, diesen Dottor Franchi«, gab Bocchese zurück. Dann, nach kurzem Besinnen: »Oder hat was gegen Apotheker im allgemeinen, oder gegen Computer oder Medikamente oder womöglich sogar gegen Registrierkassen.«

»Immer auf der Suche nach einer Deutung, was, Bocchese? Und nach dem zugrundeliegenden Plan.« Brunetti lachte. Für den Kriminaltechniker blieb eine Zigarre eine Zigarre, und eine Kette von Ereignissen war genau das und nicht etwa Anlaß für Spekulationen.

»Was ist mit den Blutspuren?« fragte Brunetti.

»Da mußt du die Laboranalyse abwarten. Aber unter diesem Flansch, der von der Rückwand des Rechners abgebrochen wurde, habe ich einen Hautfetzen und ein Stückchen Leder gefunden.« Bocchese wies mit einer Pinzette auf die Stelle des demolierten Gehäuses, wo Brunetti den verschmierten Blutfleck entdeckt hatte.

»Und was heißt das?« Ehe Bocchese antworten konnte, ermahnte ihn Brunetti: »Wenn du jetzt sagst, es bedeute, daß da ein Hautfetzen und ein Stückchen Leder hängengeblieben sind, dann lasse ich dich nie wieder Paolas Küchenmesser schleifen.«

»Und erzählst ihr, ich hätte mich geweigert, wie?« forderte Bocchese ihn heraus.

»Du hast's erfaßt.«

»Also dann sage ich mal«, begann der Kriminaltechniker, »daß der Täter mit seinem Brecheisen, oder was immer er benutzt hat, das Gehäuse nicht aufbekam. Deshalb wird er nach einem günstigeren Punkt gesucht haben, wo er sein Werkzeug ansetzen konnte. Dabei hat er dann den Handschuh zerrissen und sich an der Hand verletzt.«

»Schlimm?«

Bocchese ließ sich Zeit mit der Antwort. »Ich würde sagen, nein. Wahrscheinlich nicht viel mehr als ein Kratzer.« Und Brunettis Frage vorwegnehmend, fuhr er fort: »An deiner Stelle würde ich mir also nicht die Mühe machen, im Krankenhaus nachzuforschen, ob heute jemand da war, dessen Hand genäht werden mußte.« Nach einer kurzen Pause ergänzte er, hörbar widerstrebend: »Außerdem würde ich darauf tippen, daß der Täter ein sehr ungeduldiger Typ ist und voller Aggressionen steckt.«

»Danke«, sagte Brunetti. »Ach, wenn du die Blutspur da gesichert hast« – er zeigte auf den Rechner –, »könntest du dann dafür sorgen, daß die Festplatte an Signorina Elettra geht?«

Bocchese nickte nur, als wäre diese Bitte das Natürlichste von der Welt, und wandte sich wieder dem Blutspritzer an der Wand zu.

Vorn im Ladenlokal fand Brunetti den Inspektor im Gespräch mit dem Polizeifotografen. »Bist du soweit?« fragte er.

Brunetti kündigte den Männern von der Spurensicherung noch an, daß der Apotheker in Kürze mit einem Schlosser käme, dann wandten er und Vianello sich zum Gehen. Als sie an dem winzigen Büroraum vorbeikamen, kniete Bocchese darin immer noch am Boden, untersuchte inzwischen aber eine Steckdose. Brunetti rief ihm einen Abschiedsgruß zu.

Sobald sie ins Freie traten, fragte Vianello: »Lust auf einen Spaziergang?« Ein Vorschlag, dem Brunetti begeistert zustimmte.

Der Tag, der neblig und feucht und sehr übellaunig angebrochen war, hatte beschlossen, sich ein bißchen Sonne zu gönnen. Ohne daß es einer Absprache bedurft hätte, wandten Brunetti und Vianello sich nach rechts und überquerten die Brücke in Richtung Campo San Fantin. Sie kamen am Theater vorbei, das sie jedoch kaum eines Blickes würdigten, so eilig hatten sie es, über die Via XXII Marzo zur Piazza zu gelangen, deren lichtdurchflutete Weite etwas mehr Wärme verhieß.

Während sie sich dem Markusplatz näherten, hielt Vianello einen Vortrag über die Speicherkapazitäten einer Festplatte und erläuterte, wie es möglich war, selbst Daten, die der Computerbesitzer längst gelöscht glaubte, wiederherzustellen. Brunetti hörte mit halbem Ohr zu und beobachtete nebenbei die Passanten.

Eine Touristengruppe, die ihnen entgegenkam, stufte er unwillkürlich, und ohne groß darüber nachzudenken, als Osteuropäer ein. Erst als sie an ihm vorüberzogen, musterte er sie genauer: fahler Teint; sprödes, blondes Haar, ob naturbelassen oder nachbehandelt sei dahingestellt; billiges Schuhwerk, kaum besser als Pappe; Kunststoffjacken, die eingefärbt und erfolglos auf Lederlook getrimmt waren. Diesem Typ von Touristen hatte Brunetti seit jeher

Achtung gezollt, weil sie wirklich Augen hatten für die Sehenswürdigkeiten. Obwohl sie sich die meisten der dargebotenen Verlockungen wahrscheinlich gar nicht leisten konnten, blickten sie doch respektvoll, ja ehrerbietig und mit ungehemmtem Entzücken um sich. Wenn man sie so ansah, mit ihren billigen Klamotten und den schlechten Haarschnitten, konnte man nur vermuten, wie hart sie sich diese Reise zusammengespart hatten. Er wußte, daß viele nächtelang im Bus schliefen, um einen einzigen Tag in der Serenissima herumzulaufen und zu schauen, ohne an Shopping auch nur zu denken. Sie waren so ganz anders als die übersättigten Amerikaner, die natürlich immer schon Größeres und Besseres gesehen hatten, oder die larmoyanten Westeuropäer, die von sich dasselbe glaubten, aber zu kultiviert waren, es auszusprechen.

Als sie auf die Piazza hinaustraten, sagte der Inspektor, der die Touristengruppe anscheinend nicht bemerkt hatte: »Die ganze Welt steht kopf vor lauter Angst wegen der Vogelgrippe, und wir haben hier mehr Tauben als Menschen.«

»Entschuldige, was hast du gesagt?« fragte Brunetti, der immer noch die Touristen beobachtete.

»Hab ich erst vorgestern in der Zeitung gelesen«, beharrte Vianello. »Venedig hat etwa sechzigtausend Einwohner, aber die Zahl der Tauben – also nach Angabe der Zeitung, wohlgemerkt – beläuft sich auf über hunderttausend.«

»Das kann nicht sein«, entfuhr es Brunetti angewidert. Dann schickte er in sachlicherem Ton nach: »Und überhaupt, wer sollte sie denn zählen, und wie würde das gehen?«

Vianello zuckte die Achseln. »Wer weiß schon, wie Statistiken zustande kommen?« Doch plötzlich hellten sich seine Züge auf, sei es, daß die spürbare Wärme auf der Piazza ihn milder gestimmt, sei es, daß das aberwitzige Thema ihn erheitert hatte, und er fragte:

»Was meinst du, ob die Stadtverwaltung Leute dafür bezahlt, daß sie rumgehen und die Tauben zählen?«

Brunetti dachte einen Moment darüber nach, bevor er zu einer Antwort ansetzte. »Es ist ja nicht so, daß eine Taube den ganzen Tag an einer Stelle hocken bleibt, oder? Folglich könnten einige doppelt gezählt worden sein.«

»Oder gar nicht«, hielt Vianello dagegen. Und dann brach es fast gehässig aus ihm heraus: »Mein Gott, wie ich sie verabscheue!«

»Ich auch«, gestand Brunetti. »Geht, glaube ich, den meisten so. Eklige Viecher.«

»Aber wehe, wenn du auch nur eins davon anrührst!« Vianello geriet zusehends in Rage. »Da schreien die *animalisti* gleich: ›Keine Gewalt gegen Tiere!‹, und faseln was von unserer Verantwortung für all die kleinen Gottesgeschöpfe.« Angewidert oder vielleicht auch nur verwirrt, warf er die Hände in die Luft. Brunetti wollte schon sein Erstaunen darüber bekunden, daß ausgerechnet der erklärte Umweltschützer der Questura solche Reden schwang, als sein Blick auf die Hauptfassade der Basilika mit ihren ungleichen Kuppeln fiel – auf die ganze verschwenderische Pracht.

Unvermittelt blieb er stehen und gebot Vianello mit einer Handbewegung Schweigen. Dann fragte er mit gänzlich veränderter, fast feierlicher Stimme: »Trotzdem können wir uns glücklich schätzen, nicht wahr?«

Vianello schielte erst skeptisch nach Brunetti, folgte dann aber dessen Blick hinüber zur Markuskirche, den Flaggen, die in der leichten Brise wehten, und den Mosaiken über den Portalen. Eine ganze Weile ließ der Inspektor die Augen auf der Kathedrale ruhen, bevor er sich nach rechts wandte und über die Piazzetta und den Kanal hinweg nach San Giorgio Maggiore mit seinem stets wachsamen Engel spähte. Dann reckte Vianello in einer für ihn ganz untypischen Geste den Arm und beschrieb einen weiten Bogen, der sowohl die Bauten am Rande der Piazza wie auch die jenseits des Kanals umfaßte. Gleich darauf wandte er sich Brunetti zu und tätschelte ihm rasch, zweimal hintereinander, den Arm. Brunetti glaubte schon, der Inspektor setze zu einer Rede an, doch Vianello entfernte sich, ohne etwas zu sagen, in Richtung Riva degli Schiavoni und schlug den sonnengesprenkelten Weg zur Questura ein.

Sie einigten sich darauf, unterwegs irgendwo zu Mittag zu essen, allerdings erst, wenn sie mindestens zwei Brücken zwischen sich und San Marco gebracht hätten. Vianello kannte eine kleine Trattoria in der Via Garibaldi, wo sie Penne mit Pfeffersauce bestellten, gefolgt von gegrillten Auberginen, *pecorino affumicato* und endlich Truthahnbrust im Teigmantel, gefüllt mit Kräutern und *pancetta.*

Während des Essens versuchte Vianello, die Funktionsweise eines Computers zu erläutern, mußte aber bereits mitten im Pasta-Gang notgedrungen aufgeben. Er beschränkte sich abschließend auf die Feststellung: »Sie wird diesen Spezialisten drauf ansetzen, und dann werden wir schon sehen, was machbar ist.«

Keiner von beiden wollte mehr einen Nachtisch, obwohl der Wirt sich dafür verbürgte, daß die Birnen in der Torte von seinen eigenen Bäumen auf Burano stammten. Brunetti bestellte für sie beide Kaffee. In Gedanken hatte er von der virtuellen Computerwelt schon wieder zurückgeschaltet auf das konkrete Szenario in der Apotheke. »Das war kein normaler Dieb oder Einbrecher«, sagte er ohne jede Einleitung.

»Vandalen sind ja auch nicht normal«, entgegnete Vianello. »Genausowenig wie Junkies.«

»Ich bitte dich, Lorenzo! Erinnere dich, wie's dort aussah. Hier geht's nicht um ein paar Kids auf einer Eisenbahnbrücke mit einer Dose Sprühfarbe.« Der Kaffee kam, und Brunetti verwandte viel

Zeit darauf, den Zucker hineinzurühren, während er im Geiste noch einmal die verwüsteten Apothekenräume abschritt.

Vianello trank seinen Kaffee aus und stellte die Tasse ab. »Gut«, sagte er, »du hast recht. Aber warum sollte jemand so etwas tun? Wo ist das Motiv? Die Ärzte, mit denen Franchi seine krummen Geschäfte macht, würden doch alles darum geben, daß wir nicht auf ihn aufmerksam werden, und auf sie natürlich erst recht nicht.«

»Sind wir uns einig«, fragte Brunetti, »daß es kein Zufall ist? Daß man sich Franchi oder seine Apotheke nicht willkürlich ausgesucht hat?«

Vianello schnaufte vernehmlich, zum Zeichen, daß auch er hier nicht an Zufall glaubte.

»Aber was steckt dahinter?« grübelte Brunetti laut.

»Hoffen wir, daß Elettras Freund die Antwort darauf findet«, sagte Vianello und bat den Wirt um die Rechnung.

18

Der Herbst schritt voran. Die Tage wurden kürzer, und nachdem die Uhren zurückgestellt waren, verkürzten sie sich noch einmal. Wie jedes Jahr während dieser Phase, in der es immer früher zu dunkeln begann, wurde Paola so reizbar, daß ihr Mann und die Kinder sie behandelten wie ein rohes Ei, bis sie sich wieder gefangen hatte und das Familienleben in seine gewohnten Bahnen zurückkehrte.

Brunetti hatte sich unterdessen auf seine laufenden Ermittlungen konzentriert, und der Fall Pedrolli rückte, auch wenn er ihn im Auge behielt, mehr und mehr in den Hintergrund. Trotz zweier Anrufe im Sozialamt gelang es ihm nicht, den Aufenthaltsort des kleinen Alfredo zu ermitteln. Seine Berichte wurden von Mal zu Mal knapper, bis er sie mangels neuer Informationen schließlich ganz einstellte. Und doch ließ das Schicksal dieses Dottor Pedrolli ihn nicht los. Da er es leid war, bei seinen Nachforschungen ständig Umwege beschreiten und Zeugen ihr Wissen mit verdeckten Methoden abluchsen zu müssen, schlug Brunetti eines Morgens in seinem Notizbuch Marvillis Nummer nach und rief einfach an.

»Ja, Marvilli?«

»*Buon giorno*, Capitano, Brunetti hier. Es geht um Dottor Pedrolli.«

»Ich fürchte, da kommen Sie zu spät, Commissario.«

»Wieso das?«

»Der Fall ist so gut wie abgeschlossen.«

»Könnten Sie sich bitte etwas deutlicher ausdrücken, Capitano?«

»Nun, alle wesentlichen Anklagepunkte gegen ihn wurden fallengelassen.«

»Alle?«

»Bis auf die Urkundenfälschung.«

»Der Geburtsschein des Kindes?«

»Ja. Aber dafür dürfte er wohl kaum mehr als eine Geldbuße kriegen.«

»Verstehe.«

»War das alles, Commissario?«

»Nein. Eine Frage hätte ich noch. Eigentlich habe ich Sie nur deswegen angerufen.«

»Ich glaube kaum, daß ich Ihnen mit weiteren Auskünften zu diesem Fall dienen kann, Commissario.«

»Es ist eine ganz einfache Frage, Capitano. Wenn Sie mir nur einen Moment Gehör schenken wollen.«

»Also gut.«

»Wie sind Sie überhaupt auf Pedrolli gestoßen?«

»Ich dachte, das hätte ich Ihnen bereits gesagt.«

»Nein, Capitano, haben Sie nicht.«

»Die Unterlagen, die mir vor dem Einsatz ausgehändigt wurden, nahmen Bezug auf einen anonymen Anruf.«

»Einen anonymen Anruf? Sie meinen, jeder X-beliebige kann telefonisch und ohne Namensnennung jemanden beschuldigen, und die Carabinieri… also Sie schreiten gleich zur Tat?«

»Ich glaube, ich weiß, was Sie eigentlich sagen wollten, Commissario: nämlich daß die Carabinieri bloß auf einen anonymen Anruf hin das Haus eines unbescholtenen Bürgers stürmen, stimmt's?… Sind Sie noch dran, Commissario?«

»Ja, Capitano, ich bin noch da. Wenn Sie gestatten, möchte ich meine Frage wiederholen.«

»Aber bitte.«

»Können Sie mir sagen, was Sie veranlaßt hat, gerade auf diesen Anruf wie geschehen zu reagieren?«

»Auch wenn Sie Ihre Frage jetzt so elegant umformuliert haben, Commissario, weiß ich nicht, ob ich darauf antworten sollte. Besonders jetzt, wo es so aussieht, als ob die ganze Geschichte im Sand verläuft.«

»Tun Sie mir trotzdem den Gefallen, Capitano. Ich wäre Ihnen wirklich sehr verbunden. Es geht mir ja eigentlich nur darum, meine persönliche Neugier zu befriedigen. Und wenn die Anklage ohnehin fallengelassen wird…«

»Klingt, als meinten Sie's ehrlich, Commissario, das mit Ihrer persönlichen Neugier.«

»Es ist so, glauben Sie mir, ich mache Ihnen nichts vor.«

»Also gut, hören Sie: Jener Anrufer lieferte – zumindest stand es so in dem mir zugeleiteten Bericht – gewisse Informationen, die seine Behauptung, Pedrollis Kind sei unrechtmäßig adoptiert, glaubhaft machten.«

»›*Seine* Behauptung‹?«

»In dem Bericht war von einer männlichen Person die Rede.«

»Verzeihen Sie, ich wollte Sie nicht unterbrechen, Capitano.«

»Keine Ursache… Der Anrufer konnte offenbar den Namen der Kindsmutter angeben, ferner das Krankenhaus, in dem sie entbunden hatte, sowie den mutmaßlichen Geburtstermin. Und er erwähnte, daß Geld geflossen sei.«

»Und hat das ausgereicht?«

»Wofür, Commissario?«

»Um die Carabinieri zu überzeugen, daß der Anrufer die Wahrheit sagte?«

»Also ich vermute – und bitte, es ist nur eine Vermutung, Commissario –, daß der Name der Kindsmutter und die übrigen Details, die dem Anrufer geläufig waren, meinen Kollegen genügten, um der Anschuldigung nachzugehen. Oder wenigstens zu überprüfen, ob der Name dieser Frau tatsächlich auf der Geburtsurkunde von Dottor Pedrollis Kind stand, und um sie, falls dies zutraf, einer Befragung zu unterziehen.«

»Und wie lange haben Sie dazu gebraucht?«

»Wozu, Commissario?«

»Für die Befragung.«

»Genau weiß ich das nicht mehr, aber ich glaube, der Anruf kam etwa eine Woche, bevor wir... vor der Razzia bei Dottor Pedrolli. Wie sich herausstellte, ermittelten die Kollegen in Verona zeitgleich in ähnlichen Fällen. Die aber untereinander offenbar nicht in Zusammenhang stehen; das heißt, Pedrollis Fall hat mit den übrigen nichts zu tun.«

»Mithin hätte Pedrolli nur Pech gehabt?«

»Ja, so könnte man's wohl ausdrücken, Commissario.«

»Wie günstig für Sie, nicht wahr?«

»Wenn Sie mir die Bemerkung gestatten, Commissario: So wie Sie das sagen, hört es sich an, als würden wir einen solchen Einsatz ohne begründeten Verdacht durchziehen.«

»Da haben Sie leider richtig gehört, Capitano.«

»O nein, Commissario! Wir handeln in solchen Fällen keineswegs voreilig. Im übrigen habe ich selber ein Baby, eine einjährige Tochter.«

»Meine Kinder sind älter.«

»Ich glaube, das macht keinen Unterschied.«

»Nein, wahrscheinlich nicht. Irgendwelche neuen Erkenntnisse über...«

»Wen? Dottor Pedrolli?«

»Seinen kleinen Sohn.«

»Nein, keinerlei Informationen. Und die kann es auch nicht geben, das müßten Sie doch wissen. Sobald ein Kind dem Jugendamt überstellt wurde, erhalten wir keine weiteren Auskünfte mehr.«

»Ja, Sie haben recht... Bitte, sagen Sie mir nur noch eins, Capitano.«

»Wenn ich kann.«

»Gibt es einen Weg, daß... also könnte Dottor Pedrolli jemals...?«

»Das Kind wiedersehen?«

»Ja.«

»Unwahrscheinlich. Ich würde sogar sagen, unmöglich. Es ist schließlich nicht sein Sohn, verstehen Sie.«

»Woher wissen Sie das, Capitano? Falls die Frage erlaubt ist.«

»Darf ich mal ganz offen sein, ohne daß Sie's mir übelnehmen, Commissario?«

»Ja, sicher.«

»Wir sind hier kein brutaler Schlägertrupp, merken Sie sich das.«

»Aber es war durchaus nicht meine Absicht, so etwas...«

»Gewiß nicht, Commissario. Ich wollte das auch nur vorab einmal klarstellen.«

»Und weiter?«

»Weiter sollten Sie wissen, daß der Einsatzbefehl erst erging, nachdem die Kindsmutter bezeugt hatte, daß ihr Ehemann der leibliche Vater des Babys sei und nicht der, dessen Name auf der Geburtsurkunde steht.«

»Sie wollte also ihr Kind wiederhaben?«

»Nehmen Sie's mir nicht übel, Commissario, aber Sie haben eine sehr idealistische Vorstellung von Mutterschaft. Nein, die Frau hat unmißverständlich erklärt, daß sie ihr Kind nicht zurückhaben will.

Übrigens einer der Gründe, warum meine Kollegen in Cosenza ihr geglaubt haben.«

»Wird das ihre Aussicht auf Bleiberecht beeinflussen?«

»Vermutlich nicht, nein.«

»Ah!«

»Das können Sie laut sagen, Commissario. Glauben Sie mir, Pedrolli ist nicht der Vater. Wir wußten das, bevor wir in jener Nacht zu ihm rein sind.«

»Verstehe. Tja dann… haben Sie vielen Dank, Capitano. Sie haben mir sehr geholfen.«

»Freut mich zu hören, Commissario. Ach, und falls Sie dann ruhiger schlafen können, schicke ich Ihnen gern eine Kopie unseres Zeugenprotokolls. Wenn Sie wollen, per Mail.«

»Das wäre wirklich sehr freundlich.«

»Wird sofort erledigt, Commissario.«

»Nochmals danke, Capitano.«

»Gern geschehen. *Arrivederci*.«

»*Arrivederci*, Capitano.«

Keine Stunde später hatte Brunetti die Kopie der eidesstattlichen Aussage jener Albanerin vorliegen, die auf dem Geburtsschein von Pedrollis Sohn als Kindsmutter ausgewiesen war. Das Protokoll war zum Abschluß einer zweitägigen Befragung erstellt worden und vier Tage vor der Razzia der Carabinieri datiert. Ein einfacher Computercheck hatte die Frau in Cosenza ermittelt, wo sie, zwei Tage nachdem sie ihr neugeborenes Kind als Sohn eines italienischen Vaters hatte eintragen lassen, sehr wohl einen *permesso di soggiorno* zugesprochen bekam. Bei der Befragung hatte sie zunächst angegeben, das Kind befände sich in der Obhut seiner Großeltern in Albanien. Und sie beteuerte, es wäre reiner Zufall, daß ihr Ehemann, ebenfalls Albaner und ohne Aufenthaltserlaubnis in Italien weilend, kurz nach ihrer Entlassung aus dem Krankenhaus ein neues Auto gekauft hätte. Er habe, so behauptete sie, als Steinhauer gearbeitet und monatelang auf den Wagen gespart. Auch bestände keinerlei Zusammenhang zwischen dem Verschwinden ihres Sohnes und den drei Monatsmieten Kaution für eine Wohnung, die ihr Mann noch am Tag des Autokaufs hinterlegt hatte.

In einem späteren Stadium der Befragung beharrte sie immer noch darauf, daß der Italiener, dessen Name ihr entfallen war und den sie auch nur unzulänglich beschreiben konnte, der Kindsvater sei. Als man ihr aber mit Haftstrafe und Auslieferung drohte, falls sie nicht die Wahrheit sagte, änderte sie ihre Geschichte dahingehend, daß in den letzten Wochen vor der Niederkunft ein Mann an sie herangetreten sei, dessen Frau nach seiner Aussage keine Kinder bekommen konnte. Ihrer ersten Version zufolge hatte der Mann sie auf eigene Faust und ohne Mittelsmänner gefunden. Doch nach wiederholtem Hinweis auf die drohende Ausweisung erklärte sie, einer der Ärzte im Krankenhaus – an den Namen konnte sie sich nicht erinnern – hätte sie miteinander bekannt gemacht und gesagt, der Mann, der mit ihr sprechen wolle, sei ebenfalls Arzt. Nach der Geburt des Kindes habe sie eingewilligt, den Dottore als Kindsvater eintragen zu lassen, weil sie glaubte, ihr Sohn habe eine größere Chance auf ein anständiges Leben, wenn er als Italiener in einer italienischen Familie aufwachse. Zum Schluß gab sie dann auch zu, von dem Mann Geld bekommen zu haben, allerdings nicht als Bezahlung, sondern als Geschenk. Nein, an die Höhe des Betrags könne sie sich nicht erinnern.

Das albanische Ehepaar stand derzeit unter Hausarrest, aber der Mann durfte weiter seiner Arbeit nachgehen. Über ihr Bleiberecht würde das Gericht entscheiden. Als Brunetti das Protokoll zu Ende gelesen hatte, stellte sich ihm die Frage, warum die Vernehmungsbeamten sich so leicht mit der Darstellung der Frau zufriedengegeben hatten, als es um Pedrollis Kontaktaufnahme zu ihr ging: Ebensogut hätte der Doktor von einer Wolke herabgestiegen sein können. Einer der Ärzte im Krankenhaus hätte sie miteinander bekannt gemacht, hatte die Kindsmutter ausgesagt. Schön, aber wer genau? Und aus welchem Grund?

Während er noch so grübelte, fiel Brunetti plötzlich auf, daß die Frau – hierin Bianca Marcolini erschreckend ähnlich – keinerlei Interesse an ihrem Kind oder dessen weiterem Schicksal bekundet hatte. Da verschloß er das Protokoll in seinem Schreibtisch und ging nach Hause.

Vor dem Abendessen fand Brunetti Gelegenheit, sich wieder den Reisen des Marquis de Custine zu widmen. Mit dem französischen Aristokraten als Führer und Wegbegleiter landete er in Sankt Petersburg und vertiefte sich in Betrachtungen der russischen Seele, die laut de Custine im Rausch der Unterdrückung schwelgte. Brunetti ließ das aufgeschlagene Buch sinken und geriet unversehens ins Träumen; erst als Paola neben ihm Platz nahm, kam er wieder zu sich.

»Ich habe ganz vergessen, dir was zu erzählen«, sagte sie.

Brunetti verabschiedete sich vom Newski Prospekt und fragte, aufs heimische Sofa zurückgekehrt: »So?«

»Es betrifft Bianca Marcolini.«

»Ah, wie lieb von dir«, sagte er.

»Ich habe mich ein bißchen umgehört. Ihr Name ist den meisten natürlich schon durch den Vater bekannt.«

Brunetti nickte.

»Nach dem alten Marcolini habe ich mich übrigens auch erkundigt, und zwar bei meinem Vater. Ich sagte dir doch, daß er ihn kennt, nicht wahr?«

Brunetti nickte wieder. »Und?« forschte er.

»Und *papà* meint, einen wie Marcolini dürfe man nicht unterschätzen. Der Mann hat sein Vermögen ganz aus eigener Kraft verdient.« Paola machte eine Pause, bevor sie hinzufügte: »Für gewisse Leute hat so ein Aufstieg immer noch was Berauschendes.« Derart verächtlich konnte das nur ein Sproß aus altem Geldadel kommentieren.

»*Papà* sagt, er hat überall Freunde: im Stadtrat, im Regionalrat, sogar in Rom. In den letzten paar Jahren hat er jede Menge Wählerstimmen auf sich vereinigt.«

»Demnach wäre es ein leichtes für ihn, irgendwelche unliebsamen Berichterstattungen zu unterdrücken?«

Paola nickte bekräftigend. »Kinderspiel!« Eine Wortwahl, die Brunetti seltsam berührte.

»Und die Ehe seiner Tochter?«

»Traumhochzeit: ›Die Chiesa dei Miracoli ein Blütenmeer‹ – das übliche Tamtam. Sie ist Finanzberaterin bei einer Bank, er stellvertretender Leiter der Kinderstation im Ospedale Civile.«

Nichts von alledem schien die Erregung zu rechtfertigen, die in ihrer Stimme mitschwang. Brunetti wußte aus Erfahrung, daß sie sich das Beste bis zum Schluß aufzusparen pflegte. »Und die inoffiziellen Nachrichten?« fragte er.

»Betreffen natürlich das Baby!« antwortete sie, und Brunetti spürte, daß sie endlich in ihrem Element war.

»Natürlich«, wiederholte er lächelnd.

»Im Freundeskreis munkelte man, er hätte eine kurze Affäre gehabt – nicht mal das, nur ein kleines Abenteuer –, als er an einem

Medizinerkongreß in Cosenza teilnahm. Ich habe mit mehreren Leuten aus ihrem Bekanntenkreis gesprochen und bekam jedes Mal die gleiche Geschichte aufgetischt.«

»Hat dich dein Vater darauf gebracht?«

»Nein!« beteuerte sie vehement. Offenbar konnte sie es nicht fassen, daß er ihrem Vater zutraute, sich an ordinärem Klatsch zu beteiligen. Doch dann lenkte sie ein und erklärte: »Ich habe mich heute nachmittag mit meiner Mutter getroffen und mich bei ihr nach den Marcolinis erkundigt.« Paolas unbändige Neugier war ein mütterliches Erbteil: Genauso würden die Smaragde der Contessa eines Tages in ihren Besitz übergehen.

»Ist das jetzt die offizielle Lesart?« fragte Brunetti.

Paola mußte eine Weile überlegen, bevor sie antwortete: »Die Geschichte klingt plausibel, und die Leute hielten sie offenbar für wahr. Schließlich ist es doch das, was man glauben möchte, nicht? Die reinste Kintoppschnulze: Gestrauchelter Ehemann kehrt reumütig an den heimischen Herd zurück, und die leidgeprüfte Gattin vergibt ihm. Nicht nur das, nein, sie ist sogar bereit, den kleinen Kuckuck ins Nest zu holen und großzuziehen. Herzerwärmende Versöhnung, Wiedergeburt der Liebe: Rhett Buttler und Scarlett O'Hara auf ewig vereint.« Paola hielt kurz inne und fuhr dann fort: »Kommt mit Sicherheit besser als die Version: Betuchtes Paar sondiert einschlägigen Markt und bringt gegen Bares ein Baby mit nach Hause.«

»Dein Sarkasmus ist unübertroffen, *cara*.« Brunetti griff nach Paolas Hand und küßte ihr die Fingerspitzen.

Sie zog die Hand zurück, allerdings mit einem Lächeln, und sagte: »Ich danke dir, Guido.« Dann fuhr sie, wieder ernst geworden, fort: »Also zunächst einmal nahm man ihnen die Geschichte ab, und sei's nur, weil die Leute daran glauben wollten. Die Gamberinis sind mit den Pedrollis bekannt, und Gabi hat mir erzählt, daß sie, ein halbes Jahr nachdem die Pedrollis das Baby zu sich genommen hatten, dort zum Essen eingeladen waren. Na ja, strenggenommen hat er ja das Kind ins Haus gebracht, und Gabi meint auch, daß es wohl nicht so rosig weitergegangen ist, nach der Versöhnung.«

»Du hast wirklich eine Schwäche für Klatsch, nicht wahr?« fragte er und wünschte, sie hätte ihm ein Glas Wein gebracht.

Paola stutzte, überlegte kurz und bekannte dann, selber überrascht: »Ja, kann schon sein. Ob ich deshalb so gern Romane lese?«

»Wahrscheinlich«, sagte er, kam aber gleich wieder aufs Thema zurück: »Inwiefern nicht so rosig?«

»So direkt hat sich Gabi dazu nicht geäußert. Tut ja selten einer. Aber aus dem, was oder vielmehr wie sie's gesagt hat, war schon ziemlich viel herauszuhören. Du weißt ja, wie das ist.«

Wenn es doch nur so wäre, dachte Brunetti. »Und die Gründe? Hat Gabi da irgendeine Andeutung gemacht?«

Paola schloß die Augen, und er sah zu, wie sie das Gespräch Revue passieren ließ. »Nein, nicht daß ich wüßte.«

»Möchtest du ein Glas Wein?« fragte er.

»Gern! Und danach können wir essen.«

Als Zeichen seines Dankes küßte er ihr noch einmal die Hand. »Weiß oder rot?« fragte er.

Paola entschied sich für weiß, wohl im Hinblick auf den Risotto mit Lauch, den sie als ersten Gang auftischte.

Die Schule hatte gerade wieder angefangen, und folglich sprachen die Kinder während des Essens vor allem darüber, wie ihre Klassenkameraden den Sommer verbracht hatten. Ein Mädchen aus Chiaras Klasse war zwei Monate in Australien gewesen und beschwerte sich nun darüber, daß sie den heimischen Sommer gegen den Winter *down under* eingetauscht habe und bei ihrer Rückkehr im Herbst gelandet sei. Eine andere Klassenkameradin hatte auf Santorin in einer Eisdiele gejobbt und dabei leidlich Deutsch gelernt. Raffis bester Freund war von Neufundland nach Vancouver getrampt; die lautlichen Anführungszeichen, mit denen Raffi das »getrampt« versah, ließen allerdings darauf schließen, daß Flugzeug und Bahn das Reisen erleichtert hatten.

Brunetti bemühte sich redlich, dem lebhaften Tischgespräch zu folgen, doch der Anblick der beiden Teenager führte ihn immer wieder auf Abwege, und er fühlte sich von einem unbändigen Besitzerglück übermannt: Das waren seine Kinder! Ein Teil von ihm lebte in ihnen fort und würde sich weitervererben auf ihre Kinder und Kindeskinder. Dennoch, sosehr er sich auch anstrengte, äußerlich erkannte er sich kaum in ihnen wieder: Da schien die Natur nur Paola kopiert zu haben. Dies war ihre Nase, das die Schattierung ihrer Haare und dort die widerspenstige Locke hinter ihrem linken Ohr. Als Chiara irgendein ihr entgegengehaltenes Argument mit einer Handbewegung beiseite wischte, war auch das Paolas Geste.

Als nächsten Gang gab es *orata* mit Zitrone, was wiederum für den Weißwein sprach. Brunetti begann zu essen, doch etwa bei der Hälfte seiner Portion nahm Chiara abermals seine Aufmerksamkeit gefangen. Sie zog jetzt mit vollem Elan über ihre Englischlehrerin her.

»Und als ich nach dem Konjunktiv gefragt habe, wißt ihr, was sie mir da geantwortet hat?« So fassungslos, wie sie das vorbrachte, war sie wohl zuvor auch im Unterricht gewesen, und ihr Blick in die Runde forderte die anderen auf, ihre Empörung zu teilen. Als aller Augen erwartungsvoll auf sie gerichtet waren, rief Chiara verächtlich: »Daß der erst *next year* drankommt!« Wie um ihrem Unmut Luft zu machen, ließ sie klirrend die Gabel fallen.

Paola schüttelte teilnahmsvoll den Kopf. »*Next year. Unbelievable!*« murmelte sie, unwillkürlich auch ins Englische wechselnd.

In der Hoffnung, bei ihm auf ähnliches Befremden zu stoßen, wandte Chiara sich an ihren Vater. Doch sein abwesender Gesichtsausdruck ließ sie innehalten. Erst musterte sie ihn fragend, dann wiegte sie langsam den Kopf hin und her, um schließlich, wie in Beantwortung einer von ihm gestellten Frage, im unbefangensten Plauderton zu bemerken: »Ich hab ihn in der Schule gelassen, *papà*.« Als Brunetti schwieg, ergänzte sie: »Nein, heute hab ich ihn nicht mit nach Hause gebracht.«

Wie aus einer Trance erwachend, stammelte Brunetti: »Entschuldige, Chiara. Du hast was nicht mitgebracht?«

»Meinen zweiten Kopf.«

Brunetti hatte keinen blassen Schimmer, was am Tisch vorgefallen war, während er sich am Anblick seiner Kinder gelabt hatte. »Ich verstehe nicht«, gestand er kleinlaut. »Welchen zweiten Kopf?«

»Den, nach dem du dir schon den ganzen Abend die Augen ausschaust, *papà*. Ich wollte dir bloß sagen, daß ich ihn nicht dabeihabe: Darum kannst du ihn nicht sehen.« Und zum Beweis hob sie die Hände an die Ohren und wackelte mit den Fingern durch die Luft.

Raffi prustete los und vergewisserte sich mit einem Blick auf seine Mutter, daß auch sie lächelte.

»Soso«, brummte Brunetti verdrießlich und widmete sich wieder seinem Fisch. »Hoffentlich hast du ihn sicher untergebracht.«

Es gab Birnen zum Nachtisch.

19

Es ging schon auf den Feierabend zu, als Vianello tags darauf in Brunettis Büro erschien. Die Miene des Inspektors spiegelte jene wohlverdiente Zufriedenheit, die sich einstellt, wenn man entgegen aller Prognosen am Ende recht behält.

»Hat lange gedauert, aber es hat sich gelohnt.« Mit diesen Worten trat Vianello an den Schreibtisch und legte Brunetti einige Papiere vor.

Brunetti kniff die Augen zusammen und hob fragend das Kinn.

»Signorina Elettras Freund«, erklärte Vianello.

Sie hatte bekanntlich viele Freunde, und Brunetti konnte sich nicht erinnern, wer davon gerade ihre unrechtmäßigen Aktivitäten unterstützte. »Welcher Freund?«

»Der Hacker«, half Vianello ihm auf die Sprünge. Brunetti staunte, wie leicht ihm das »h« von der Zunge ging. »Der, dem wir die Festplatte gegeben haben.« Und Brunettis besorgter Frage zuvorkommend, setzte er hinzu: »Ja, ja, ich hab sie Dottor Franchi gleich am nächsten Tag zurückgebracht. Aber da hatte Elettras Spezialist schon alles, was drauf war, kopiert.«

»Ach, *der* Freund!« Brunetti griff nach den Papieren. »Und? Was hatte Franchi denn nun auf seinem Computer?«

»Keine Kinderpornos und kein Internet Shopping, das mal vorab«, antwortete Vianello, ohne daß sein Tigerhaigrinsen verblaßt wäre.

»Aber?« hakte Brunetti nach.

»Aber er hat es anscheinend geschafft, sich ins Computersystem der ULSS einzuklinken.«

»Ja, muß er denn da nicht rein, um seine Terminvereinbarungen zu treffen?« fragte Brunetti. »Genau wie die anderen Apotheker auch?«

»Schon«, gab der Inspektor zu und nahm sich einen Stuhl. »Er macht es so und seine Kollegen ebenfalls.« Vianellos Ton drängte Brunetti förmlich dazu weiterzufragen.

Er tat ihm den Gefallen. »Und was macht Dottor Franchi noch, wenn er im ULSS-System zugange ist?«

»Also der Freund von Signorina Elettra meint, daß er einen Weg gefunden hat, das Login der Gesundheitsbehörde zu umgehen.«

»Und was heißt das nun wieder?«

»Dadurch verschafft er sich Zugang zu anderen Bereichen ihres Netzwerks«, sagte Vianello und sah Brunetti so erwartungsvoll an, als müsse der gleich aufspringen und »Heureka!« rufen.

Zwar befürchtete Brunetti, er könne durch sein Geständnis in Vianellos Achtung sinken, aber er wußte auch, daß jeder Versuch, sich hier durchzumogeln, zwecklos war. Also gab er sich einen Ruck und bat: »Ich glaube, das erklärst du mir lieber, Lorenzo.«

Jener tapfere kleine Spartaner, der keine Miene verzog, als ihm der Fuchs, den er unter seinem Gewand versteckt hielt, die Eingeweide anknabberte, hätte sich in diesem Moment nur schwer gegen Vianello behaupten können. »Wenn es ihm gelingt, die Login-Kontrolle zu überlisten, dann kommt er in den Zentralcomputer rein und hat Zugriff auf die Krankenakten aller Personen, von denen er die ULSS-Nummer weiß.«

»Seine Kunden?«

»Genau!«

Brunetti stützte den Ellbogen auf den Schreibtisch und rieb sich ein paarmal mit der Hand über den Mund, während er die Tragweite des eben Gehörten überdachte. Der Zugriff auf diese Akten bedeutete Zugang zu allen Informationen über Befunde, Klinikaufenthalte, geheilte Krankheiten und solche, die noch behandelt wurden. Damit konnte ein Unbefugter weit in die Privatsphäre anderer Menschen vordringen.

»Aids«, sagte Brunetti. Und setzte nach langer Pause hinzu: »Drogentherapie. Methadonprogramm.«

»Geschlechtskrankheiten«, soufflierte Vianello.

»Abtreibungen«, ergänzte Brunetti. »Dank dieser Manipulation«, fuhr er fort, »weiß Franchi, ob seine Kunden verheiratet sind, wie es um ihr Familienleben bestellt ist, wo sie arbeiten, mit wem sie befreundet sind.«

»Der freundliche Hausapotheker, der einen schon von klein auf kennt«, warf Vianello spöttisch ein.

»Wie viele?« fragte Brunetti.

»Schätzungsweise dreißig seiner Kunden hat er auf diese Weise ausspioniert.« Vianello hielt kurz inne, damit Brunetti die Bedeutung dieser schändlichen Tat ermessen konnte. »Die jeweiligen Akten hat Elettras Freund uns für morgen zugesagt.«

Brunetti stieß einen leisen Pfiff aus, bevor er auf den Punkt zu sprechen kam, der sie ursprünglich auf Franchis Fährte gesetzt hatte. »Und die Arzttermine?«

»Über hundert hat er in den letzten zwei Jahren vermittelt.« Noch ehe Brunetti sein Erstaunen über diese Zahl äußern konnte, gab Vianello zu bedenken: »Das ist nur einer pro Woche, wohlgemerkt.«

Brunetti nickte. »Dieser Freund von Signorina Elettra… hat der auch einen Namen?« fragte er.

»Nein«, erwiderte Vianello lakonisch.

»Habt ihr nachgeprüft, wie viele dieser Termine auch tatsächlich wahrgenommen wurden?«

»Die endgültige Aufstellung hat Elettra erst heute morgen von ihrem Hacker bekommen«, erklärte Vianello. »Man kann es also noch nicht mit Gewißheit sagen, aber wie's aussieht, haben sämtliche von Franchi arrangierten Konsultationen auch stattgefunden.« Als Brunetti nichts darauf erwiderte, fuhr der Inspektor fort: »Elettra hat bereits die anderen Apotheker überprüft. Einer hat die letzten zwei Jahre bloß siebzehn Termine vereinbart, und die wurden alle wahrgenommen: Wir haben die Patienten befragt. Andrea ist nicht an das Netzwerk angeschlossen, scheidet also aus. Beim dritten auf unserer Liste hat Elettra die Termineinträge in den Krankenhausakten hier und in Mestre gegengecheckt, und in fast allen Fällen stimmten sie mit den Daten des Apothekers überein. Aber dann sind wir auf einen gestoßen« – jetzt konnte Vianello vor Erregung kaum noch an sich halten –, »der drei Termine für Personen vereinbart hat, die keiner ärztlichen Hilfe bedurften.«

»Verrat's mir, Lorenzo«, bat Brunetti, um Zeit zu sparen.

»Sie sind tot«, sagte Vianello.

»Du meinst, sie starben an der verordneten Therapie?« fragte Brunetti entgeistert und wunderte sich, wieso er nichts davon mitbekommen hatte.

»Nein! Sie waren bereits tot, als die Termine vereinbart wurden.« Vianello hielt inne, damit er seine kleine Sensation auskosten und Brunetti sie verarbeiten konnte, dann fuhr er fort: »Der Apotheker ist offenbar leichtsinnig geworden und hat auch die Patientennummern von Kunden eingegeben, die gar nicht mehr zu ihm kamen. Vielleicht dachte er, sie seien verzogen, oder womöglich« – und hier setzte Vianello jene pointierte Pause, die er immer machte, bevor er eine vermeintliche Bombe platzen ließ – »womöglich leidet er schon an Gedächtnisschwund. Gut möglich, in dem Alter.«

»Gabetti?« fragte der Commissario.

»Richtig geraten!« feixte Vianello.

»Laß gut sein, Lorenzo. Du hast gewonnen«, sagte Brunetti lächelnd. »Wie war das nun mit den Arztterminen für verstorbene Patienten?«

»Also der betreffende Arzt hat in seiner Datei jeweils die Untersuchung des Patienten bestätigt, ein – immer harmloses – Leiden diagnostiziert und abschließend der Kasse seine Konsultation in Rechnung gestellt.«

»Sehr leichtsinnig«, kommentierte Brunetti. »Oder besonders dreist. Was sind denn das für Ärzte?«

»Immer dieselben drei. Sie haben in allen Fällen die Termine bestätigt und dafür kassiert.« Fast widerstrebend setzte Vianello hinzu: »Franchi hat nie einen seiner Kunden zu einem von diesen dreien geschickt.«

»Ich wüßte aber gern, was er statt dessen angestellt hat«, entgegnete Brunetti. Und fragte dann: »Wieso kann Signorina Elettras Freund uns die Dateien erst morgen schicken?«

»Computertücken«, brummte Vianello.

»Also hör mal, ich bin doch kein Neandertaler!« Auch wenn Brunetti dabei lächelte, klang sein Einwurf verdächtig nach einer Rechtfertigung.

»Elettra sagt, es hängt damit zusammen, wie Franchi seine Dateien geschützt hat: Um sie zu öffnen, ist für jede ein eigener Code erforderlich. Und an die Patientennummern kommt man wiederum nur mittels eines anderen Zugangscodes… Soll ich weitermachen?« fragte Vianello.

Brunettis Lächeln war kläglich in sich zusammengefallen. »Morgen, hat sie gesagt?«

»Ja.«

»Und bis dahin?«

»Telefonieren wir die übrigen Patienten ab, denen Gabetti Termine besorgt hat, und erkundigen uns, ob sie mit der verordneten Therapie zufrieden waren. Und wenn wir mit der Liste durch sind, können wir darangehen, das Ärztetrio vorzuladen und ihnen ein paar unbequeme Fragen zu stellen.«

Brunetti schüttelte den Kopf. »Nein, erst möchte ich wissen, was Franchi im Schilde führt. Bist du sicher, daß er keinen Verdacht geschöpft hat, als du seinen Computer einen ganzen Tag lang konfisziert hattest?«

Es sah aus, als hätte Vianello bei dieser Frage vor Freude am liebsten in die Hände geklatscht. »Ich hab ihn von Alvise zurückbringen lassen«, sagte er.

Da lachte Brunetti schallend.

Als er die Questura bereits um fünf Uhr nachmittags verließ, tat Brunetti dies guten Gewissens, denn seine Frau, die ihm weitere Informationen über Pedrolli in Aussicht gestellt hatte, würde damit bestimmt nicht in seinem Büro vorbeikommen. Allerdings mußte er sich auch eingestehen, daß alles, was Paola noch in Erfahrung gebracht hatte, inzwischen wohl nicht mehr von Belang war. Was immer man Pedrolli künftig anlasten mochte, würde sich mit dem Wink eines Scheckbuchs verflüchtigen oder einem Machtwort von Bianca Marcolinis Vater zum Opfer fallen.

Brunetti schlenderte ohne Ziel durch die Gegend und überließ seinen Beinen die Führung, bis er sich nach einer Weile am Fuß der Brücke wiederfand, die zum Palazzo Querini Stampalia führte. Der Mann am Schalter kannte den Commissario und winkte ihn, als er eine Eintrittskarte lösen wollte, einfach durch.

Brunetti stieg hinauf zur Galerie, die er seit geraumer Zeit nicht mehr besucht hatte. Dabei schätzte er die hier ausgestellten Porträts ganz besonders, wenn auch weniger um ihres künstlerischen Wertes als um der verblüffenden Ähnlichkeit willen, die etliche davon mit Menschen aus seinem täglichen Umfeld hatten. Das Bildnis des Gerolomo Querini zum Beispiel war, obwohl vor fast fünfhundert Jahren gemalt, Vianello zum Verwechseln ähnlich – einem jüngeren Vianello zwar, aber immerhin. Brunetti hegte eine große Vorliebe für diese Gemälde und freute sich darauf, sie jetzt wieder in der Reihenfolge, die ihm im Laufe der Jahre zur Gewohnheit geworden war, abzuschreiten.

Am meisten begeisterte er sich für Bellinis *Darbringung Jesu im Tempel*, das er sich wie immer bis zum Schluß aufhob. Der Maler hatte den Moment eingefangen, in dem der Hohepriester Simeon den Heiland wieder an seine Mutter übergibt. Das Kind war in Windeln gewickelt, ja, mit mehreren Stofflagen und Bändern regelrecht verschnürt, und da auch die Arme noch mit Binden fixiert waren, hatten nur die Fingerspitzen freies Spiel. Bei diesem Anblick fiel Brunetti unwillkürlich wieder Pedrollis Kind ein, das ebenfalls eingeschlossen war, wenn auch auf staatliches Geheiß. Die Madonna auf dem Gemälde barg ihren Sohn schützend mit beiden Armen; über das Wickelkind hinweg musterte sie den Hohenpriester mit kühl abschätzigem Blick. Ihr Argwohn – und das bemerkte Brunetti heute zum ersten Mal – spiegelte sich in den Zügen aller Nebenfiguren, insbesondere auf dem Antlitz eines Jünglings am äußeren rechten Bildrand, dessen Blick genau auf den Betrachter zielte. Wie, so schien er zu fragen, wie könne man nur bei dem, was hier geschah, auf einen guten Ausgang hoffen.

Brunetti wandte sich brüsk ab, machte kehrt und ging wieder in die anderen Säle zurück. Wo er vor den entspannten Gesichtern auf den Porträts von Bombelli und Tiepolo das beklemmende Gefühl loszuwerden hoffte, das ihn beim Anblick des gefesselten Kindes überkommen hatte.

Beim Abendessen war er noch unaufmerksamer als gewöhnlich, nickte bloß, wenn Paola oder die Kinder etwas sagten, und trug selbst kaum etwas zur Unterhaltung bei. Nach Tisch zog er sich ins Wohnzimmer und nach Sankt Petersburg zurück, wo er seinen Marquis sehr philosophisch gestimmt antraf. Rußland, so de Custine, sei ein Land, in dem der Hang zur Verschwendung ein Volk beherrscht, das gleichwohl nicht einmal mit dem Notwendigsten versorgt ist. Brunetti schloß die Augen und überlegte, ob und inwieweit diese Kritik auch für die Gegenwart noch gültig war.

Als er Paolas Schritte erkannte, seufzte er, ohne die Augen zu öffnen: »Es ändert sich nichts, rein gar nichts.«

Sie warf einen Blick auf den Buchtitel und meinte: »Ich wußte, daß dir diese Lektüre nicht gut bekommen würde.«

»Natürlich ist es nicht politisch korrekt, so was zu sagen, noch dazu wo die Führer unserer beiden großen Nationen so dicke Freunde sind, aber es scheint damals ein schreckliches Land gewesen zu sein und ist es, dem Vernehmen nach, heute immer noch.« Er hörte Gläser klirren und sah, mit einem Auge blinzelnd, wie Paola zwei vor ihm auf den Tisch stellte.

»Lies Tolstoi«, empfahl sie. »Der wird's dir näherbringen.«

»Das Land oder mein Buch?« erkundigte sich Brunetti, immer noch mit geschlossenen Augen.

Paola überhörte die Frage. »Zeit für meine Tratschstunde«, verkündete sie mit einem Klaps auf seine Füße, und er zog die Beine an, um ihr Platz zu machen.

Dann erst schlug er die Augen auf und nahm das Glas entgegen, das sie ihm reichte. Er nippte daran, sog in tiefen Zügen das

Grappa-Aroma ein und nahm noch einen Schluck. »Ist das der Gaja?« fragte er.

»Hm-hm, die Flasche ist noch von Weihnachten. Aber mit etwas Glück bekommen wir dieses Jahr wieder eine. Also spricht, finde ich, nichts dagegen, die hier zu trinken.«

»Ob es im Himmel Grappa gibt, was meinst du?« wollte Brunetti wissen.

»Da es keinen Himmel gibt«, erwiderte sie, »kann's dort auch keinen Grappa geben. Ein Grund mehr, ihn zu genießen, solange er uns vergönnt ist.«

»Deine Logik ist entwaffnend«, sagte Brunetti, leerte sein Glas und gab es zurück.

»Ich bin gleich wieder da.«

»Wie schön«, murmelte Brunetti und schloß erneut die Augen.

Er spürte, wie Paola vom Sofa aufstand, lauschte ihren Schritten auf dem Weg zur Küche, hörte sie dort hantieren und dann ins Wohnzimmer zurückkehren. Gläser schlugen leise klingend aneinander, es gluckerte verheißungsvoll, und dann sagte Paola: »Hier, bitte.«

Brunetti, der auf einmal gespannt war, wie lange er die Augen geschlossen halten könne, streckte eine Hand in die Luft und wedelte mit den Fingern. Sie reichte ihm das Glas, abermals hörte er es klirren und glucksen und spürte gleich darauf eine leichte Erschütterung, als Paola wieder auf dem Sofa Platz nahm.

»Salute«, sagte sie, und er trank aus dem Glas, das er nicht sehen konnte. Erneut ein Vorgeschmack des Himmels.

»Und nun erzähle«, bat er.

»Aber gern!« antwortete sie und stürzte sich ohne Überleitung in ihren Bericht. »Anfangs unterstellten die Leute, Pedrolli müsse sich genieren, peinlich berührt sein, und folglich machte man sich lustig über ihn. Aber als herauskam, daß er ganz verrückt war nach seinem Sohn, hörte das schlagartig auf, und man sprach nur noch Gutes über ihn. So jedenfalls wurde es mir erzählt.«

»Und die hollywoodreife Versöhnung, die, wie du sagtest, nicht lange gehalten hat?«

»Nicht ich habe das gesagt, es wurde mir zugetragen«, berichtigte Paola. »Ich habe mehrfach gehört, daß er stets der liebevolle Partner gewesen sei, während sie von Anfang an diejenige war, die sich seine Liebe gefallen ließ. Aber als der Sohn kam, heißt es, habe sich das Gleichgewicht verschoben.«

»Und wie?« fragte Brunetti, dem bereits ihr Tonfall verriet, daß hier nicht der naheliegende Fall zu erwarten war, wonach der Ehemann, sobald ein Kind kam, von seiner Frau vernachlässigt wurde.

»Er hat seine ganze Zuneigung auf den Sohn übertragen... so wurde es mir zumindest geschildert.« Der Nachsatz war typisch für Paola, die stets darauf bedacht war, ihre Klatschgeschichten durch Zeugen zu beglaubigen.

»Und seine Frau, wohin hat die ihre Gefühle übertragen?« fragte er.

»Auf das Kind jedenfalls nicht«, antwortete sie. »Was aber wohl auch verständlich ist, wenn man bedenkt, daß es nicht ihr Sohn war und ihr Mann sich obendrein dem Kleinen bald mehr widmete als ihr.«

»Obwohl ihr eigentlich kaum noch was an seiner Zuneigung lag?« fragte Brunetti.

Paola schmiegte sich an ihn und stützte den Ellbogen auf sein Knie. »Darauf kommt es nicht an, Guido. Das weißt du doch.«

»Worauf?«

»Ob ihr noch was an seiner Liebe liegt oder nicht. Begehren soll er sie trotzdem weiterhin.«

»Aber das ist doch unsinnig«, sagte er.

Sie schwieg so lange, daß Brunetti schließlich die Augen öffnete und sie ansah. Paola hatte das Gesicht in den Händen vergraben und schüttelte den Kopf hin und her.

»Was hab ich denn gesagt?« fragte er verständnislos.

Sie schaute ihn fest an. »Selbst wenn eine Frau nicht mehr glücklich ist mit der Liebe ihres Partners, will sie sie trotzdem nicht an jemand anderen verlieren.«

»Aber hier geht es um ihren Sohn, Himmel noch mal!«

»Seinen Sohn«, berichtigte ihn Paola. Und wie um ihren Worten Nachdruck zu verleihen, ergänzte sie: »Nicht ihr gemeinsames Kind, sondern ganz allein seins.«

»Das ist noch die Frage«, sagte Brunetti. Und dann erzählte er ihr, was in dem Carabinieri-Bericht gestanden hatte.

»Ach, der biologische Vater ist doch hier gar nicht ausschlaggebend«, beharrte Paola. »Für Pedrolli ist und bleibt der Kleine sein Sohn. Bianca Marcolini dagegen hat ihn, nach dem, was ich heute gehört habe, nie als ihr eigenes Kind betrachtet.«

Wieweit hatte Pedrolli seine Frau eigentlich eingeweiht? Im Krankenhaus hatte sie behauptet, er habe ihr die Wahrheit gesagt, doch wie sah die aus? Brunetti nahm an, daß die Albanerin, als man ihr mit Abschiebung drohte, den Behörden genau das erzählt hatte, was die hören wollten und was sie ihr gegenüber möglichst gnädig stimmte. Und wenn sie bei der Befragung angab, Dottor Pedrolli habe ihr zugesichert, den Kleinen als seinen Sohn aufzuziehen, dann sprach das insofern für sie, als sie sich offenbar von dem Wunsch hatte leiten lassen, ihrem Sohn zu einem besseren Leben zu verhelfen. Selbst als herauskam, daß bei dem Tausch Geld geflossen war, stand sie mit dieser Version immer noch weitaus besser da als mit dem Geständnis, daß sie ihr Kind verkauft habe, ohne sich groß um sein weiteres Schicksal zu kümmern.

Und Pedrolli? Würde es ihm ergehen wie den Eltern, deren Kinder tatsächlich einem Entführer in die Hände fielen? Und die sich – im schlimmsten Fall ein Leben lang – mit der Frage quälten, ob ihr Sohn oder ihre Tochter tot oder noch am Leben sei? Würde er fortan unermüdlich im Gesicht jedes kleinen Jungen, dann der Heranwachsenden und endlich bei jedem Mann nach den vertrauten Zügen aus seiner Erinnerung suchen?

»›Oh, daß ich aller Vaterschaft entsagen könnt‹«, zitierte Brunetti leise.

20

Brunetti schlief schlecht in dieser Nacht; nicht etwa, weil er zuviel Grappa getrunken hatte, sondern weil die Gedanken an Pedrollis Kind ihn bis in seine Träume verfolgten. Wieviel von diesen ersten Monaten seines Lebens würde dem kleinen Alfredo in Erinnerung bleiben? Welchen psychischen Schaden trug ein Mensch davon, der in frühester Kindheit einem liebevoll behüteten Zuhause entrissen und in ein Fürsorgeheim verbannt wurde?

In jenem unruhigen Dämmerzustand zwischen Schlafen und Wachen ermahnte Brunetti sich wiederholt, das Ganze zu vergessen: den erfolgreichen Arzt Dottor Pedrolli, den hilflosen Mann im Krankenhaus und vor allem das wehrlose Kind. Die juristischen oder biologischen Aspekte kümmerten Brunetti herzlich wenig: Ihm genügte es, daß Pedrolli den Kleinen als seinen Sohn ansah; daß die leibliche Mutter ihn aus freien Stücken weggegeben hatte; und daß der Doktor seinen kleinen Alfredo liebte.

Bianca Marcolini dagegen war ihm ein Rätsel; ihre Gefühle vermochte er nicht zu ergründen. Aber so lang ihm diese Nacht auch wurde, er brachte es nicht über sich, Paola, die friedlich neben ihm schlief, zu wecken und sie nach den Empfindungen einer Frau in solch einer Situation zu fragen. Außerdem: Wieso sollte Paola sich darauf besser verstehen als er? Wahrscheinlich würde sie ihm, danach befragt, krasses sexistisches Denken vorwerfen. Andernfalls müsse er sich doch wohl in die Gefühle einer Frau hineinversetzen können? Aber genau dieser Mangel an weiblichen Regungen – wieder so ein Schubladendenken, für das Paola über ihn hergefallen wäre – war es ja, was ihn an Bianca Marcolini so irritierte. Auch mütterliche Gefühle hatte Pedrollis Frau, Paolas Erkundigungen zufolge, kaum je an den Tag gelegt.

Es ging schon auf sechs Uhr morgens zu, als Brunetti plötzlich einfiel, wie er mehr über Bianca Marcolini und ihr Verhältnis zu dem Kind erfahren könnte. Bald darauf schlummerte er ein, doch beim Erwachen war der Gedanke immer noch da. Er lag auf dem Rücken und starrte an die Decke. Drei Glockenschläge erklangen: In einer Viertelstunde war es sieben, dann würde er aufstehen, Kaffee kochen und Paola eine Tasse ans Bett bringen. Sie hatte an diesem Morgen ein Seminar und hatte ihn gebeten, sie, bevor er zur Arbeit ging, zu wecken.

Bevor er zur Arbeit ging... nun, das konnte auch jetzt schon gelten, oder nicht? »Paola?« sagte er leise. Er wartete, wiederholte ihren Namen und wartete noch ein bißchen länger.

Die Glocken läuteten zur vollen Stunde. Für Brunetti ein Zeichen, daß er seine Frau nun wirklich wecken könne. Er drehte sich auf die Seite, legte ihr die Hand auf die Schulter und schüttelte sie sanft. »Paola«, sagte er noch einmal.

Ein leises Zucken durchlief ihren Körper. »Paola«, wiederholte er. »Glaubst du, dein Vater könnte mir ein Treffen mit Giuliano Marcolini verschaffen?« Der letzte Glockenton verhallte, und die Welt versank wieder in Schweigen.

»Paola, könnte dein Vater mir ein Treffen mit Giuliano Marcolini vermitteln?«

Das Bündel an seiner Seite rückte von ihm ab. Er berührte wieder ihre Schulter, und das Bündel rutschte noch ein Stück weiter weg.

»Paola, könnte –«

»Wenn du das noch einmal sagst, dann ertränke ich die Kinder.«

»Dazu sind sie längst zu groß.«

Unter der Decke strampelte und zappelte es, und dann sah er ihr Profil. Ein Auge klappte auf.

»Ich mache dir einen Kaffee«, sagte er beflissen und schwang sich aus dem Bett. »Und dann reden wir.«

Es war zwar nicht leicht, ihr das Versprechen abzuringen, aber am Ende erklärte Paola sich doch bereit, bei ihrem Vater ein gutes Wort einzulegen, damit er ihrem Mann zu einem Treffen mit Marcolini verhalf. Brunetti wußte natürlich, daß er eine solche Begegnung selber hätte auf dem Dienstweg herbeiführen können. Aber mit Conte Orazio Falier als Fürsprecher öffneten sich die Türen erfahrungsgemäß leichter, und man durfte auf mehr Entgegenkommen rechnen.

Paola wollte sich im Laufe des Nachmittags mit dem Conte in Verbindung setzen: Ihr Vater war gerade in Südamerika unterwegs, und sie mußte, bevor sie ihn anrief, erst seinen genauen Standort in Erfahrung bringen, um den Zeitunterschied zu berücksichtigen.

Brunetti, der den Ausgang des Telefonats kaum erwarten konnte, war in Gedanken so mit seinem Schwiegervater beschäftigt, daß er im ersten Moment gar nicht wußte, worum es ging, als Vianello gegen elf in sein Büro gestürmt kam und verkündete: »Pedrolli steht in der Kartei!«

Brunetti sah den Inspektor verständnislos an und fragte: »Welche Kartei?«

»Na, die im Computer. Von Dottor Franchi. Er ist seit vier Jahren Kunde.«

»In der Apotheke?«

»Ja.«

»Pedrolli?«

»Ja.«

»Und Franchi hat sich Zugang zu seiner Krankenakte verschafft?« Erst jetzt bemerkte Brunetti den Ordner in Vianellos Hand.

»Steht alles hier drin!« Vianello trat neben Brunetti an den Schreibtisch und legte den Ordner vor ihn hin. Er klappte ihn auf, blätterte den Stoß Papiere durch und zog vier oder fünf Seiten heraus. Brunetti erkannte kurze, sehr klein gedruckte Absätze, vorwiegend Zahlen und Daten. Als er das erste Blatt genauer betrachtete, entdeckte er weiter unten lateinische Ausdrücke, noch mehr Daten sowie knappe, ihm weitgehend unverständliche Kommentare.

Vianello breitete die Blätter für beide gut einsehbar auf dem Tisch aus. »Diese Dateien gelten nur für die letzten sieben Jahre«, sagte er. »Weiter ließen sie sich nicht zurückverfolgen.«

»Und wieso nicht?«

Vianello machte eine vage Handbewegung. »Wer weiß? Vielleicht sind die Originalakten verlorengegangen? Oder die Umstellung auf EDV ist noch nicht weiter gediehen? Such dir was aus.«

»Hast du die Einträge gelesen?« fragte Brunetti.

»Nur die ersten beiden Absätze«, sagte der Inspektor, den Blick bereits auf den dritten gerichtet.

Gemeinsam gingen sie Seite für Seite durch. Den Daten zufolge hatte Pedrolli vor drei Jahren, also ein Jahr nach seiner Eheschließung, erstmals Fruchtbarkeitsspezialisten konsultiert.

Zwei der Blätter endeten mit Laborberichten: Brunetti sah Rubriken mit endlosen chemischen Zeichen und daneben Zahlenkolonnen, mit denen er wenig anfangen konnte. Denn auch bei vertrauten Namen wie »Cholesterin« und »Glukose« wußte er nicht, was die dazugehörigen Ziffern über Pedrollis Befinden aussagten.

Die letzte Seite erwies sich als Ausdruck einer Mail, die vor zwei Jahren von einer Klinik in Verona an die ULSS geschickt worden war.

»Diagnostizierte Deformation der Spermienleiter, mögliche Ursache Trauma in der Adoleszenz«, las Brunetti. »Hodenuntersuchung erbringt Nachweis an sich normaler Spermienproduktion; dennoch ist, infolge Verschluß der Tubuli, völlige Sterilität zu attestieren.«

»Armer Teufel, was?« brummte Vianello.

Liebe und Triebe sind der Nährboden und Lebenssaft für Klatsch und Tratsch. Sex ausgeklammert, bleibt relativ wenig Spannendes, was man beim Tratsch über die lieben Nachbarn durchhecheln könnte, bis auf deren finanzielle und berufliche Verhältnisse vielleicht, oder eben ihren Gesundheitszustand. Themen, die manch einer interessant finden mag, die aber keinesfalls die gleiche überwältigende Faszination ausüben wie ein sexuelles Abenteuer mit handfesten Folgen. Pedrollis Affäre und die Frucht, die angeblich daraus hervorgegangen war – nicht zu vergessen die noble Großherzigkeit, mit der seine Frau das Kind aufgenommen hatte –, so eine Geschichte war im Nu in aller Munde.

Mit dem Gutachten aus Verona war aber nun der Beweis erbracht, daß, allen Gerüchten zum Trotz, Pedrolli gar nicht der Vater sein konnte und folglich auf anderem Wege zu dem Kind gelangt sein mußte. Den Befund brauchte man bloß noch der Polizei zuzuspielen, und schon käme Pedrolli in den Kreis der Verdächtigen, gegen die wegen illegaler Aneignung eines Kindes ermittelt wurde, das sie definitiv nicht gezeugt hatten. Anhand der Geburtsurkunde war es ein leichtes, die Kindsmutter ausfindig zu machen, und ab da bloß noch eine Frage der Zeit, wann die Staatsmacht anrückte, um den kleinen Alfredo »zu befreien«. Ein braver Bürger, dem die Moral über alles ging, sähe sich fast gezwungen, einen solchen Tatbestand den Behörden anzuzeigen, oder nicht? Es sei denn, sein Gewissen würde, vielleicht in regelmäßigen Abständen, durch eine stattliche Summe besänftigt.

Sorgfältig darauf bedacht, die Reihenfolge einzuhalten, schob Brunetti die Papiere wieder zusammen. »Was ist da sonst noch drin?« fragte er und deutete auf den Ordner.

»Pucetti und ich sind schon auf Aids-Fälle und Sucht-Rehabilitation gestoßen; ach, und sogar ein Chirurg mit früherer Hepatitis-B-Infektion ist dabei.«

»Eine regelrechte Goldmine«, stellte Brunetti fest.

»Du sagst es«, bestätigte Vianello seufzend.

»Bist du alle Fälle durchgegangen?«

»Nein, erst ungefähr die Hälfte. Aber als ich auf Pedrolli stieß, wollte ich dir gleich Bescheid sagen.«

»Sehr gut.« Brunetti nickte. »Wer arbeitet denn alles dran?«

»Nur Pucetti und ich«, antwortete Vianello.

»Und wie kriegt ihr raus, worum es jeweils geht?« Brunetti klopfte mit den Fingerknöcheln auf die medizinischen Gutachten.

»Pucetti hat über seinen Computer Zugriff auf ein medizinisches Wörterbuch, falls er sich mit irgendwas nicht auskennt.«

»Und wie funktioniert das?« wollte Brunetti wissen.

»Ist auf einer Diskette abgespeichert. Die war mit bei den Dateien, die uns Elettras Freund geschickt hat. Er meinte, das würde uns die Recherche erleichtern.«

»Sehr aufmerksam von ihm«, lobte Brunetti.

»Ja.« Vianellos Zustimmung fiel eher halbherzig aus.

»Ich würde sagen, ihr beide macht unten weiter und seht zu, was ihr noch auswerten könnt, ja? Inzwischen lese ich mir das hier noch mal in Ruhe durch.«

Vianello trat vom Schreibtisch zurück, blieb dann aber unschlüssig mitten im Raum stehen.

»Nun geh schon«, ermunterte ihn Brunetti und wies zur Tür. »Ich komme bald nach.«

Als er sich, allein geblieben, ein zweites Mal über die ausgedruckten Dateien beugte, überflog er Texte und Tabellen nur mit mäßigem Interesse: Alles Wesentliche hatte er bereits beim ersten Durchgang erfahren. Ein Blick aus dem Fenster machte ihm bewußt, daß er jedes Zeitgefühl verloren hatte. Kurz entschlossen erhob er sich, ging um den Schreibtisch herum und riß das Fenster auf. Die Luft war kühl und roch nach Regen: gute Aussichten für den welken, staubigen Rasen von gegenüber. Seine Uhr zeigte kurz vor eins. Er raffte die Papiere zusammen und begab sich nach unten. Doch Vianello und Pucetti waren, wie man ihm sagte, bereits zu Tisch gegangen. Das Mittagessen im Familienkreis fiel heute aus, da Paola anderweitige Verpflichtungen hatte; Brunetti versuchte trotzdem, sich nicht selbst zu bemitleiden. Die Kränkung darüber, daß seine Kollegen ihn nicht eingeladen hatten, sie zu begleiten, schluckte er tapfer hinunter und kehrte in sein Büro zurück. Hier wählte er die Nummer von Ettore Rizzardi, dem amtlich bestellten *medico legale*, und legte sich zurecht, was er ihm auf den Anrufbeantworter sprechen wollte. Doch zu seiner Überraschung war der Gerichtsmediziner selbst am Apparat.

»Ich bin's, Ettore.«

»Hmm?«

»Danke der Nachfrage, und selbst, Dottor Rizzardi?« erkundigte sich Brunetti in aufgesetzt fröhlichem Ton.

»Was ist denn, Guido?« fragte der Gerichtsmediziner. »Ich bin mitten in einer Sektion.«

»Deformation der Spermienleiter aufgrund eines Traumas in der Adoleszenz?« zitierte Brunetti aus dem Gedächtnis.

»Keine Kinder.«

»Hundertprozentig?«

»Annähernd. Nächste Frage.«

»Therapierbar?«

»Unter Umständen. Sonst noch Fragen?«

»Ja, aber die sind eher persönlicher Natur«, antwortete Brunetti. »Es geht um Dottor Pedrolli, den Kinderarzt.«

»Bin im Bilde«, versetzte Rizzardi schroff. »Hat seinen Sohn verloren.«

»Und was weißt du darüber, wie er zu seinem Sohn gekommen ist?«

»Also soweit ich es mitbekommen habe, war da was mit einer Frau in Cosenza.«

»Was hast du genau gehört?«

»Guido, ich sagte doch, ich bin mitten in einer Sektion!« entgegnete Rizzardi mit mühsam erzwungener Geduld.

»Nur noch eine Minute! Sag mir, was man dir erzählt hat, bitte.«

»Über Pedrolli?«

»Ja.«

»Daß er auf einem Ärztekongreß in Cosenza war und dort – wie das Leben so spielt – eine Frau kennengelernt hat. Als er einige Zeit später erfuhr, daß sie schwanger sei, war er so anständig, die Vaterschaft anzuerkennen.«

»Wann und wo hast du das gehört, Ettore?«

Es entstand eine lange Pause, bevor Rizzardi antwortete: »Ich glaube, es war im Krankenhaus. Da wurde die Geschichte hinter vorgehaltener Hand kolportiert.«

»Und wer hat sie aufgebracht?«

»Ich bitte dich, Guido«, sagte Rizzardi nun schon provozierend höflich, »das ist über ein Jahr her. Wie soll ich mich daran noch erinnern?«

»Gut, dann laß mich die Frage anders stellen: Wie hat Pedrolli es rausgekriegt? Weißt du das noch?«

»Was denn rausgekriegt?«

»Na, das mit der Schwangerschaft. Bei ihrer Befragung konnte die Kindsmutter sich nicht einmal an seinen Namen erinnern. Wie hat sie ihn da ausfindig gemacht? Er wird ihr doch keine Visitenkarte dagelassen haben, oder? Also, wie hat sie ihn gefunden, beziehungsweise wie hat er von der Schwangerschaft erfahren?« Vor lauter Wißbegier prasselten Brunettis Fragen jetzt wie eine Salve auf Rizzardi ein.

»Da muß ich leider passen, Guido«, erwiderte der Gerichtsmediziner, nun spürbar ungeduldig.

»Könntest du dich mal umhören?«

Rizzardis Antwort war überraschend: »Lieber nicht, Pedrolli ist immerhin ein Kollege.« Als wolle er den Freund nicht leer ausgehen lassen, setzte er hinzu: »Warum kommst du nicht vorbei und fragst ihn selber?«

»Ist er denn wieder im Dienst?«

»Das nehme ich doch an. Jedenfalls bin ich ihm heute morgen in der Cafeteria begegnet, und da trug er einen Arztkittel.« Noch während Rizzardi das sagte, hörte Brunetti im Hintergrund eine zweite Stimme. Sie klang hartnäckig, wenn nicht gereizt. »Ich muß jetzt weitermachen!« erklärte Rizzardi barsch und legte auf.

Brunetti war eben im Begriff, Vianellos Handynummer zu wählen, um sich doch noch mit ihm und Pucetti zum Essen zu verabreden, als sein *telefonino* klingelte.

»*Pronto?*« meldete er sich, nachdem er Paolas Büronummer im Display erkannt hatte. »Ach, du bist's! Hast du deinen Vater etwa schon aufgespürt?«

»Nein, umgekehrt. *Papà* konnte nicht schlafen, wegen der Zeitverschiebung. Also hat er mich angerufen, um zu hören, wie's uns geht. Er ist übrigens in La Paz.«

Noch vor kurzem hätte Brunetti darauf scherzhaft geantwortet, der Conte sei doch nicht etwa beauftragt, einen Kokain-Deal zu vermitteln. Aber die sich häufenden Beweise dafür, daß viele, wenn nicht gar die meisten Handygespräche mitgeschnitten wurden, mahnten ihn zur Vorsicht, und er begnügte sich mit einem neutralen: »Aha.«

»Und er erwartet dich um drei.«

»Marcolini?«

»Ja, *papà* bestimmt nicht«, sagte Paola und legte auf.

Nur noch knapp zwei Stunden! Wenn es ihm gelang, vorher mit Pedrolli zu sprechen, wäre er auf die Unterredung mit dessen Schwiegervater schon ein wenig vorbereitet. Und könnte vielleicht abschätzen, ob Marcolini seine Verbindungen spielen lassen würde, damit seine Tochter und ihr Mann das Kind zurückbekamen. Da die leibliche Mutter es offenbar nicht wiederhaben wollte, wären die Behörden möglicherweise... Brunetti verbot sich, den Gedanken zu Ende zu denken. Was sich hingegen nicht unterdrücken ließ, war die Erinnerung an Pedrolli, wie er im Krankenbett den verlorenen Sohn in seinen leeren Armen gewiegt hatte; ein Bild, vor dem Brunetti in hilfloser Rührung kapitulierte.

Auf dem Weg nach unten hinterließ er auf Vianellos Schreibtisch einen Zettel mit der Nachricht, daß er erst Pedrolli im Krankenhaus aufsuchen wolle und dann einen Termin bei Marcolini habe. Es hatte angefangen zu regnen, und Brunetti huschte noch einmal zurück, um sich aus dem Ständer zu bedienen, in dem die Mitarbeiter der Questura vergessene Regenschirme zu deponieren pflegten.

Im Grunde war Brunetti froh über den Regen, so lästig er ihm und anderen auch sein mochte. Bislang war nämlich der Herbst, wie zuvor schon der Sommer, sehr trocken gewesen, und Chiara hatte ihre Anstrengungen als selbsternannter Wasserwart der Familie verdoppelt. Von ihren ständigen Ermahnungen angesteckt, ertappte Brunetti sich jetzt schon selbst dabei, wie er Barmixer aufforderte, nutzlos laufende Wasserhähne abzudrehen; ein Ansinnen, auf das Personal und Gäste regelmäßig mit befremdeten Blicken reagierten. Während er überrascht feststellte, wie oft er gegen solch unnütze Wasserverschwendung einschreiten mußte.

Beim Krankenhaus angelangt – das Mittagessen hatte er da längst abgeschrieben –, folgte er den Hinweisschildern zur Pädiatrie. Das Gezeter eines schreienden Babys, das bis ins Treppenhaus drang und lauter wurde, je näher er kam, wies ihm schon von weitem den Weg.

Das Wartezimmer stand leer; nur das Kindergebrüll drang durch die zweiflügelige, gepolsterte Tür, die ihn noch von der Station trennte. Brunetti stieß einen Flügel auf und betrat den Korridor. Sofort eilte eine Schwester auf ihn zu, die eben aus einem der Zimmer kam. »Die Besuchszeit ist um«, rief sie, das Geschrei übertönend.

Brunetti zeigte ihr seinen Dienstausweis und sagte: »Ich hätte gern Dottor Pedrolli gesprochen.«

»Der ist bei einem Patienten«, entgegnete sie scharf. »Und überhaupt, habt ihr ihm nicht schon genug angetan?«

Brunetti ließ sich nicht beirren. »Wann ist er denn frei?« fragte er.

»Weiß ich nicht.«

»Ist er hier?«

»Ja, auf 216.«

»Dann warte ich, ja?«

Unschlüssig, was da zu tun sei, machte die Schwester schließlich kehrt und ließ Brunetti stehen. Erst als sie sich entfernt hatte, fiel ihm auf, daß das Kindergebrüll verstummt war, und sein verkrampftes Herz schlug wieder ruhiger.

Nach einer Weile kam ein bärtiger Mann im weißen Kittel aus einem Zimmer auf halber Höhe des Flurs und wandte sich in Brunettis Richtung. Wären sie sich auf der Straße begegnet, hätte Brunetti den Arzt nicht wiedererkannt. Gustavo Pedrolli war größer, als er in jener Nacht im Krankenbett gewirkt hatte, und seine Gesichtsverletzung war so gut wie verheilt.

»Dottor Pedrolli?« fragte Brunetti, als der Bärtige herangekommen war.

Der Arzt schrak zusammen und hob den Kopf. »Ja?«

»Ich bin Commissario Guido Brunetti«, sagte der Kommissar und streckte die Hand aus. »Ich habe Sie besucht, als Sie im Krankenhaus waren.« Lächelnd setzte er hinzu: »Als Patient, meine ich.«

Pedrolli ergriff die dargebotene Hand. »Ja, ich erinnere mich an Ihr Gesicht, aber sonst habe ich leider nicht viel behalten. Sie waren wohl da, als ich noch nicht wieder sprechen konnte. Tut mir leid.« Sein Lächeln wirkte scheu, fast verschämt. Seine Stimme, die Brunetti zum ersten Mal hörte, war tief und klangvoll, ein angenehmer Bariton.

»Hätten Sie einen Moment Zeit für mich, Dottore?« fragte Brunetti.

Pedrolli maß ihn mit ruhig festem, eher beiläufigem Blick. »Natürlich«, antwortete er und führte Brunetti den Flur entlang zu einer der letzten Türen auf der linken Seite. Der Raum, den sie betraten, war spärlich möbliert: ein Schreibtisch mit Computer und ein paar Stühle davor, an einer Wand Regale mit medizinischen Fachbüchern und -zeitschriften. Durchs Fenster hinter dem Schreibtisch blickte man auf jenen windschiefen Baum, der Brunetti schon bei seinem ersten Besuch aufgefallen war.

»Hier sind wir einigermaßen ungestört.« Mit diesen Worten rückte Pedrolli dem Kommissar einen Stuhl zurecht und nahm ihm gegenüber Platz. »Was möchten Sie denn wissen?« fragte er.

»Wir sind bei unseren Ermittlungen auf Ihren Namen gestoßen, Dottore«, begann Brunetti.

Unwillkürlich hob Pedrolli die Hand und tastete nach seinem linken Ohr. »Was ist denn das für eine Untertreibung?« fragte er. Sich dazu ein Lächeln abzuringen kostete ihn anscheinend einige Mühe.

Brunetti lächelte zurück, doch dann fuhr er fort: »Das hier hat überhaupt nichts mit der Sache vom letzten Mal zu tun, Dottore.«

Pedrolli musterte ihn scharf, wandte den Blick aber gleich wieder ab.

»Die Ermittlungen damals waren – und sind – in den Händen der Carabinieri. Ich möchte Sie zu einem Fall befragen, den mein Kommissariat bearbeitet.«

»Also die Polizei?«

»Ganz recht, Dottore.«

»Und um was für einen Fall handelt es sich?« fragte Pedrolli mit mehr als einem Anflug von Ironie in der Stimme.

»Also im Rahmen einer Untersuchung, die mit jener Razzia in keinerlei Zusammenhang steht, ist auch Ihr Name aufgetaucht. Und dazu hätte ich gern ein paar Auskünfte von Ihnen.«

»Verstehe«, sagte Pedrolli. »Aber könnten Sie vielleicht etwas deutlicher werden?«

»Es geht um angebliche Betrügereien hier in der Klinik«, erklärte

Brunetti, der sich entschieden hatte, die mutmaßliche Erpressung Pedrollis zunächst einmal zurückzustellen. Der Arzt entspannte sich kaum merklich.

»Was denn für Betrügereien?«

»Scheinkonsultationen.« Brunetti sah, wie Pedrollis Augen schmal wurden, und fuhr fort: »Offenbar gibt es an dieser Klinik Ärzte, die mit angeblichen Patienten Termine vereinbaren, wohl wissend, daß diese niemals wahrgenommen werden. Die Vermittlung erfolgt in der Regel über Apotheken, und der Krankenkasse werden Untersuchungen in Rechnung gestellt, die gar nicht stattgefunden haben. In mindestens drei Fällen waren die genannten Patienten bereits verstorben.«

Pedrolli nickte bejahend und preßte die Lippen zusammen. »Es wäre gelogen, wenn ich sagte, daß ich davon noch nie gehört hätte, Commissario. Aber auf dieser Station kommt so was nicht vor. Dafür sorgen mein Oberarzt und ich.«

Obwohl er geneigt war, dem Arzt zu glauben, hakte Brunetti nach. »Und wie?«

»All unsere Patienten – oder besser gesagt, deren Eltern, da wir ja ausnahmslos Kinder behandeln –, die einen Untersuchungstermin haben, müssen sich bei der diensthabenden Stationsschwester eintragen. Und die vergleicht am Ende ihrer Schicht diese Einträge mit den im Computer erfaßten Konsultationen eines jeden Arztes der Abteilung.« Brunettis Einwurf vorwegnehmend, setzte er hinzu: »Eine denkbar simple Methode, ich weiß. Für die Schwester bedeutet sie jeweils fünf Minuten Mehrarbeit, dafür sind wir aber auch gegen jeden Betrug gefeit.«

»Das klingt, als hätten Sie Ihr System eigens entwickelt, um solche Täuschungsmanöver zu unterbinden, Dottore«, sagte Brunetti. »Falls Sie mir die Bemerkung erlauben.«

»Nur zu, Commissario: Sie haben den Nagel auf den Kopf getroffen!« Pedrolli hielt inne, bis Brunetti seinen Blick erwiderte, und dann sagte er: »Als Angehöriger so einer Klinik bleibt einem nichts verborgen.«

»Verstehe«, murmelte Brunetti.

»War das alles, was Sie mich fragen wollten?« erkundigte sich Pedrolli und verlagerte, schon fast auf dem Sprung, sein Gewicht nach vorn an die Stuhlkante.

»Nein, Dottore, da wäre noch etwas. Wenn Sie mir also noch ein paar Minuten schenken würden…«

Pedrolli lehnte sich wieder zurück. »Selbstverständlich«, sagte er, sah aber dabei auf die Uhr. Als plötzlich sein Magen laut und vernehmlich zu grummeln anfing, quittierte er dies wieder mit einem fast verschämten Lächeln. »Ich habe noch nicht zu Mittag gegessen.«

»Ich will mich bemühen, Sie nicht zu lange aufzuhalten«, versprach Brunetti und hoffte, sein eigener Magen werde dem des Arztes nicht nacheifern.

»Dottore«, begann Brunetti erneut, »sind Sie Kunde der Apotheke am Campo Sant'Angelo?«

»Ja. Das ist von meiner Wohnung aus die nächste.«

»Und gehen Sie schon lange dorthin?«

»Seit wir in die Gegend gezogen sind, vor ungefähr vier Jahren. Oder nein, schon etwas länger.«

»Und der Apotheker? Sind Sie gut mit ihm bekannt?« forschte Brunetti weiter.

Es verstrich eine ganze Weile, bevor Pedrolli, jedes Wort sorgsam betonend, erwiderte: »Ah, Dottor Franchi, der gnadenlose Hüter der Moral!« Und mit nüchterner Stimme setzte er hinzu: »Ich würde sagen, ich kenne ihn so gut, wie jeder Arzt einen Apotheker kennt.«

»Könnten Sie sich etwas deutlicher ausdrücken, Dottore?«

Pedrolli zuckte mit den Schultern. »Dottor Franchi und ich sind unterschiedlicher Auffassung, was menschliche Schwächen anbelangt.« Er lächelte gequält. »Signor Franchi legt entschieden strengere Maßstäbe an als ich.« Da Brunetti sich nicht dazu äußerte, fuhr Pedrolli fort: »Unsere beruflichen Kontakte beschränken sich darauf, daß ich mich bei ihm erkundige, ob meine Patienten ihre Rezepte einlösen. Oder wenn ich jemandem telefonisch ein bestimmtes Mittel verordnet habe, dann gehe ich auch schon mal vorbei und stelle nachträglich das Rezept aus.«

»Und für Ihren eigenen Bedarf, Dottore? Ich meine, kaufen Sie auch bei Dottor Franchi ein?«

»Doch, schon – Zahnpasta und das eine oder andere für die Hausapotheke. Gelegentlich besorge ich auch irgendein Medikament für meine Frau.«

»Lassen Sie auch Ihre Rezepturen dort herstellen?«

Pedrolli erwog die Frage gewissenhaft, bevor er sie schließlich verneinte. »Alles, was ich an Arzneimitteln brauche, bekomme ich hier in der Klinik.«

Brunetti nickte.

Pedrolli lächelte, aber es war nicht mehr dasselbe Lächeln wie zuvor. »Darf ich erfahren, warum Sie mich das alles fragen, Commissario?«

Statt darauf zu antworten, stellte Brunetti eine Gegenfrage: »Dottor Franchi hat also in den ganzen vier Jahren niemals eine Medizin für Sie zubereitet?«

Pedrolli richtete den Blick gleichsam nach innen. »Warten Sie, einmal vielleicht doch. Nicht lange nach unserem Einzug bekam ich eine Grippe, und Bianca hat mir was aus der Apotheke geholt. Ob mit oder ohne Rezept, weiß ich nicht mehr.«

Vor lauter Anstrengung, sich zu erinnern, kniff Pedrolli die Augen zusammen, und er wollte eben etwas sagen, als Brunetti ihm zuvorkam. »Angenommen, Sie hätten ein Rezept gebraucht, Dottore, wäre das dann in Ihren Behandlungsunterlagen vermerkt worden?«

Pedrolli sah ihn durchdringend an; dann aber wich jeder Ausdruck von seinem Gesicht, als hätte man ihn plötzlich abgeschaltet. Den flackernden Blick, unter dem seine Züge sich wieder belebten, wußte Brunetti nicht zu deuten. »Meine Behandlungsunterlagen?« erkundigte er sich endlich. Aber so, wie er sie stellte, war es eigentlich keine Frage mehr. »Warum interessieren Sie sich dafür, Commissario?«

Brunetti sah keinen Grund, ihm die Antwort zu verweigern, solange das Thema Erpressung ausgespart blieb. »Wir ermitteln wegen Mißbrauchs medizinischer Daten, Dottore.«

Er wartete, gespannt, wie Pedrolli auf diesen Hinweis reagieren würde, doch der Arzt blinzelte nur kurz und sagte achselzuckend: »Dazu fällt mir nichts Bestimmtes ein, fürchte ich.« Brunetti aber hatte den Eindruck, daß sich hinter der gleichmütigen Fassade, die Pedrolli zur Schau trug, die Spekulationen jagten, ja, daß der Dottore sich vielleicht schon zu wappnen suchte für das, worauf diese Befragung hinauslief.

In dem Bewußtsein, daß er das Schicksal von Pedrollis Adoptivkind bislang völlig ausgeklammert hatte, fing Brunetti noch einmal von vorne an. »Also eigentlich«, erklärte er in gänzlich verändertem Ton, »wollte ich ja mit Ihnen über Ihren Sohn reden.«

Ihm war so, als höre er Pedrolli nach Atem ringen. Auf jeden Fall war der Laut, der ihm entschlüpfte, stärker als ein Seufzer, auch wenn das Gesicht des Arztes keine Regung zeigte.

»Was möchten Sie denn wissen über meinen Sohn?« fragte Pedrolli mit mühsam beherrschter Stimme.

»Laut den mir vorliegenden Berichten ist nicht damit zu rechnen, daß die leibliche Mutter ihr Kind zurückfordern wird.« Falls Pedrolli die Tragweite dieser Feststellung begriff, so ließ er es sich nicht anmerken. »Und darum«, fuhr Brunetti fort, »habe ich mich gefragt, ob Sie wohl erwägen, den Fall vor Gericht zu bringen.«

»Welchen Fall?«

»Den der Rückführung Ihres Sohnes.«

»Wie stellen Sie sich das denn vor, Commissario?«

»Nun, Ihr Schwiegervater hat zweifellos jede... na ja, er hat sicher sehr viele Beziehungen. Da könnte er doch vielleicht...« Brunetti beobachtete das Gesicht seines Gegenübers und hoffte gespannt auf irgendeine Gefühlsregung, doch er wartete vergebens.

Mit einem Blick auf seine Armbanduhr sagte der Arzt: »Ich möchte nicht unhöflich sein, Commissario, aber hier handelt es sich um reine Familienangelegenheiten, und die würde ich lieber nicht mit Ihnen besprechen.«

Brunetti erhob sich. »Ich wünsche Ihnen alles Gute, Dottore. Falls Sie irgendwann mal meine Hilfe brauchen können, bin ich für Sie da«, versicherte er und streckte die Hand aus.

Pedrolli schlug ein und schien etwas sagen zu wollen. Aber er blieb stumm.

Er finde schon selbst hinaus, versicherte Brunetti zum Abschied. Und beschloß, während er die Klinik verließ, vor seinem Termin mit Pedrollis Schwiegervater noch irgendwo einen Happen zu essen.

21

Die Trattoria, in der Brunetti einkehrte, lag am Fuß der zweiten Brücke zwischen Klinik und Campo Santa Marina. Da kein Tisch mehr frei war, begnügte er sich mit einem Glas *vino novello* und einem Teller *cichetti*, die er im Stehen an der Bar verzehrte. Er hatte kein Ohr für die angeregten Gespräche, die ihn umschwirrten: zu sehr beschäftigte ihn Pedrollis Erregung über die Frage nach seiner Krankenakte. Oder war es das Stichwort Mißbrauch gewesen, was den Arzt so betroffen gemacht hatte?

Die *fondi di carciofi* schmeckten köstlich, und Brunetti bestellte zwei nach, dazu noch eine *polpetta* und ein weiteres Glas Wein. Als er aufgegessen hatte, war er zwar nicht satt, aber auch nicht mehr hungrig. Diese improvisierten Mahlzeiten, mit denen er so oft vorliebnehmen mußte, gehörten zu den unangenehmsten Begleiterscheinungen seines Berufes, zusammen mit jenen allzu häufigen nächtlichen Anrufen wie dem, der die ganze Geschichte in Gang gesetzt hatte. Er zahlte, verließ die Trattoria und nahm die Abkürzung hinter der Miracoli-Kirche zum Campo Santa Marina.

Paola hatte ihm den Weg zu Marcolinis Parteizentrale nicht zu beschreiben brauchen: Deren wahlweise berühmter oder berüchtigter Sitz hatte sich einem jeden Venezianer in Herz und Hirn gebrannt. Die Lega Doge war eine jener Separatistenparteien, die in jüngerer Zeit auch im Norden Italiens Schule machten und deren Programm mit dem üblichen primitiven Gebräu aus Angst, Rankūne und Ressentiment Front machte gegen den sozialen Wandel im Land. Sie verachteten Ausländer, Linke und Frauen gleichermaßen, und das, obwohl sie auf alle drei Gruppen bitter angewiesen waren: Die Fremden brauchten sie als Arbeiter für ihre Fabriken; die Linken als Sündenböcke für die Mißstände im Land; und die Frauen als Betthäschen zum Beweis ihrer Männlichkeit.

Giuliano Marcolini war der Gründer der Lega Doge – Brunetti schrak davor zurück, ihn als den Ideologen seiner Partei zu bezeichnen, weil man daraus hätte schließen können, daß die Lega Doge sich mit Ideen auseinandersetzte. Innerhalb von zwanzig Jahren hatte Marcolini seinen kleinen Klempnerbetrieb zu einer Kette von Megaläden ausgebaut: Höchstwahrscheinlich hatten auch die Handwerker, die vor vier Jahren Brunettis Badezimmer renoviert hatten, ihr Installationszubehör aus einer Marcolini-Filiale bezogen.

So mancher Krösus kaufte sich eine Fußballmannschaft; andere wechselten die Gattin aus oder ließen sie überholen; wieder andere stifteten Krankenhäuser oder Museen: Brunetti hatte das Pech, in einem Land zu leben, wo sie politische Parteien gründeten. Nach dem Vorbild anderer Separatistenverbände hatte auch die Lega Doge ihre Fahne mit einem aufsteigenden Wappentier schmücken wollen; da aber der Löwe bereits vergeben war, wurde der Greif in Beschlag genommen, obwohl er in der Geschichte Venedigs kaum eine Rolle spielte und in seiner Ikonographie nur ganz selten vorkam. Die Farben der Partei waren Gelb und Violett und ihr Erkennungszeichen eine in die Luft gereckte, geballte Faust; ein Symbol, das zumindest jeden geschichtsbewußten Menschen – womit die meisten Parteimitglieder von vornherein ausschieden – peinlich an den Black-Power-Gruß zweier amerikanischer Sportler bei der Olympiade 1968 in Mexiko erinnerte. Ein schalkhafter Journalist der Linken hatte es einmal als Anspielung auf die Knauserigkeit der Venezianer gedeutet, und die gelb-violetten Fahnen nebst passenden T-Shirts hatten ihren ersten Auftritt dummerweise gleichzeitig mit der in denselben Farben gehaltenen Frühjahrskollektion eines stockschwulen Designers.

Doch Marcolinis markige Rhetorik und die Ergebenheit seiner Anhänger hatten sich über diese Startschwierigkeiten mühelos hinweggesetzt, so daß die Lega Doge in den sechs Jahren seit ihrer Gründung bereits in vier Städten des Veneto den Bürgermeister stellte sowie zahlreiche Sitze in den Stadträten von Verona, Brescia und Treviso erobert hatte. Sogar die Regierung in Rom bekundete mittlerweile ein gewisses Interesse an Signor Marcolini und seinen... die Rechte nannte es »Ideen«, während die Linke von »Meinungen« sprach. Politiker, die glaubten, Marcolini könne ihnen nützlich sein, hofierten ihn; was Brunetti an einen Abgeordneten aus der Weimarer Republik erinnerte, dessen Partei wenig später zusammen mit allen übrigen Rivalen des Führers in den Orkus befördert werden sollte: »Reden kann er, dieser Hitler! Den Mann könnten wir gebrauchen.«

Als er auf den Campo Santa Marina kam, überlegte Brunetti, wie er sich bei seinem Auftritt präsentieren sollte. Schroff selbstverständlich, wie ein richtiger Mann, der sich nichts gefallen ließ, schon gar nicht von Frauen oder Ausländern. Es sei denn, die Ausländer waren Männer und Europäer und einer zivilisierten Sprache wie der italienischen mächtig – obwohl richtige Männer ja eigentlich Dialekt sprachen, nicht wahr? Heute morgen hatte Brunetti noch nichts von seinem Treffen mit Marcolini gewußt; sonst hätte er sich dem Anlaß entsprechend gekleidet, auch wenn er sich beim besten Willen nicht vorstellen konnte, welches die angemessene Tracht für einen Besuch in der Zentrale der Lega Doge sein mochte. Etwas mit militärischem Touch und einer Spur von Dominanz: Marvillis Stiefel vielleicht?

Er ging am Hotel vorbei und bog in den Ramo Bragadin ein. Der erste Eingang auf der rechten Seite führte in einen Innenhof, von dem aus man über eine Treppe zu den Büroräumen der Lega Doge gelangte. Im Erdgeschoß war eine Marmorwerkstatt untergebracht, und Brunetti fragte sich, wieviel Lärm wohl nach oben dringen mochte. Auf sein Läuten hin erschien unverzüglich ein glattrasierter junger Mann in schwarzen Jeans und Tweedjackett.

»Guido Brunetti«, stellte er sich, seinen Titel weglassend, vor und streckte die Hand aus. »Signor Marcolini erwartet mich.« Brunetti gab sich Mühe, das Hochitalienisch so überdeutlich auszusprechen, als ob es angelernt wäre.

Der junge Mann, dessen Gesicht so schmal war, daß seine Augen noch engstehender wirkten, als sie es ohnehin schon waren, schüttelte Brunetti lächelnd die Hand. Er antwortete im Dialekt: »Der Commendatore ist gleich frei, Signore. Wenn Sie mir bitte folgen wollen. Ich bringe Sie zu seinem Büro.«

Brunetti begrüßte den Wechsel zum Dialekt mit einem hörbaren Seufzer, befreit von der Last, sich einer Fremdsprache bedienen zu müssen.

Zwar hatte Brunetti keine Ahnung, wie ein millionenschwerer Klempner die Geschäftsstelle seiner Partei ausgestalten würde, aber was er hier sah, wirkte durchaus passend. Die Fenster an einer Wand des Flurs, durch den der junge Mann ihn führte, gewährten einen Blick auf die Häuser gegenüber und zurück zum Campo Santa Marina. Die andere Wand war mit paarweise gekreuzten Lega-Fahnen an langen Holzstangen dekoriert, etwa so groß wie die, welche die Fahnenschwenker beim Palio-Umzug tragen, und damit für den nicht sehr hohen Korridor entschieden überdimensioniert. Dazwischen lehnten ein paar Schilde, Kopien mittelalterlicher Originale, die aussahen, als bestünden sie aus mit reichlich Schellack behandeltem Pappmaché. Am Ende des Flurs betraten sie einen weitläufigen Raum mit einem wohl erst kürzlich und in überaus grellen Farben restaurierten Deckenfresko. Für die dargestellte himmlische Szene waren offenbar nicht nur blitzende Schwerter unerläßlich gewesen, sondern auch großflächig entblößtes, rosiges weibliches Fleisch. Weiße Stuckdekorationen umrahmten das Gemälde mit einem flackernden Heiligenschein, von dessen Rändern pastellfarbenes Rankenwerk bedrohlich zu den Saalecken hin wucherte.

Sechs Stühle aus so hochpoliertem Holz, daß sie für Plastik hätten durchgehen können, standen an einer Wand aufgereiht, und darüber hing ein goldgerahmter Druck, auf dem Vittorio Emanuele III. eine Truppenparade abnahm, womöglich vor einer der verheerenden Schlachten im Ersten Weltkrieg. Bei der Betrachtung des Bildes machte Brunetti eine merkwürdige Entdeckung: Entweder hatte der Maler dem König gut zwanzig Zentimeter Körpergröße extra spendiert, oder die Mehrzahl der Soldaten, die im Ersten Weltkrieg auf italienischer Seite kämpften, waren zwergwüchsig gewesen.

»Das ist vor Caporetto«, sagte der junge Mann.

»Ah!« hauchte Brunetti. »Eine bedeutende Schlacht.«

»Der ganz gewiß weitere folgen werden«, versetzte der junge Mann mit so sehnsüchtiger Stimme, daß Brunetti an sich halten mußte, um ihn nicht entgeistert anzustarren.

»Zweifellos«, murmelte Brunetti, sobald er sich wieder gefaßt hatte, und nickte mit männlichem Stolz zu der dargestellten Szene hin.

Ein rotes Plüschsofa, das aussah, als hätte es ursprünglich in einem französischen Bordell gedient, stand an der gegenüberliegenden Wand, und darüber hingen weitere Drucke von ausgesuchten Schlachtengemälden. Die Waffen unterschieden sich von Bild zu

Bild, aber ein jedes wartete mit dem Kniefall eines jungen Soldaten auf, dessen eine Hand die italienische Fahne emporreckte, während er sich mit der anderen ans Herz griff.

Auf dem Tisch vor dem Sofa lagen eine Reihe gelb-violetter Broschüren und Flugschriften, auf deren Umschlag jedesmal der unverwechselbare Greif seine schützenden Schwingen über die italienische Fahne breitete. Brunetti hob den Blick von den Heften und lächelte dem jungen Mann zu.

Bevor einer von ihnen etwas sagen konnte, ertönte hinter einer Tür am Ende des Raums eine laute Stimme. Woraufhin der junge Mann sich eilig in Bewegung setzte und über die Schulter zurückrief: »Es ist soweit! Der Commendatore wird Sie jetzt empfangen.«

Brunetti folgte ihm. Als der junge Mann das angrenzende Zimmer betrat, schlug er die Hacken zusammen, was Brunetti wie das tänzerische Pendant zum Symbol der geballten Faust anmutete. »Signor Brunetti wünscht Sie zu sprechen, Commendatore«, schnarrte er und machte tatsächlich eine Verbeugung, ehe er den Besucher hineinführte.

Kaum hatte Brunetti die Schwelle überquert, zog sich der junge Mann zurück und schloß die Tür hinter sich. Brunetti hörte seine Schritte im Saal verhallen, dann richtete er den Blick auf die Gestalt, die sich eben hinter dem Schreibtisch erhob... Und erkannte den Mann, vor dem Patta auf dem Krankenhausflur gekatzbuckelt hatte.

Um seine Verblüffung zu überspielen, führte Brunetti die Hand vor den Mund und räusperte sich. Er wandte das Gesicht ab und hustete ein-, zweimal, bevor er sich, ein verlegenes Lächeln zur Schau tragend, dem Schreibtisch näherte.

In anderen Kulturen hätte man Giuliano Marcolini vielleicht einfach als dick bezeichnet. Den Italienern hingegen, deren Sprache so reich an Beschönigungen ist, galt ein Mann wie er als *»robusto«*. Der Commendatore war ohnehin kleiner als Brunetti, doch sein mächtiger Brustkasten und der stattliche Bauch, der sich darunter wölbte, ließen ihn noch gedrungener erscheinen. Er trug einen ähnlich teuren Anzug wie in der Nacht im Krankenhaus, aber nicht einmal die angeblich streckenden grauen Längsstreifen vermochten seinen Leibesumfang zu kaschieren. Die Fettpölsterchen im Gesicht glätteten alle Falten und ließen ihn nicht wesentlich älter erscheinen als Brunetti.

Seine tiefliegenden Augen waren klar und hell, die Augen eines Norditalieners, auch wenn seine Haut tiefgebräunt war wie die eines Arabers. Er hatte erstaunlich große Ohren, was durch das kurzgeschorene Haar besonders auffiel, und typische Arbeiterhände. Seine Nase war lang und klobig.

»Ah, Commissario«, sagte er und kam Brunetti noch ein Stück entgegen. Für einen so schwergewichtigen Mann bewegte er sich überraschend graziös. Brunetti ergriff die Pranke des Commendatore mit einem Lächeln, das auch dann nicht entgleiste, als Marcolini ihm alle Knochen seiner Hand zu brechen suchte. Er erwiderte vielmehr den Druck, ja steigerte ihn noch, bis Marcolini schließlich losließ und dieses stumme Kräftemessen mit einem anerkennenden Lächeln quittierte.

Er winkte Brunetti zu einem Stuhl, der identisch war mit denen im Vorsaal, und rückte dann einen zweiten für sich so zurecht, daß er Brunetti gegenübersaß. »Was kann ich für Sie tun, Commissario?« fragte Marcolini. Auf dem massiven Holzschreibtisch hinter ihm standen neben Aktenstößen und Papieren ein Telefon sowie eine Reihe von silbergerahmten Fotografien, die Brunetti allerdings nur von hinten sah.

»Mir einen Arzt holen, der meine Hand versorgt«, antwortete Brunetti und stimmte dazu ein möglichst kerniges Gelächter an.

Marcolini lachte schallend mit. »Wenn ich einen Mann kennenlerne, möchte ich immer gleich wissen, wen ich vor mir habe«, sagte er. »Das eben war ein guter Test.«

Brunetti verzichtete auf den Hinweis, daß ein höfliches Lächeln und eine ebensolche Vorstellung denselben Zweck erfüllen könnten und auf jeden Fall weniger schmerzhaft wären. »Und?« fragte er. »Was meinen Sie?« Er sprach Veneziano und würzte seine Stimme obendrein mit einem rauhen Beigeschmack.

»Ich könnte mir vorstellen, daß wir beide die gleiche Sprache sprechen.«

Brunetti setzte zu einer Antwort an, die dann aber, als habe er sich eines Besseren besonnen, ausblieb.

»Na, was denn?« ermunterte ihn Marcolini.

»Meine Stellung erlaubt es mir nur selten, wie ein richtiger Mann zu reden«, bekannte Brunetti. »In der Öffentlichkeit, meine ich. Wir sind von Haus aus vorsichtig mit dem, was wir sagen. Muß so sein. Berufsbedingt.«

»Vorsichtig in bezug auf was?« hakte Marcolini nach.

»Ach, Sie wissen schon. Ich würde keine Meinung äußern wollen, die irgend jemanden kränken könnte – die aggressiv rüberkäme oder sonstwie Anstoß erregen würde.« Brunetti leierte seine Antwort herunter wie irgendein Fachchinesisch, das man ihm gegen seinen Willen eingetrichtert hatte.

»Um als *politically correct* zu gelten?« Marcolini stieß die Fremdwörter mit starkem Akzent hervor.

Brunettis höhnisches Gelächter schallte frei heraus. »Ja, um *politically correct* rüberzukommen«, bestätigte er, und seine Zunge tat sich genauso schwer mit dem Englischen wie die von Marcolini.

»Vor wem müssen Sie sich denn vorsehen?« Marcolini klang aufrichtig interessiert.

»Ach, das können Sie sich doch denken: vor Kollegen, der Presse, den Kunden, die wir einsperren.«

»Was denn, selbst vor Verbrechern, die Sie dingfest machen?« fragte Marcolini mit geheucheltem Erstaunen.

Brunetti setzte ein möglichst verschlagenes Grinsen auf. »Aber gewiß. Alle Menschen sind gleich, Signor Marcolini, und haben das Recht auf zuvorkommende Behandlung.«

»Gilt das auch für *extracomunitari*?« fragte Marcolini mit plumper Ironie.

Brunetti begnügte sich mit einem Schnauben, das vor Verachtung triefte. Er mimte einen Mann, der, auch wenn er sich noch nicht traute, frei von der Leber weg zu reden, seinem Gesinnungsgenossen doch zu verstehen geben wollte, was er von Ausländern hielt.

»Mein Vater sagte noch Nigger dazu«, bekannte Marcolini. »Hat in Äthiopien gekämpft, der alte Herr.«

»Meiner auch«, log Brunetti, dessen Vater als Soldat in Rußland gewesen war.

»Ach, anfangs ging's so gut! Mein Vater hat mir erzählt, sie hätten gelebt wie die Fürsten. Aber dann ist alles auseinandergebrochen.« Marcolini hätte nicht enttäuschter klingen können, wenn all die Schätze ihm persönlich entrissen worden wären.

»Und jetzt will dieses ganze Gesindel sich hier bei uns einnisten«, stieß Brunetti grimmig hervor – ein Mann, der sich erst nach gründlicher Überlegung in die Karten schauen ließ und jetzt in einer Geste ohnmächtigen Zorns die Hände in die Luft warf.

»Sie sind kein Mitglied, oder?« erkundigte sich Marcolini, der offenbar voraussetzte, daß man ihn auch ohne nähere Angaben verstand.

»In der Lega?« fragte Brunetti trotzdem der Form halber.

»Nein.« Und obwohl sich die Präzisierung inzwischen genauso erübrigte wie die Nennung der Partei, setzte er nach einer kleinen Pause hinzu: »Zumindest kein eingetragenes Mitglied.«

Zu seiner Überraschung gab Marcolini sich damit nicht zufrieden. »Was heißt das?« fragte er.

»Daß es mir klüger scheint, meine politischen Ansichten für mich zu behalten«, antwortete Brunetti – ein Mann, gestärkt durch die Chance, sich endlich zur Wahrheit bekennen zu dürfen. Um aber eventuellen Mißverständnissen vorzubeugen, ergänzte er: »Jedenfalls so lange, wie ich dienstverpflichtet und im Beamtenverhältnis bin.«

»Versteht sich, versteht sich«, bekräftigte Marcolini leutselig. »Aber was führt Sie eigentlich zu mir, Commissario? Conte Falier hat mich angerufen und um einen Termin für Sie gebeten. Sie sind sein Schwiegersohn, nicht wahr?«

»Ja«, bestätigte Brunetti in sachlichem Ton. »Und mein Anliegen an Sie betrifft wiederum *Ihren* Schwiegersohn.«

»Was ist mit ihm?« fragte Marcolini prompt. Es klang neugierig, aber wenig begeistert.

»Sein Zusammenstoß mit den Carabinieri... mein Kommissariat wurde da hineingezogen.« Brunettis Stimme verriet, wie unangenehm ihm die Sache war.

»Wie das?«

»In der Nacht, als die Razzia stattfand, hat man mich zu Ihrem Schwiegersohn ins Krankenhaus geschickt.«

»Ich dachte, das war Sache der Carabinieri«, warf Marcolini ein.

»Ja, schon, aber deren Einsatzmeldung ist bei uns in der Questura irgendwie untergegangen. Als es dann in der fraglichen Nacht Verletzte gab, hat man die Polizei alarmiert.« Und im Ton des verärgerten Bürokraten setzte Brunetti hinzu: »Eigentlich war es nicht unser Fall, aber in der Meldung hieß es, ein Bürger sei in seinem Haus überfallen worden.«

»Also sind Sie der Sache nachgegangen?«

»Selbstverständlich. Wenn man gerufen wird, muß man gehen«, sagte Brunetti, stolz darauf, wie gut er den Kleinen Zinnsoldaten spielte.

»Richtig. Aber ich weiß immer noch nicht, was Sie zu mir führt, Commissario.«

»Erlauben Sie mir, ganz offen zu sprechen, Signore?«

Marcolini nickte geradezu gnädig.

»Also meinem Vorgesetzten ist es gar nicht recht, daß wir in einen Carabinieri-Fall verwickelt sind. Deshalb hat er mich gebeten, die Lage möglichst diskret zu sondieren.« Brunetti hielt inne, wie um sich zu vergewissern, daß Marcolini ihm folgte. Als der Ältere abermals nickte, fuhr er fort: »Was das Kind betrifft, so liegen uns zwei verschiedene Versionen vor. Eine besagt, der kleine Alfredo sei der Sohn Dottor Pedrollis und einer *extracomunitaria*, die er im Süden kennengelernt hat.« Brunetti legte ein fast schon gewagtes Maß an Verachtung in die Worte *»extracomunitaria«* und »Süden«, was seine Wirkung auf Marcolini nicht verfehlte. »Der anderen Version zufolge ist der Ehemann dieser... dieser Frau der Kindsvater.« Hier machte Brunetti eine Pause, um dem Commendatore Gelegenheit zu einer Stellungnahme zu geben.

»Warum interessieren Sie sich so für diese Hintergründe, Commissario?«

»Nun, Signore, wenn Dottor Pedrolli nicht der Vater ist, sollte man, so meinen wir, den Fall den Carabinieri überlassen.« Brunetti lächelte und fuhr dann fort. »Ist es jedoch sein Kind, dann könnte durch Vermittlung meiner Vorgesetzten sowie Ihrer Fürsprache sicher Abhilfe geschaffen werden.«

»Vermittlung?« echote Marcolini. »Abhilfe? Ich weiß nicht, wovon Sie sprechen.«

Brunettis Miene signalisierte eitel Wohlwollen. »Von der Sozialbehörde, Signore. Das Kind wird wahrscheinlich in einem Waisenhaus enden.« Eine durchaus realistische Einschätzung, an die Brunetti nun seine Spekulationen knüpfte. »Aber mit Ihrer Hilfe ließe es sich vielleicht doch bewerkstelligen, daß man zum Wohl des Kindes entscheidet und den Kleinen seinen Eltern zurückgibt.«

»Seine Eltern«, polterte Marcolini los, und seine Stimme hatte mit einem Schlag alles Leutselige verloren, »seine Eltern sind zwei Albaner, die sich illegal in unser Land geschlichen haben.« Er legte eine wirkungsvolle Pause ein und wiederholte dann: »Albaner, Herrgott noch mal!«

Statt zu antworten, setzte Brunetti eine äußerst gespannte Miene auf, und Marcolini fuhr fort: »Die Mutter ist wahrscheinlich irgend so eine Schlampe: Jedenfalls war sie nur zu gern bereit, ihren Sohn für zehntausend Euro zu verkaufen. Es ist also nur zu seinem Besten, wenn er ins Waisenhaus kommt und von dieser Mutter ferngehalten wird.«

»Das habe ich nicht gewußt, Signore«, versicherte Brunetti in mißbilligendem Ton.

»Ja, ich bin sicher, es gibt da eine Menge, was weder Sie noch die Carabinieri wissen«, entgegnete Marcolini mit wachsendem Zorn. »Zum Beispiel, daß diese Affäre in Cosenza glatt erlogen ist. Gustavo hat dort unten an einem Medizinerkongreß teilgenommen und nebenher diesen Babykauf eingefädelt.« Hier blickte Brunetti so verdutzt drein, als hörte er die Geschichte zum ersten Mal.

Marcolini erhob sich und trat hinter seinen Schreibtisch. »Ich hätte ja noch Verständnis gehabt, wenn es so gewesen wäre, wie er anfangs behauptete. Ein Mann hat seine Bedürfnisse, er war eine ganze Woche fort, und wenn er dieser kleinen Schlampe ein Kind gemacht hätte – wie gesagt, ich hätt's ihm nachgesehen. Und dann wäre es immerhin sein Sohn gewesen. Aber Gustavo hat's noch nie verstanden, sich zu amüsieren. Dieses Kind war nichts weiter als ein kleiner albanischer Bastard, den seine Mutter zu Geld machen wollte, und mein Schwiegersohn war so dumm, ihn zu kaufen und mit nach Hause zu bringen.«

Marcolini nahm eins der Fotos vom Schreibtisch und kam damit zurück. Er beugte sich über Brunetti und drückte ihm den Rahmen in die Hand. »Da, schauen Sie ihn sich an, den kleinen Albaner!«

Brunetti blickte auf das Bild und sah Pedrolli, dessen Frau und zwischen ihnen einen flachsblonden Säugling mit pausbäckigem Gesicht und dunklen Augen.

Marcolini durchmaß mit erregten Schritten den Raum, machte vor der Wand kehrt und kam zu Brunetti zurück. »Sie hätten ihn mal in natura sehen sollen, den kleinen Kuckuck, mit seinem Quadratschädel und dem flachen Hinterkopf, den sie alle haben, diese Balkanesen. Glauben Sie, ich möchte, daß meine Tochter sich für so einen als Mutter hergibt? Oder daß ich den als Erben dulde von allem, wofür ich ein Leben lang geschuftet habe?« Marcolini nahm das Foto wieder an sich und warf es, mit der Vorderseite nach unten, auf den Schreibtisch. Brunetti hörte das Glas zerspringen, doch Marcolini hatte es entweder nicht mitbekommen, oder es kümmerte ihn nicht, denn er griff schon nach einem anderen Rahmen und hielt ihn Brunetti unter die Nase.

»Schauen Sie, das ist Bianca, als sie zwei Jahre alt war. So sollte ein Kind aussehen!« Verblüfft starrte Brunetti auf das Foto eines flachsblonden Kleinkinds mit pausbäckigem Gesicht und dunklen Augen. Er sagte nichts, sondern nickte nur zustimmend. »Na?« forschte Marcolini. »Hab ich nicht recht? Ist sie nicht ein Bild von einem Kind?«

Brunetti gab das Foto zurück. »Ihre Tochter ist sehr schön, Signore. Damals wie heute.«

»Nur leider mit einem Trottel verheiratet«, seufzte Marcolini und ließ sich schwerfällig in seinen Stuhl fallen.

»Aber machen Sie sich denn keine Sorgen ihretwegen, Signore?« fragte Brunetti, Anteilnahme heuchelnd.

»Sorgen – wieso?«

»Na, daß der Kleine ihr fehlen wird.«

»Ihr fehlen?« Marcolini warf den Kopf zurück und lachte schallend. »Ja, was glauben Sie denn, wer mich zu dem Anruf angestiftet hat?«

22

Brunetti konnte sein Erstaunen weder verbergen noch überspielen. Sekundenlang blieb ihm sogar der Mund offenstehen, bevor er daran dachte, ihn zuzuklappen. »So war das also«, murmelte er endlich mit zitternder Stimme.

»Tja, da sind Sie baff, was?« feixte Marcolini und lachte röhrend. »Ich muß gestehen, sie hat mich auch überrascht, meine Bianca. Dachte ja selbst, sie hätte Gefallen gefunden an dem Kind: Nur darum habe ich so lange stillgehalten, obwohl der Bankert mit der Zeit mehr und mehr zu einem kleinen Albaner wurde. Er sah nicht aus wie einer von uns«, erklärte der Alte mit finsterer Stimme. »Und damit meine ich nicht nur mich und Bianca oder meine Frau: Nein, er sah einfach nicht wie ein Italiener aus.«

Marcolini vergewisserte sich mit einem prüfenden Blick, ob Brunetti ihm auch aufmerksam zuhörte. Was zweifellos der Fall war; trotzdem tat Brunetti ein übriges und heuchelte nach besten Kräften Zustimmung. »Aber ich war im Zweifel, weil… wie gesagt, Bianca schien das Kind zu mögen, und ich wollte nichts tun oder sagen, was sie gekränkt oder unser Verhältnis getrübt hätte.«

»Versteht sich«, bestätigte Brunetti, freundlich lächelnd, von Vater zu Vater. Dann bohrte er vorsichtig nach: »Aber?«

»Aber dann war sie eines Tages zu Hause – also in meinem, unserem Haus. Genau an dem Tag, als die Zeitungen über diese Rumänin berichteten, die ihr Baby verkauft hatte. Unten im Süden«, setzte Marcolini verächtlich hinzu. »Kommt ja alles von da her. Die haben eben keinen Ehrbegriff.«

Brunetti nickte, als hätte er nie etwas Wahreres gehört.

»Da habe ich endlich den Mund aufgemacht. Ich war einfach wütend, doch sowie es heraus war, hatte ich Angst, ich sei vielleicht zu weit gegangen. Aber dann hat Bianca mir gestanden, daß es bei ihnen genauso gelaufen ist – oder vielmehr, daß Gustavo es so gemacht hat. Jedenfalls sei das Baby nicht von ihm.« Marcolini unterbrach sich, um zu sehen, ob Brunetti seiner Geschichte noch folgte. Und Brunetti gab seine wachsende Spannung bereitwillig zu erkennen.

»Bis dahin, das schwöre ich, war ich überzeugt, es sei Gustavos Kind, und erklärte mir sein Aussehen damit, daß das Erbgut der Mutter stärker durchgeschlagen sei. Wie bei den Schwarzen: Da genügt auch schon ein kleiner Schuß Negerblut, und die schwarzen Gene setzen sich durch.« Es hörte sich an, als ob Mendel die Kreuzungsregeln seiner Erbsen erklären würde.

»Doch dann hat Bianca mir die wahre Geschichte erzählt. Ein Kollege von Gustavo – ein ehemaliger Kommilitone – hatte sich in Cosenza niedergelassen. Bei ihm war eine schwangere Patientin in Behandlung, die ihr Baby – na ja, weggeben wollte.«

»Zur Adoption?« fragte Brunetti, ganz findiger Kriminalist.

»Von mir aus können Sie es so nennen.« Marcolini grinste komplizenhaft. »Jedenfalls ist Gustavo runtergefahren, um sich mit seinem Freund und mit dieser Frau zu treffen. Und als er zurückkam, hat er Bianca eingeweiht, und sie stimmte zu, weil Gustavo ihr versicherte, das sei ihre einzige Chance, an ein Baby zu kommen. Sie war eigentlich nicht dafür, aber er hat sie überredet. Die beiden waren schon zu alt, um auf legalem Wege ein Baby zu adoptieren – ein größeres Kind vielleicht, aber kein Neugeborenes –, und alle Testergebnisse schlossen eigenen Nachwuchs aus.« Marcolini hielt inne und stieß ein kurzes, bellendes Lachen hervor. »Das ist so ungefähr der einzige Vorteil, den Gustavos Beruf uns je gebracht hat:

Er konnte wenigstens diese ganzen Tests auswerten. Ja, und so war Bianca letztlich einverstanden.«

»Verstehe«, murmelte Brunetti. »Und dann ist Ihr Schwiegersohn wieder nach Cosenza gereist und hat das Kind geholt?«

»Ja. Geht ganz leicht da unten, so was. Er ist einfach ins Ufficio Anagrafe, hat das Baby als seinen Sohn eintragen lassen, und die Frau hat's mit ihrer Unterschrift bezeugt.« Marcolini verdrehte die Augen zur Decke, was Brunetti sehr melodramatisch vorkam, und fuhr fort: »Sie kann vermutlich weder lesen noch schreiben, aber die Geburtsurkunde, die hat sie unterschrieben, und damit gehörte das Kind ihm. Und er hat ihr zehntausend Euro dafür gegeben.« Marcolinis Zorn hatte jetzt nichts Melodramatisches, sondern war durchaus echt. »Wieviel er gezahlt hat, das hat er Bianca erst später gestanden. Der Trottel.«

Man sah dem Alten an, daß er noch mehr auf dem Herzen hatte; also verhielt Brunetti sich still und ließ nur seinen gespannten Gesichtsausdruck für sich sprechen. Und wirklich ergriff Marcolini gleich wieder das Wort. »Herrgott noch mal! Er hätte den Balg auch für weniger bekommen. Dieser andere Kerl – der mit der Rumänin –, der hat der Mutter bloß einen *permesso di soggiorno* besorgt und eine Unterkunft. Aber nein, Dottor Pedrolli muß den *gran signore* spielen und dieser Schlampe zehntausend Euro in den Rachen werfen!« Fassungslos warf Marcolini die Hände in die Luft, dann fuhr er fort. »Wahrscheinlich hat sie das Geld für Drogen verpulvert oder es ihrer Familie in Albanien geschickt. Zehntausend Euro!« wiederholte er, außer sich vor Empörung.

»Und als er den kleinen Bankert anbrachte, da habe ich sofort gesehen, was mit ihm nicht stimmte. Aber ich dachte ja, wie gesagt, das läge am dominierenden Erbgut der Mutter. Man sollte meinen, so kurz nach der Geburt sähen alle Babys gleich aus, aber dieses

Kind... Ich wußte auf Anhieb, daß das nicht zu uns gehörte. Man braucht sich ja nur die kleinen Augen anzusehen und diesen Schädel.« Marcolini schüttelte ungläubig den Kopf, und Brunetti brummelte irgend etwas Zustimmendes, in der Hoffnung, den Alten zum Weiterreden zu ermuntern.

»Aber Bianca ist meine Tochter«, hob Marcolini wieder an, und Brunetti hatte den Eindruck, daß er jetzt ebensosehr zu sich selbst wie zu seinem Zuhörer sprach. »Und ich dachte eben, sie hätte sich dieses Kind genauso gewünscht wie er. Bis zu dem Tag, als sie mir ihre wahren Gefühle offenbarte: Daß der Bankert ihr nur eine Last sei, ein Schreihals, den sie betreuen und versorgen müsse, obwohl sie ihn eigentlich gar nicht haben wollte. Gustavo war derjenige, der verrückt war nach dem Bankert, der's gar nicht erwarten konnte, nach Hause zu kommen, um mit ihm zu turteln. Kümmerte sich überhaupt nicht mehr um seine Frau, nur noch um das Baby, und das hat meiner Bianca natürlich nicht gefallen.«

»Verständlich«, warf Brunetti ein.

»Ich sagte dann sinngemäß: ›Also genau wie die Geschichte heute in der Zeitung, hm?‹, weil wir ja zuvor darüber gesprochen hatten. Ich meinte, daß Gustavo auf die gleiche Weise zu dem Kind gelangt war, aber Bianca dachte, es ginge darum, wie die Polizei davon Wind bekommen hatte.«

»Durch einen Telefonanruf?« fragte Brunetti, scheinbar sehr stolz auf seine Kombinationsgabe.

»Ja, durch einen Anruf bei den Carabinieri.«

»Und daraufhin hat Ihre Tochter Sie dann wohl gebeten, auch so einen Anruf zu tätigen?« Brunetti wußte, daß er diese Ungeheuerlichkeit erst glauben würde, wenn er sie aus Marcolinis Mund hörte.

»Ja, ich sollte den Carabinieri einen Wink geben, durchblicken lassen, daß Gustavo das Baby gekauft hat. Da der Name der Mutter mit auf der Geburtsurkunde stand, würde es ein leichtes sein, sie aufzuspüren.«

»Und genauso kam es auch, nicht wahr?« Brunetti zwang sich, Anerkennung, ja sogar eine Spur Begeisterung in seine Stimme zu legen.

»Ich hatte keine Ahnung, was passieren würde, nachdem die Carabinieri den Fall überprüft hatten«, sagte Marcolini. »Und ich glaube, Bianca wußte es auch nicht. Sie hat gesagt, sie war außer sich vor Angst, in der Nacht, als sie kamen. Das arme Kind hielt sie für Terroristen oder Einbrecher, irgend so was.« Marcolinis Stimme begann zu zittern, als er sich die Leidensqualen seiner Tochter vorstellte. »Nicht im Traum hätte ich damit gerechnet, daß die so brutal vorgehen und gleich das Haus stürmen würden.«

»Natürlich nicht«, pflichtete Brunetti ihm bei.

»Gott allein weiß, was die ihr für einen Schrecken eingejagt haben.«

»Es muß für beide furchtbar gewesen sein«, erlaubte Brunetti sich anzumerken.

»Ja. *Per carità*, das habe ich nicht gewollt!«

»Davon bin ich überzeugt.«

»Und sie hätten wohl auch nicht so grob mit Gustavo umspringen sollen«, ergänzte Marcolini mit belegter Stimme.

»Nein, gewiß nicht.«

Die Wolken lichteten sich und Marcolinis düstere Anwandlung verflog. »Aber das Problem habe ich gelöst, nicht wahr?« fragte er. Dann, als werde ihm eben erst bewußt, mit wem er sprach, fügte er besorgt hinzu: »Ich kann Ihnen doch vertrauen, Commissario, oder?«

Brunetti verzog sein Gesicht zu einem breiten Grinsen und sagte:

»Die Frage erübrigt sich, Signore. Schließlich haben unsere Väter doch zusammen gekämpft, nicht wahr?« Und, wie überwältigt von der Erkenntnis, setzte er hinzu: »Außerdem haben Sie ja gegen kein Gesetz verstoßen, oder?«

»Nein, habe ich nicht, wie?« Marcolini lächelte verschlagen. Offenbar war er selbst längst zu diesem Schluß gelangt. Er beugte sich vor und gab Brunetti einen kameradschaftlichen Klaps auf die Schulter.

Brunetti begriff schlagartig, wie leicht es wäre, Marcolini jetzt am Reden zu halten. Er bräuchte ihn lediglich mit weiteren Fragen anzuspornen, die Marcolini sicher beantworten würde, vielleicht sogar ehrlich. Es war dies ein weitverbreitetes Phänomen, das Brunetti allerdings vor allem aus der Einvernahme von Tatverdächtigen kannte. Sobald der Beschuldigte sich im Glauben wähnte, er habe die Sympathie des Fragestellers errungen, und diesem im Gegenzug sein Vertrauen schenkte, war er bereit, sogar Verbrechen zu gestehen, die man ihm noch gar nicht zur Last gelegt hatte. Ja, fast schien es, als schlügen die Betroffenen jede Vorsicht in den Wind, nur um sich das Wohlwollen ihres Zuhörers zu sichern. Marcolini aber hatte, wie er eben selbst erst so genüßlich konstatierte, gar keine Straftat begangen. Vielmehr hatte er gehandelt wie ein mustergültiger Bürger und der Polizei pflichtgemäß einen Gesetzesverstoß angezeigt.

Bei diesem Gedanken hielt es Brunetti nicht länger auf seinem Stuhl. Und nur mit äußerster Überwindung gelang es ihm, seine Rolle weiterzuspielen. »Ich danke Ihnen sehr für Ihre Zeit, Signor Marcolini.« Er zwang sich, die Hand auszustrecken, und fuhr fort: »Ich werde das, was Sie mir mitgeteilt haben, an den Questore weiterleiten.«

Der Ältere erhob sich ebenfalls. Leutselig lächelnd, ergriff er

Brunettis dargebotene Hand. Dann wandte er sich um und schritt seinem Gast voraus Richtung Tür. Beim Anblick seines bulligen, in feines Tuch gewandeten Rückens, überkam Brunetti ein unbändiges Verlangen, auf Marcolini loszugehen. Ja, er sah sich den Älteren förmlich niederschlagen! Doch das hätte nur dann einen Sinn, wenn er es auch fertigbrächte, den Mann zu treten, sobald er am Boden lag. Und da Brunetti wußte, daß er dazu nicht fähig wäre, folgte er Marcolini gesittet zum Ausgang.

Der Commendatore öffnete die Tür und trat beiseite, um Brunetti vorbeizulassen. Als der Ältere eine Hand hob, ahnte Brunetti, daß er ihm jeden Moment auf die Schulter klopfen oder seinen Arm tätscheln würde. Eine Vorstellung, bei der er schier in Panik geriet; allein der Gedanke war ihm unerträglich. Also beschleunigte er seine Schritte, schlüpfte in zwei Sätzen an Marcolini vorbei und mimte, als er sich wieder umdrehte, Erstaunen darüber, den Alten abgehängt zu haben.

»Danke, daß Sie mir Ihre Zeit geopfert haben, Signore«, wiederholte Brunetti und rang sich ein letztes Lächeln ab.

»Nichts zu danken«, versicherte Marcolini. Er wippte auf den Absätzen und verschränkte die Arme über der Brust. »Freue mich immer, wenn ich der Polizei behilflich sein kann.«

Brunetti, der einen metallischen Geschmack im Mund hatte, murmelte irgend etwas, das nicht einmal er selbst verstand, und entfernte sich.

23

Kaum, daß er ins Freie trat, fiel ein Chor von Furien über Brunetti her, die ihm zuraunten: »Achtzehn Monate, achtzehn Monate, achtzehn Monate!« So lange hatten die Pedrollis den kleinen Alfredo gehabt. Und dann, nach anderthalb Jahren, hatte Bianca Marcolini sich hinter ihren Vater gesteckt, um ihn wieder loszuwerden; als wäre er ein unerwünschtes Möbelstück oder ein defektes Küchengerät, das sie zurückgeben wollte.

Zu dem Zeitpunkt, als seine eigenen Kinder achtzehn Monate alt waren, hätte Paola ihm beichten können, daß sie einem Seitensprung mit dem Briefträger, dem Müllmann oder dem Gemeindepfarrer entstammten, ohne daß es seine Liebe zu den beiden geschmälert hätte. Brunetti blieb abrupt stehen: Jetzt war es ihm schon wieder passiert, daß er die ganze Welt nach seinen Erfahrungen beurteilte, als ob es keine anderen Maßstäbe zur Bewertung menschlichen Verhaltens gäbe.

Seufzend setzte er seinen Weg fort, aber sosehr er auch versuchte, seines inneren Aufruhrs Herr zu werden, es gelang ihm nicht. Vor lauter Grübeln wäre er am Eingang zur Questura beinahe mit Patta zusammengestoßen.

»Ah, Brunetti«, begrüßte ihn der Vice-Questore. »Eine Besprechung außer Haus gehabt, wie?«

Hastig setzte Brunetti eine Miene zerstreuter Geschäftigkeit auf. »Ja, Dottore, in der Tat. Aber ich will Sie nicht von der Ihren abhalten!« Was sonst hätte er, ohne unhöflich zu erscheinen, dazu sagen sollen, daß Patta sich zwei Stunden vor Dienstschluß auf den Heimweg machte?

Brunetti hielt es für das beste, Patta über seine jüngsten Schritte im dunkeln zu lassen; auf keinen Fall durfte er erfahren, daß sein Commissario soeben den Führer einer politischen Partei befragt hatte, deren Einfluß im Veneto stetig zunahm. Nach Pattas Ansicht hatten allein Bedienungen das Recht, Politikern Fragen zu stellen; alle anderen sollten sich stumm und devot zu Diensten halten.

»Um was ging's denn bei Ihrer Besprechung?« wollte Patta wissen.

Zum Glück fiel Brunetti ein, was Marquis de Custine über die Zollbeamten im Hafen von Sankt Petersburg geschrieben hatte. »Es gab da Beschwerden über den Hafen, genauer gesagt, über die Zollbeamten. Angeblich kassieren sie Schmiergelder und machen denen, die nicht zahlen wollen, Schwierigkeiten.«

»Aber das ist doch nichts Neues«, versetzte Patta ungeduldig, streifte seine Handschuhe über und wandte sich zum Gehen.

Im ersten Stock angelangt, führte Brunettis Weg zunächst in den Bereitschaftsraum. Ihm fiel ein Stein vom Herzen, als er sowohl Vianello als auch Pucetti dort antraf. Wobei es ihm nicht darum ging, ob die beiden etwas über den Apotheker in Erfahrung gebracht hatten oder ob sie ihm helfen könnten, seinen Fall zu lösen. Nein, er war ganz einfach froh um ihre Gesellschaft und dankbar für die Gewißheit, daß sie seinen Abscheu vor dem, was er gerade von Marcolini erfahren hatte, teilen würden.

Brunetti trat schweigend näher. Vianello blickte lächelnd auf, und Pucetti tat es ihm nach. Auf ihren Tischen türmten sich Akten und lose Papiere; Pucetti hatte einen Tintenfleck am Kinn. Seltsamerweise war Brunetti beim Anblick der beiden so gerührt, daß er kein Wort herausbrachte: zwei ganz normale Männer, die an ihren Schreibtischen saßen und ihre Arbeit machten.

Und doch glich Vianellos Lächeln dem eines Raubtiers, das eben am Rand der Waldlichtung das weiß gepunktete Fell von einem Rehkitz erspäht hat. »Was gibt's denn?« fragte Brunetti.

»Warst du schon bei Signorina Elettra?« erkundigte sich der Inspektor.

»Nein, wieso?«

»Signor Brunini hat gestern abend einen Anruf bekommen.«

Es dauerte einen Moment, bis bei Brunetti der Groschen fiel: das *telefonino*, das er eigens gekauft, und die Nummer, die er in der Klinik in Verona angegeben hatte – die Nummer von Signor Brunini, das Handy, dessen Anrufe Signorina Elettra entgegennehmen wollte.

»Und?« fragte Brunetti gespannt.

»Und der Anrufer sagte, er sei vielleicht in der Lage, Signor Brunini zu helfen, und der Signora natürlich auch.«

»Ist das alles?« Brunetti schien enttäuscht.

»Na ja, als sie das hörte«, fuhr der Inspektor fort, »war Signorina Elettra so überwältigt, daß sie ihrer Gefühle gar nicht mehr Herr werden konnte. Sie schluchzte: ›Ein Baby, ein Baby‹, und wiederholte das so lange, bis der Anrufer sagte: Ja doch, ja er spreche von einem Baby.«

»Und was weiter? Hat er eine Nummer hinterlassen?«

Jetzt strahlte Vianello übers ganze Gesicht. »Besser! Er hat eingewilligt, sich mit ihr und Signor Brunini zu treffen. Die Ärmste war ganz aufgelöst: Nicht einmal, als der Anrufer ihr Ort und Zeit nannte, konnte sie aufhören zu weinen.«

Da mußte auch Brunetti lächeln. »Und nun?«

»Nun frage ich mich, was du vorhast«, antwortete Vianello.

Marvilli hatte sich ihnen gegenüber ehrlich, ja in einer Situation nachgerade ritterlich verhalten: Da war es nur recht und billig, sich mit einem Tip zu revanchieren, der für die Karriere des Hauptmanns von Vorteil sein mochte. Außerdem schadete es nicht, einen Freund mehr unter den Carabinieri zu haben. Brunetti hätte Marvilli selbst Bescheid geben können, doch es schien ihm taktisch klüger, Vianello vorzuschicken: Dann wäre es nicht so offensichtlich, daß man sich revanchieren wollte. »Der Fall gehört den Carabinieri«, sagte Brunetti bestimmt. »Rufst du bitte Marvilli an?«

»Und das Treffen?«

»Gib ihm die notwendigen Informationen. Wenn die Carabinieri uns dabeihaben wollen, stehen wir zur Verfügung. Aber die Entscheidung liegt bei ihnen.«

»Na gut.« Vianello nickte, machte jedoch keine Anstalten zu telefonieren. »Das Treffen findet erst übermorgen statt«, erklärte er.

Brunetti räusperte sich und ging zu dem Thema über, das ihn hergeführt hatte. »Seid ihr denn schon mit den Namen durch, die auf Franchis Computer waren?«

»Eben fertig geworden«, entgegnete Vianello. »Wir haben sämtliche Einträge durchgekämmt und sind auf etwa ein Dutzend Personen gestoßen, an deren Daten jemand interessiert sein könnte.«

Wie wunderbar diplomatisch Lorenzo doch heute ist, dachte Brunetti. »Du meinst, mit denen man sie erpressen kann?« fragte er.

Pucetti drehte sich lachend zu Vianello um und meinte: »Hab ich Ihnen nicht gesagt, man sollte das Kind gleich beim Namen nennen?«

Vianello fuhr fort, als ob er nichts gehört hätte. »Ich schlage vor, wir teilen die Dateien unter uns auf, ziehen los und reden mit den Betroffenen.«

»Nicht am Telefon?« fragte Pucetti verblüfft.

Brunetti kam Vianellos Antwort zuvor. Er ahnte, mit welch heiklen Informationen sie es hier zu tun hatten. »Doch, zunächst können wir telefonisch Kontakt aufnehmen. Erst wenn sich herausstellt, daß intensivere Ermittlungen nötig sind, werden wir die Leute persönlich befragen.« Er deutete auf die Aktenordner. »Irgendwas Strafrelevantes dabei?«

Vianello streckte einen Arm aus und fuhr mit der Hand hin und her. »Zwei Kunden nehmen haufenweise Beruhigungsmittel, aber ich schätze mal, das geht eher aufs Konto des Arztes als auf das der Patienten.«

Das hörte sich für Brunetti ziemlich harmlos an. »Was Besseres habt ihr nicht zu bieten?« fragte er und erschrak selbst über seine Ausdrucksweise.

»Ich hätte da vielleicht einen Fall«, meldete sich Pucetti bescheiden zu Wort.

Gespannt wandten sich die beiden Dienstälteren dem jungen Beamten zu, der in den Akten auf seinem Schreibtisch herumwühlte und schließlich einen Ordner herausfischte. »Es handelt sich um eine Amerikanerin«, begann er.

Ladendiebstahl, schoß es Brunetti durch den Kopf, doch dann sagte er sich, daß so ein Fehltritt wohl kaum einem Apotheker zu Ohren gekommen wäre.

»Also eigentlich«, schob Pucetti zögernd nach, »geht es wohl mehr um den Ehemann.«

Vianello seufzte vernehmlich, und Pucetti nahm einen neuen Anlauf. »Sie, die Amerikanerin, war in den letzten zwei Jahren fünfmal im Pronto Soccorso.«

Keiner der beiden Älteren sagte etwas.

»Beim ersten Mal war's eine gebrochene Nase.« Pucetti hatte den Ordner aufgeschlagen und fuhr mit dem Zeigefinger die erste Seite entlang. Dann blätterte er um und überflog die zweite. »Drei Monate später tauchte sie mit einer bösen Schnittwunde am Handgelenk auf. Angeblich hatte sie sich an einem Weinglas verletzt, das in die Spüle gefallen und zerbrochen war.«

»Haha«, brummte Vianello.

»Ein halbes Jahr war Ruhe, aber dann kam sie mit zwei gebrochenen Rippen daher.«

»Ich nehme an, sie ist die Treppe runtergefallen?« warf Vianello ein.

»Genau!« Pucetti blätterte eine Seite weiter. »Als nächstes war's das Knie: Bänderriß. Sie sei auf einer Brücke umgeknickt.«

Brunetti und Vianello blieben stumm. Das Rascheln beim Umblättern zur nächsten Seite unterstrich ihr Schweigen.

»Und kürzlich, letzten Monat erst, hat sie sich den Arm ausgerenkt.«

»Wieder ein Treppensturz?« fragte Vianello.

Pucetti klappte den Ordner zu. »Steht nicht drin.«

»Sind diese Amerikaner hier ansässig?« erkundigte sich Brunetti.

»Sie haben eine Wohnung in Venedig, aber sie gelten als Touristen«, antwortete Pucetti. »Die Frau zahlt ihre Krankenhausrechnungen in bar.«

»Aber wie kommt sie dann in Franchis Computer?« wollte Brunetti wissen.

»Beim ersten Mal«, sagte Pucetti, »hat sie sich bei ihm in der Apotheke Schmerzmittel besorgt, und –«

»Bestimmt in rauhen Mengen«, warf Vianello ein.

»...und so ist sie in Franchis Computer gelandet«, beendete Pucetti seine Erklärung.

Brunetti überlegte, ob es sich lohnen würde, diesem Fall nachzugehen, entschied sich aber dagegen. »Ich schlage vor, wir fangen mit den Venezianern oder zumindest mit Italienern an und versuchen, jemanden zum Reden zu bringen. Wenn die Leute merken, daß wir schon wissen, womit Franchi sie erpreßt, macht sie das vielleicht gesprächiger. Und wer weiß, vielleicht finden wir bei den Befragungen auch heraus, wer in seine Apotheke eingebrochen ist.«

»Dazu haben wir ja noch die Blutproben«, merkte Vianello an. »Wenn wir die mit der Blutgruppe möglicher Kandidaten aus der Computerdatei vergleichen könnten, hätten wir vielleicht eher eine Chance, fündig zu werden.« So, wie er das sagte, schien er sich keine Hoffnung auf bereits vorliegende Analysen zu machen. »Die Proben sind seit dem Einbruch bei Bocchese.«

»Oder in irgendeinem Labor!« Brunetti griff zum Telefon und wählte Boccheses Nummer. Der Kriminaltechniker meldete sich prompt.

»Wie weit bist du mit den Blutproben?« fragte Brunetti.

»Danke der Nachfrage, Dottore. Mir geht's blendend. Freut mich, das gleiche von dir zu hören.«

»Entschuldige, Bocchese, aber wir stehen hier ziemlich unter Druck.«

»Das ist doch immer so bei dir, Guido. Aber wir Naturwissenschaftler haben gelernt, das Leben ein bißchen gelassener zu nehmen. Zum Beispiel müssen wir warten, bis eine Probe vom Labor zurückkommt, das ist eine gute Schulung in Geduld.«

»Wann kriegst du sie denn?«

»Die Ergebnisse hätten gestern hier sein sollen«, sagte Bocchese.

»Kannst du das Labor anrufen?«

»Um was zu fragen?«

»Na, was sie in dieser Blutprobe gefunden haben.«

»Wenn ich dort anrufe und die wirklich schon fertig sind, dann können sie mir das Ergebnis genausogut mailen.«

»Würdest du dann anrufen« – Brunetti versuchte, so ruhig und höflich zu bleiben, wie es ihm eben möglich war – »und das Labor bitten, dir das Testergebnis rüberzuschicken?«

»Aber sicher! Mit Vergnügen. Soll ich mich bei dir melden, wenn ich's kriege?«

»Du bist die Freundlichkeit in Person«, stellte Brunetti fest.

Bocchese schnaubte verächtlich und legte auf.

Weder Vianello noch Pucetti brauchten zu fragen, wie es ausgegangen sei. Beide wußten, daß Bocchese einen Arbeitsrhythmus pflegte, dessen Tempo – und das war fast so etwas wie ein ehernes Gesetz – nur er selbst vorgab.

Mit einer Langmut, die gekünstelt wirkte, legte Brunetti den Hörer auf. »Die Wege des Herrn sind unergründlich«, war alles, was ihm zu Bocchese einfiel.

»Wie gehen wir nun vor?« fragte Vianello, den die Wege des Herrn offenbar nicht sonderlich interessierten.

»Kennst du jemanden aus Franchis Datei?« wollte Brunetti wissen.

Vianello nickte und kramte in den Unterlagen. Pucetti kam ihm zu Hilfe und zog den gesuchten Ordner hervor.

»Zeig mal her.« Brunetti nahm die Akte entgegen, überflog die Liste der Namen und erkannte zwei: den einer jungen Kollegin von Paola und den eines Chirurgen vom Ospedale Civile, der die Mutter eines Freundes operiert hatte.

Da es schon spät war, einigte man sich darauf, daß jeder die ihm bekannten Personen anrufen und einen Termin für den nächsten Tag verabreden solle. Dann ging Brunetti wieder hinauf in sein Büro und studierte die Einträge über seine beiden Kandidaten. Dottor Malapiero hatte vor drei Jahren erstmals Levodopa verschrieben bekommen. Selbst Brunetti wußte, daß es sich dabei um einen Arzneistoff handelte, der vor allem im Frühstadium der Parkinson-Therapie eingesetzt wurde.

Was Paolas Kollegin betraf, so war er Daniela Carlon nur ein einziges Mal begegnet. Ein zufälliges Treffen: Paola hatte sie einander vorgestellt, man war gemeinsam einen Kaffee trinken gegangen, und die Unterhaltung, die sich dabei entspann, verlief wesentlich angenehmer, als Brunetti erwartet hatte. Zunächst erschien ihm die Aussicht, einer Anglistikprofessorin und einer Orientalistin bei ihren Fachsimpeleien zuzuhören, nämlich alles andere als verlockend. Doch das änderte sich schlagartig, als er herausfand, daß Daniela jahrelang im Nahen Osten gelebt hatte und ihr Mann, ein Archäologe, immer noch bei Ausgrabungen in Syrien weilte. Bald schon waren sie in ein angeregtes Gespräch über Arrianus von Nikomedien und Quintus Curtius vertieft. Paola saß stumm dabei; ausnahmsweise einmal abgehängt bei einer literarischen Diskussion, was ihr indes nicht das geringste auszumachen schien.

Franchis Aufzeichnungen zufolge hatte Daniela Carlon sich vor acht Wochen einer Abtreibung unterzogen. Sie war im dritten Monat gewesen, und von ihrem Gespräch her, das kurz zuvor stattgefunden hatte, wußte Brunetti, daß ihr Mann die vorangegangenen acht Monate ohne Unterbrechung in Syrien verbracht hatte.

Brunetti entschied sich, mit dem leichteren Anruf zu beginnen, und erfuhr von Dottor Malapieros Frau, daß der Arzt in Mailand sei und sie ihn erst in zwei Tagen zurückerwarte. Er hinterließ keine Nachricht, sondern sagte nur, er werde sich wieder melden.

Daniela war gleich selbst am Apparat und wunderte sich, daß Brunetti und nicht Paola bei ihr anrief. »Was gibt's denn, Guido?«

»Ich würde gern mit Ihnen sprechen.«

Die Pause, die daraufhin entstand, dehnte sich so lange aus, bis es peinlich wurde.

»Es ist beruflich«, schob Brunetti verlegen nach.

»Betrifft es Ihren Beruf oder meinen?«

»Meinen, leider.«

»Wieso leider?« fragte sie.

Das war genau die Situation, die Brunetti hatte vermeiden wollen. Am Telefon konnte er bei einem solchen Dialog weder ihre Reaktionen einschätzen, noch ihr Mienenspiel beobachten.

»Weil es mit einer Ermittlung zu tun hat.«

»Einer polizeilichen Ermittlung?« fragte Daniela, hörbar verblüfft. »Was habe denn ich damit zu schaffen?«

»Darüber bin ich mir selbst noch nicht im klaren. Und deshalb würde ich das gern persönlich besprechen«, sagte Brunetti.

»Mir ist es lieber, wir klären das gleich«, entgegnete sie, und ihre Stimme klang plötzlich hart.

»Vielleicht morgen vormittag?« schlug er vor.

»Da habe ich keine Zeit«, versetzte sie unnachgiebig. Als Brunetti nichts darauf erwiderte, fuhr sie einlenkend fort: »Hören Sie, Guido, ich kann mir zwar nicht vorstellen, warum die Polizei mich sprechen will, aber ich gestehe, Sie haben mich neugierig gemacht.«

Brunetti wußte, wann er sich geschlagen geben mußte. »Also gut«, sagte er. »Es geht um Ihre Krankenakten.«

»Ach, und was ist damit?« fragte sie kühl zurück.

»Daraus geht hervor, daß Sie vor zwei Monaten eine Abtreibung hatten.«

»Stimmt, ja.«

»Daniela«, begann Brunetti, der sich wie ein Unhold vorkam, »was ich wissen möchte, ist, ob jemand…«

»Davon weiß?« führte sie seinen Satz zu Ende, und ihre Stimme sprühte vor Zorn. »Jemand außer diesem schleimigen kleinen Apotheker?«

Brunetti fühlte, wie sich seine Nackenhaare sträubten. Er mußte sich anstrengen, damit ihm seine Stimme gehorchte. »Er hat Sie angerufen?«

»Nicht mich, sondern Lucas Mutter. Die hat er angerufen!« schrillte es durch die Leitung. Daniela hatte alle Selbstbeherrschung verloren. »Er hat sie angerufen und sich erkundigt, ob sie wisse, was ihre Schwiegertochter getan habe. Daß sie in der Klinik gewesen sei und ein Leben zerstört habe. Ob sie wisse, daß ihre Schwiegertochter schwanger war.«

Brunettis Finger umklammerten den Hörer. Daniela fing an zu weinen, und wohl über eine Minute lauschte er hilflos ihren Schluchzern.

Endlich raffte er sich auf und rief: »Daniela, Daniela! Hören Sie mich? Kann ich irgend etwas...« Die einzige Reaktion war ihr herzzerreißendes, krampfhaftes Weinen. Brunetti erwog, Paola anzurufen und sie um einen Besuch bei Daniela zu bitten. Aber nein, er wollte seine Frau da nicht hineinziehen; sie sollte nicht wissen, daß er dieses Telefonat geführt und was er getan hatte.

Nach einer Weile wurde Daniela ruhiger, und Brunetti hörte sie erst schniefen, dann sich die Nase putzen, ein seltsam tröstliches Geräusch. Endlich drang auch ihre Stimme wieder an sein Ohr. »Es war...«

»Ich will es gar nicht wissen«, unterbrach Brunetti sie viel zu laut. »Nichts will ich davon wissen, Daniela. Es geht weder mich noch die Polizei etwas an.«

»Warum haben Sie mich dann angerufen?« entgegnete sie, immer noch zornig; aber immerhin weinte sie nicht mehr.

»Es geht nur darum, was Dottor Franchi gewollt hat.«

»Weiß der Himmel, was der will!« gab sie aufgebracht zurück. »Daß jeder so ein verdruckster kleiner Kastrat wird wie er.«

»Hat er Sie angerufen?«

»Ich sagte doch schon, daß er meine Schwiegermutter angerufen hat. Nein, nicht mich, sondern sie, Lucas Mutter. Ist das deutlich genug?«

»Und wollte er Geld?«

»Geld?« wiederholte Daniela und fing an zu lachen, ein seltsam heiseres Lachen, das sich kaum von ihrem Schluchzen unterschied. Nach einer Pause sagte sie: »Nein, er hat nichts verlangt, kein Geld, keinen Sex, gar nichts. Er wollte nur, daß die Sünderin bestraft wird.«

»Es tut mir so leid, Daniela«, sagte Brunetti und meinte sowohl ihren Schmerz als auch seine Fragen, mit denen er ihn wieder aufgerührt hatte.

»Mir tut's auch leid«, antwortete sie. »Reicht das?«

»Ja, natürlich.«

»Sie wollen nichts weiter wissen?«

»Ich sagte doch: Es geht mich nichts an.«

»Dann Adieu, Guido. Tut mir leid, daß wir dieses Gespräch führen mußten.«

»Mir auch, Daniela«, sagte Brunetti kleinlaut.

24

Ihre Stimme hatte ihm fast das Herz gebrochen. Brunetti legte den Hörer so vorsichtig auf die Gabel, als fürchte er, auch der könnte entzweigehen. Er verließ sein Büro und schlich, verstohlen wie ein Dieb, die Treppe hinunter und ins Freie. Der Regen neulich hatte Straßen und Plätze rein gewaschen, aber schon machten Staub und Schmutz sich wieder breit. Er spürte sie unter seinen Tritten, oder vielleicht bildete er sich das auch nur ein, und der Dreck rührte einzig von den Dingen her, mit denen sein Beruf ihn in Berührung brachte. Die Passanten, die ihm entgegenkamen, wirkten ganz normal, unschuldig und harmlos; manche sahen sogar glücklich aus.

Erst als er in den Campo Santa Marina einbog, merkte er, daß sein Körper sich so verkrampft hatte, daß er sich anfühlte wie ein einziger Knoten. Er machte am Zeitungskiosk halt und blickte durch die Glasscheibe auf die ausgestellten Zeitschriften, während er unablässig mit den Schultern rollte, um sie zu lockern. Titten und Ärsche. Schon vor Monaten hatte Paola wieder einmal an ihn appelliert, er solle sich doch einen Tag lang die Zeit nehmen, die nackten Mädchen zu zählen, die ihm in Boulevardzeitungen, Illustrierten, auf den Werbeplakaten der Vaporetti und in allen möglichen Schaufenstern begegneten. Das, so Paola, könnte ihm helfen, die Einstellung mancher Frauen den Männern gegenüber zu verstehen. Und nun stand er hier wie zur Beweisaufnahme; wobei der Anblick all dieses reizenden Fleisches ihn seltsamerweise erquickte. Was für herrliche Brüste! Wie seine Hand sich danach sehnte, diesen wohlgerundeten Po zu umfassen. Um wieviel besser wäre das im Vergleich zu der engstirnigen, lebensverneinenden Gemeinheit, von der er eben gehört hatte. Also stellt sie ruhig aus, die hübschen Titten und die knackigen Hintern, auf daß sie den Leuten Lust machen, Kinder zu zeugen und sie liebzuhaben.

Beim Gedanken an Kinder fiel ihm wieder Daniela Carlon ein, obwohl er das, was sie ihm erzählt hatte, lieber verdrängt hätte. Im Lauf der Jahre war er zu der Überzeugung gelangt, daß ihm zum Thema Abtreibung keine vollwertige Meinung zustehe, ja, daß er als Mann in der Sache kein Stimmrecht habe. Sein Bauchgefühl ließ sich dadurch zwar nicht zum Schweigen bringen, aber das Entscheidungsrecht gehörte in dem Fall allein den Frauen. Er hatte das zu akzeptieren und den Mund zu halten. Andererseits war all dies nur graue Theorie und half nichts gegen den verzweifelten Schmerz in Danielas Stimme.

Brunetti spürte etwas an seinem Bein und sah, als er hinunterschaute, einen mittelgroßen braunen Hund, der seine Schuhe beschnupperte und dabei die Flanken behaglich an Brunettis Wade rieb. Der Hund blickte kurz zu ihm auf und schien zu feixen, bevor er sich wieder über die Schuhe hermachte. Am anderen Ende der Leine stand ein kleiner Junge, kaum größer als der Hund.

»Hör auf damit, Milli!« rief eine weibliche Stimme, und schon eilte eine Frau herbei und nahm dem Jungen die Leine aus der Hand. »Entschuldigen Sie, Signore, aber sie ist praktisch noch ein Baby.«

»Und ein Schuhfetischist?« fragte Brunetti, dessen Stimmung sich dank des harmlosen Zwischenfalls wieder aufhellte.

Die Frau lachte, und ihre makellosen Zähne blitzten im wohlgebräunten Gesicht. »Scheint so.« Dann nahm sie ihren Sohn an die Hand und sagte: »Komm, Stefano. Wir bringen Milli nach Hause und geben ihr was Leckeres zu fressen.«

Der Junge streckte die freie Hand aus, und nach einigem Zögern gab seine Mutter ihm die Leine wieder.

Milli hatte den Führungswechsel zurück zum schwächeren Herrchen wohl mitbekommen, denn sie stürmte übermütig los, wobei sie, ganz nach Art junger Hunde, die Hinterläufe hoch in die Luft warf. Immerhin zügelte sie ihr Tempo so weit, daß sie den Jungen hinter sich herzerren konnte, ohne daß er Gefahr lief zu stürzen.

Brunetti ging das Herz auf, und einen Moment lang schien alles gut, bis – ja, bis seine Gedanken ausschwärmten und über Dottor Franchi stolperten. Wie hatte Pedrolli ihn doch gleich genannt: den gnadenlosen Hüter der Moral? Um ein solches Urteil zu fällen, mußten dem Arzt gewisse Vorfälle zu Ohren gekommen sein. Oder er hatte selber mit angehört, wie der Apotheker sich in unmißverständlicher Weise über seine Kunden, über die Gesellschaft oder sonst ein Thema äußerte. Unwillkürlich erinnerte sich Brunetti an den entgeisterten Blick von Signora Invernizzi, als Franchi sich so verständnisvoll über die Not der Junkies geäußert hatte.

War dieser Dottor Franchi demnach ein Chamäleon, einer, der seine Meinung für sich behielt, wenn er glaubte, Personen, an deren Wertschätzung ihm gelegen war, damit zu brüskieren, und sie nur dann freimütig äußerte, wenn er sich jemandem überlegen fühlte? Nach Brunettis Erfahrung war eine solche Verhaltensweise nicht ungewöhnlich. Ob manche Menschen nicht zuletzt deshalb heirateten, weil sie in der Ehe sagen durften, was sie dachten, und ihnen die quälende Last der Verstellung erspart blieb? Aber wie stand es dann um Bianca Marcolini: Welch ein Leben führte sie, wenn ihr Mann jeden Tag, jede Stunde herausfinden konnte, was ihr Vater auf ihr Betreiben hin getan hatte? Es war so leicht gewesen, den eitlen Marcolini so weit zu bringen, daß er mit seinem Anruf bei den

Carabinieri prahlte. Da mußte seine Tochter doch wissen, daß ihr Mann früher oder später erfahren würde, was wirklich geschehen war. Nein, nicht was, sondern warum es passiert war! Die Erkenntnis traf Brunetti wie ein Blitz: Pedrolli würde niemals erfahren, was aus seinem Sohn geworden war; nur, warum er ihn verloren hatte.

Erst als die Spannung in den Schultern sich wieder bemerkbar machte, fiel Brunetti auf, daß er immer noch vor dem Zeitungskiosk stand und die nackten Mädchen auf den Illustriertentiteln angaffte. Und für einen Moment sah er mit ernüchternder Klarheit, was Paola meinte: So, wie diese jungen Frauen zur Schau gestellt wurden, waren sie jeder männlichen Begehrlichkeit nackt und wehrlos ausgeliefert.

Wie gebannt wanderte sein Blick nach links und fiel auf eine Reihe grellbunter Titelseiten, auf denen jeweils eine barbusige Frau in unterwürfiger Haltung posierte: mal mit Riemen, mal mit Stricken oder Ketten gefesselt. Manche schauten ängstlich aus, andere glücklich; alle wirkten erregt.

Brunetti wandte sich ab und sah hinüber zum Palazzo Dolfin. »Sie hat recht«, murmelte er vor sich hin.

»Wollen Sie den ganzen Tag da rumlungern und Selbstgespräche führen?« fragte eine laute, zornige Stimme hinter ihm. Er löste seinen Blick von der prächtigen Fassade und drehte sich um. Vor ihm, kaum einen Meter entfernt, stand der Zeitungsverkäufer. Mit puterrotem Gesicht wiederholte er: »Wollen Sie den ganzen Tag hier stehen? Was kommt als nächstes? Versenken Sie Ihre Griffel in den Taschen?«

Brunetti hob die Hände, als wolle er sich verteidigen. Er setzte zu einer Erklärung an, doch dann ließ er wortlos die Hände sinken, kehrte dem Platz den Rücken und machte sich auf den Heimweg.

Haustiere, so hatte er gehört, erwarteten ihre Herrchen, wenn die von der Arbeit nach Hause kamen, oft schon an der Tür. Angeblich hatten die Tiere einen sechsten Sinn, der ihnen die Nähe ihrer Zweibeiner verriet. Als Brunetti in seinem Stockwerk angelangt war und nach den Schlüsseln kramte, ging die Tür auf, und Paola stand vor ihm. Seine Freude hätte nicht größer sein können.

»Schlechten Tag gehabt?« fragte sie.

»Woher weißt du das?«

»Ich hab dich die Treppe raufkommen hören, und deine Schritte klangen wie die eines sehr müden Mannes. Also dachte ich, vielleicht hilft es, wenn ich dir die Tür aufmache und dir sage, wie glücklich es mich macht, daß du hier bist.«

»Weißt du, mit der Arsch-und-Titten-Schau in den Illustrierten, da hattest du wirklich recht«, platzte er heraus.

Paola legte den Kopf schief und musterte ihn. »Komm rein, Guido. Mir scheint, du kannst ein Glas Wein vertragen.«

Er lächelte. »Ich kapituliere vor dir in einer Sache, über die wir jahrelang gestritten haben, und alles, was dir dazu einfällt, ist, mir ein Glas Wein anzubieten?«

»Wieso, was hättest du denn lieber gehabt?«

»Wie wär's mit ein bißchen Arsch und Titten?« meinte er und schloß sie in die Arme.

Nach dem Abendessen folgte er Paola in ihr Arbeitszimmer. Bei Tisch hatte er sich mit dem Wein zurückgehalten und wünschte sich nun nichts weiter, als hier zu sitzen, mit ihr zu reden und ihre Meinung zu etwas zu hören, wofür er bislang keinen Namen hatte: Das Pedrolli-Fiasko traf es vielleicht noch am ehesten.

»Der Apotheker vom Campo Sant'Angelo?« fragte Paola, als Brunetti mit seiner Geschichte zu Ende war, schwankend zwischen der Hoffnung, sie chronologisch, und der Befürchtung, sie wirr und unzusammenhängend vorgetragen zu haben.

Er saß neben ihr und hatte die Arme über der Brust verschränkt. »Du kennst ihn?«

»Nein, seine Apotheke liegt nicht auf meinem Weg. Außerdem ist das kein Platz, der zum Verweilen einlädt, oder? Man überquert ihn nur auf dem Weg zur Accademia oder zum Rialto. Ich hab zum Beispiel noch nie eins von diesen Baumwollhemden in dem Laden an der Brücke gekauft.«

Brunetti ließ auf seinem inneren Stadtplan den *campo* Revue passieren, erst von der Brücke, dann von der Calle della Mandola her. Ein Restaurant, in dem er nie gegessen hatte, eine Kunstgalerie, das unvermeidliche Immobilienbüro, der Kiosk mit dem schokoladenbraunen Labrador.

Paola unterbrach seine geographischen Betrachtungen mit der Frage. »Traust du ihm das zu? Daß er vertrauliche Auskünfte über seine Kunden weitergibt?«

»Früher glaubte ich, das, wozu Menschen imstande sind, hätte irgendwo seine Grenzen«, antwortete Brunetti. »Die Hoffnung habe ich nicht mehr. Wenn der Anreiz stimmt, ist womöglich jeder von uns zu allem fähig.« Er lauschte seinen Worten nach, erkannte, wie stark sie auf die Ereignisse dieses einen Tages reagierten, und setzte hastig hinzu: »Nein, das stimmt so nicht, oder?«

»Ich will's nicht hoffen«, sagte Paola. »Aber um auf diesen Apotheker zurückzukommen: Unterliegt der denn nicht der Schweigepflicht, so ähnlich wie ein Arzt?«

»Ich glaube schon. Doch dieser Franchi ist bestimmt klug genug, seine Indiskretionen zu bemänteln. Er braucht ja bloß so zu tun, als wolle er sich nach jemandes Befinden erkundigen: ›Ist Daniela schon aus der Klinik zurück?‹ – ›Würden Sie Egidio ausrichten, daß er sein Rezept erneuern muß?‹ Und wenn dabei irgend etwas Peinliches oder Schmachvolles ans Licht kommt, nun, dann war er nur der gewissenhafte Familienapotheker, der zu helfen versucht hat und sich um das Wohl der Patienten sorgt, nicht wahr?«

Paola überlegte kurz, dann wandte sie sich ihm zu und legte die Hand auf seinen Arm. »Nicht nur das, auch er selber könnte sich in dieser Rolle sehen. Falls ihn jemand zur Rede stellte, könnte er behaupten – sowohl den anderen als auch sich selbst gegenüber –, er sei einfach übereifrig gewesen.«

»Wahrscheinlich, ja.«

»Mieser kleiner Scheißkerl.«

»Die meisten Moralisten sind so«, entgegnete Brunetti resigniert.

»Kannst du irgendwas dagegen tun, besser gesagt, gegen ihn?« fragte Paola.

»Ich glaube kaum«, antwortete Brunetti. »So gemein und verwerflich das Ganze auch ist, belangen kann man Franchi höchstens wegen illegaler Einsichtnahme in die Krankenakten. Was er aus seiner Warte garantiert damit rechtfertigen würde, daß er nur im Interesse seiner Kunden gehandelt habe. Und Marcolini hat nur seine staatsbürgerliche Pflicht erfüllt, nicht wahr? Ebenso wie seine Tochter, vermutlich.« Brunetti ließ sich alles noch einmal durch den Kopf gehen und fuhr fort: »Nicht einmal der Überfall der Carabinieri auf Pedrolli war rechtswidrig. Sie hatten eine richterliche Anordnung für die in dieser Nacht geplanten Festnahmen. Sie haben geklingelt, aber die Pedrollis haben sie nicht gehört. Und Pedrolli gibt zu, daß er den Carabiniere zuerst angegriffen hat.«

»All dieser Kummer, all dieses Leid«, seufzte Paola.

Eine Weile saßen sie schweigend nebeneinander. Endlich stand Brunetti auf, ging hinüber ins Wohnzimmer und kam wenig später mit den Rußlandbriefen des Marquis de Custine zurück. Während seiner kurzen Abwesenheit hatte Paola sich, gleich dem Wasser, das immer den tiefsten Punkt sucht, mit einem Roman auf dem Sofa ausgestreckt. Doch jetzt zog sie die Beine an und machte ihm Platz.

»Immer noch bei den Russen?« fragte sie und deutete auf das Buch in seiner Hand.

Er nickte, setzte sich in die Sofaecke und las dort weiter, wo er den Abend zuvor aufgehört hatte. Paola betrachtete einen Moment lang sein Profil, dann streckte sie die Beine aus, schob die Füße, unter seinem Buch hindurch, auf seinen Schoß und vertiefte sich wieder in ihre Lektüre.

Am nächsten Tag verschlechterte sich das Wetter durch einen plötzlichen Temperatursturz, gefolgt von sintflutartigen Regenfällen. Beides säuberte die Straßen, zunächst von den Touristen, dann von verbliebenem Unrat. Einige Stunden später kündigten die Sirenen das erste *acqua alta* dieses Herbstes an, verschärft durch eine heftige Bora, die von Nordosten hereinwehte.

Ausgerüstet mit Schirm, Hut, Stiefeln und Regenmantel erschien ein mißmutiger Brunetti in der Questura, wo er nach eigener Schätzung *una brutta figura* abgab, als er am Eingang stehenblieb und sich schüttelte wie ein Hund sein nasses Fell. Hinterher blickte er sich um und sah, daß das Wasser mindestens einen Meter weit in jede Richtung gespritzt hatte. Schweren Schrittes und ohne nach rechts oder links zu schauen, stieg er die Treppen zu seinem Büro hinauf.

Oben angekommen, klemmte er den Schirm hinter die Tür. Sollte er ruhig auf den Holzfußboden tropfen: Dort in der Ecke würde es niemand sehen. Den Regenmantel hängte er in den *armadio* und warf seinen durchgeweichten Hut auf die Ablage. Dann ließ er sich auf einen Stuhl fallen und zog die Stiefel aus. Als er endlich hinter seinem Schreibtisch saß, war er verschwitzt und seine Laune auf dem Nullpunkt.

Das Telefon klingelte. »*Sì*«, meldete er sich unwirsch.

»Soll ich auflegen und nach der Kaffeepause noch mal anrufen?« fragte Bocchese.

»Das würde auch nichts ändern. Außerdem würde ich auf dem Weg zur Bar vermutlich vom *acqua alta* weggeschwemmt.«

»Ist es so schlimm?« erkundigte sich der Kriminaltechniker. »Ich bin heute schon sehr zeitig gekommen, da war's noch halbwegs erträglich.«

»In einer Stunde soll der Höchststand erreicht sein. Aber es ist schlimm, ja.«

»Glaubst du, daß Touristen ertrinken werden?«

»Führe mich nicht in Versuchung, Bocchese. Du weißt doch, daß unsere Telefone abgehört werden. Könnte gut sein, daß man unsere Lästereien der Tourismuszentrale meldet.« Ob es an Boccheses ungewohnter Gesprächigkeit lag oder an der Vorstellung von ertrinkenden Touristen, jedenfalls besserte Brunettis Laune sich schlagartig. »Was hast du denn für mich?«

»Aids«, sagte Bocchese lakonisch. Und in das betroffene Schweigen hinein erläuterte er: »Das heißt, ich habe eine Blutprobe, die HIV-positiv ist. Oder, um es noch präziser auszudrücken, das Labor hat – endlich – die Untersuchung der Blutprobe, die ich ihnen geschickt hatte, abgeschlossen, und der Befund lautet HIV-positiv. Blutgruppe B negativ, die ziemlich selten ist, und HIV-verseucht, was nicht so selten ist, wie es sein sollte.«

»Das Blut aus der Apotheke?«

»Ja.«

»Hast du's schon jemandem gesagt?«

»Nein. Die Mail ist eben erst gekommen. Warum?«

»Nur so. Ich rede mit Vianello.«

»Es ist doch nicht sein Blut, oder?« fragte Bocchese sachlich.

Brunetti war so schockiert, daß er losbrüllte: »Was?!«

Am anderen Ende blieb es lange still, bevor ein erstaunlich kleinlauter Bocchese versicherte: »So hab ich's nicht gemeint. Diese Proben werden immer anonym abgegeben, wir wissen nie, von wem sie sind.«

»Dann sag's gefälligst auch so!« entgegnete Brunetti immer noch ziemlich laut. »Und laß die blöden Witze. Die sind nicht komisch«, fügte er schroff hinzu, selbst erstaunt über seinen plötzlichen Zorn auf Bocchese.

»Entschuldige«, bat der Kriminaltechniker. »Ist wohl eine Berufskrankheit. Unsereins kriegt immer nur Teile oder Proben von Probanden zu sehen. Das verleitet unwillkürlich zum Kalauern, und vielleicht vergessen wir darüber die Menschen, um die es geht.«

»Schon gut«, sagte Brunetti und fügte, fast wieder besänftigt, hinzu: »Ich geh runter und sag's ihm.«

»Du wirst doch nicht –« stammelte Bocchese. Doch Brunetti schnitt ihm das Wort ab. »Ich werde ihm sagen, daß wir den Befund haben.« Und in versöhnlichem Ton fuhr er fort: »Keine Angst. Weiter werde ich ihm nichts erzählen. Mal sehen, ob wir die Probe jetzt irgendwem zuordnen können.«

Nachdem er ihm für seine Diskretion gedankt hatte, verabschiedete Bocchese sich höflich und legte auf.

Brunetti machte sich auf die Suche nach Vianello.

Sie brauchten nur wenige Minuten, bis sie in den Krankenakten aus Franchis Computer fündig wurden. Und nach ein paar Telefonaten hatten sie auch ein mögliches Motiv für den Einbruch in der Apotheke. Piero Cogetto war Rechtsanwalt und seit kurzem von der Frau – auch sie Juristin – getrennt, mit der er sieben Jahre zusammengelebt hatte. Cogetto hatte weder ein Drogenproblem, noch war er jemals mit dem Gesetz in Konflikt gekommen.

Gestützt auf diese Informationen, kostete es Vianello bloß noch zwei weitere Anrufe, bis er jemanden fand, der ihm den Rest der Geschichte erzählte: Sobald sie erfuhr, daß er HIV-positiv war, hatte Cogettos Verlobte ihn verlassen. Nicht wegen der Krankheit, sondern weil er ihr untreu gewesen sei, behauptete sie, was allerdings innerhalb ihres Bekanntenkreises auf erhebliche Zweifel stieß. Der zweite von Vianellos Gewährsmännern gab an, sie habe stets beteuert, von der Aids-Erkrankung hätte sie nur erfahren, weil jemand sich aus Versehen verplappert habe.

Nachdem Vianello all dies an Brunetti und Pucetti weitergegeben hatte, fragte er: »Und was machen wir jetzt?«

»Wenn er Aids hat, kann er nicht ins Gefängnis«, sagte Brunetti. »Aber wenn wir ihn dazu bringen, den Einbruch zu gestehen, könnten wir den Fall wenigstens abschließen und zu den Akten legen.« Er merkte selbst, wie sehr das nach Patta klang, und war dankbar, daß die beiden anderen es nicht kommentierten.

»Und du glaubst, er wird zugeben, daß er's war?« fragte Vianello.

Brunetti zuckte die Achseln. »Warum nicht? Die Blutproben stimmen überein, und notfalls könnte ein DNA-Test den Nachweis erhärten. Aber als Jurist weiß er auch, daß wir ihm nichts anhaben können, wenn er HIV-positiv ist.« Mit einem Mal fühlte Brunetti sich unendlich müde und wünschte, es wäre schon alles vorüber.

»Ich würd's verstehen, wenn er es getan hat«, meinte Pucetti.

»Wer könnte das nicht?« bestätigte Vianello und gab damit indirekt zu verstehen, daß Dottor Franchi der Urheber jenes fatalen »Versehens« sein mußte.

»Wenn du willst, rede ich mit ihm«, schlug der Inspektor Brunetti vor. »Sobald das Wasser sinkt.« An Pucetti gewandt, fuhr er fort: »Warum kommen Sie nicht mit und schauen sich an, wie das ist, jemanden zu vernehmen, der weiß, daß man ihn nicht einsperren kann?«

»Davon gibt's 'ne Menge«, sagte Pucetti, ohne eine Miene zu verziehen.

25

Er war gern hier hinten im Labor, an seinem Arbeitsplatz, wo er Arzneien herstellte, die anderen Menschen helfen und sie wieder gesund machen würden. Er schätzte das geordnete Regiment, in dem Tiegel und Flaschen nach seiner Weisung aufgereiht waren, seinem Willen gehorchend und dem System, das er für das beste hielt. Es war ein schönes Gefühl, den Laborkittel aufzuknöpfen und in der Uhrtasche seiner Weste nach dem Schlüssel für den Giftschrank zu fischen. Er erschien täglich im korrekten Dreiteiler zur Arbeit; das Jackett hängte er in seinem Büro auf einen Bügel, aber die Weste behielt er unter dem Laborkittel an. Pullover im Dienst kamen für ihn nicht in Frage: nur Weste und Krawatte. Wie sollten die Leute erkennen, daß er vom Fach war, *un dottore*, wenn er sich nicht standesgemäß kleidete?

Die anderen nahmen es nicht so genau. Und es lag nicht mehr in seiner Macht, ihnen die seiner Ansicht nach einzig anständige Kleiderordnung aufzunötigen. Trotzdem war es dem weiblichen Personal nach wie vor nicht gestattet, Röcke zu tragen, die kürzer waren als ihre Apothekerkittel, und er duldete keine Turnschuhe im Dienst. Im Sommer ließ er Sandalen durchgehen, allerdings nur bei den Frauen. Eine Fachkraft mußte sich entsprechend kleiden, wo käme man sonst hin?

Seine Finger glitten an der goldenen Uhrkette entlang, bis er den Schlüssel zum Giftschrank ertastete. Er ging in die Hocke, schloß die Stahltür auf und genoß das erhebende Gefühl, das ihn überkam, als der Schlüssel sich im Schloß drehte: Gab es einen zweiten Apotheker in Venedig, der seine Verantwortung der Kundschaft gegenüber so ernst nahm wie er? Vor ein paar Jahren hatte ein Kollege, den er in seiner Apotheke besuchte, ihn ins Labor eingeladen. Der Raum war leer gewesen, als sie eintraten, und er hatte gesehen, daß die Tür zum Giftschrank offenstand und der Schlüssel steckte. Er hatte all seine Beherrschung aufbieten müssen, um diese Nachlässigkeit nicht zu tadeln und ihre Gefahren aufzuzeigen. Schließlich hätte sich doch jeder X-beliebige Zutritt verschaffen können: ein Kind, das seiner Mutter entwischt war, ein potentieller Dieb, ein Drogensüchtiger. Einfach jeder! Die Folgen waren nicht auszudenken. Gab es da nicht einen Film – oder war es ein Roman? –, in dem eine Frau sich in einer Apotheke mit Arsen vergiftete, das unbeaufsichtigt herumstand? Ob es Arsen gewesen war, wußte er nicht mehr genau, irgendein Gift jedenfalls. Allerdings handelte es sich bei dem Opfer um ein verdorbenes Frauenzimmer, und so geschah es ihr vielleicht ganz recht.

Er nahm die Schwefelsäure aus dem Schrank, richtete sich wieder auf und stellte die Flasche auf die Arbeitstheke, wo er sie zur Sicherheit und damit nichts passieren konnte, bis hart an die Wand zurückschob. Ebenso verfuhr er mit anderen Glasbehältern, die er alle ganz weit hinten aufreihte und so ausrichtete, daß ihre Etiketten nach vorn zeigten und gut lesbar waren. Die vier kleinen Fläschchen mit Arsen, Nitroglyzerin, Belladonna und Chloroform kamen, jeweils zu zweit, rechts und links neben der Säure zu stehen, und er achtete darauf, daß das Totenkopfemblem auf den Schildchen sichtbar war. Die Tür zum Labor war wie üblich geschlossen: Die Angestellten wußten, daß sie anklopfen und warten mußten, bis er sie hereinbat. Auch das gefiel ihm.

Das Rezept lag auf dem Tisch. Signora Basso litt seit Jahren unter Magenbeschwerden, und er hatte diese Arznei schon mindestens achtmal angerührt, weshalb er das Rezept eigentlich gar nicht mehr brauchte. Aber ein echter Fachmann war in solchen Dingen nie leichtfertig, erst recht nicht in einem so ernsten Fall. Ja, die Dosis war gleichgeblieben: Die Salzsäure eins zu zwei mit Pepsin vermischen, zwanzig Gramm Zucker hinzugeben und die Tinktur mit zweihundertvierzig Gramm Wasser auffüllen. Was von Rezept zu Rezept variieren konnte, war die Anzahl der Tropfen, die Dottor Prina seiner Patientin verordnete, und die richtete sich nach den Laborwerten der Signora. Er war verantwortlich für die gleichbleibende Konsistenz der Lösung. Nur so konnte Signora Bassos Mangel an gastrischen Säften ausgeglichen werden.

Sie war seit Jahren leidend, die Ärmste, und Dottor Prina sagte, es liege bei ihr in der Familie. Die bedauernswerte Frau verdiente all seine Hilfe und Anteilnahme, und das nicht nur, weil sie wie er der Kirchengemeinde von Santo Stefano angehörte und Mitglied in der Rosenkranzgesellschaft seiner Mutter war. Sie tat ihre Pflicht und trug ihr Kreuz, ohne zu klagen, ganz im Gegensatz zu diesem Vittorio Priante, dem mondgesichtigen, plattfüßigen Vielfraß. Für den es, wann immer er in die Apotheke kam, nur ein Thema gab: Essen, Essen und nochmals Essen. Zur Abwechslung ließ er sich dann vielleicht über Wein und Grappa aus, bloß um danach gleich wieder vom Essen zu schwärmen. Nur mit falschen Angaben konnte er einen Arzt dazu gebracht haben, ihm die Säurelösung zur Linderung seiner Verdauungsbeschwerden zu verschreiben; und das machte aus dem Vielfraß obendrein noch einen Lügner.

Doch solchen Anforderungen mußte man sich eben stellen, wenn man einen Beruf wie den seinen ernst nahm. Es wäre ein leichtes, die Lösung zu verändern, sie stärker oder schwächer zu mischen, aber damit würde er gegen seine hochheilige Pflicht verstoßen. So sehr Signor Priante es auch verdient hätte, für seine Ausschweifungen und seine Verlogenheit bestraft zu werden, die Entscheidung darüber lag in Gottes Hand, nicht in der seinen. Von ihm wurden alle Patienten so optimal versorgt, wie er es bei seiner Vereidigung gelobt hatte. Niemals würde er sich durch seine persönlichen Überzeugungen davon abbringen lassen; alles andere hieße unprofessionell handeln, und das war undenkbar. Trotzdem täte es Signor Priante gut, sich ein Beispiel an ihm und seinem gemäßigten Appetit zu nehmen. Dazu hatte ihn seine Mutter erzogen, wie sie ihn überhaupt Mäßigung in allen Dingen gelehrt hatte. Heute war Dienstag, da gab es zum Abendessen selbstgemachte Gnocchi, anschließend eine Scheibe gegrillte Hühnerbrust und zum Nachtisch eine Birne. Nur schlichte Hausmannskost und dazu ein Glas Wein: weiß.

Trotzdem, seine Kunden mochten noch so ausschweifend leben und über die Stränge schlagen, er käme nie auf die Idee, sich bei ihrer Betreuung von seinen moralischen oder sonstigen Maßstäben leiten zu lassen. Nicht einmal bei jemandem wie Signora Adamis Tochter: erst fünfzehn und schon zweimal wegen Geschlechtskrankheit in Behandlung. Selbst in so einem Fall hielt er sich getreulich an seinen Eid; alles andere wäre unprofessionell und obendrein eine Sünde, beides Horrorvorstellungen für ihn. Gleichwohl hatte die Mutter des Mädchens ein Recht darauf, zu erfahren, welch frevelhafte Pfade ihre Tochter eingeschlagen hatte und in welchen Abgrund die führten. Eine Mutter hatte die Pflicht, über die Keuschheit ihres Kindes zu wachen: An diesem Dogma hatte er nie gezweifelt. Folgerichtig war er gehalten, Signora Adami über die Gefahren aufzuklären, die ihrer Tochter drohten: Das war seine moralische Verantwortung, die Vorrang hatte vor seinen beruflichen Pflichten.

Wie anders dagegen Gabetti, dessen unersättliche Gier Schande über ihren gesamten Berufsstand brachte. Wie konnte der Mann so etwas nur tun? Nicht allein seine Befugnisse, sondern auch das Vertrauen, welches das gesamte medizinische System in ihn setzte, hatte er mißbraucht, bloß um sich mit gefälschten Arztterminen zu bereichern. Und wie empörend, daß Mediziner, hochqualifizierte Fachärzte, sich an diesem Schwindel beteiligt hatten. Der *Gazzettino* hatte heute morgen groß auf der Titelseite darüber berichtet und sogar ein Foto von Gabettis Apotheke abgedruckt. Was würden die Leute künftig von den Pharmazeuten halten, wenn einer von ihnen sich zu solch kriminellen Machenschaften hinreißen ließ? Gegen die das Gesetz wieder einmal machtlos war. Gabetti war zu alt für eine Haftstrafe, und alles würde diskret und im stillen beigelegt werden. Eine lächerliche Geldbuße, vielleicht Berufsverbot, aber wirklich bestrafen würde man ihn nicht. Dabei hatten Verbrechen wie dieses, ja eigentlich alle Vergehen, doch ihre gerechte Strafe verdient.

Er trat an eins der Hängeschränkchen und wählte aus dem Satz Mischgefäße das mittlere, in dem er Rezepte über 250 Kubikzentimeter anzurühren pflegte. Aus einem Unterschrank nahm er eine leere braune Arzneiflasche und stellte sie auf die Arbeitstheke. Dann langte er wieder nach oben, fischte ein Paar Gummihandschuhe aus der Packung, streifte sie über und holte nun die Salzsäure aus dem Giftschrank. Er stellte die Flasche vor sich auf die Theke, schraubte den Glasstöpsel ab und legte ihn in ein eigens dafür bereitgestelltes flaches Glasschälchen.

In der Chemie ist nichts dem Zufall überlassen, dachte er: Wie die ganze Schöpfung folgt auch sie den Geboten, die Gott ihr auferlegt hat. Diesen Geboten zu gehorchen bedeutet eine kleine Teilhabe an der Macht Gottes über unsere Welt. Wenn er bestimmte Wirkstoffe in der richtigen Reihenfolge zusammenführte – erst diesen und dann jenen –, so erfüllte er damit einen göttlichen Plan. Indem er seinen Patienten die heilbringenden Mixturen verabreichte, erlebte er die Krönung seiner bescheidenen Rolle in diesem allumfassenden Plan des Herrn.

Die Einwegspritze in ihrer durchsichtigen Plastikhülle lag in der obersten Schublade. Er riß die Verpackung auf und pumpte die Luft aus dem Kolben, um sich zu vergewissern, daß er reibungslos funktionierte. Dann stieß er die Nadel in die Säure, wobei er mit der linken Hand die Flasche gerade hielt, und zog, immer die Zahlenskala am Flaschenrand im Blick, langsam die Spritze auf. Vorsichtig nahm er danach die Nadel wieder heraus, tupfte die Spitze behutsam ab und hielt sie über das Mischgefäß. Fünfzehn Tropfen, und keinen mehr.

Er war bei elf angelangt, als er hinter sich ein Geräusch vernahm. War das die Tür? Aber wer würde es wagen, die zu öffnen, ohne vorher anzuklopfen? Er durfte den Blick nicht von der Spritze wenden, denn falls er sich verzählte, würde er das Porzellanschälchen auswaschen und noch einmal ganz von vorn anfangen müssen. Und auch wenn die Menge kaum ins Gewicht fiel, wollte er den städtischen Wasserhaushalt nicht mit dieser giftigen Lösung belasten. Manch einer mochte so viel Vorsicht lächerlich finden, doch selbst fünfzehn Tropfen Salzsäure konnten möglicherweise einen bislang unbekannten Schaden anrichten.

Leiser, als sie aufgegangen war, fiel die Tür ins Schloß, gleichzeitig mit dem letzten Tropfen, den er ins Mischgefäß zählte. Er drehte sich um und erblickte einen seiner Patienten; das heißt, eigentlich war es eher ein Kollege, nicht wahr?

»Ah, Dottor Pedrolli!« rief er, hörbar erstaunt. »Ich bin überrascht, Sie hier zu sehen.« Er formulierte es so zurückhaltend, weil er einen Arzt, einen Mann, der ihm hinsichtlich Ausbildung und Kompetenzen überlegen war, nicht kränken wollte. Und er redete ihn mit *»Lei«* an, eine Respektsbezeugung, die er allen Medizinern zukommen ließ, egal wie lange sie schon zusammenarbeiteten. Außerhalb der Apotheke hätte er vielleicht gern zum vertraulichen *»tu«* gewechselt, um so eine gewisse Kollegialität zu demonstrieren. Aber die Ärzte siezten ihn alle konsequent weiter, und mit den Jahren war diese Förmlichkeit ihm zur zweiten Natur geworden. Er wertete die Anrede als ein Zeichen von Hochachtung vor ihm und seiner Stellung und war irgendwann stolz darauf. Jetzt streifte er die Gummihandschuhe ab und warf sie in den Papierkorb, bevor er dem Arzt seine Hand hinstreckte.

»Ich wollte mit Ihnen sprechen, Dottor Franchi«, sagte Pedrolli mit leiser Stimme. Er wirkte aufgeregt, was ungewöhnlich war für ihn, der sonst immer so einen ruhigen Eindruck machte.

»Wer hat Sie hereingelassen?« fragte Franchi, achtete dabei aber auf einen verbindlichen Ton, der höchstens Neugier und keinen Ärger verriet. Sein Personal würde nur im äußersten Notfall wagen, sich über seine Instruktionen hinsichtlich der Labortür hinwegzusetzen.

»Ihr Kollege, Dottor Banfi. Ich habe ihm gesagt, ich käme wegen eines Patienten und müßte Sie dringend sprechen.«

»Um wen geht es denn?« fragte der Apotheker, ehrlich erschrocken, weil offenbar einer seiner Patienten erkrankt war oder in Gefahr schwebte. Rasch ging er die Namen der Kinder durch, die bei Dottor Pedrolli in Behandlung waren: Vielleicht handelte es sich ja um chronische Beschwerden, und wenn er den Patienten erriet und gleich die Medizin herrichtete, könnte er wertvolle Sekunden sparen, ja, einem armen Kranken einen wertvollen Dienst erweisen.

»Um meinen Sohn«, sagte Pedrolli. Das ergab keinen Sinn. Franchi hatte, übrigens mit großem Erstaunen, von der Razzia der Carabinieri gehört und davon, was in Pedrollis Haus vorgefallen war. Seitdem konnte man das Kind doch wohl nicht mehr zu seinen Patienten zählen.

»Aber ich dachte…«, begann der Apotheker und unterbrach sich jäh, als ihm der Gedanke kam, daß die Pedrollis den kleinen Sohn vielleicht zurückbekommen hatten. »Ist er…?« setzte Franchi aufs neue an, wußte aber nicht, wie er die Frage zu Ende bringen sollte.

»Nein«, sagte Pedrolli mit seiner eigentümlich leisen Stimme, die hier in diesem kleinen Raum, der normalerweise alle Geräusche verstärkte, besonders auffiel. »Nein, er ist nicht wieder da«, ergänzte der Arzt. Ein wehmütiger Ausdruck huschte über sein Gesicht. »Und er kommt auch nicht mehr zurück.«

»Ich fürchte, ich kann Ihnen nicht folgen«, sagte Franchi, der plötzlich merkte, daß er noch immer die Spritze in der Hand hielt. Vorsichtig, damit die Nadel nicht mit der Tischplatte in Berührung kam, legte er sie auf die Arbeitstheke. Er sah, daß Pedrolli ihn dabei beobachtete, und auch den geschulten Blick, mit dem der Arzt die Flaschen auf der Theke musterte. Pedrolli war vom Fach, genau wie er, und würde seine Sorgfalt sicher zu schätzen wissen; ebenso wie die peinliche Ordnung in seinem Labor, die stellvertretend für die Disziplin in seiner Arbeit, ja in seinem ganzen Leben stand.

»Ich bereite gerade eine Pepsinmischung für eine Patientin zu«, beantwortete Franchi eine nicht gestellte Frage. Pedrolli würde hoffentlich merken, wie vorbildlich er es vermied, den Namen der Patientin zu nennen. Mit einem Wink zu den an der Wand aufgereihten Gefäßen fuhr er fort: »Ich wollte nicht Gefahr laufen, eine Flasche ganz hinten aus dem Schrank herausholen zu müssen, während die anderen noch davorstünden. Darum habe ich sicherheitshalber alle ausgeräumt.« Ein Arzt würde diese Vorsichtsmaßnahme bestimmt zu würdigen wissen.

Pedrolli nickte, schien aber nur mäßig interessiert. Dann überraschte er den Apotheker mit der Frage: »Ich gehöre doch auch zu Ihren Patienten, nicht wahr?«

»Ja, natürlich«, bestätigte Franchi. Es schmeichelte ihm, daß ein Arzt, ein Fachkollege im weitesten Sinne, ihm in der Rangfolge aber doch überlegen, sich für seine Apotheke entschieden hatte. Obwohl eigentlich mehr die Frau bei ihm Kunde war. Und das Kind natürlich, solange es zur Familie gehört hatte.

»Darum bin ich hier.«

Eine Erklärung, die den Apotheker in neuerliche Verwirrung stürzte. »Ich begreife immer noch nicht«, stammelte Franchi. Ob der Verlust des Kindes den Mann um den Verstand gebracht hatte? Wie beklagenswert, aber vielleicht auch verständlich, nach so viel Leid.

»Sie haben doch meine Unterlagen?« Wieder so eine Frage, die Franchi in Erstaunen versetzte.

»Ja gewiß, Dottore«, antwortete er. »Ich habe die Unterlagen all meiner Kunden.« Für den Apotheker waren es seine Patienten, aber er wußte, daß er offiziell von seiner Kundschaft sprechen sollte, zum Zeichen, daß er seinen Platz in der Hierarchie sehr wohl kannte.

»Können Sie mir auch sagen, wie Sie dazu gekommen sind, Dottore?« fragte Pedrolli weiter.

»Wozu gekommen?« stammelte Franchi verdutzt.

»An meine Krankenakte.«

Aber er hatte bestimmt nur von »Unterlagen« gesprochen. Von »Krankenakten« war nicht die Rede gewesen. Da hatte der Arzt etwas durcheinandergebracht. »Ich will Sie natürlich nicht belehren, Dottore«, begann Franchi, obwohl er genau das tat. »Aber ich verwalte nur Ihre Unterlagen für diese Apotheke. Es steht mir nicht zu«, fuhr er, seine Worte sorgfältig abwägend, fort, »mich mit Ihrer

Krankenakte zu befassen.« Das entsprach der Wahrheit, mithin war es auch keine Lüge, es zu behaupten.

Pedrolli lächelte, aber Franchi war nicht wohl dabei. »Da habe ich leider was ganz anderes gehört.«

»Von wem?« fuhr Franchi empört auf. Mußte er, ein studierter Pharmazeut, einer, der Anwälte, Richter sowie Ingenieure und Ärzte zu seinen Patienten zählte, sich eine solche Anschuldigung gefallen lassen?

»Von jemandem, der Bescheid weiß.«

Franchi schoß das Blut ins Gesicht. »Sie können nicht einfach hier hereinspazieren und solche Beschuldigungen vorbringen.« Dann besann er sich auf den Rang seines Gegenübers und mäßigte seinen Ton. »Das ist ganz und gar unpassend. Und ungerecht.«

Pedrolli trat einen Schritt zurück, was den Größenunterschied zwischen beiden Männern noch unterstrich: Der Arzt überragte jetzt drohend den Apotheker. »Wenn Sie über ungerechte Beschuldigungen reden wollen, Dottor Franchi«, versetzte Pedrolli mit einer Stimme, die durchaus vernünftig klang, ja sogar eine gewisse Langmut verriet, »dann sollten wir uns vielleicht einmal über Romina Salvi unterhalten.«

Franchi brauchte eine Weile, bevor er Mimik und Stimme wieder unter Kontrolle hatte. »Romina Salvi? Das ist eine Kundin von mir, gewiß, aber ich verstehe nicht, worauf Sie hinauswollen.«

»Eine Kundin, die seit etwa sechs Jahren Lithium nimmt«, sagte Pedrolli mit jenem verhaltenen Lächeln, das seinen Patienten Vertrauen einflößte.

»Um das zu bestätigen, müßte ich erst in ihren Unterlagen nachsehen.«

»Daß sie Lithium nimmt, oder daß die Behandlung schon sechs Jahre dauert?«

»Sowohl als auch. Beides.«

»Ich verstehe.«

»Aber ich nicht, Dottore«, beteuerte Franchi hektisch. »Ich weiß nicht, was das alles soll. Im übrigen möchte ich, wenn Sie gestatten, meine Arbeit zu Ende bringen. Ich lasse meine Kunden ungern warten.«

»Sie wollte Gino Pivetti heiraten, einen Laboranten bei uns in der Klinik. Aber irgendwie erfuhr seine Mutter von dem Lithium und von Rominas Depressionen und hinterbrachte die Nachricht ihrem Sohn. Der wußte nichts davon: Romina hatte es ihm nie erzählt. Aus Angst, er würde sie verlassen.«

»Ich wüßte nicht, was das alles mit mir zu tun hat«, unterbrach ihn Franchi. Er zog ein neues Paar Gummihandschuhe aus der Packung und hoffte, sein Arbeitseifer würde den Arzt sowohl beeindrucken wie ihm klarmachen, daß diese Unterhaltung zu nichts führte und es an der Zeit war zu gehen. Aber er, Dottor Franchi, konnte einem Mediziner und Facharzt schwerlich die Tür weisen, oder?

»Und genauso kam es: Er hat sie verlassen. Es wird also keinen Nachwuchs geben, der Gottes vollkommenen Plan stört, indem er die manisch-depressive Veranlagung der Mutter weiterträgt.«

Franchi verzichtete aus Höflichkeit darauf, diese Entwicklung gutzuheißen. Gottes Kinder sollten Seinen vielen Vorzügen nacheifern und keine Krankheiten vererben, die Seine Schöpfung beeinträchtigten. Er schraubte die leere Glasflasche auf und stellte den Stöpsel vorsichtig verkehrt herum auf der Arbeitsplatte ab, damit das Verschlußteil nicht mit irgendwelchen Keimen in Berührung kam, so unwahrscheinlich das auch war.

»Ich habe lange darüber nachgedacht, Dottor Franchi.« Pedrollis Stimme klang jetzt lebhafter. »Seit ich erfuhr, daß Sie über meine Krankenakte verfügen, und mir klarwurde, was da alles drinsteht.«

Wie um zu demonstrieren, daß seine Geduld nun wirklich erschöpft war, zog Franchi das Mischgefäß ein paar Zentimeter näher und schickte sich an, die Arznei zusammenzurühren. »Leider ergibt das für mich alles keinen Sinn, Dottore«, sagte er. Dann entnahm er einem der Hängeschränke ein Fläschchen Pepsin, die Suspensionslösung, die er für den nächsten Schritt seiner Zurüstungen brauchte. Er schraubte den Verschluß ab und legte ihn in ein dafür vorgesehenes Glasschälchen.

»Und Romina Salvi? Ergibt es einen Sinn, wenn ich Ihnen sage, daß jemand mit einem einzigen Telefonanruf ihr Leben zerstört hat?« fragte Pedrolli.

»Niemand hat ihr Leben zerstört!« Franchi machte jetzt keinen Hehl mehr daraus, wie sehr ihm Pedrolli auf die Nerven ging. Er griff nach der Spritze und legte sie sorgsam beiseite. »Mag sein, daß ihre Verlobung gelöst wurde, aber das hat ja wohl kaum ihr Leben zerstört.«

»Wieso nicht?« fragte Pedrolli aufbrausend. »Weil es sich dabei nur um Gefühle handelt? Weil niemand ins Krankenhaus mußte und keiner gestorben ist?«

Franchi hatte endgültig genug; er wollte nichts mehr hören von Gefühlen und zerstörten Hoffnungen. Wer sein Leben im Abglanz des Herrn verbrachte, dem konnte so etwas nicht passieren.

Der Apotheker trat dicht vor Pedrolli hin. »Ich habe Ihnen schon mehrfach gesagt, daß ich nicht weiß, wovon Sie reden, Dottore. Ich weiß allerdings, daß Signora Salvi an einer Krankheit leidet, die sich auf etwaige Kinder vererben könnte. Und in Anbetracht dessen ist es vielleicht besser, daß dieses Verlöbnis gelöst wurde.«

»Mit Ihrer Hilfe, Dottore?« fragte Pedrolli.

»Wie kommen Sie darauf?« entgegnete Franchi fast im Brustton der Entrüstung.

»Jemand hat Ginos Mutter gefragt, ob sie sich keine Sorgen mache um ihre künftigen Enkelkinder. Die Pivettis wohnen am Campo Manin, nicht wahr? Demnach wäre das hier ihre Apotheke. Und wo sonst sollte Ginos Mutter so eine Frage gestellt bekommen?«

»Ich tratsche nicht über meine Patienten«, sagte Franchi mit der Selbstgewißheit eines Mannes, der weder Lügen noch Klatsch verbreitet.

Pedrolli sah ihn lange an und musterte sein Gesicht so gründlich, daß Franchi sich, nur um diesem Blick auszuweichen, hastig wieder seiner Arbeit zuwandte. Er nahm eine neue Spritze zur Hand und riß die Verpackung so heftig auf, daß sein Zorn in dem Rascheln widerhallte. Nachdem er den Kolben geprüft hatte, stieß er die Nadel in das kleine Fläschchen und begann langsam die Flüssigkeit aufzuziehen.

»Nein, das würden Sie tatsächlich nicht, wie?« fragte Pedrolli, erstaunt, daß ihm das jetzt erst aufgegangen war. »Sie würden nicht lügen und keinen Klatsch über einen Kunden verbreiten, nicht wahr?«

Die Feststellung war kaum einer Antwort wert, aber Franchi bequemte sich doch zu einem Seitenblick, der seine Geringschätzung für so viel Beschränktheit verriet, und sagte: »Selbstverständlich nicht.«

»Aber Sie würden sehr wohl zum Telefon greifen, wenn einer Ihrer Kunden etwas in Ihren Augen Unmoralisches täte, habe ich recht?« Pedrolli sprach jetzt ganz langsam, so als reimte er sich seine Erkenntnis Wort für Wort zusammen. »Dazu wären Sie imstande, genau wie Sie Ginos Mutter warnen würden. Sie würden nicht direkt etwas verraten, aber nachdem Sie Ihre Sorge kundgetan und die Gründe dafür dargelegt hätten, wüßten die Betroffenen, was los ist, nicht wahr?« Er hielt inne und betrachtete den Mann vor sich, als sähe er ihn in all den Jahren zum ersten Mal.

Franchi verlagerte seinen Griff auf die Spritze und umschloß sie mit den Fingern, als wäre es der Schaft eines Messers. Aller Geduld beraubt, richtete er sie vage auf den Arzt. Was hatte das alles zu bedeuten, und warum war Dottor Pedrolli so besorgt um diese Frau? Er war Kinderarzt, sie konnte also nicht zu seinen Patienten gehören. »Natürlich würde ich das tun!« Der Zorn preßte die Worte aus ihm heraus. »Glauben Sie denn nicht, daß ich moralisch dazu verpflichtet bin? Ja, sind wir nicht alle, angesichts von Sünde, Frevel und Betrug, aufgerufen, sie zu verhindern, sofern es in unserer Macht steht?«

Pedrolli hätte nicht fassungsloser sein können, wenn der Apotheker tatsächlich mit der Spritze auf ihn losgegangen wäre. Er streckte Franchi abwehrend seine Handfläche entgegen und fragte mit gepreßter Stimme: »Nur verhindern? Aber was, wenn es dazu zu spät ist? Glauben Sie, daß man die Sünder dann auch bestrafen darf?«

»Aber natürlich«, entgegnete Franchi so entschieden, als handele es sich um die einfachste Sache von der Welt. »Frevler sollen ihre Strafe bekommen. Vergehen müssen geahndet werden.«

»So lange, wie keiner deswegen im Krankenhaus landet oder ums Leben kommt?«

»Genau«, bestätigte Franchi auf seine pedantische Art. »Wenn es nur um Gefühle geht, kann man ruhig durchgreifen.«

Er wandte sich wieder seiner Arbeit zu. Ein Mann, der gewissenhaft und kompetent seinen Pflichten nachgeht.

Wer weiß, was Pedrolli in dem Augenblick gesehen hat? Einen kleinen Jungen im mit Entchen bedruckten Pyjama, der sich an die eigene Nase faßt? Und was mag er gehört haben? Ein feines Stimmchen, das *papà* sagt? Entscheidend ist, was er daraufhin tat. Er machte einen Schritt nach vorn und stieß den Apotheker mit einer zornigen Armbewegung zur Seite. Franchi, der noch immer die Spritze umklammert hielt und sich nicht damit verletzen wollte, stolperte beim Versuch auszuweichen, mit dem linken Fuß über den rechten und brach in die Knie. Er seufzte erleichtert auf, weil es ihm gelungen war, die Spritze von seinem Körper fernzuhalten.

Als er zu Pedrolli aufblickte, sah er den großen Glaskolben in der Hand des Arztes auf sich zukommen, sah die Flüssigkeit in hohem Bogen herausspritzen und ganz kurz noch die eigene ausgestreckte Hand, bevor alles in Dunkelheit und Schmerz versank.

26

Diesmal wird sich unser Gespräch leider etwas anders gestalten als bisher, Dottore.«

»Das ist mir klar.«

»Bei unserer ersten Begegnung habe ich Sie als Opfer eines tätlichen Angriffs im Krankenhaus aufgesucht, und das nächste Mal befragte ich Sie nach jemandem, den ich im Verdacht hatte, eine Straftat begangen zu haben. Diesmal aber sind Sie es, dem ein Verbrechen angelastet wird, und ich muß Ihnen sagen, daß unser Gespräch auf Band und Video aufgezeichnet wird. Mein Kollege, Ispettore Vianello, nimmt als Zeuge teil, und zum Schluß der Vernehmung wird man Ihnen ein Protokoll zur Unterschrift vorlegen. Haben Sie das soweit verstanden, Dottore?... Ich muß Sie bitten, etwas zu sagen, Dottore. Fürs Tonband.«

»Oh, verzeihen Sie. Ich war wohl in Gedanken.«

»Möchten Sie, daß ich Ihnen das Prozedere noch einmal wiederhole?«

»Nein, nicht nötig. Ich habe schon verstanden.«

»Also gut. Ach ja, bevor wir anfangen: Möchten Sie etwas zu trinken, Dottore? Ein Glas Wasser? Einen Kaffee?«

»Nein, danke.«

»Falls Sie rauchen möchten, da steht ein Aschenbecher.«

»Danke, Commissario, ich bin Nichtraucher. Aber natürlich, wenn einer von Ihnen...«

»Danke, Dottore. Können wir dann beginnen?«

»Ja, sicher.«

»Am Morgen des Sechzehnten, waren Sie da in der Apotheke von Dottor Mauro Franchi am Campo Sant'Angelo?«

»Ja, das ist richtig.«

»Können Sie mir sagen, was Sie dorthin führte?«

»Ich wollte mit Dottor Franchi reden.«

»Aus beruflichen Gründen? Ging es vielleicht um einen Ihrer Patienten?«

»Nein, es war rein privat.«

»Würden Sie das etwas näher… Dottore, hören Sie mich?«

»Ach so, ja. Also in gewisser Weise handelte es sich schon um einen Patienten, allerdings nicht von mir, sondern von ihm. Und dann haben wir noch über eine Frau gesprochen, die seine Kundin war, aber ebenfalls keine Patientin von mir.«

»Darf ich fragen, wer diese Frau war, Dottore?«

»Lieber nicht. Sie hat auch gar nichts mit der Sache hier zu tun.«

»Wenn Sie gestatten, würde ich mir darüber gern selbst ein Urteil bilden, Dottore.«

»Das glaube ich Ihnen, Commissario. Aber in dem Fall ist es, denke ich, an mir, dies zu beurteilen. Und ich möchte den Namen der Dame nicht preisgeben.«

»Würden Sie mir dann wenigstens sagen, warum Sie Dottor Franchi ihretwegen sprechen wollten?«

»Hmm, dagegen ist wohl nichts einzuwenden. Ich kenne ihren Verlobten oder vielmehr den Mann, der ihr *fidanzato* war. Wir sind befreundet.«

»Was können Sie mir noch über die Dame erzählen?«

»Ich überlege gerade, wie ich es formulieren soll. Also diese beiden jungen Leute waren, wie gesagt, verlobt. Aber die Mutter meines Freundes bekam irgendwie heraus, daß sie, die junge Frau, an einer Krankheit litt, die sich möglicherweise auf ihre Kinder übertragen hätte. Die beiden wollten nämlich Kinder, verstehen Sie?«

»Ja, schon, aber mir ist nicht klar, warum Sie mit Dottor Franchi über dieses Paar reden wollten.«

»Oh, habe ich das noch nicht erwähnt? Tut mir leid! Es ist nämlich so, daß er, der junge Mann, und seine Mutter ganz in der Nähe vom Campo Sant'Angelo wohnen.«

»Und?«

»Ja, begreifen Sie denn nicht, Commissario? Können Sie sich nicht denken, was passiert ist?«

»Leider darf ich nur Fragen stellen, Dottore, aber keine Antworten liefern. Die möchte ich nämlich von Ihnen hören.«

»Natürlich. Demnach ist das hier keine richtige Unterhaltung, oder?«

»Nein, leider nicht, Dottore.«

»Könnte man leicht vergessen.«

»Ja, das ist wohl so.«

»Wo waren wir stehengeblieben, Commissario?«

»Sie hatten mir gerade erklärt, wo Ihr Freund und seine Mutter wohnen.«

»Ja, richtig. Gleich hinter dem Campo Sant'Angelo. Folglich liegt es nahe, daß Dottor Franchi ihr Apotheker ist. Er war es, der der Mutter meines Freundes von der Krankheit seiner Verlobten erzählt hat.«

»Haben Sie dafür Beweise, Dottore?«

»Das nicht, aber als ich bei ihm war, hat er unumwunden erklärt, daß er es für seine moralische Pflicht hält, Fehltritte zu verhindern und Sünder zu bestrafen. Daraus habe ich geschlossen, daß er die Mutter meines Freundes eingeweiht hat, wohl wissend, wie sie reagieren würde.«

»Hat er sich ausdrücklich dazu bekannt, Dottore?«

»Nein, nicht direkt. Aber jeder vernünftige Mensch hätte seine Worte deuten können. Oder vielmehr ihren Sinn.«

»Trifft es zu, daß Sie aus Dottor Franchis Aussagen gefolgert haben, er hätte die Mutter des jungen Mannes, den dieses Mädchen heiraten wollte, über deren Erkrankung informiert?«

»Ja.«

»Und wie haben Sie darauf reagiert, Dottore?«

»Es hat mich wütend gemacht. Die junge Frau war... Es ging ihr sehr, sehr schlecht nach der Trennung von ihrem *fidanzato*.«

»Und was ist mit ihm?«

»Ach, das ist eine andere Geschichte.«

»Was soll das heißen?«

»Nun, er ist schon wieder mit einem anderen Mädchen verlobt, und seine neue *fidanzata* ist schwanger.«

»Und seine Exverlobte? Weiß sie davon?«

»Ich möchte nicht unhöflich erscheinen, Commissario. Aber wie, glauben Sie, sollte es in dieser Stadt möglich sein, das vor ihr geheimzuhalten?«

»Ja, ja, ich weiß, was Sie meinen. Und wie hat die junge Frau es aufgenommen, Dottore?«

»Ihr Zustand hat sich... verschlechtert.«

»Ja? Wollen Sie noch etwas hinzufügen?«

»Ich glaube, das genügt. Ich möchte nichts weiter dazu sagen.«

»Wie Sie wünschen, Dottore. Sie erwähnten eingangs, daß Sie mit Dottor Franchi über einen seiner Patienten sprechen wollten. Würden Sie mir sagen, wer das ist?«

»War.«

»Wie bitte?«

»War, nicht ist. Er ist nicht mehr Dottor Franchis Patient.«

»Ist er weggezogen?«

»Man könnte es so nennen, ja.«

»Ich fürchte, ich kann Ihnen nicht folgen, Dottore.«

»Ich spreche von meinem Sohn, Commissario. Von meinem Sohn Alfredo. Wir haben für ihn in Dottor Franchis Apotheke eingekauft. Aber er ist dort nicht länger Kunde, weil er nicht mehr bei mir wohnt.«

»Verstehe. Danke, Dottore. Darf ich fragen, warum Sie mit Dottor Franchi über Ihren Sohn sprechen wollten?«

»Ich fürchte, das ist ziemlich schwer zu beantworten, Commissario.«

»Dann lassen Sie sich Zeit.«

»Ja, ja danke. Ich will's versuchen. Ich könnte damit anfangen, daß ich seit neun Jahren im Ospedale Civile arbeite. In der Pädiatrie. Aber warum erzähle ich Ihnen das? Wo Sie es doch längst wissen. Vor dieser Geschichte mit der Mutter meines Freundes waren mir schon zweimal Gerüchte über Dottor Franchi zu Ohren gekommen. Daß er gezielt Informationen streute, die eigentlich vertraulich waren. Dinge, die er aufgrund seines Berufes in Erfahrung gebracht hatte und die bestimmte Krankheiten, Gebrechen oder chronische Leiden seiner Kunden betrafen. Und die er auf nie geklärtem Wege – und ich muß hinzufügen, daß es auch nie Beweise dafür gab – anderen Personen übermittelt haben soll.«

»Reden Sie von Erpressung, Dottore?«

»Um Gottes willen, nein! Nichts dergleichen. Dazu wäre Dottor Franchi genausowenig fähig, wie er jemandem zuviel berechnen könnte. Er ist ein Ehrenmann, verstehen Sie? Und das ist sein Problem. Er hat festgelegt, was gut und was böse ist. Und wenn jemand etwas tut, das er für sündhaft hält, glaubt er, der Betreffende müßte dafür bestraft werden. Nein, Commissario, ich kann nicht mit konkreten Beweisen aufwarten. Es handelt sich, wie gesagt, in erster Line um Andeutungen und Gerüchte: Sie wissen ja, wie die Leute reden. Ich habe eher so ein Gespür dafür entwickelt, was für ein

Mensch er ist, wie er denkt und welche selbstgewählten Pflichten er erfüllen zu müssen glaubt, um die öffentliche Moral aufrechtzuerhalten. Von seinen Indiskretionen habe ich, wie gesagt, zweimal gehört, aber eben immer nur vage Vermutungen, die der eine beim anderen aufgeschnappt und weitergetragen hat und die weder bewiesen, noch widerlegt werden konnten. Aber als ich erfuhr, daß die Mutter meines Freundes, die mit Sicherheit Kundin in seiner Apotheke ist, plötzlich über die Krankengeschichte ihrer künftigen Schwiegertochter Bescheid wußte, da lag es doch auf der Hand, daß ihre Quelle nur Dottor Franchi sein konnte.«

»War Ihnen das schon zu dem fraglichen Zeitpunkt klar?«

»Welchen meinen Sie?«

»Den, als die Mutter Ihres Freundes diese Informationen erhielt.«

»Nein, da noch nicht. Erst später.«

»Und wann genau?«

»Später eben. Als ich anfing, über gewisse Dinge nachzudenken.«

»Aber Sie hatten keine Beweise? Oder hat die Mutter Ihres Freundes Ihnen etwas erzählt?«

»Nein, nein, Sie haben ganz recht, ich hatte keine Beweise. Aber mit Verlaub, Commissario: Beweisführung fällt wohl eher in Ihr Ressort als in meins. Ich war mir sicher, und das kommt doch wohl aufs selbe hinaus.«

»Aha.«

»Sie sind nicht dieser Ansicht, Commissario?«

»Meine Meinung tut hier nichts zur Sache, Dottore. Ich habe lediglich die Aufgabe, Sie zu befragen und nach Erklärungen zu suchen.«

»Verstehe.«

»Sie waren eben im Begriff zu schildern, warum Sie mit Dottor Franchi über Ihren Sohn sprechen wollten, Dottore.«

»Ja, stimmt, nicht wahr? Ich habe wohl Schwierigkeiten, mich zu konzentrieren. Es gibt so vieles zu bereden, und mir gehen so viele Dinge durch den Kopf.«

»Ich höre Ihnen zu.«

»Gut denn: mein Sohn. Es wäre sinnlos, Ihnen vorzuspielen, daß er tatsächlich mein Sohn, also mein leibliches Kind ist. Seine Mutter ist eine Albanerin, die ich in Cosenza kennenlernte.«

»Kennenlernte, Dottore?«

»Nun ja, mit der man mich zusammenbrachte, wenn Sie so wollen. Ein Bekannter – seinen Namen möchte ich lieber nicht nennen – wußte, daß sie schwanger war, das Kind aber nicht behalten wollte. Also hat er den Kontakt vermittelt, und ich bin auf ihre Forderungen eingegangen.«

»Finanzielle Forderungen, Dottore?«

»Natürlich. Das war das einzige, was sie interessierte. Ich sage es nicht gern, Commissario, aber sie wollte nur das Geld. Das Kind war ihr praktisch egal.«

»Das ist sehr bedauerlich.«

»Jedenfalls hat sie das Geld bekommen. Zehntausend Euro, und ich hoffe, sie bringen ihr Glück.«

»Das ist sehr großzügig von Ihnen, Dottore.«

»Ach, was kann man ihr schon vorwerfen? Daß sie im falschen Land geboren wurde. In einen wohlhabenderen Staat flüchtete. Dort entdeckte, daß sie schwanger war, das Kind nicht haben wollte, aber jemanden fand, der überglücklich war, es aufzunehmen? Vielleicht muß man es ihr sogar zugute halten, daß sie sich mit dem Geld zufriedengegeben hat und später keine Nachforderungen stellte.«

»Mag sein, ja. Aber ich verstehe immer noch nicht, was Sie nun zu Dottor Franchi geführt hat.«

»Ich bitte Sie, Commissario! Sie brauchen sich wirklich nicht dumm zu stellen. Seit ich diesen Raum betreten habe, dreht sich alles nur darum, was ich von Dottor Franchi wollte. Man könnte fast glauben, mein ganzes Lebens zumindest aber meine Zukunft, hängt von der Frage ab, warum ich bei Dottor Franchi war.«

»Sie sagen es, Dottore: Das ist die zentrale Frage. Wollen Sie mir nicht verraten, warum Sie bei ihm waren?«

»Sie haben mich darauf gebracht.«

»Wie bitte? Das verstehe ich nicht.«

»Sie haben mir doch gesagt, daß er Zugriff auf meine Krankenakte hatte.«

»Nein, Dottore, ich habe Sie lediglich gefragt, ob Rezepte für den Eigenbedarf, die Sie seiner Apotheke ausgestellt haben, in Ihren Unterlagen auftauchen würden.«

»Aber Sie haben vom Mißbrauch medizinischer Daten gesprochen.«

»Ja, stimmt. Doch nur, weil wir zu dem Zeitpunkt noch den Verdacht hegten, daß Dottor Franchi ein Erpresser sei.«

»Das ist ganz ausgeschlossen.«

»Ich wußte nicht, daß Sie ihn so gut kennen.«

»Gut genug, um mich dafür zu verbürgen.«

»Aber Sie haben ihn aufgesucht, um mit ihm über Ihren Sohn zu reden?«

»Ja, allerdings. Haben Sie meine Krankenakte gesehen, Commissario?«

»Habe ich, ja.«

»Darf ich fragen, wo?«

»Sie war auf Dottor Franchis Computer gespeichert.«

»Das dachte ich mir. Und warum haben Sie dann eben geleugnet, daß er sie hatte?«

»Das habe ich nicht, Dottore. Bei unserer ersten Unterredung – das heißt das erste Mal, als Sie mit mir sprechen konnten – habe ich Sie gefragt, ob bestimmte Informationen darin enthalten seien. Von Dottor Franchi war nicht die Rede.«

»Aber er hatte sie?«

»Ja. Bloß, wenn Sie Erpressung ausschließen, dann hat er sie nicht benutzt.«

»Ach, nein? Kommen Sie, Commissario, so dumm können Sie doch nicht sein! Natürlich hat er sie benutzt! Es stand ja groß und breit drin, jeder Idiot hätte es verstanden: ›Völlige Sterilität‹. Venedig ist eine kleine Stadt, Commissario. Und außerdem sind Dottor Franchi und ich mehr oder weniger in derselben Branche.«

»Ich kann Ihnen nicht folgen, Dottore.«

»Ich will damit sagen, daß Franchi sicher über den Klinikklatsch Bescheid wußte. Das liegt doch auf der Hand, Commissario. Er wird von meiner angeblichen Affäre auf dem Medizinerkongreß gehört haben und von der verbotenen Frucht – so würde er es vermutlich ausdrücken –, die angeblich aus diesem Verhältnis entsprungen war. Andere haben vielleicht ihre Witze gemacht, als ich Alfredo heimbrachte, aber er würde so etwas nicht tun. O nein, Dottor Franchi hat gewiß Mitleid gehabt mit dem armen, schwachen Sünder. Doch nun stellen Sie sich sein Entsetzen vor, als er meine Krankenakte in die Finger bekam und sah, daß ich mich in Wahrheit nicht des Ehebruchs schuldig gemacht, sondern den Staat betrogen hatte. In den Augen eines so rechtschaffenen Gottesdieners war das zweifellos eine ebensogroße Sünde.«

»Ich glaube, Sie sind auf dem Holzweg, Dottore.«

»Wie kommen Sie darauf? Der Fall ist doch sonnenklar: Alfredo war nicht mein Sohn, ich habe gegen das Gesetz verstoßen, indem ich eine Urkunde gefälscht und ihn als mein Fleisch und Blut ausgegeben habe. Und ich habe gelogen, als ich vorgab, mein Ehegelübde gebrochen zu haben. Gott allein weiß, welches dieser Vergehen in seiner verdrehten Moral am schwersten wiegt.«

»Ich glaube, Sie sind im Irrtum, Dottore.«

»Nein, ich irre mich nicht. Er ist so ein Typ. Einer, der anderen seine Ideen aufzwingt und alles daransetzt, sie für ihre Sünden zu bestrafen. Bedenken Sie nur, was er Romina angetan hat: Wie ein Zombie geht sie jeden Tag, mit Beruhigungsmitteln vollgepumpt, im Palazzo Boldù aus und ein. Alles nur, weil sie gern geheiratet und Kinder gehabt hätte. Dottor Franchi aber befand, Manisch-Depressive sollten nicht heiraten und auch keine Kinder kriegen. Dieser lebensfeindliche, gemeine Hund!«

»Bitte, Dottore. Das führt doch zu nichts.«

»Nein, ich weiß. Trotzdem ist er ein Schwein und hat –«

»Haben Sie ihn gesehen, Dottore?«

»Nein, natürlich nicht. Schließlich sitze ich doch hier fest, seit es passiert ist.«

»Ja, sicher. Aber ich habe ihn gesehen.«

»Wo?«

»In der Klinik.«

»Und?«

»Und die Ärzte können noch nichts sagen. Man muß den Heilungsprozeß abwarten. Es ist die Rede von Hauttransplantationen. Aber...«

»Aber was?«

»Das ist nicht das größte Problem.«

»Sondern?«

»Seine Augen.«

»Beide?«

»Eines ist mit Sicherheit verloren. Das andere kann man vielleicht retten. Eventuell auch mittels einer Transplantation. Und dann wäre da noch seine Hand.«

»Ja, er hat versucht, sein Gesicht zu schützen.«

»Das geschieht wohl instinktiv. Es hätte noch viel schlimmer kommen können.«

»Sie meinen, wenn ich seinen Kopf nicht ins Becken gehalten und das Wasser aufgedreht hätte?«

»Ja.«

»Ich konnte gar nicht anders: wahrscheinlich eine ebenso instinktive Reaktion wie sein Versuch, das Gesicht zu bedecken. Vielleicht kommt es daher, daß ich Arzt bin. Da reagiert man automatisch so: Sie sehen einen Verletzten und handeln, ohne groß nachzudenken. Sie erinnern sich an das, was man Ihnen im Studium eingebleut hat, und legen los. Genauso war es mit Franchi. Ich wußte, das einzige, was hilft, ist, so bald und so lange wie möglich fließendes Wasser drüberlaufen zu lassen.«

»Die Ärzte meinen, es könnte einiges damit gewonnen sein. In bezug auf die Transplantation.«

»Gut.«

»Dottore, ich glaube, ich muß etwas erklären. Sie werden mir nicht glauben wollen, obwohl es die Wahrheit ist.«

»Geht es um Franchi?«

»In gewisser Weise.«

»Ja, und?«

»Er hat die Carabinieri nicht verständigt.«

»Wie können Sie das behaupten? Woher wollen Sie das wissen?«

»Der Anruf war anonym, das ist richtig. Aber er kam nicht von Dottor Franchi.«

»Ich glaube Ihnen kein Wort! Die Mutter wollte das Kind nicht. Außerdem wußte sie, wo sie mich finden würde, falls sie mehr Geld gewollt hätte. Aber sie hat sich nie bei mir gemeldet, warum hätte sie also ausgerechnet die Carabinieri verständigen sollen? Damit hätte sie sich doch nur selbst in Schwierigkeiten gebracht. Und das wußte sie. Nein, niemals hätte sie dort angerufen.«

»Sie war's ja auch nicht.«

»Sehen Sie? Hab ich's Ihnen nicht gesagt?«

»Ja, ja.«

»Also, wer war es dann? Und wer hat es Ihnen verraten?«

»Es tut mir wirklich leid, Ihnen das sagen zu müssen, Dottore, aber es war Ihr Schwiegervater. Ja, ich weiß, das ist ein Schock für Sie. Aber er hat es mir selbst gesagt. Ich war vor ein paar Tagen bei ihm, da hat er's mir erzählt. Und ich glaube, es stimmt.«

»Giuliano? *Oddio*, warum sollte er so etwas tun? Warum sollte er uns unser Baby wegnehmen?«

»Vielleicht war es in seinen Augen nicht Ihr Baby.«

»Wie meinen Sie das?«

»Nun, vielleicht ist es ihm schwergefallen, in Alfredo das Kind von Ihnen und Ihrer Frau zu sehen.«

»Commissario, Sie sagen mir nicht die Wahrheit, hab ich recht? Oder zumindest nicht alles, was Sie wissen. Wenn Sie mit Giuliano gesprochen haben und er Ihnen dieses Geständnis gemacht hat, dann hätte er auch einen Grund angegeben. Er brüstet sich mit allem, was er tut, also hätte er auch damit geprahlt. Außerdem würde Bianca es ihm nie verzeihen...«

»Ich glaube, Sie haben genug, Dottore.«

»Genug wovon?«

»Genug gelitten.«

»Da bin ich nicht der einzige. Warum erzählen Sie mir nicht auch noch den Rest, Commissario, damit wir dieses Gespräch beenden können?«

»Ihr Schwiegervater hat mir gesagt, daß es nicht seine Idee war.«

»O nein! Nein. Sie können nicht erwarten, daß ich das glaube. Sie hat ihn geliebt! Er war ihr Sohn in allem, in allem bis auf seine Geburt. Sie liebte ihn. Sie war seine Mutter. Er war ihr Kind. Sie hat ihn aufwachsen sehen... Was sagen Sie nun, Commissario? Oder wollen Sie immer noch, daß ich Ihnen Ihre Lüge abkaufe?«

»Ich habe ja gar nichts gesagt, Dottore. Aus meinem Mund haben Sie weder Lüge noch Anschuldigung gehört. Nicht ich habe Ihre Frau ins Spiel gebracht, sondern Sie.«

»Dann hat Franchi also nicht...«

»Nein, Dottore. Er mag die Mutter Ihres Freundes informiert haben, und wir wissen auch von anderen Fällen, in denen er medizinische Daten an Personen aus dem Umfeld der Betroffenen weitergegeben hat. Doch in Ihrem Fall...«

»Aber haben Sie ihn denn gefragt?«

»Ja, schon, doch er hat nicht geantwortet.«

»Wie ich damals, hm?«

»Ein bißchen vielleicht. Aber ich glaube, er kann tatsächlich nicht sprechen.«

»Wieso?«

»Wegen der Verbände. Und sein Mund soll auch schwere Verbrennungen davongetragen haben.«

»Mein Gott, mein Gott! Was geschieht denn nun?«

»Mit wem?«

»Na, mit ihm.«

»Das bleibt abzuwarten.«

»Und was wird aus mir?«

»Das hängt von Ihrem Verteidiger ab.«

»Muß ich einen haben?«

»Es wäre das beste für Sie.«

»Aber muß ich mir einen Anwalt nehmen?«

»Nein. Wenn Sie möchten, steht es Ihnen frei, sich selbst zu verteidigen. Doch das wäre nicht klug.«

»Bisher habe ich ja auch keine klugen Entscheidungen getroffen, oder?«

»Nein, das ist wahr.«

»Dann kehre ich wohl am besten dorthin zurück, wo ich gewesen bin.«

»Ich verstehe nicht?«

»Als Sie mich das erste Mal in der Klinik aufsuchten, konnte ich nicht sprechen, aber dann habe ich meine Stimme wiedergefunden. Es war keine Verstellung, Commissario. Nach ein paar Tagen war die Stimme auf einmal wieder da. Doch diesmal ist es so, daß ich nicht reden möchte, weil ich nichts mehr zu sagen habe.«

»Ich begreife nicht… Dottore, ich verstehe wirklich nicht, was los ist. Dottor Pedrolli, hören Sie mir zu? Können Sie mich hören, Dottore? Na schön. Vianello, machst du bitte die Tür auf? Wir bringen den Dottore in seine Zelle zurück.«

noch den Rest, Commissario, damit wir dieses Gespräch beenden können?«

»Ihr Schwiegervater hat mir gesagt, daß es nicht seine Idee war.«

»O nein! Nein. Sie können nicht erwarten, daß ich das glaube. Sie hat ihn geliebt! Er war ihr Sohn in allem, in allem bis auf seine Geburt. Sie liebte ihn. Sie war seine Mutter. Er war ihr Kind. Sie hat ihn aufwachsen sehen... Was sagen Sie nun, Commissario? Oder wollen Sie immer noch, daß ich Ihnen Ihre Lüge abkaufe?«

»Ich habe ja gar nichts gesagt, Dottore. Aus meinem Mund haben Sie weder Lüge noch Anschuldigung gehört. Nicht ich habe Ihre Frau ins Spiel gebracht, sondern Sie.«

»Dann hat Franchi also nicht...«

»Nein, Dottore. Er mag die Mutter Ihres Freundes informiert haben, und wir wissen auch von anderen Fällen, in denen er medizinische Daten an Personen aus dem Umfeld der Betroffenen weitergegeben hat. Doch in Ihrem Fall...«

»Aber haben Sie ihn denn gefragt?«

»Ja, schon, doch er hat nicht geantwortet.«

»Wie ich damals, hm?«

»Ein bißchen vielleicht. Aber ich glaube, er kann tatsächlich nicht sprechen.«

»Wieso?«

»Wegen der Verbände. Und sein Mund soll auch schwere Verbrennungen davongetragen haben.«

»Mein Gott, mein Gott! Was geschieht denn nun?«

»Mit wem?«

»Na, mit ihm.«

»Das bleibt abzuwarten.«

»Und was wird aus mir?«

»Das hängt von Ihrem Verteidiger ab.«

»Muß ich einen haben?«

»Es wäre das beste für Sie.«

»Aber muß ich mir einen Anwalt nehmen?«

»Nein. Wenn Sie möchten, steht es Ihnen frei, sich selbst zu verteidigen. Doch das wäre nicht klug.«

»Bisher habe ich ja auch keine klugen Entscheidungen getroffen, oder?«

»Nein, das ist wahr.«

»Dann kehre ich wohl am besten dorthin zurück, wo ich gewesen bin.«

»Ich verstehe nicht?«

»Als Sie mich das erste Mal in der Klinik aufsuchten, konnte ich nicht sprechen, aber dann habe ich meine Stimme wiedergefunden. Es war keine Verstellung, Commissario. Nach ein paar Tagen war die Stimme auf einmal wieder da. Doch diesmal ist es so, daß ich nicht reden möchte, weil ich nichts mehr zu sagen habe.«

»Ich begreife nicht... Dottore, ich verstehe wirklich nicht, was los ist. Dottor Pedrolli, hören Sie mir zu? Können Sie mich hören, Dottore? Na schön. Vianello, machst du bitte die Tür auf? Wir bringen den Dottore in seine Zelle zurück.«